T0348826

EL MISTERIO DE LA TUNDRA

PEDRO URVI

EL MISTERIO DE LA TUNDRA

EL SENDERO DEL GUARDABOSQUES

HarperCollins

Editado por HarperCollins Ibérica, S. A., 2023
Avenida de Burgos, 8B – Planta 18
28036 Madrid
harpercollinsiberica.com

Adaptación de cubierta: equipo HarperCollins Ibérica
Maquetación: MT Color & Diseño, S. L.

ISBN: 9788410640153
Depósito legal: M-21966-2022

Esta serie está dedicada a mi gran amigo Guiller.
Gracias por toda la ayuda y el apoyo incondicional desde el principio
cuando solo era un sueño.

Capítulo 1

—¡CAMU! ¡VEN AQUÍ! —LLAMÓ LASGOL A LA CRIATURA irguiéndose sobre Trotador.

Subido a una roca junto al camino, Camu volvió la cabeza y lo miró con sus grandes ojos y su eterna sonrisa. Comenzó danzar flexionando las cuatro patas y meneando la cola. Había crecido bastante durante el último año y ahora tenía el tamaño de un gato, aunque, por alguna extraña razón, siempre daba la impresión de ser mucho más pequeño, como si menguara a la vista.

—¡He dicho que vengas! —le repitió Lasgol con tono autoritario.

Trotador, alarmado por la orden, rebufó. El poni también había crecido en las últimas estaciones y era patente que su musculatura se había desarrollado. De altura solo había crecido un palmo y no crecería mucho más. Los ponis norghanos eran muy fuertes y resistentes, aunque pequeños, compañeros ideales para los difíciles montes nevados.

Camu soltó un chillidito de alegría al ver unas ardillas y se adentró en un robledal dando enormes brincos con intención de perseguirlas.

Lasgol resopló frustrado.

—Tú eres un buen poni —le dijo a Trotador mientras le acariciaba el cuello—. Pero Camu es un pillo y un dolor de muelas. Y encima va a peor.

Observó el robledal. Había elegido el sendero del norte. Sabía que, si se acercaba a la aldea por el río, Camu comenzaría a perseguir las truchas arcoíris y correrían el riesgo de que alguien lo viera. Por desgracia, en su plan no había contado con la aparición de ardillas. Calculó cuándo perderían de vista a Camu, que trepaba por un roble persiguiendo a una pobre ardilla que lo miraba extrañada. Estaban muy cerca, a unos seiscientos pasos de Skad, su aldea. Regresaba a su hogar para pasar las semanas de descanso antes del comienzo del tercer año de adiestramiento como guardabosques.

Buscó el sol entre las nubes, apenas podía distinguirlo en un firmamento cubierto y amenazante. Hacía un frío que cortaba la respiración. Estaban al final del invierno y todavía quedaban un par de buenas nevadas antes de que llegara la primavera. Reflexionó sobre su situación: había logrado sobrevivir a dos años de instrucción, y ese era el término correcto, porque habían intentado matarlo en varias ocasiones. Sintió cierto orgullo de haberlo conseguido. Había completado ya dos años de instrucción como guardabosques. Había pasado de ser guardabosques iniciado el primer año a aprendiz el segundo y, una vez que acabara el descanso y volviera al campamento, se convertiría en aspirante. Decían que era el año más importante, durante el cual se descubría quién tenía verdadera madera de guardabosques y quién no. «Yo la tengo. Conseguiré pasar al cuarto y último año, y me graduaré como guardabosques. Nada lo impedirá».

De pronto oyó voces en el robledal, al oeste. No le hizo falta usar su don, las voces se distinguían con claridad: varios hombres que hablaban animados.

«¡Vienen hacia aquí! ¡No puedo dejar que descubran a Camu!».

De un salto desmontó y se adentró en el bosque a la carrera. Localizó a la criatura brincando entre las ramas como si fuera una ardilla más. No podía arriesgarse a que no le hiciera caso, usaría el don. Cerró los ojos y se concentró, en busca de su energía interior. La encontró en su pecho. Siempre la visualizaba como un estanque azulado en reposo. Por lo que había leído sobre el don y sobre cómo funcionaba la magia, aquello era en realidad la representación que su mente hacía de su poder interior. Según constaba en *Conceptos básicos y nada lineales de magia*, de Samuras el Encantador, la mente daba así forma visual a la existencia de la energía mágica en aquellos nacidos con el don. En realidad, no existía tal estanque o lago, eso Lasgol ya lo sabía, lo que sí había en él era aquella extraña energía: magia. Ahora estudiaba todo libro que cayera en sus manos, le interesaba sobremanera aprender, cuanto más, mejor. Quería entender quién era y qué podía lograr con su don. Sobre todo, porque le concedía una ventaja sobre sus enemigos, y, por desgracia, él tenía enemigos muy poderosos.

Fijó la mente de Camu. La vio como un aura de color magenta que flotaba entre los árboles. Al principio, le había costado horrores fijar la mente de la criatura cuando se movía, pero, como siempre estaba en movimiento, no le había quedado más remedio que esforzarse y trabajar duro hasta lograrlo. Ahora lo dominaba.

«Camu, quieto, escóndete», ordenó.

Apenas una estación antes Camu habría acatado esa orden de inmediato, sin embargo las cosas estaban cambiando. Lasgol recibió una sensación transmitida por la criatura.

«Diversión».

Aquello no era bueno, nada nada bueno. No podían intercambiar mensajes mentales, la habilidad que había conseguido desarrollar no funcionaba así, pero ahora Camu era capaz de transmitirle sensaciones, sentimientos, con los cuales respondía a sus peticiones, y si no le gustaban, no las cumplía.

«¡Escóndete, peligro!», insistió con mayor urgencia.

Pero Camu no quería dejar de jugar.

«Feliz, saltar», le transmitió la criatura.

Lasgol podía distinguir ya a los hombres acercándose a través del sendero cubierto de nieve. Eran media docena. Por su indumentaria, las hachas, sierras y herramientas que portaban, debían de ser leñadores. Volvían de trabajar en los bosques del oeste. Lo intentó una última vez.

«¡Peligro, extraños!».

Camu lo miró desde la rama baja de un roble. Luego dirigió la vista a los leñadores.

«Peligro», le transmitió y se camufló.

Lasgol resopló. Cuanto mayor se hacía la criatura, más difícil le resultaba controlarla. Pronto no podría, Camu haría lo que quisiera y eso era muy muy peligroso para ambos.

—¡Buenas y heladas tardes! —lo saludó un leñador inmenso que portaba dos hachas de talar sobre el hombro derecho.

—Buenas y heladas —respondió Lasgol al estilo norghano.

Los seis leñadores se pararon junto a él y lo observaron. Lasgol vestía la capa con capucha de guardabosques aprendiz, de un intenso color amarillo que habría llamado la atención de aquellos hombres, aunque la llevaba dada la vuelta, por eso era de un marrón verduzco que no resaltaba. Cuando volviera y comenzara el tercer año le darían la capa verde, más bonita, al menos a su parecer, porque el verde era su color favorito, pero parecía aún demasiado llamativa. Por lo que Egil le había dicho, los colores de las capas eran así a propósito para distinguirlos en la distancia y evitar accidentes, sobre todo en la instrucción de la maestría de Tiradores; según Viggo, eran de aquellos colores tan chillones para dificultarles las cosas en la maestría de Pericia.

Lasgol los observó a ellos a su vez. Eran hombres grandes y de aspecto hosco; no los conocía, no eran de Skad.

—¿De paso? —preguntó uno de ellos, el más viejo, de nariz chata. Lo miraba con suspicacia.

—Me dirijo a Skad. Soy de allí.

—¿De Skad? —se extrañó otro de los leñadores, pelirrojo y delgado. Escupió a un lado—. Nosotros somos de Torse.

La aldea de Torse estaba algo más al sur, a un par de días de marcha. Lasgol se preguntó qué harían aquellos hombres en los bosques de Skad; por lo general, los pobladores de cada aldea se limitaban a sus dominios. A los leñadores de Skad no les haría ninguna gracia saber que los de Torse talaban en sus tierras.

—Estáis un poco lejos de Torse…

—Y a ti ¿qué? —preguntó otro de ellos, enorme, con una espesa barba rubia. Lo soltó como un ladrido de advertencia.

El muchacho entendió que era mejor callar y no meterse en líos.

—A mí nada. Con ganas de llegar a mi aldea y descansar del viaje.

—Pues sigue tu camino —le dijo el primero de ellos.

El tono era de amenaza, lo cual sorprendió a Lasgol. Aquellos leñadores estaban un tanto tensos. Se fijó en uno de ellos, el más joven, y vio que sangraba de un brazo. El que se hallaba a su lado cojeaba, también por alguna herida; le extrañó. Los leñadores sabían cuidarse bien. Rara vez tenían percances y, desde luego, nunca los dejaban sin tratar.

—Que la tormenta no os alcance —se despidió y señaló al firmamento.

—Ni a ti.

El comentario volvió a sonar como una amenaza velada y Lasgol no quiso forzar el tema. Asió a Trotador de las riendas y continuó camino abajo. «Sígueme y no te muestres», le transmitió a Camu con su don mientras avanzaban. Echó una última mirada sobre el hombro con disimulo. Los leñadores se dirigían al sur. Llegó a Skad con la tarde muriendo. La aldea se hallaba tal y como la recordaba. Según avanzaba hacia su casa, varios de los vecinos lo reconocieron y lo saludaron con amabilidad, alegría incluso. «Cómo cambian las cosas». Hacía no mucho le hubieran negado el saludo e increpado, quizá algo peor. Pero aquello había quedado atrás. Ya no era el hijo del Traidor; ahora lo respetaban y Lasgol no podría estar más orgulloso de haber conseguido limpiar el nombre de su padre y de haber recobrado el respeto que merecía.

Pasó por delante de la plaza y observó que los comerciantes y talleres comenzaban a recoger el género y a cerrar las tiendas. Todos menos la posada, que aún haría negocio aquel día. Comenzaba a caer la noche y pronto caería una buena tormenta de nieve. Observó las nubes, olió el aire húmedo y frío, captó la dirección del viento con el rostro. «Sí, se avecina una buena tormenta». No era el único que lo presagiaba, los aldeanos ya se apresuraban hacia sus casas. La aldea parecía estar igual; sin embargo, una cosa sí le llamó la atención: había poca gente, menos de lo habitual.

Dirigió a Trotador hacia su hogar y cruzó la aldea por el centro. Un grupo de mineros lo saludaron; volvían de la mina y estaban tan sucios que apenas se los reconocía bajo las vestimentas de trabajo y la mugre en la cara. «Me juego la cena a que paran en la posada a tomarse una cerveza antes de irse a casa». Se giró sobre Trotador y los siguió con la mirada; en efecto, se dirigían a la posada.

Encontró cerrada la verja de su casa. Por un momento observó su hogar. Lo embargó una sensación dulce, cálida, de añoranza y bienestar. Se alegró de sentirse así. No habría sido ese el caso unos años atrás. Se percató de que tenía muchas ganas de entrar y descansar. «Es mi hogar».

Desmontó y llamó. Aguardó.

—¿Quién va? —llegó la voz de una mujer desde la casa.

—Un guardabosques aprendiz.

—¡Lasgol! ¡Señor! ¡Por los cielos invernales!

—Hola, Martha. —Saludó con la mano y un rostro sonriente. El ama de llaves corrió a abrirle.

—Nadie me ha avisado. No sabía que llegarías hoy. Habría preparado un recibimiento.

—No te preocupes, Martha, no es necesario.

La mujer le dio un abrazo enorme que él recibió con agrado.

—Lo siento. Las formas…, a veces me puede el ímpetu…, es que no esperaba verte.

—Nada de formalidades entre nosotros. Yo también me alegro de verte.

—Has crecido. Pero estás muy delgado. ¿Es que no os dan de comer en el campamento?

—Yo me veo igual. —Se encogió de hombros.

—De eso nada. Esa cara afilada… Además, pareces cansado —le dijo ella examinándolo de arriba abajo.

—Ha sido un viaje largo.

—Ven conmigo, te preparé un festín para que te recuperes.

—Con algo caliente de cena es suficiente.

—Tonterías. ¿Cómo va a ser suficiente? El señor de la casa ha regresado, ¡hay que tratarlo como a un rey!

Lasgol soltó una carcajada.

—Voy a llevar a Trotador al establo y a atenderlo. Ahora entro.

—Puedo hacerlo yo, señor —se ofreció Martha.

—Es mi montura, debo ocuparme siempre de ella.

—¿Cosa de guardabosques?

—Cosa de guardabosques —asintió Lasgol.

—Muy bien. Prepararé la cena. ¡Qué alegría!

Martha se fue corriendo y Lasgol no pudo más que sonreír.

Después de atender a Trotador, que agradeció el cuidado y la comida, y asegurarse de que Camu se mantendría oculto hasta que se quedaran solos, dio un breve paseo por la hacienda. Todo estaba limpio, ordenado y recogido. El jardín estaba muy bien cuidado, incluso el huerto, que en la época invernal se abandonaba un poco.

Al entrar en la casa descubrió que el interior estaba todavía más limpio y mejor cuidado. Todo brillaba y el orden era impresionante.

—Está todo limpísimo.

—¡Qué menos! El orden y la limpieza no han de faltar en la casa de mi señor Lasgol.

—¿Qué es eso que huele tan bien? —preguntó un momento antes de que el estómago le rugiera como un león.

—Venado asado con especias, una de mis especialidades.

—Genial —exclamó Lasgol, que se relamía en anticipación—. Dejo el morral de viaje en mi habitación y bajo.

Lasgol convenció a Camu para que se quedara jugando en la habitación y le dio algo de verdura que llevaba en el morral. La criatura comió y se quedó dormida tan tranquila y feliz. El muchacho sonrió ante la imagen; por lo general no solía darse el caso. Bajó a la cocina, donde Martha se esmeraba en prepararle una cena suculenta.

—Siéntate, te serviré.

—Qué buena pinta.

Cenaron y charlaron durante un largo rato. Martha quería saber todo lo que había estado haciendo Lasgol el último año en el campamento. Le contó casi todo, aunque no le reveló lo que habían descubierto sobre el rey Uthar. No es que no confiara en Martha, sino que no quería ponerla en peligro; cuanto menos supiera sobre aquel feo asunto, mejor para ella. Martha le hizo mil preguntas sobre los guardabosques, también sobre sus compañeros. Él las respondió lo mejor que pudo sin revelar demasiado sobre los guardabosques, pues lo tenían prohibido.

Durante el postre, deliciosa cuajada con miel, Lasgol le preguntó sobre la guerra y cómo había sobrevivido la aldea.

—Ha sido muy duro. La guerra siempre lo es —le confesó ella—. Muchos buenos hombres han perecido defendiendo el reino de Norghana.

—¿Muchos de la aldea?

—Bastantes, sí. ¿Recuerdas aquellos tres pendencieros que te perseguían? Dos de ellos no han regresado y el tercero ha perdido una mano.

—Oh…, lo lamento.

—Es muy triste cuando los jóvenes mueren.

—¿Llegaron las fuerzas de Darthor hasta la aldea?

—Se acercaron bastante. Hubo una gran batalla frente al castillo del conde Malason. Había reclutado para su milicia a todos los adultos y jóvenes de los pueblos del condado…, de forma obligatoria. En esa batalla se perdieron muchas vidas, demasiadas. Dicen que los salvajes del hielo tienen un tamaño y fuerza descomunales y, por si eso no fuera suficiente, iban acompañados de bestias abismales. Nuestros hombres, mineros, leñadores, cazadores, no son rivales para esas bestias sanguinarias del Continente Helado.

Lasgol asintió:

—Sí, lo sé…

—Perdimos muchos hombres. La guerra es una maldición. Siempre.

—Lo siento por la aldea, por las familias…

—Podía haber sido mucho peor. Podíamos haber muerto todos. Estuvimos cerca. Si la batalla se hubiera perdido, habrían arrasado el condado y con él, esta aldea. Por fortuna, vencimos en el último instante con la ayuda de los otros duques y condes del oeste. El enemigo se retiró hacia el norte. No regresó.

—¿Participó el duque Vigons Olafstone? —preguntó Lasgol.

Quería saber si el padre de Egil había participado en la batalla.

Martha asintió varias veces:

—Gracias a él ganamos la batalla. A él y a sus dos hijos. Una carga desesperada de esos valientes convirtió el día en una victoria. Eso cuentan, al menos.

—Ya veo…

—El rey le debe mucho al duque Olafstone. Vaya si lo creo.

Lasgol no dijo nada. Sabía que el rey y el duque eran rivales, también que el rey no le agradecería de ningún modo aquella victoria. Sabía además que la única razón de la victoria era que el rey había amenazado con matar a los hijos de los duques y condes reacios a colaborar. Entre ellos, Egil. Sin embargo no le dijo nada a Martha.

—La guerra es horrible… —se lamentó Lasgol.

Él habría dado cualquier cosa por detener la guerra, por evitar que llegara a los extremos que alcanzó llevando la muerte y la destrucción a los norghanos y los Pueblos del Hielo por igual. Una guerra que aún podría volver a recrudecerse. Las tropas de Darthor se habían retirado al Continente Helado, pero no estaban derrotadas por completo, ni mucho menos. Eso es lo que Dolbarar les había dicho. Los guardabosques debían permanecer atentos a cualquier movimiento sospechoso del enemigo. Lasgol era muy consciente de que él no era más que un aprendiz de guardabosques que poco podía hacer por detener la contienda, pero deseaba con todo su ser poder hacerlo. Y si en su mano caía la oportunidad, por muy impensable que fuese, lo intentaría.

—Muy cierto. ¿Quieres pastel de manzana? Lo tengo casi listo.

—Oh, no. Gracias. Estoy lleno —dijo el muchacho sacando tripa—. Voy a reventar si trago algo más.

—Te hacía falta, estás en los huesos. Unos días con Martha y volverás a tener carne.

Lasgol rio.

—Y no podré ni moverme. Tendrás que ayudarme a subirme a Trotador.

—No voy a decir que no podría ocurrir —admitió ella con una sonrisa.

Los dos rieron. Continuaron charlando un rato más y al fin Lasgol se retiró a descansar. Estaba exhausto y con el estómago lleno. Un sueño profundo se lo llevó.

Cuando despertó al amanecer siguiente, no recordaba qué había soñado, pero había sido agradable. Martha ya lo esperaba con un desayuno para cuatro personas. Lasgol intentó protestar, en vano.

—Iré a visitar a Ulf, tengo muchas ganas de verlo. Habría ido ayer, pero llegué algo tarde para visitas. —Hubo un silencio extraño. Martha continuó limpiando sin comentar nada—. ¿Ocurre algo?

—Será mejor que vayas a hablar con Limus...

—¿Con el ayudante del jefe Gondar?

—Sí.

—¿Qué ha pasado?

—El jefe Gondar y Ulf han desaparecido...

—¿Cómo?

—Salieron a perseguir a un grupo de forajidos que estaban asaltando las granjas de la zona y no han vuelto.

—¡Maldición! —Lasgol se levantó y salió como una exhalación.

—¡Ten cuidado! —le advirtió Martha con tono de preocupación.

Pero el muchacho no la escuchaba. Cogió su equipamiento de guardabosques y en un suspiro estaba a las puertas de la casa del jefe Gondar. Limus le abrió la puerta. Estaba igual de menudo y tenía la misma cara de ratón avispado, pero Lasgol se fijó en el cerco morado alrededor de sus ojos. Llevaba días sin descansar.

—¡Lasgol! ¡Qué sorpresa! —exclamó con su voz aguda, casi femenina.

—¿Qué ha pasado? —preguntó el chico con tono grave y sin rodeos.

—Pasa, te lo contaré... —Entró y se sentó frente a la mesa de trabajo de Limus—. Verás... Algunas de las consecuencias de la guerra son la muerte y la devastación...; otra es la proliferación de desalmados en busca de una recompensa rápida de quienes han sufrido o quedado indefensos. Tras la retirada de Darthor, cuando intentábamos recuperar lo perdido, varias bandas de forajidos comenzaron a merodear por el condado.

—¿Locales o extranjeros?

—Norghanos de mala sangre, pero no son de estos lares.

—Entiendo.

—Buscan rapiña. Matan si se les niega. Roban, saquean, violan...

—¿Cuántos?

—Tenemos constancia de dos o tres grupos, de entre media docena o una decena de hombres —respondió Limus.

—¿Y el conde y sus hombres?

—Los buscaron y, de hecho, cazaron a un grupo. Los colgaron a todos. Pero había al menos otros dos grupos que no pudieron capturar.

—El jefe y Ulf fueron a por ellos —dedujo Lasgol.

Limus asintió:

—Así es. Ya los conoces. No podían permitir que esos maleantes sin entrañas asolaran nuestras tierras. Encontraron a uno de los grupos acampado junto al lago de las Estrellas. Se resistieron. Corrió la sangre. Gondar resultó herido, pero, aun así, lograron acabar con ellos. Era el grupo más numeroso, el de una decena de hombres. Durante unas semanas reinaron la paz y la tranquilidad. Sin embargo, al recrudecerse el invierno, la última banda volvió a actuar. Atacaron la granja de los Ilsefesen. Gondar, Ulf y los dos últimos guardias del jefe fueron a cazarlos. De eso hace cinco días.

—Oh, no.

—Me temo que sí...

—La granja de los Ilsefesen dices... Me pongo en marcha.

—No te molestes, los hombres del conde ya han estado allí. Los mandé al notar que no volvían. No hay rastro de ellos, tampoco de los bandidos. Siguen peinando la zona, pero no han encontrado nada.

—Esto tiene muy mala pinta.

—Eso me temo; no quiero pensar lo peor, aunque...

—No lo pienses. Yo los encontraré.

—¿Podrás?

—Soy un guardabosques.

—Aprendiz...

—Pero guardabosques.

Limus asintió:

—Debería impedirte ir solo, pero estoy desesperado...

—No te preocupes, Limus. Los encontraré y los traeré de vuelta.

—Rezaré a los dioses del hielo para que así sea.

Capítulo 2

Lasgol no perdió un instante. Con Trotador y Camu, se dirigió a la granja de los Ilsefesen. No estaba lejos. Al llegar se acercó con cautela, aunque parecía que no había peligro. Investigó. La granja se hallaba desierta. Había sangre en la puerta. Entró y encontró más sangre. Allí habían matado a varias personas y hacía más de una semana de aquello.

Salió y buscó rastros, los de Ulf y Gondar en particular. Encontró huellas de muchas personas: un tipo de calzado militar que debía de pertenecer a la guardia del conde; otros rastros de calzado viejo, de los bandidos probablemente; pero ni rastro de Ulf y Gondar. Continuó y amplió el área de búsqueda haciendo pasadas en espiral alrededor de la casa, tal y como le habían enseñado en la maestría de Fauna. Al fin, tuvo que concluir que Ulf y Gondar no habían llegado hasta allí.

«Qué extraño. ¿Qué les habrá pasado?».

Decidió seguir las huellas de los bandidos, que se dirigían al sur. En el bosque bajo, junto a una hondonada, habían pisado terreno húmedo. El rastro era claro allí. Cinco hombres. Grandes. Pesados.

Dejó allí a Trotador y avanzó con cuidado con el arco compuesto en la mano y Camu a su lado.

«Silencio. Hombres peligrosos», le transmitió con el don. Camu lo miró y le devolvió un sentimiento de peligro que Lasgol percibió con toda claridad. Lo había entendido. «Muy bien, Camu». Siguió el rastro hasta el río. Se habían metido en él para despistar a posibles perseguidores. Allí los habrían perdido los hombres del conde, pero Lasgol había entrenado mucho los últimos dos años y no perdería aquel rastro, no cuando la vida de Ulf y el jefe Gondar estaba en juego. El sol lucía alto en un cielo nublado y amenazador cuando logró localizar de nuevo el rastro de los cinco hombres en la orilla opuesta, mucho más al este.

Se animó. Ya no se le escaparían. Siguió el rastro hasta un bosque tupido, ya dentro se camufló como había aprendido en la maestría de Pericia. Camu se camufló también y quedó invisible al ojo humano. Lasgol avanzó muy despacio, con movimientos casi imperceptibles, buscando las sombras, ocultando su presencia a los rayos de luz que se colaban entre las copas de los árboles. Habían practicado aquello infinidad de veces bajo la dura tutela de Haakon. Ahora que lo necesitaba, no podía fallarle todo el entrenamiento. Y no lo hizo. Consiguió acercarse a veinte pasos sin que lo descubrieran.

En un claro, junto a un riachuelo, tres hombres comían y charlaban alrededor de un pequeño fuego. Encaramado a un árbol algo más al este, un cuarto hacía guardia. Faltaba uno. Lasgol recorrió la arboleda con la mirada, en busca de algo que no encajara. Y lo encontró. El quinto hombre hacía guardia subido a otro árbol al oeste.

Y en medio del claro, colgando bocabajo de un árbol, encontró a Gondar y Ulf.

Tragó saliva. La situación era aún peor de lo que había imaginado. Aguzó la mirada e intentó percibir si Ulf y Gondar seguían con vida. Atenazó los dientes al pensar que podrían estar ya muertos, que llegaba tarde.

«No, por favor, que no estén muertos».

De pronto, captó que Ulf sacudía la cabeza. Colgaba de la pierna buena a un cuerpo de altura del suelo.

«¡Está vivo!».

Observó a Gondar, pero este no se movía. Parecía inconsciente o muerto. El muchacho deseó con todo su ser que fuera lo primero.

—Os… arrancaré… la cabeza —maldijo Ulf.

—Ya está ese tullido otra vez con sus bravatas —dijo uno de los hombres junto al fuego.

—Déjame que le corte el cuello y acabe con su estúpida vida. ¡Estoy harto de oírlo cacarear! —contestó el que parecía más viejo y curtido del grupo.

—No. Los quiero como rehenes por si tenemos otro encuentro con la guardia del conde —dijo el más grande de ellos.

Debía de ser el jefe de la banda. Lasgol los observó con más detenimiento y se percató de que ya los había visto. ¡Eran los leñadores con quienes se había cruzado a las afueras de la aldea!

—Bah, yo me los cargaba y listo —dijo el que estaba a la derecha del líder, un hombre casi tan fuerte y grande como él, y con una espesa barba rubia que le llegaba hasta el pecho.

—Ya, por eso yo soy el jefe y no tú.

—¿Me estás llamando tonto?

—Tonto y maloliente.

El barbudo se llevó la mano a un hacha a su costado. Era un hacha de leñador, no de combate, pero seguía siendo un hacha y parecía bien cuidada y afilada.

—Si la levantas, te parto en dos.

El hombre al otro lado del fuego también se llevó las manos a las hachas que descansaban a su costado. Era el viejo de nariz chata. Los rostros de los tres eran hoscos, duros. Mostraban peligro en la mirada y no dudarían en matar.

El barbudo miró al líder, luego al viejo.

—Tú eres el jefe… —dijo y soltó el hacha.

El viejo se relajó y dejó las hachas cortas.

—Así me gusta. Recuerda que también pensaste que era una tontería que nos hiciéramos pasar por leñadores y nos ha servido bien.

—Sigo sin verlo.

—Los hombres del conde buscan a mercenarios, desertores, bandidos. ¿Adivina qué no buscan?

El barbudo refunfuñó:

—Leñadores…

—Exacto.

—Vale, pero esos dos son un estorbo.

—Lo son, pero si usas la cabeza en vez de tu mala sangre, todavía podremos sacar buena moneda con ellos.

—¿De esos dos? ¡Pero si no tienen una moneda de oro entre los dos!

—Eso es verdad, pero su aldea sí.

—No entiendo —dijo el barbudo con rostro de confusión.

—Y por eso tú no eres el jefe —le dijo el viejo con tono de claro reproche.

—Son de Skad. Ese es el jefe de la aldea. El pueblo pagará por recuperarlo.

—¿Tú crees?

—Lo sé. Un buen jefe es difícil de conseguir.

—Y ¿cómo sabes que es bueno?

—Porque ha venido a darnos caza y ha matado a tres de los nuestros.

El barbudo se quedó pensativo, luego asintió:

—Pues más vale que paguen, y bien.

—Lo harán. Y cuando lo hagan, podrás sacarle las tripas.

—¡Eso ya me gusta más!

—Serás bruto… —le espetó el viejo meneando la cabeza.

—El cojo no nos sirve de nada. Podemos matarlo —continuó el barbudo.

—Cuando levantemos el campamento, puedes cargártelo. Hasta entonces lo usaremos como rehén.

—Cerdos…, os mataré… —balbuceó Ulf.

—Ya ya, estamos muertos de miedo —le contestó el viejo y los tres rieron.

Lasgol supo que aquellos hombres matarían a Ulf y Gondar. Eso si sobrevivían. Gondar tenía mal aspecto. Debía actuar. «No puedo dejar que mueran». Sintió por la vida de sus amigos un miedo tan terrible que lo dejó completamente paralizado. Respiró hondo, luego espiró. Lo repitió dos veces más hasta que consiguió tranquilizarse.

«¡Los salvaré!».

Valoró la posibilidad de buscar ayuda, aunque llegar hasta el castillo del conde Malason y regresar con sus hombres le llevaría una eternidad, y para entonces Gondar o Ulf podrían estar muertos. Por otro lado, enfrentarse solo a cinco forajidos era una locura. Comenzó a sentir los nervios, las manos le temblaban. Hizo un esfuerzo por calmarse. Sujetó con fuerza su arco de guardabosques y se sintió algo mejor. Además, no estaba solo. Tenía a Camu con él. Dos contra cinco. No pintaba muy bien, pero no quedaba otra que actuar.

Contempló la situación. «¿Qué haría Egil en aquel embrollo?». Comenzó a idear un plan. Más valía que se le ocurriera algo bueno o morirían todos. Aquellos maleantes lo abrirían en canal sin pestañear, luego a Ulf y Gondar. Lo pensó con detenimiento hasta que en la cabeza dibujó un plan claro. Cuanto más lo pensaba, con todo lo que podría salir mal, más miedo tenía.

Gondar volvió en sí.

—¡Bajadme de aquí, malditos!

—Hazlo callar —ordenó el jefe al barbudo con ademán de hastío. Este fue hasta Gondar y le golpeó con fuerza en el estómago. Gondar resopló, pero no se quejó. El barbudo volvió a golpearle. Gondar comenzó a toser.

Lasgol se decidió y empujó el miedo a un lado; debía actuar. Cerró los ojos hasta que consiguió serenarse. Puso en marcha su plan. Esperó a que anocheciera: las sombras y la penumbra le servirían como aliados.

Revisó el regalo de guardabosques que les habían concedido como prueba de que habían superado el segundo año de instrucción: su arco compuesto. Recordó el orgullo que había sentido cuando el instructor mayor Oden le había entregado el preciado objeto de forma oficial. El arco era de una calidad excepcional, fabricado por un maestro artesano que solo trabajaba para los guardabosques y cuya identidad se mantenía secreta. Lasgol lo había probado y era ligero, equilibrado, resistente y de una precisión impresionante. A Ingrid le había encantado.

Repasó todo lo que llevaba encima y se decidió por un plan acorde a las armas con las que contaba. Preparó las flechas con calma. Dos con Cabeza Somnífera y tres de Cabeza Ancha Cortante. Preparar las primeras era delicado: un descuido y quien caería inconsciente sería él, ese sería su final. Buscó el contenedor con la pócima y, con extremo cuidado, untó las puntas. Se aseguró de que estuvieran bien engarzadas. Cuando estuvo conforme, le explicó el plan a Camu. Se lo repitió varias veces con la esperanza de que lo entendiera, aunque con la criatura eso era siempre una incógnita.

Para cuando terminó de prepararse, los tres hombres junto al fuego dormían. El muchacho respiró hondo. Miró a la luna, oculta entre las nubes grises, y se decidió: hora de pasar a la acción.

Calmó los nervios lo mejor que pudo y comenzó a moverse. Despacio, muy despacio, sin hacer el menor ruido, como una sombra. Alcanzó la primera posición. Tenía al primer guardia a tiro. Esperó paciente, con el arco listo, apuntaba con la flecha especial cargada. El guardia, pelirrojo y delgado, no dormía, permanecía atento. Si lo veía o fallaba el tiro, daría la alarma.

«Adelante. Ahora», le ordenó a Camu usando el don.

De súbito, la criatura se hizo visible en la rama frente al pelirrojo. El vigía se llevó un susto terrible. Se agarró a la rama para no caer. Abrió la boca atónito, y, antes de que pudiera decir nada, Lasgol soltó la flecha. Lo alcanzó en la cabeza con un sonido seco. La cabeza cerámica de la flecha se rompió y la sustancia somnífera lo envolvió. Un instante después, caía sin emitir sonido alguno. El muchacho se quedó inmóvil, por si alguien había oído o visto algo. Aguardó unos minutos, lleno de incertidumbre y tensión. No hubo reacción.

Resopló de alivio. Se concentró y, usando su don, se comunicó con Camu. Luego, se desplazó como un espíritu del bosque, intentando ser imperceptible, en silencio absoluto, camuflado entre la maleza y las sombras hasta llegar a donde tenía a tiro al segundo vigía. Esperó a que Camu se posicionara. Entonces, le dio la orden.

«Ahora».

Camu apareció de repente frente al segundo vigía. Este, al verlo, se llevó tal susto que perdió el equilibrio. Antes de que Lasgol pudiera tirar, el hombre se precipitó del árbol con un alarido. Se golpeó con fuerza contra el suelo y no se levantó. Camu le envió un mensaje claro a Lasgol: «¡Peligro!».

El muchacho apuntó hacia el fuego. Los tres bandidos se habían puesto en pie con las hachas empuñadas.

«¡Maldición! ¡Ha salido mal!». No lo pensó dos veces. Tiró contra el barbudo, que intentaba localizarlo entre la oscuridad. La flecha le alcanzó en la barba. Golpeó el pecho y la punta se rompió.

—¡Qué mierda es esta! —exclamó al ver que la herida no era mortal.

Dio dos pasos hacia Lasgol, cuya posición había quedado al descubierto con el tiro. No pudo dar un tercero; el vapor somnífero había hecho efecto. Cayó al suelo y no se movió.

El líder y el viejo se parapetaron tras los cuerpos colgantes de Ulf y Gondar.

—Sal de ahí si no quieres que los matemos —amenazó el líder.

Lasgol sabía que si salía de la protección del bosque estaría en sus manos, pero no tenía opción. Cargó la flecha con Cabeza Ancha Cortante y avanzó hasta el claro.

—Mira lo que tenemos aquí, si es el crío de esta mañana —soltó el viejo.

—¿Qué crees que estás haciendo? —le preguntó el líder.

—He venido a por ellos —les respondió Lasgol, que los apuntaba con el arco.

—¿Cómo nos has encontrado? —quiso saber el líder.

—He seguido vuestro rastro.

—No puede ser. Nos cruzamos en dirección opuesta. Estaba dejando un rastro falso, no has podido seguirnos desde allí.

—No seguí ese rastro. Seguí el de la granja de Ilsefesen.

—Ese rastro está muerto. Han pasado varios días, además me aseguré de que nadie pudiera seguirlo.

—Sí, el río. Casi os pierdo allí, pero logré volver a encontrarlo río abajo.

—Imposible. He sido rastreador en el Ejército hasta que deserté. Sé muy bien lo que hago. Un niñato como tú no puede encontrar mi rastro si yo lo oculto.

—Puede que sea joven, pero no soy un niñato. Puedo encontrar tu rastro y el de cualquier hombre aunque intente esconderlo.

El líder lo miró un momento, amusgando los ojos.

—Eso no me lo creo. Solo un… —Y lo entendió; los ojos se le abrieron como platos—. ¡Eres un maldito guardabosques!

—¡Pero si es un crío! —dijo el viejo—. ¡No puede ser! Yo he visto un guardabosques y era un norghano curtido.

—Este no ha terminado su instrucción todavía, ¿a que no?

Lasgol no hizo caso, no quería desvelar sus debilidades.

—¿Te ha comido la lengua el gato? —le preguntó el líder.

Tampoco respondió. Buscaba la forma de salir de aquel atolladero. Su mente creaba opciones a gran velocidad.

—Es un bebé guardabosques y se está meando encima del miedo —dijo el viejo.

—No me intimidáis. Entregádmelos.

—¿Y si no? —preguntó el líder.

—Si no me los entregáis, habrá derramamiento de sangre.

El líder soltó una carcajada:

—Y lo ha dicho sin apenas temblar.

—Sí, jefe, quiere hacernos creer que tiene agallas, el muy mocoso.

—No es una bravuconada. Entregádmelos y me iré.

El líder entrecerró los ojos y lo repasó de arriba abajo. Estaba midiéndolo y decidiendo si arriesgarse o no. Él tenía la ventaja del arco, sin embargo ellos eran dos. El viejo llevaba dos hachas cortas en las manos y lo miraba con muy malas intenciones.

Lasgol tuvo la clara sensación de que el momento de la verdad había llegado. Se concentró e invocó la Agilidad Mejorada. Habría dado el brazo izquierdo por una habilidad que le permitiera tirar varias veces consecutivas tan rápido que aquellos desalmados no tuvieran una oportunidad; por desgracia, carecía de tal talento. Intentó percibir de dónde llegaría el ataque, dedujo que sería del líder, el viejo esperaría su orden.

No se equivocó.

El líder alzó el brazo con gran rapidez, sin decir nada. A su señal atacaron. El viejo le lanzó el hacha corta. Lasgol ya esperaba eso y se tiró a un lado. El hacha le pasó rozando el hombro derecho. Clavó la rodilla y tiró. El viejo le arrojó otra hacha corta. El líder aprovechó para salir a la carrera con el hacha de leñador alzada a dos manos; iba a partirlo en dos. El hacha se dirigió a su cara como un rayo. Lasgol ladeó la cabeza y el hacha le rozó la oreja.

Se oyó un pum. La flecha de Lasgol había alcanzado su objetivo: había cortado la cuerda de la que colgaba Gondar, que cayó al suelo. El viejo se volvió para hacerle frente, pero Ulf lo agarró con las manos atadas y comenzó a estrangularlo.

—¡Este es mío! Encárgate del otro —le gritó a Gondar, este ya se levantaba.

El líder llegó hasta Lasgol y asestó un potente golpe a dos manos. El muchacho, con su Agilidad Aumentada, dio un respingo hacia delante y rodó por el medio del claro hasta llegar al fuego.

—Maldito niñato, te voy a hacer pedazos.

—¡Jef...! ¡Agh! —balbuceó el viejo a quien Ulf estrangulaba cabeza abajo.

El líder se giró.

Gondar saltó hasta el fuego; tenía las manos y los pies atados con cuerdas a la altura de las muñecas y los tobillos. Cogió un hacha de leñador y de un tajo cortó las inferiores.

—¡Os voy a destripar a todos! —dijo el líder, luego se abalanzó sobre Gondar.

Lasgol recuperó la verticalidad y cargó una flecha normal.

El líder y Gondar comenzaron a combatir. Las hachas buscaban acabar con el oponente con fuertes tajos, los cuales, de impactar, destrozarían carne y hueso.

El viejo consiguió soltarse de Ulf y apartarse de él.

Lasgol apuntó.

—No... te atreverás... Soy un pobre viejo... desarmado...
—suplicó, y se llevó la mano a la espalda, donde llevaba un cuchillo que Lasgol ya había visto.

El chico dudó. A su espalda, Gondar y el líder luchaban a muerte. Soltaban tremendos golpes y esquivaban ataques de las enormes hachas. En cualquier momento uno de los tremendos tajos de las hachas acertaría en la carne. No podía dudar, debía actuar o todo podría torcerse y morirían los tres.

Ulf se balanceó en la cuerda con una habilidad pasmosa para un hombre tan grande y tullido, y consiguió volver a enganchar al viejo del cuello. Este intentó acuchillarlo, pero Ulf le rompió el gaznate con un terrible crac.

—Ayuda a Gondar —le dijo.

Lasgol se volvió, se concentró y tiró. La flecha alcanzó al líder en el muslo derecho. Se clavó profunda, lo atravesó.

—¡Maldito, te mataré!

Gondar soltó un terrible tajo circular que el líder esquivó de milagro. Contraatacó con un terrorífico golpe a dos manos que pasó a un dedo de la nariz de Gondar. El jefe trastabilló y se fue al suelo. Lasgol volvió a tirar y alcanzó al líder de los bandidos en el otro muslo. Intentó retroceder mientras el chico volvía a cargar el arco, aunque apenas pudo dar medio paso.

—¡Me has lisiado!

Gondar se rehízo:

—Tira el hacha o morirás —lo amenazó.

El líder miró a Lasgol y a Gondar, luego sus dos heridas, y, con un gruñido, tiró el arma.

Era media tarde cuando la guardia del conde Malason los dejaba en Skad y se llevaba a los forajidos al castillo para ajusticiarlos.

—¿Qué será de ellos? —preguntó Lasgol mientras el cirujano del conde atendía a Gondar y Ulf en su casa en tanto Martha se esmeraba en ayudar al cirujano del conde con paños limpios y agua hervida.

Limus estaba con ellos. Ulf y Gondar no se quejaban, como duros norghanos que eran, pero estaban en muy malas condiciones.

—El conde los juzgará y los colgará —contestó Gondar.

—No tendremos que preocuparnos más de ellos —dijo Ulf. Lasgol asintió.

—Te debemos la vida, muchacho. No lo olvidaré nunca —le dijo Gondar.

—Nadie en la aldea lo hará —dijo Limus, muy animado—. ¡Ha sido un acto heroico, una proeza!

—No ha sido para tanto...

—¡Claro que sí, por los dioses del hielo! —exclamó Ulf—. ¡Esos cerdos iban a destriparnos! ¡Nos has salvado como un auténtico soldado norghano! ¡No podría estar más orgulloso de ti! —Se acaloró tanto que el cirujano le dio dos puntos torcidos en la herida del brazo.

—Te has enfrentado tú solo a cinco bandidos muy peligrosos, es algo impresionante —añadió Gondar—. En verdad que lo es. Yo nos daba por muertos...

—Y todo ha terminado bien, una hazaña, y así lo contaré en un pregón a todo el pueblo —dijo Limus.

—No es necesario... Ha salido bien, eso es lo importante.

—Debes tener cuidado, el cementerio está lleno de valientes —le dijo Martha, y le dirigió una mirada que dejaba claro que no estaba muy feliz de que Lasgol hubiera arriesgado así la vida—. Deberías haber ido a buscar ayuda al castillo del conde.

—No había tiempo.

—Martha tiene razón —aceptó Gondar—. Yo soy el jefe y es mi responsabilidad proteger el pueblo. Ulf es un veterano. Tú tienes mucho que vivir.

—Siempre intento tener cuidado…

—En cualquier caso, te lo agradezco en el alma —le dijo Gondar con unas palabras que impresionaron a Lasgol.

Un norghano rara vez agradecía con el alma algo; eran demasiado hoscos y orgullosos.

—No sé cómo lo has hecho, zagal —le dijo Ulf.

—Utilizando lo que me han enseñado los guardabosques.

—¡Pues, por las tundras heladas, que no volverás a oírme hablar mal de ellos!

Lasgol sonrió. Conociendo a Ulf, comenzaría a hablar mal de los guardabosques en la siguiente frase.

El cirujano trabajó hasta entrada la noche y por fin todos se retiraron a descansar. Gondar y Limus volvieron a la casa del jefe y dispersaron a los curiosos que rodeaban la de Lasgol. El cirujano se alojó en la posada y continuaría atendiendo las heridas al día siguiente con la ayuda del sanador de la aldea.

Lasgol insistió en que Ulf se quedara en la casa. En su estado, ir hasta la suya sería un esfuerzo innecesario y correría el riesgo de que se le abrieran las heridas.

—¡Puedo valerme por mí mismo! —se quejó, aunque no tan enérgicamente como en él era habitual.

—Vamos, Ulf, quédate; por mí, estaré más tranquilo.

—Bueno, si es por ti, entonces cómo te lo voy a negar, después de lo que has hecho por nosotros… Está bien. Me quedo.

Martha sonrió de oreja a oreja y fue a prepararle la habitación.

Durante una semana, Ulf descansó y se recuperó en casa de Lasgol. La noticia de lo sucedido corrió por toda la aldea y se expandió por todo el condado como un fuego empujado por los vientos. El conde Malason se presentó con su guardia a felicitar a Lasgol, Gondar y Ulf en persona. Los llamó valientes y héroes del condado. Dio las gracias en especial a Lasgol, que había sido un héroe. Él, que odiaba aquella cosas, se sintió cohibido y avergonzado. Por suerte, el encuentro fue en casa del jefe sin público, aunque Limus se encargó de que todos lo supieran en cuanto el conde regresó al castillo.

Aquella noche Ulf y Lasgol cenaban una deliciosa cena preparada por Martha y charlaban alegremente sobre infantería pesada y las batallas contra los rogdanos y noceanos en las que Ulf o alguno de sus conocidos habían participado. Una ráfaga de aire entró por una de las ventanas que se había abierto y apagó la lámpara de aceite y las dos velas que alumbraban la estancia.

—Yo me encargo —dijo Martha y se apresuró a cerrarla.

Por un momento quedaron a oscuras. A Lasgol le llegó un sentimiento.

«¡Peligro! —Camu lo avisaba—. ¡Ya!».

Ulf encendió la lámpara de aceite, al hacerlo vieron al fondo de la estancia una figura envuelta en magenta.

—¡Por los gólems del hielo! —espetó Ulf.

Martha se giró y gritó de miedo.

«¡Magia!», añadió Camu.

Capítulo 3

ULF COGIÓ UN CUCHILLO DE LA MESA CON LA MANO IZQUIER-
DA Y CON LA OTRA SE APOYÓ EN LA MULETA Y SE GIRÓ SOBRE
la pierna buena para encarar la amenaza.

Lasgol corrió hacia la pared donde colgaban dos hachas de su
padre. Sus armas y todo su equipamiento de guardabosques estaban arriba, en su habitación. Martha voló a la cocina.

—Quietos —ordenó la siniestra figura, que tenía un extraño
acento.

Lasgol arrancó un hacha de un fuerte tirón y se volvió para enfrentarse a la amenaza. Ulf ya estaba casi encima del intruso. Era
sorprendente la habilidad que poseía para desplazarse unos pocos
pasos a gran velocidad con la muleta; al ser tan grande y tener la
pierna buena tan larga, cubría la distancia mucho antes de lo que
nadie imaginaba. Y si no había bebido demasiado, como era el
caso aquella noche, mantenía el equilibrio a la perfección. Levantó el brazo para asestar un tajo.

El intruso dejó a la vista una espada curva y corta que movió
mientras pronunciaba unas extrañas palabras en un idioma ininteligible.

El brazo de Ulf se detuvo a medio golpe, en el aire.

—¿Qué? ¡Por todos los abismos! —gruñó mientras ponía toda la fuerza de su cuerpo en intentar acabar el golpe. Pero el brazo no se movía. Parecía congelado en medio de la nada.

—¡Voy a ayudarte! —le dijo Lasgol alzando el hacha, y se lanzó contra el atacante.

—¡Quietos los dos! —ordenó la voz bajo la capucha magenta. Lasgol la ignoró; debía ayudar a Ulf. El atacante era un mago o un hechicero. Estaban en un serio aprieto.

A un paso del hechicero, oyó el final de un murmullo de palabras mientras movía la espada con rapidez. Lasgol vio un destello magenta, así supo que el hechicero había lanzado un conjuro. De repente, sus piernas se quedaron pegadas al suelo.

No podía moverse.

—¡Es sucia magia! —gritó Ulf, encendido del esfuerzo que estaba haciendo, intentando mover el brazo.

—¡Es un hechicero! —avisó Lasgol, sin conseguir mover las piernas.

Martha apareció de la cocina armada con un cuchillo de carne y una sartén. Antes de que pudiera hacer nada, el ser volvió a conjurar y Martha cayó de rodillas, como si el peso del cuchillo y la sartén fuera tal que no pudiera con ellos.

—No puedo… levantarlos… —dijo, aterrorizada.

Los tres estaban impedidos, indefensos, a merced del enemigo. Sin embargo, alguien no lo estaba.

¡Camu!

La criatura se hizo visible sobre la mesa y apuntó con la cola en dirección al hechicero.

—¡¿Qué demonios helados es eso?! —gritó Ulf, que miraba estupefacto a Camu con el ojo bueno.

El hechicero señaló con la vara a Camu.

—¡Cuidado, va a conjurar sobre ti! —le advirtió Lasgol.

Pero la criatura no se movía, se mantenía rígida señalando al hechicero con la cola. Comenzó a chillar.

El extraño lanzó un conjuro sobre él. Lasgol vio el destello magenta comenzar a producirse, pero algo sorprendente sucedió. El destello no llegó a su culmen. El conjuro había fallado. Lasgol se quedó con la boca abierta. El hechicero volvió a intentarlo. Lasgol avisó a Camu. «¡Cuidado! ¡Magia contra ti!». Aun así, Camu no se inmutó, siguió apuntando al extraño chillando.

El conjuro volvió a fallar.

Y, para sorpresa de Lasgol, Camu comenzó a emitir un destello dorado. El destello fue tomando forma para convertirse en una esfera que rodeaba por completo a la criatura.

—Tu magia no conseguirá penetrar las defensas de la criatura —anunció otra voz.

Todos se giraron. La puerta de la casa estaba abierta y una figura los observaba. Entró y la puerta se cerró. Vestía una larga túnica negra con vetas blancas, rígida, como si fuera de hielo corrupto. Llevaba el rostro cubierto por un yelmo con visor negro que parecía tener vida y creaba remolinos que devoraban la luz a su alrededor. Dos enormes cuchillas negras en forma de medialuna decoraban el yelmo a ambos lados. De los hombros le caía una larga capa, también negra y con vetas blancas. En una mano portaba una vara negra con franjas blancas y en la otra, una esfera azulada. Emanaba una presencia arcana sobrecogedora.

—¿Quién eres? —preguntó Ulf, mirando al recién llegado.

—Soy Darthor y he venido a hablar con mi hijo.

Por un momento se hizo un silencio tétrico.

—¿Darthor? No puede ser —respondió Ulf mientras intentaba mover el brazo en un último esfuerzo desesperado.

Darthor dio un paso hacia ellos.

—Hola, Lasgol.

Lasgol la miró con un nudo en la garganta:

—Hola, madre.

—¿Madre? ¿Qué madre?

Lasgol no respondió. Estaba atónito.

Darthor avanzó hacia Lasgol.

—¡Por todos los icebergs del norte, pero ¿qué pasa aquí?!

Darthor se situó en mitad de la estancia. Muy despacio, se quitó el yelmo y lo dejó sobre la mesa.

—¡Mayra! ¡No puede ser! ¡No puedes ser tú! —exclamó Martha reconociéndola.

—Hola, querida amiga —le dijo ella, con una gran sonrisa.

—¡Estás viva! ¡No puedo creerlo!

—Muladin, puedes dejarlos ir.

—¿A él también? —preguntó el hechicero con un gesto de cabeza hacia Ulf.

—Lasgol, ¿puedes pedir a tu amigo que no haga ninguna tontería? —pidió Mayra.

El chico asintió.

—Ulf, son amigos, no nos harán daño. Esta es mi madre, Mayra.

—Pero…, no entiendo… ¿Estás seguro?

—Sí, lo estoy. Son de confianza.

—Bueno, si tú responses por ellos, no tengo nada que decir —dijo Ulf, y dejó de hacer fuerza para liberar el brazo.

Muladin entonó unas palabras, hizo girar la espada y, de súbito, Ulf, Martha y Lasgol quedaron libres de los conjuros que los tenían atrapados.

—¡Por el mar de hielo! ¡Cómo odio la magia! —dijo Ulf y se retiró junto a Lasgol.

—La criatura es inmune a mi magia —comentó el hechicero muy sorprendido y señalando a Camu con la espada.

Mayra asintió:

—Es una criatura muy especial. Lasgol, ¿puedes calmarla? Me temo que no responderá a mis designios, tampoco a los de Muladin.

Lasgol fue a hasta Camu. «Tranquilo. Son amigos. No hay peligro». Sin embargo, la criatura no estaba nada convencida. «Magia. Peligro». Le transmitía de vuelta.

Martha, ya libre del hechizo, se precipitó a los brazos de su amiga. Las dos mujeres se abrazaron y rieron.

—No puedo creerlo, después de todo este tiempo... Estás viva.

—Es una larga historia. Una muy dolorosa.

—Estoy tan feliz de verte de nuevo...

—Y yo a ti, Martha.

Volvieron a fundirse en un abrazo. Martha lloraba de alegría. La expresión de Mayra era contenida, pero no pudo evitar que se le humedecieran los ojos.

—¿Por qué las máscaras y el secreto?

—Porque soy Darthor.

—No hablarás en serio... —dijo Martha dando un paso atrás y observando a su amiga de pies a cabeza.

—Lo hago.

Martha miró a Lasgol con ojos llenos de incredulidad.

El muchacho asintió.

—Ella es Darthor.

La mujer se quedó con la boca abierta.

Ulf no pudo contenerse:

—Menuda paparruchada. ¿Cómo va a ser Darthor una mujer?

La cara de Mayra se volvió hosca. Le brillaron los ojos. Señaló a Ulf con una mano cubierta por un singular guantelete negro con piedras níveas y vetas del mismo color. Murmuró unas palabras.

Ulf se llevó las manos al cuello, empezaba a ahogarse.

—Deberías tener más cuidado con lo que dices, esta mujer puede matarte a su voluntad.

Ulf cayó al suelo. Se retorcía, no podía respirar, el aire no le llegaba a los pulmones.

—Por favor, no le hagas daño. Te lo ruego —le pidió Lasgol.

Mayra miró a su hijo y retiró la mano. Al instante, el conjuro murió y Ulf pudo volver a respirar. Comenzó a toser y le costó un momento recuperarse.

El chico fue a ayudarlo. Ulf se puso en pie, pero tuvo que sentarse para recuperar el resuello. Continuó intentando que Camu se calmara mientras una cantidad enorme de sensaciones contrapuestas lo envolvían. Darthor estaba allí, su madre estaba allí, en la casa. Pasada la sorpresa inicial, comenzaba a sentir angustia por sus amigos, inquietud por lo que podría pasar. Y, sobre todo, una extraña sensación de desamparo. Estaba ante su madre. Ya no había duda posible. Martha también la había reconocido. La madre a la que había perdido cuando era un niño. Un sentimiento de abandono, de desesperanza, lo abrazó.

Al fin, Camu se tranquilizó al ver que ni Mayra ni Muladin usaban más magia. Trepó por la pared hasta encaramarse a la lámpara y se quedó allí observando la escena.

—Me alegro de verte sano y salvo, Lasgol —saludó Muladin mientras se echaba la capucha hacia atrás y dejaba ver su rostro de piel oscura.

—Hola, Muladin. Yo también de verte a ti con vida.

El hechicero sonrió y fue a inspeccionar los alrededores para asegurarse de que no había peligro.

—Martha, gracias por cuidar de él —dijo Mayra mirando a Lasgol.

—Ha sido una bendición.

—Siento mucho lo de Edgar.

—Y yo lo de Dakon.

—Quién nos lo iba a decir… —exclamó Mayra con tono melancólico observando la casa—. Cuántos buenos momentos, cuánta felicidad he vivido en esta casa…

—Sigue siendo tu casa, yo cuidaré de ella.

—Ya no es mi casa. Ya no soy Mayra. Mayra murió, y con ella, todo lo que amaba. Ahora soy Darthor y eso ya no puede cambiarse. No hay vuelta atrás.

—En la vida siempre hay opciones, amiga mía; otros caminos que pueden andarse.

—Algunos caminos, una vez emprendidos, no pueden desandarse.

—Me entristece tu dolor.

—Siempre fuiste muy perceptiva, Martha.

—Y tú siempre fuiste indomable.

Mayra rio.

—Eso no lo he perdido. El dolor me hace más fuerte, indómita. Pero tienes que entender que ahora soy Darthor y me debo a mi causa. Nada más importa.

—¿Causa? ¿Conquistar Norghana y esclavizarnos?

—¡Ja! Eso es lo que Uthar quiere que penséis, lo que está haciéndoos creer.

—Es lo que todos creen —intervino Lasgol.

—Porque es muy inteligente y un manipulador excepcional. Un rival extremadamente peligroso.

—¿El rey? No lo entiendo —confesó Martha.

—Esta guerra no la hemos iniciado nosotros, tampoco es nuestro deseo conquistar Norghana ni esclavizar a nadie. Eso son calumnias que Uthar ha estado difundiendo para tener al pueblo atemorizado y de su lado.

—Ya, y por eso tienes un ejército de salvajes del hielo con sus bestias del Continente Helado a tu servicio —dijo Ulf.

—Los salvajes del hielo acudieron a mí para que los ayudara. Somos aliados.

—¿Acudieron a ti? —preguntó Lasgol, que quería saber más sobre lo sucedido y cómo su madre había terminado dirigiendo aquel ejército contra Uthar.

—El Pueblo del Hielo acudió a mí porque sabían que perseguíamos un objetivo común: detener a Uthar. El rey trataba de expulsar a los salvajes del hielo de la costa norte norghana, donde han vivido desde los albores de los tiempos, para hacerse con las minas de oro y plata de esa región.

—El Pueblo del Hielo pertenece al Continente Helado, no tiene por qué vivir en suelo norghano —dijo Ulf.

—Excepto porque ellos estaban aquí antes —dijo Muladin, que volvía del exterior.

—Norghana es de los norghanos —dijo Ulf.

—Uthar se ha aprovechado de esa forma de pensar, la ha potenciado para lanzar una campaña contra los salvajes del hielo que viven en la zona norte de Norghana —explicó Mayra.

—Una campaña de exterminio para robarles las tierras —añadió Muladin.

—Los norghanos y los salvajes del hielo hemos convivido durante centurias —apuntó Martha—, ellos en el recóndito norte y nosotros, en el resto de Norghana. Solo en los últimos tiempos el odio y los ataques se han incrementado.

—Uthar ha avivado el odio y la confrontación culpando a los salvajes del hielo de iniciar hostilidades cuando, en realidad, han sido sus agentes quienes lo han hecho.

—Yo lo presencié, puedo atestiguarlo —apoyó Lasgol, recordaba bien la masacre que había presenciado en las aldeas de los salvajes.

—Me cuesta creerlo del rey. Todos aseguran que es un buen gobernante —dijo Martha.

—¡Claro que lo es! —coincidió Ulf.

—Os tiene a todos bien engañados. La realidad es otra muy distinta. Por fortuna, unos pocos la conocemos y la combatimos —dijo Mayra.

—Es hora de partir —le dijo de pronto Muladin.

—¿Partir? ¿No te irás ahora…, así? —dijo Martha.

—Lo siento. No tengo elección. Los espías del rey me buscan sin descanso. Además, quedarme significa poneros a todos en peligro. He venido por Lasgol.

—¿Tengo que acompañaros?

—Sí. Es importante. De lo contrario no te pondría en peligro.

—Está bien.

—¿Estás seguro? —preguntó Ulf, nada convencido.

—Tranquilo, Ulf. No me pasará nada. Te haré llegar nuevas en cuanto sea seguro —le prometió el muchacho para tranquilizarlo.

—¿Podemos fiarnos de ellos? —quiso saber Muladin mirando a Martha y Ulf. Lo dijo con tono cortante.

—Por Martha respondo yo —dijo Mayra.

—Por Ulf respondo yo —se apresuró a decir Lasgol.

—Este encuentro no ha tenido lugar —ordenó Mayra con tono frío, letal—. Una sola palabra a alguien y cualquiera de los presentes corre el riesgo de morir. ¿Queda claro?

Martha y Ulf asintieron, apesadumbrados.

—Lasgol, coge a la criatura y tu equipamiento de guardabosques. Partimos.

Un momento más tarde, tres jinetes con ropas de invierno cabalgaban al abrigo de la noche en dirección norte. Eso hicieron durante diez días, por la noche y se escondían durante el día para no ser descubiertos por patrullas norghanas o algún espía del rey. Lasgol no podía creer que estuviera cabalgando junto a su madre. Todavía le costaba asimilar que Darthor fuera su madre, sobre todo cuando vestía como el mago corrupto. Sin embargo, cuando descansaban y se quitaba el yelmo que le cubría el rostro y le distorsionaba la voz haciéndola sonar como la de un hombre, algo en el interior de Lasgol le decía que en efecto aquella mujer bella, dura y fría era su madre.

Ya no tenía dudas.

Aun así, que fuera la mujer que lo había traído al mundo no la convertía en su madre. Sentía que había perdido a su verdadera madre cuando era un niño y que aquella mujer era otra persona diferente. Deseaba preguntarle tantas cosas... Sin embargo, ella no le daba opción de hablar de temas que no tuvieran que ver con el viaje que estaban llevando a cabo. Cada vez que descansaban y Lasgol trataba de entablar conversación, ella le cortaba rápidamente. No parecía dispuesta a tratar temas personales.

Lasgol se resignó; pasaba los ratos de descanso jugando con Camu. Poco a poco, la criatura iba acostumbrándose a la presencia de los dos extraños. Sin embargo, le transmitía un sentimiento de peligro, de magia. Lo avisaba de que aquellos dos individuos eran poderosos hechiceros y existía una fuente de magia en ellos. Magia poderosa. Lasgol recibía el aviso de Camu con toda nitidez.

Al undécimo día de viaje, cuando descansaban en el interior de una cueva, cansado del silencio de su madre, Lasgol dejó de acariciar a Camu y se decidió.

—¿Por qué me abandonaste cuando era un niño? —preguntó sin previo aviso y sin rodeos.

Muladin, que encendía un fuego, se giró y lo miró con ojos de sorpresa. Mayra lo observó con rostro hosco.

—¿Seguro que quieres hablar de esto? Te causará dolor.

—Sí. Quiero saberlo.

—No cambiará nada. El pasado está muerto, hay que mirar al futuro.

—Quiero entender mi pasado.

—Está bien. Tienes derecho.

—Gracias.

—No te abandoné. Te dejé con tu padre.

—Pero ¿por qué?

—Era demasiado peligroso.

—¿Para quién?

—Para ti y para Dakon. El rey descubrió que estaba indagando sobre su persona, que sospechaba de él. Antes de que pudiera descubrir algo incriminatorio y convenciera a tu padre, intentó matarme.

—¿Uthar intentó matarte?

—Sí y casi lo logró. Me salvé de milagro. El asesino resbaló al propiciar el golpe final y su daga se me clavó en el hombro en lugar de en el corazón. La fortuna es así: sonríe a algunos, condena a otros. Pero en ese momento todo cambió. Uthar me había descubierto, volvería a intentar matarme y la siguiente vez no correría riesgos; me mataría a mí y a toda mi familia. No tuve elección. No podía dejar ningún cabo suelto, mucho menos siendo tu padre guardabosques primero.

—¿Qué pasó?

—Tu padre y yo fingimos mi muerte, simulamos que el asesino había tenido éxito y había logrado darme caza.

—Y funcionó...

—No fue tan sencillo. Casi acaba con nuestro amor... Tu padre era un gran hombre, un hombre bueno, justo. Le costó ver la verdad.

—¿No creía que Uthar intentara matarte?

Mayra suspiró y echó una rama al fuego.

—No. No estaba convencido. Necesitaba pruebas tangibles y yo no las tenía. Debes tener en cuenta que Dakon y el rey eran amigos desde hacía años. Buenos amigos.

—¿Cómo se convenció?

—El asesino. Le hice hablar. No apuntó directamente al rey, pero sí a alguien muy cercano a él. Dakon entendió que había un traidor. No estaba seguro de quién, pero sabía que era alguien de su entorno.

—O el propio rey.

—Eso es. En ese momento no pude convencerlo. Lo quería más que a la vida, pero era un hombre de verdades absolutas, el bien o el mal, y en su mente no entraba la posibilidad de que Uthar estuviese detrás de las masacres contra el Pueblo del Hielo.

—Es comprensible...

—Decidimos fingir mi muerte para evitar riesgos, por ti, y así seguir buscando la verdad de lo que estaba sucediendo. Le costó aceptarlo. Dakon no quería que nos separáramos, pero la duda sobre la traición comenzaba a calar y decidió no jugársela y dejarme ir. Fueron momentos muy duros para los dos. Nuestro amor se puso a prueba. Una prueba muy dura.

—Oh...

—Debes entender que en aquel entonces yo no tenía prueba ni certeza de lo que estaba sucediendo, solo sospechas. Dakon debía aceptar que su amigo no era realmente quien él creía. Además, debía hacerlo basándose solo en mis hipótesis.

—Y, al final, lo hizo.

—Sí. Me quería tanto que aceptó mi intuición sobre la lógica. Decidió creerme.

—Era un gran hombre.

—Sí, lo era. De eso no tengas nunca la más mínima duda. El mejor que ha pisado Norghana. —Lasgol asintió, Mayra continuó—: Quiero que sepas que mi marcha no fue voluntaria. Yo soy una mujer de carácter y dura, pero jamás habría abandonado a mi único hijo. Tuve que huir al norte, con los salvajes del hielo. No podía llevarte allí conmigo.

—La estratagema no habría funcionado.

—Exacto. Uthar habría sospechado que había huido contigo y no debía sospechar, por ti y por Dakon; vuestras vidas corrían peligro.

—Entiendo.

—Yo tuve que irme. Me partió el corazón tener que abandonaros, te lo aseguro. No soy una desalmada...

El muchacho tragó saliva. Se le habían humedecido los ojos.

—Tu padre siguió junto al rey para conseguir información, intentaba averiguar qué sucedía. Necesitaba entender por qué su amigo Uthar se comportaba como lo hacía. Con el tiempo fue viendo que aquel hombre, aunque de aspecto idéntico a Uthar, en realidad no era él. Yo sospechaba que estaba dominado por alguien muy poderoso en las sombras. Lo buscamos, intentamos desenmascararlo, pero no logramos dar con él por mucho que investigamos tu padre dentro de la corte y yo fuera de ella.

—Porque en realidad no había un dominador.

—Eso es. Nos llevó años descubrir que estábamos equivocados, que nadie manejaba a Uthar.

—Porque Uthar no es Uthar, es un cambiante.

Mayra y Muladin se quedaron mirando a Lasgol sorprendidos. Tenían rostro de preocupación grave.

—¿Lo sabes?

—Sí, lo hemos descubierto.

—¿Quién más lo sabe?

—Mis compañeros. Los Panteras de las Nieves.

—Debéis mantenerlo en secreto o moriréis.

—Guardaremos el secreto, no te preocupes.

—El rey es demasiado poderoso ahora mismo. Nos ha obligado a retirarnos al Continente Helado. No estamos en posición de poder desenmascararlo. Todavía no.

—¿Por qué no me lo dijiste?

—Para protegerte. Si Uthar sospecha que lo sabes… Ni los guardabosques podrán salvarte. Ahora Uthar no sabe que lo sabes y mientras estés formándote con los guardabosques, no sospechará. No debes delatarte. No es el momento. No actúes ni dejes que te descubra nadie.

—Tendré cuidado. ¿No podría… ir contigo?

Mayra suspiró.

—Ojalá pudieras, pero es demasiado peligroso. No quiero que pierdas la vida por mi culpa. Ya tengo la muerte de tu padre sobre mi conciencia, no podría soportar tener la tuya también.

—¿Por qué actuó Dakon contra el rey el día que murió? Siempre me lo he preguntado…

—Preparamos la trampa en el paso, íbamos a acabar con él y sus fuerzas de una jugada, todo habría terminado…, pero Uthar no cayó en la emboscada. Aquel aciago día todo salió mal. Y mi querido Dakon, mi marido, mi amor, hizo lo que le rogué que no hiciera. Se arriesgó demasiado. Viendo que no lo conseguiríamos, decidió actuar y acabar él mismo con el cambiante.

—Y no lo consiguió…

—No. Y le costó la vida. Por eso quiero que entiendas bien lo que está en juego. Cualquier error, cualquier movimiento contra Uthar terminará de la misma forma si no lo planeamos y ejecutamos a la perfección.

Lasgol asintió:

—No te preocupes por mí. No cometeré ese error.

—Y ahora descansemos. Mañana tenemos un día muy importante —terminó Mayra.

—¿Mañana? ¿Qué ocurre mañana?

—Mañana se decide el destino del Norte.

Capítulo 4

Lo último que Lasgol esperaba era volver a cruzar las Montañas Eternas. Y mucho menos hacerlo bajo tierra.

Habían ocultado los caballos en un bosque de hayas y se habían internado en un túnel secreto. La entrada era imposible de ver, estaba a diez pasos de la pared de la montaña, entre tres enormes robles. La cubrían sus raíces y algo de magia del hielo, pues a unas palabras de Darthor las raíces se apartaron y, bajo lo que parecía musgo, apareció una abertura que un momento antes no estaba allí.

Lasgol había insistido en llevarse a Camu con él; no quería dejarlo solo.

—¿Estás seguro de que puedes controlar a la criatura? —le había preguntado Mayra.

—Sí. Obedecerá mis órdenes.

—De acuerdo. Mantenlo contigo en todo momento y que no se haga visible. Sería una desgracia enorme si el encuentro se estropea por su causa.

—No pasará. Yo me encargo.

—Muy bien —aceptó Mayra, aunque no sonó muy convencida.

El pasaje cruzaba por debajo de las imponentes montañas del nordeste. Aquello era obra de los salvajes del hielo. El túnel tenía más de mil pasos de largo. Debía de haberles llevado años excavarlo y habría requerido miles de salvajes hacerlo. De otra forma, Lasgol no se explicaba la existencia de semejante corredor subterráneo.

Muladin avanzaba en cabeza; había conjurado un encantamiento de luz y una esfera luminosa les alumbraba el avance flotando frente a ellos. Cuando por fin salieron al otro lado, Lasgol se percató de que estaban en territorio del norte, en territorio en pugna.

—Vamos, caminaremos; no está muy lejos —dijo Mayra.

Nevaba bastante. Los copos cubrían el suelo con una capa blanca y mullida. Muladin abría camino. Avanzaron durante medio día hasta llegar a una cueva en una colina rocosa cubierta de nieve.

—Es aquí —anunció Muladin.

Lasgol miró extrañado la entrada de la cueva: era muy pequeña y parecía una madriguera. Apenas cabía una persona. Muladin se agachó y entró arrastrándose. Mayra lo siguió. Él se encogió de hombros y fue a continuación. No se equivocaba; el interior era diminuto, apenas había espacio para los tres y no se podían poner en pie.

—No te muevas —le pidió Mayra.

Muladin introdujo la mano en un agujero entre dos rocas. Se escuchó un clic, luego el sonido de roca deslizándose sobre roca. La pared del fondo de la cueva se desplazó a un lado y dejó un paso libre.

—¿Qué…? —balbuceó Lasgol.

—No hay tiempo, llegamos tarde —dijo Mayra, y se introdujo en el paso.

Desembocaron en una cueva inmensa. El chico observaba el interior con la boca abierta. Las paredes emitían destellos cristalinos, como si miles de diamantes estuvieran incrustados a lo largo de toda la superficie. En el altísimo techo de roca caliza había un enorme orificio por el que penetraba la luz; debía de estar a más de cuarenta varas de altura. Pero lo que lo dejó pasmado era el enorme lago de aguas azuladas que dormitaba inmune al paso de los siglos. Era de un color azul plateado y la superficie no se movía, parecía un espejo. Lasgol estuvo tentado de lanzar una piedra para comprobarlo, pero habría roto la magia del lugar.

En el centro del lago se alzaba una isla ovalada, sobre ella, un singular monolito blanco, de apariencia nívea y pulida, de unas cuatro varas de altura. Rodeaba la isla una espesa bruma blanca que no dejaba ver qué había sobre la superficie.

—¿Qué es este lugar? —preguntó Lasgol.

—Es un lugar de reunión del Pueblo del Hielo, un lugar sacrosanto —le explicó Muladin.

—¿Y ese monolito blanco…?

—No debes tocarlo, es sagrado —le advirtió Mayra.

Una barca se acercó a recogerlos. Lasgol no había visto de dónde había surgido, lo que le extrañó. La conducía una figura envuelta en una túnica blanca. El muchacho no pudo verle la cara, aunque, por su constitución, supo que era un salvaje del hielo.

Tras embarcar, el salvaje los llevó en dirección a la isla. Se adentraron en la bruma hasta llegar a tierra. Allí, atracaron en la orilla y los tres saltaron de la barca. Lasgol distinguió un grupo de personas junto a la base del monolito. Eran una veintena en total. Miró atrás y se percató de que no podía ver a través de la bruma.

El grupo estaba dividido en dos mitades muy diferenciadas. Unos aguardaban a la izquierda del monolito y otros, a la derecha. De un primer vistazo, Lasgol dedujo que el grupo de la izquierda se trataba de norghanos: nobles, por sus armaduras de escamas de buena confección y elegantes vestimentas y capas. El otro grupo dejó a Lasgol con la boca abierta. Se trataba de salvajes del hielo. Eran inconfundibles: enormes, de más de dos varas de altura, de una musculatura y fuerza abrumadoras, de piel muy tersa, sin arrugas, de un color azul hielo sobrecogedor. El cabello y la barba de aquella raza eran de un rubio azulado que parecía como si se hubieran congelado, y los ojos, de un gris tan claro y pálido que parecían completamente blancos, sin iris. Lasgol se sobrecogió al recordar la experiencia vivida entre ellos.

—Llegas tarde, Darthor —recriminó una voz que a Lasgol le resultó conocida.

—Lamento el retraso, duque Olafstone. Circunstancias imprevistas —dijo Darthor mientras se acercaba a saludarlo.

Lasgol se quedó de piedra al reconocer al duque. No esperaba ver al padre de Egil allí. El duque Vikar era un hombre imponente. Debía de tener unos cincuenta años y era un verdadero norghano, grande y fuerte, de cabellos rubio cobrizo, que ya mostraban vetas de plata. Llevaba el pelo hasta los hombros y el rostro, adornado con una barba con perilla cuidadas. Si bien impresionaba por su presencia, al lado de los salvajes de hielo no parecía tan poderoso.

Muladin le hizo un gesto a Lasgol para que se quedara con él a un lado, a cierta distancia de lo que iba a acontecer. Mientras, Darthor se aproximaba al resto de las figuras que aguardaban y los saludaba con breves gestos, uno por uno.

—Os dije que vendría —dijo otra voz que Lasgol reconoció de entre el grupo de salvajes del hielo; era Sinjor, el líder de los salvajes del hielo.

Lasgol lo observó y se quedó sin respiración. Tenía la altura de tres hombres y la anchura de otros tres. Era en verdad impresionante. Su piel era azul, como la de los salvajes del hielo, pero, a diferencia de estos, estaba surcada por vetas blanquecinas diagonales.

Comparado con el duque y los otros norghanos de la reunión, Sinjor era un gigante. Lasgol estaba convencido de que debía pertenecer a una raza mezcla de gigantes y salvajes del hielo, o quizá hombres. Vestía con pieles de oso blanco. Tenía el cabello y la barba largos, blancos como la nieve, de aspecto gélido como el de los salvajes del hielo. Pero lo que más llamaba la atención de aquel ser prodigioso era que solo poseía un enorme ojo en mitad de la frente. El iris era azul como su piel. Lasgol sintió un escalofrío bajarle por la espalda al contemplarlo.

—Esta es una reunión trascendental para el futuro del Norte, dije que estaría aquí y aquí estoy —dijo Darthor.

—¿Estamos todos? —preguntó el duque Olafstone.

Darthor miró alrededor.

—Por el lado de los Pueblos del Hielo reconozco a Sinjor, líder de los salvajes del hielo.

El enorme semigigante de un ojo dio un paso adelante y, cruzando los brazos, se golpeó los hombros varias veces en algún tipo de saludo tribal.

El duque hizo un saludo respetuoso con la cabeza.

—Reconozco a Sinjor.

—También reconozco a Tarsus, líder del pueblo de la tundra —continuó Darthor.

Lasgol observó con ojos como platos al líder de otro de los pueblos del Continente Helado. No era como los salvajes de hielo; su piel, en lugar del azul hielo de los salvajes, era de un color blanco cristalino. Brillaba reflectando la luz y dolían los ojos al mirarla. Se percató de que, en realidad, la piel de aquel ser parecía estar cubierta de copos de nieve cristalizados. El pelo níveo le brillaba con igual intensidad, como si se hubiera convertido en nieve cristalizada. Los ojos eran de un gris intenso, similares a los de sus primos, los salvajes del hielo. En cuanto a constitución, era atlético y estilizado. No tenía la musculatura de los salvajes, aunque sí su altura. Lasgol se preguntó a qué se deberían aquellas diferencias tan acentuadas en razas relacionadas del mismo continente.

Tarsus dio un paso al frente y saludó de la misma forma. Vestía con pieles de foca albina. Lasgol lo miraba fascinado. Entre el grupo de los pueblos del Continente Helado vio varios de su misma raza.

El duque hizo un saludo respetuoso con la cabeza.

—Reconozco a Tarsus.

—También reconozco a Azur, el chamán del hielo, jefe de los arcanos de los glaciares.

Si las anteriores razas le habían sorprendido por lo diferentes que eran de los norghanos, esta dejó a Lasgol estupefacto. Azur no era muy alto, en cambio sí extremadamente delgado. Su cuerpo estaba recubierto de una piel azulada similar a la de los salvajes del hielo, pero no por completo; tenía zonas de un blanco cristalino, la piel del pueblo de la tundra. El rostro era casi norghano, muy humano, más que el de los otros Pueblos del Hielo, que tenían un matiz salvaje y animal. Los intensos ojos azules brillaban con inteligencia. Llevaba la cabeza afeitada con un tatuaje en blanco cristalino de una extraña runa. En la mano derecha portaba una vara construida de huesos de animal y decorada con diferentes símbolos extraños. Colgantes de diferentes tipos le adornaban el cuello y algunos huesos de animales le pendían de la vestimenta. Lasgol supo que tenía poder arcano, era un chamán.

El duque realizó una pequeña reverencia.

—Reconozco a Azur.

—No deberías mirarlos tan directamente. No les gusta, y si por algo se caracterizan los pueblos del Continente Helado es por su temperamento explosivo y su paciencia inexistente —le advirtió Muladin a Lasgol en un susurro.

—Es que… son tan diferentes…

—Lo son —asintió Muladin—. Muy diferentes a nosotros, muy diferentes entre ellos, aunque comparten parentesco. Los salvajes del hielo son muy fuertes y sus líderes, los semigigantes, aún más, y muy inteligentes. Los pobladores de la tundra, por otro lado, son muy ágiles y escurridizos. Y, por último, tenemos a los arcanos de los glaciares, dotados del don en diferentes formas.

—Son increíbles.

—Lo son. Un pueblo que merece más de lo que le ha tocado vivir, de lo que le está ocurriendo. Veremos si hoy conseguimos avanzar hacia un futuro mejor.

—Esperemos.

—¿Y por vuestra parte, duque? —preguntó Darthor.

—Por nuestra parte han acudido a mi llamada, el duque Erikson —presentó y dio paso a un noble de cabellos dorados e intensos ojos azules de mediana edad. Era de complexión delgada. Su rostro era bello, de rasgos finos, casi femenino. Algo muy poco habitual entre los hombres norghanos, que tendían a ser en su mayoría fuertes y de rostros muy varoniles. El duque Erikson se adelantó y realizó una reverencia a Darthor, luego a los líderes de los pueblos del Continente Helado.

—Reconozco al duque Erikson —dijo Darthor a la vez que devolvía la reverencia.

—También está con nosotros el duque Svensen —anunció el duque Olafstone.

Este dio un paso al frente y saludó como lo había hecho Erikson. Svensen sí era la viva imagen de un norghano: rubio, alto, robusto, de hombros anchos y rostro de leñador.

—Reconozco al duque Svensen —dijo Darthor, y le devolvió el saludo.

Tras los duques, se presentaron cuatro condes: el conde Bjorn, el conde Axel, el conde Harald y el conde Malason, a quien Lasgol ya conocía, pues era el regente de su condado y le sorprendió mucho encontrarlo allí. De hecho, verlos allí a todos era algo muy significativo. De alguna forma, el duque Olafstone había convencido a sus aliados para que estuvieran ese día allí. Por lo que Egil le había comentado, aquellos nobles, junto a su padre, formaban la Liga del Oeste y reclamaban la corona que Uthar lucía sobre su cabeza.

Lasgol se rascó la sien mientras lo pensaba. Si estaban allí, significaba que se disponían a ir contra Uthar y a intentar recuperar la Corona para la casa Olafstone, casa que tenía derecho directo de sucesión. Recordó lo que Egil le había contado de la historia norghana y su familia. El reino se había dividido en dos hacía dos siglos, después de la muerte del rey Misgof por las fiebres blancas, sin dejar descendencia. La casa de Vigons-Olafstone, la de Egil y sus aliados se unieron para reclamar el trono. El bisabuelo de Egil perdió la batalla frente al bisabuelo de Uthar, de la casa Undersen, y sus aliados, quienes se hicieron con el trono y el reino. Se coronó rey de Norghana, aunque el derecho por descendencia directa era de la familia de Egil, pues su bisabuelo y el rey Misgof eran primos carnales, mientras que por parte de Uthar eran primos segundos. Pero, al perder, la casa Haugen se hizo con el trono y había pasado a Uthar.

—Muy bien. Ahora que todos sabemos quiénes somos, os explicaré el propósito de este encuentro. Estamos hoy aquí para pactar una alianza que nos asegure derrocar a Uthar —les anunció Darthor sin rodeos.

Hubo un largo silencio mientras interiorizaban lo que aquello suponía.

—Mucho pides —objetó Azur—. Nos pides que olvidemos nuestras diferencias hoy aquí, después de cientos de años de sangre y odio entre nuestros pueblos. Los norghanos son enemigos de los Pueblos del Hielo, bien lo sabes, bien lo sabemos todos.

—Cierto, pero espero que hoy dejemos nuestras diferencias de lado.

Azur no parecía convencido. Se apoyó en su vara y observó a los nobles norghanos.

—Ellos han derramado nuestra sangre, nos han expulsado del norte de Norghana, parte de nuestro hogar por mucho que ellos lo consideren solo suyo.

—No hemos sido nosotros, ha sido Uthar —se defendió el duque Olafstone.

—¿Y qué diferencia hay? Yo solo veo dos norghanos, la misma cosa. Hoy uno intenta matarnos. Mañana será el otro.

—Yo no intentaré mataros, tienes mi palabra.

—¿Y cuánto vale la palabra de un norghano dada a un salvaje del hielo?

Olafstone lo miró asombrado.

—Yo te lo diré: nada.

Un murmullo de ultrajadas voces norghanas resonó en la caverna.

El duque Olafstone intentó reconducir la situación:

—Puede que a ojos del Pueblo del Hielo no seamos diferentes unos norghanos de otros, pero te aseguro que lo somos. Uthar, el actual rey de Norghana, es un usurpador y viene a daros muerte, a robaros vuestras tierras. Yo te ofrezco mi ayuda y la de mis aliados para detenerlo.

Azur suspiró hondo y miró a los suyos.

—Y cuando lo hayamos detenido, ¿quién nos ayudará contra ti?

—Nada tenéis que temer de mí, yo busco la Corona de Norghana, no el Continente Helado.

—Por desgracia, esta no es la primera vez que pactamos con los norghanos para que luego nos traicionen y nos acuchillen por la espalda.

Darthor intervino:

—Yo respondo por el duque Olafstone; es un hombre de honor, cumplirá su palabra.

—Yo no estoy tan seguro…, como tampoco de que vayáis a luchar contra Uthar. ¿Dónde estabais cuando atacamos a Uthar en Norghana? No nos apoyasteis, no apoyasteis a Darthor, que nos lideraba. ¿Por qué iba a ser diferente ahora?

—Lo será —le aseguró Darthor.

—Yo confío en ti, Darthor; los pueblos del Continente Helado confían en ti; pero en estos norghanos no confiamos.

—Dadnos una oportunidad de demostrarlo y lo haremos —respondió el duque Svensen.

Sinjor dio un paso al frente. Su rostro irradiaba furia.

—Ya tuvisteis una oportunidad y no nos ayudasteis. Nosotros, el Pueblo del Hielo y los otros pueblos del Continente Helado nos enfrentamos a las fuerzas de Uthar y perdimos. Entonces, no nos apoyasteis, y, lo que es peor, en la hora final os unisteis a él —reprochó con rabia.

—No tuvimos elección, iba a ejecutar a nuestros hijos —dijo el duque Olafstone.

—¡Nos traicionasteis! —gritó de pronto Tarsus, lleno de ira.

—Eso no es cierto, nunca nos comprometimos a levantarnos en armas contra Uthar. Solo acordamos que permaneceríamos al margen cuanto pudiéramos —aclaró el duque Erikson.

Azur hizo una mueca de desaprobación.

—¡No hacer nada mientras nosotros luchábamos y moríamos es una traición! —dijo Sinjor.

—No, no lo es. Mantuvimos el trato —replicó Olafstone.

—¡No se puede confiar en ellos, no tienen palabra! —dijo Tarsus señalándolos y mirando a Darthor.

—¡No dudes de mi honor, salvaje! —dijo el duque Svensen.

—Yo seré un salvaje a tus ojos, pero tú una comadreja a los míos —continuó Tarsus.

—¡Cómo te atreves!

—¡Me atrevo porque digo la verdad! ¡Los norghanos no tenéis palabra!

—¡Pagarás esta afrenta! ¡Nadie me insulta!

Los norghanos desenvainaron las espadas y los salvajes sus enormes hachas de dos cabezas, que portaban a la espalda.

—¡QUIETOS TODOS! —ordenó Darthor.

—¡No derraméis sangre! —dijo el duque Olafstone.

Lasgol estaba muy nervioso. Podía sentir la desconfianza y el odio entre los dos grupos como si le estuviera golpeando en el rostro.

Muladin miraba a un grupo y al otro con ojos llenos de inquietud.

—¡Falsos! ¡Cobardes! —gritó Sinjor.

—¡Te voy a atravesar, maldito salvaje descerebrado! —espetó el duque Erikson.

—¿Descerebrado? ¡Nada hay con menos cerebro que un norghano!

—¡Guardad las armas! —gritó el duque Olafstone a pleno pulmón.

Los insultos subieron de tono. Los gritos rebotaban en las paredes de la cueva. Lasgol dio un paso atrás ante la agresividad y la inminencia de la confrontación. No parecía que nada pudiera parar ya el derramamiento de sangre. Los norghanos y los pueblos del Continente Helado estaban enemistados desde el inicio de los tiempos. La rivalidad, el rencor, las traiciones y el odio que se habían generado durante tanto tiempo eran algo muy difícil de dejar de lado. La sangre derramada, los muertos de ambos lados pesaban mucho en los corazones de todos.

Darthor se interpuso entre los dos grupos antes de que se derramara la primera gota de sangre; después ya sería demasiado tarde.

—¡Quietos todos! —comandó. Señaló con su mano al conde Bjorn, que estaba a punto de atacar con su espada desenvainada a uno de los salvajes del hielo.

Lasgol observó un intenso destello magenta negruzco surgir del brazo de Darthor.

—Obedece mi orden —dijo Darthor.

El conde Bjorn bajó los brazos, se volvió y se quedó esperando la orden.

Darthor señaló ahora al salvaje del hielo y repitió la frase de poder. Otro destello surgió de su brazo según conjuraba el hechizo.

—Obedece mi orden.

El salvaje bajó los brazos, se giró y quedó esperando.

El resto se percataron de lo que sucedía y los gritos y discusiones cesaron de inmediato. Todos miraban ahora a Darthor.

—De rodillas.

Los dos obedecieron la orden a una.

—Bajad la cabeza.

Los dos lo hicieron y dejaron las nucas a la vista.

Darthor señaló al conde Malason. Conjuró sobre él:

—Sitúate junto a ellos. Desenvaina.

Lasgol se tensó. ¿Qué iba a hacer Darthor? ¿No iría a decapitarlos? No, no podía ser.

—Levanta la espada. Prepárate para decapitarlos —le dijo al conde Malason, y este obedeció.

—¡No, espera! —dijo el duque Olafstone.

—¡No es necesario! —pidió Sinjor.

Darthor los miró.

—¿Estáis seguros?

—Sí, detenlo —respondió el duque.

Sinjor asintió varias veces. Darthor conjuró de nuevo sobre los tres y un intenso destello violeta negruzco salió de su extraño guantelete. De pronto, los tres despertaron del profundo trance y se miraron sin entender qué había sucedido ni qué estaban haciendo.

Darthor les hizo una seña para que volvieran con los suyos.

—El futuro del Norte está en juego. Matarnos hoy aquí entre nosotros solo garantiza la victoria de Uthar.

—En eso estamos todos de acuerdo —dijo el duque Olafstone.

—Solo estamos de acuerdo en eso —pronunció Azur—. Esta alianza no puede darse, no sin prueba de que los norghanos cumplirán su parte, cosa que no hicieron. Tú eres un gran líder, Darthor, y te seguimos, pero los pueblos del Continente Helado tienen su propia voz, una que debe ser respetada, pues es su derecho.

—Y se respetará —aseguró Darthor—. No impondré mi voluntad. Estoy aquí a vuestro lado porque pedisteis mi ayuda contra Uthar. ¿Cuál es la voz de los pueblos?

—Los arcanos de los glaciares —dijo, luego se giró hacia sus compatriotas— no apoyan esta alianza. Defenderemos nuestras tierras como lo hemos hecho siempre, unidos con nuestros pueblos hermanos.

—Nosotros pensamos lo mismo —convino Sinjor cruzando los brazos.

—¿El pueblo de la tundra? —preguntó Darthor.

—Antes muerto que confiar en traicioneros norghanos —dijo Tarsus.

Aquello sentenció el pacto.

Los norghanos lanzaron gritos e improperios acusadores, y el duque Olafstone tuvo que llevárselos antes de que se produjera un derramamiento de sangre.

Los salvajes marcharon a continuación.

Darthor quedó en el centro de la isla, frente al monolito sagrado, con los hombros caídos.

Su intento había fracasado.

Sin alianza no había esperanza para nadie.

Capítulo 5

TRAS EL DESASTROSO DESENLACE DEL CÓNCLAVE SECRETO, LLEGÓ el momento de las despedidas. Darthor se llevó a Lasgol a una pequeña caverna adyacente. Muladin se quedó fuera, de guardia para que nadie los molestara.

—Aquí podremos hablar a solas.

—Lo siento, madre…

—Había pocas posibilidades de que funcionara, pero debía intentarlo por el bien de todos.

—¿Y ahora?

—Ahora seguiremos adelante. Detendremos a Uthar de una forma o de otra.

—Pero ¿podremos?

—Confía. Siempre confía, aun en la peor de las situaciones. No dejes nunca de luchar aunque parezca todo perdido. Nunca te rindas. Nunca.

—Así lo haré —le aseguró Lasgol.

—Son palabras de tu padre. Él me las enseñó.

—Lo echo mucho de menos… —Los ojos de Lasgol se humedecieron.

—Y yo. Todos los días de mi vida.

Madre e hijo se unieron en un abrazo en la penumbra de la cueva y olvidaron en un momento de puro cariño las responsabilidades, los peligros y las situaciones adversas. El amor los unió allí, en el remoto helado Norte, en un momento que nunca olvidarían.

Lasgol se sintió arropado y querido.

—Debemos seguir adelante y hacer frente a lo que venga —le dijo Mayra.

—¿Saben los nobles norghanos que Uthar es un cambiante? —preguntó Lasgol, al que la duda corroía desde hacía algún tiempo.

—El duque Olafstone lo sabe, el resto no. No son hombres acostumbrados a enfrentarse a la magia ni a criaturas diferentes o con el don. Sería contraproducente que lo supieran ahora mismo.

—¿Por qué? Más razón para ir contra él. Es un impostor. No es el rey legítimo.

—Sí, pero algunos podrían echarse atrás al verse enfrentados a algo que no comprenden. El miedo a lo desconocido, a lo mágico, a lo que no entienden puede decantar la balanza en nuestra contra. Ya sucedió y podría volver a suceder.

—Cuando se unieron a Uthar en vuestra contra...

—Exacto. El duque se encargará de comunicarlo cuando sea necesario. Las prisas son malas consejeras. Hay que tener mucho cuidado al buscar alianzas, pues son frágiles y todos nos jugamos la vida, la nuestra y la de nuestras familias... Como acabas de presenciar.

—El riesgo es demasiado grande, ahora comprendo todo lo que está en juego.

—Por eso quería que estuvieras hoy aquí.

—Gracias por traerme, por confiar en mí.

—Tú eres sangre de mi sangre, alma de mi alma. —Lasgol se emocionó al oír aquellas palabras de su madre—. Pero no puedo mostrarlo abiertamente. Lo siento. No puedo reconocer que eres mi hijo. No deben conocer quién soy en realidad. No me seguirían de saberlo.

—¿Por ser una mujer?

—Unos por esa razón y otros por ser norghana… Darthor es un poderoso mago, el Señor Corrupto del Hielo, es cuanto saben y respetan. El miedo es un arma muy poderosa. Han de continuar respetando y temiendo lo que represento, es la única forma de alcanzar la victoria.

—No sabrán nada por mí.

—Mantén el secreto. Ahora debes volver al campamento y actuar como si nada de esto hubiera ocurrido —le dijo Mayra.

—¿Ya? ¿No puedo quedarme contigo un poco más?

—No, no es posible. Debes regresar al campamento. Uthar te estará vigilando para asegurarse de que no sospechas nada y no eres un riesgo. No podemos darle ningún motivo para que piense lo contrario. Ordenará tu muerte. Lo hará a la menor sospecha.

—Pero…

—Si sospecha que algo pasa, precipitará la invasión, y nosotros no estamos preparados todavía. No debe sospechar nada. Debe creer que su secreto está seguro y que no tienes ni idea de esto.

—Está bien.

—Además, yo he de volver al Continente Helado para preparar la defensa. Los Pueblos del Hielo me necesitan y no es lugar para ti. No puedo llevarte. No ahora.

—Es que hemos pasado tan poco tiempo juntos…

—Lo sé. Y no creas que no me gustaría llevarte conmigo, pero el lugar más seguro para ti ahora mismo es el campamento de los guardabosques. Para ti y para la causa. Cuando venzamos a Uthar, habrá tiempo para nosotros, para recuperar todos estos años perdidos por la separación. Ahora no es ese tiempo.

—Lo entiendo —asintió Lasgol con los ojos húmedos. Notaba un dolor intenso en el pecho y le costaba respirar.

Mayra se percató.

—Estoy muy orgullosa de ti, siempre lo he estado; quiero que lo sepas. Pase lo que pase, recuerda que bajo esta máscara de Darthor se halla Mayra, tu madre, y ella te quiere con toda su alma. Eso debes saberlo y recordarlo siempre.

El muchacho no pudo contener las lágrimas.

Ella lo abrazó llena de amor.

—Gracias…, madre.

—Eres mi hijo y te quiero más que a la vida.

—Madre…

El silencio los envolvió y permanecieron abrazados durante un largo rato.

—Una última cosa.

—¿Sí?

—La criatura. Debes llevarla contigo siempre.

Como si supiera que estaban hablando de él, Camu se hizo visible en el hombro de Lasgol.

—Siempre está conmigo.

—Es muy especial. Te protegerá.

—¿De Uthar?

—De cualquier peligro de origen mágico.

—Oh.

—Y de Uthar también. Mantenla siempre a tu lado y aprende a interactuar con ella. Aprende sus secretos. Hay muy pocas criaturas tan especiales sobre Tremia. Me costó mucho encontrarla. Es mi regalo especial para mi querido hijo.

—Lo haré, madre.

—Y ahora ve.

El chico abandonó la caverna con sentimientos encontrados de alegría y pesar. Muladin lo acompañó hasta volver a cruzar a territorio norghano, al otro lado de las montañas, y recuperar a Trotador, su querido poni.

—Nosotros partimos para el Norte, al Continente Helado; tú debes partir hacia el campamento.

—Cuida de ella, por favor.

—Es mi deber y mi fortuna servir a mi ama —le dijo Muladin—. Marcha tranquilo. Yo siempre velo por mi señora.

—Gracias. Suerte.

—Suerte a ti también, joven guardabosques. Hasta que nuestros caminos vuelvan a encontrarse.

Lasgol montó sobre Trotador y colocó a Camu en el morral de viaje que colgaba de la silla de montar, allí iría más cómodo. Camu sacó la cabeza y lamió la mano del muchacho. A la criatura le gustaba cabalgar con la cabeza fuera del morral, mirando todo lo que sucedía y los paisajes que cruzaban. El chico le acarició la cabeza y se puso en marcha.

Calculó que le llevaría una semana a buen ritmo alcanzar el punto de encuentro en el río donde embarcar hacia el campamento. Solo había un problema: llegaría tarde. No creía que fuera a darle tiempo a llegar el día establecido. El instructor mayor Oden se pondría furioso si perdía el barco. Volvió a valorar la distancia y el día que era. No, no lo conseguiría. Sin embargo, no se resignó. Intentaría llegar.

—Trotador, vamos a tener que cabalgar a buen ritmo —le dijo al robusto poni norghano.

El poni rebufó.

—Buen chico. Vamos.

Camu soltó unos chilliditos de alegría al notar que Trotador aumentaba el ritmo.

Cabalgó en dirección al punto de encuentro. Fue tan rápido

como el tiempo, que iba empeorando, y las fuerzas de Trotador le permitían. El séptimo día, en medio de una tormenta de nieve, alcanzó el río a la altura del lugar de reunión. Por desgracia, no se había equivocado. Llegaba tarde. El navío ya había partido. Acarició el lomo de Trotador.

—Por poco, casi lo conseguimos. Buen chico.

De pronto, avistó a otro jinete bajo la nieve junto al río.

—Camu, escóndete.

La criatura protestó, pero se ocultó dentro del morral. Lasgol se acercó despacio, con prudencia.

—Hola, ¿quién va? —preguntó el jinete junto al río envuelto en una capa con capucha cubierta de copos de nieve.

Lasgol se sorprendió. La voz le era muy familiar. Detuvo a Trotador a unos pasos del jinete y escudriñó para intentar ver quién era. Entonces lo reconoció.

—¡Egil!

—¿Lasgol?

—Sí, soy yo.

—¡Amigo! ¡Qué alegría!

Los dos desmontaron y se abrazaron.

—¿Cómo es que llegas tarde? Muy raro en ti —le preguntó Lasgol a su amigo.

—He tenido que esperar al permiso de mi padre, el duque Olafstone, para ir al campamento. Por desgracia, me lo ha concedido tarde. Estaba en alguna reunión muy importante y he tenido que esperar a que terminara. He venido tan rápido como he podido, pero no he llegado a tiempo.

Lasgol asintió varias veces.

—A mí me ha ocurrido algo muy parecido.

—Mira —indicó Egil, que señalaba río arriba.

Lasgol observó el navío que se alejaba.

—¿Qué hacemos? —dijo Lasgol viendo el navío perderse en la distancia.

—Podríamos intentar alcanzarlo —propuso el otro—, pero los ponis están agotados. No creo que lo consigamos. Además, los pondríamos en riesgo por forzarlos demasiado; podrían morir...

—Trotador está agotado, mejor no forzar más. No me lo perdonaría si muriera.

Egil se volvió y miró río abajo.

—Tengo una idea mejor.

—Tú siempre tienes buenas ideas —le dijo Lasgol con una sonrisa y una mueca de expectación.

—Según tengo entendido, los navíos que se encargan de recogernos lo hacen en orden inverso a los cursos.

Lasgol puso cara de no entender.

—¿Cómo?

—Digo —explicó Egil con su acostumbrada calma cuando no lo entendían, que era muy a menudo— que al navío de tercer año le sigue el de segundo.

—Por lo tanto, el de segundo año llegará pronto... —dedujo Lasgol siguiendo el raciocinio de su inteligente amigo.

—Y luego el de primer año —continuó Egil—. Es un sistema bien pensado, de forma que no nos agolpemos todos aquí el mismo día y sea mucho más difícil embarcarnos a todos.

—Y ¿cuándo crees que llegará el navío de segundo año? —preguntó Lasgol, y miró alrededor—. Porque aquí no hay nadie de segundo año...

—Por lo que recuerdo, debería ser al cabo de uno o dos días. Sí, eso creo —dijo Egil con mirada pensativa.

—Muy bien. En ese caso, mejor buscar cobijo y acampar. La nieve va a terminar empapándonos —propuso Lasgol.

—No hay cuevas en esta zona, solo bosque y llanos —observó el otro torciendo el gesto.

—Acampemos bajo aquellos árboles; son robles frondosos, hay resguardo —dijo Lasgol señalando al norte hacia un pequeño robledal cubierto de nieve.

Los dos compañeros desmontaron. Dejaron que los caballos bebieran del río y ellos llenaron sus pellejos de agua. El frescor del agua los reavivó. Llevaron las monturas hasta los árboles, les dieron de comer de las alforjas y las dejaron descansar. Buscaron una zona donde cobijarse y, al fin, la encontraron. Se prepararon para pasar la noche. Sería fría, pero iban bien abrigados y preparados; no sufrirían. Además, ya eran medio guardabosques y la vida a la intemperie comenzaba a no resultarles tan ardua.

Lasgol abrió su morral de viaje y dejó salir a Camu. De inmediato, la criatura comenzó a dar botes entre las raíces de los árboles y a jugar con la nieve. Un momento más tarde ya estaba explorando los alrededores lleno de curiosidad y alegría por poder moverse con libertad.

—No vayas lejos —le pidió Lasgol.

Camu decidió ignorarlo y corretear por todas partes dando brincos, como a él le gustaba. Comenzó a cazar copos de nieve según caían, dando saltos y haciendo extrañas piruetas. Lasgol y Egil rieron con él.

Los dos amigos charlaron sobre sus días de descanso. Egil había permanecido en el castillo con sus dos hermanos mayores, Austin y Arnold.

—La situación es muy tensa. Mis hermanos dicen que el rey nos espía y controla todos nuestros movimientos.

—Por la Liga del Oeste.

—Sí. Ahora que ha conseguido rechazar a Darthor, ha fijado sus ojos en quienes no le prestaron todo el apoyo que esperaba.

—Tu padre no te ha contado adónde iba, ¿verdad?

—No. Ya sabes que no soy su hijo predilecto. Bueno, para ser más precisos, soy su vergüenza que ocultar. Nunca me cuenta nada. Solo me ordena qué hacer.

Se sintió mal por su amigo.

—Tengo algo importante que contarte.

—Sabes que puedes confiar en mí. Somos amigos.

—Lo sé, por eso te lo voy a confiar.

Lasgol le contó todo lo sucedido con Ulf, con la llegada de Darthor, con la reunión secreta de la Liga del Oeste y los pueblos del Continente Helado.

—¡Por todas las estrellas del firmamento, has estado muy ocupado!

Lasgol sonrió.

—Ya lo creo.

—Déjame recapacitar sobre todo lo que me has contado —le pidió Egil, y se quedó pensativo un largo rato.

Lasgol observaba a Camu jugar entre la nieve.

Al fin, Egil habló:

—¿Estás definitivamente seguro de que Darthor es tu madre?

—Sí, ahora estoy seguro.

—El año pasado no lo creías. Te negabas a aceptarlo.

—Me ha costado hacerme a la idea, pero ya no tengo duda.

—Eso significa que estábamos en lo cierto, que el enemigo es Uthar.

—Uthar no es realmente él, es un cambiante, tal y como descubrimos.

—No nos va a creer nadie…

—Lo sé, es el rey, ¿quién nos creería a nosotros?

—No tenemos pruebas que lo demuestren, y sin pruebas…

—Mi madre me lo ha confirmado, es toda la prueba que necesito.

—No lo digo por nosotros, lo digo por el resto.

—Nos crean o no, nosotros sabemos ahora la verdad y lo hemos visto con nuestros propios ojos.

—Muy cierto.

—Tengo la impresión de que nos esperan tiempos movidos —dijo Lasgol resoplando.

—No habiéndose forjado la alianza entre la Liga del Oeste y los pueblos del Continente Helado para hacer frente a Uthar, yo también preveo tiempos complejos. Irá contra los dos por separado.

—Eso me temo.

—¿Escuchaste qué planean hacer?

—No. No sé qué planes tienen más allá de que intentarán detener a Uthar.

—Entiendo. No será nada sencillo.

—Eso creo yo también.

—¿Debemos intervenir? —preguntó Egil con ademán pensativo.

—No lo sé. Mi madre y tu padre están involucrados, pero tú y yo servimos al rey, a Uthar.

—Déjame puntualizar que los guardabosques sirven al rey. Nosotros dos no servimos a nadie de momento, pues no lo somos todavía.

Lasgol captó la implicación.

—Eso es un tecnicismo…, pero tienes razón. Podríamos indagar, intentar ayudar a la Liga del Oeste, aunque sería peligroso y podríamos terminar ahorcados por traición al rey.

—Muy cierto —respondió Egil.

Lasgol negó con la cabeza.

—No vamos a arriesgarnos. No quiero poner nuestra vida en peligro sin una orden.

—¿Una orden explícita de Darthor?

—O de tu padre, el duque.

—Es lo más sensato, sí.

—Pues eso.

—Y nosotros siempre hacemos lo más sensato… —dijo Egil con tono socarrón.

Lasgol puso los ojos en blanco.

—Por una vez vamos a hacerlo. Todo este tema de política, derechos de sucesión, nobles y salvajes del hielo es demasiado complicado y peligroso para unos aprendices como nosotros.

Egil asintió y sonrió.

—No es sabio robar la razón a aquel que la tiene. Nos mantendremos al margen.

Camu dio un brinco y se acurrucó entre las piernas de Egil como si fuera un gato. En lugar de ronronear, comenzó a pedir caricias mirando a Egil con sus grandes ojos saltones y moviendo su larga cola.

—Quieres mimos, ¿eh? —interpretó Egil, y le acarició la cabeza.

Camu emitió un largo chillidito de estar a gusto.

—No lo mimes, que luego lo pide todo el rato. Eso y jugar. No para de jugar. Cada vez es más inquieto y vivo.

—Y grande. Ha crecido mucho. Su tamaño es ahora el de un gato grande.

—Y pesa como uno —dijo Lasgol sonriendo—. Ahora cuando se te sube al hombro, notas su peso bien notado.

—Recuerdo cuando ni nos dábamos cuenta.

—Eso se ha acabado. Si sigue creciendo así, para el año que viene tendrá el tamaño de una pequeña pantera.

—Es fantástico disponer de la oportunidad de ver cómo crece y se desarrolla, es una criatura maravillosa y fascinante.

—Sí, y a saber qué más cosas descubriremos que puede hacer… Tengo la impresión de que nos va a sorprender con nuevas habilidades.

—Este va a ser un año interesante —admitió Egil con una gran sonrisa socarrona.

—Pues empezamos bien…

—No te preocupes. Trata de dormir. Yo haré la primera guardia.

Lasgol se recostó y se puso lo más cómodo que pudo. Intentó dormir. Su compañero tenía razón, les esperaba un año intenso y lo mejor era no darle demasiadas vueltas. Y con aquellos pensamientos agitados, se durmió.

Capítulo 6

E L SEGUNDO DÍA DE ESPERA, TAL Y COMO HABÍAN PREVISTO, apareció el navío que iba a recoger a los de segundo año. Egil y Lasgol se presentaron ante el capitán del navío. Para su desgracia, resultó ser el capitán Astol, a quien bien conocían ya.

—¡Por todas las sirenas devorahombres! ¡Menudo par de pazguatos! ¿Cómo que habéis perdido el navío de los de tercer año?

—Lo sentimos… —dijo Lasgol.

—Circunstancias imprevistas… —comenzó a explicar Egil.

—¡Qué circunstancias ni qué mareas muertas! ¡Sois una desgracia! —Los dos muchachos bajaron la cabeza mientras el capitán los abroncaba un largo y humillante rato. Al fin, pareció calmarse algo—. El instructor mayor Oden se encargará de vosotros dos en el campamento. ¡Ya lo creo! ¡Vais a estar dando vueltas al lago todo un mes!

Lasgol tragó saliva. Lo más probable era que Oden los castigara justo con esa tortura. Egil lo miró con ojos de preocupación; el entrenamiento físico era su peor pesadilla.

—Podéis subir a bordo. Pero iréis en el navío de carga, con los animales. Y os encargaréis de limpiar los excrementos.

—Sí, capitán —dijo Lasgol, avergonzado.

—Gracias, capitán —secundó Egil con la cabeza gacha.

Se dirigieron al segundo navío entre las risas de dos guardabosques que hacían guardia. Los de segundo año ya estaban llegando con el rostro encendido en anticipación del segundo año de instrucción.

—Parece que alguien se ha metido en un pequeño lío —dijo una voz femenina.

Lasgol y Egil se giraron.

—¡Val!

—Hola, chicos. No esperaba veros tan pronto —dijo con una sonrisa pícara.

Lasgol la observó con la boca abierta. Había cambiado. Estaba más guapa que nunca... Seguía teniendo la inconfundible melena rubia larga y ondulada, que apartó a un lado. Su belleza nórdica era innegable, de piel tan blanca como la nieve; tenía una nariz pequeña y puntiaguda y unos carnosos labios rojos. Todos los chicos a cien pasos de distancia la observaban encandilados, como polillas a una llama. Ella los ignoraba, si bien era muy consciente del efecto que producía. Miraba a Lasgol con sus enormes ojos azules. Él no podía apartar los ojos de ella. Estaba más alta, más femenina y sensual.

—Te ha sentado bien el descanso, Valeria. Has cambiado mucho. En nada serás toda una mujer norghana —le dijo Egil.

Ella rio.

—Solo tú podrías saludarme con un comentario así. Eres un sol, Egil.

Este sonrió y se encogió de hombros.

—Son los hechos de la naturaleza humana.

—¿Tú también me encuentras más cambiada? —le preguntó a Lasgol.

—Yo..., bueno..., sí; más... crecida...

—Ya veo que tú sigues tan elocuente, será cosa de héroes. —Sonrió ella.

Lasgol se puso rojo como un tomate.

—Vosotros dos seguís tan guapos e irresistibles como siempre. Yo diría que incluso un poquito más. Este año romperéis corazones en el campamento.

—¿Romper corazones? —preguntó Lasgol, que ahora estaba avergonzado y confundido.

Val soltó una carcajada:

—Qué modesto eres, todo un encanto. ¿Qué más podría pedir una chica norghana?

Lasgol, que empezaba a entenderlo, sintió que las mejillas le prendían fuego.

—¿Alguien de sangre noble? —dijo Egil con una pequeña reverencia.

—Una decisión imposible. Un héroe y un apuesto noble. Tendréis que excusarme si no puedo decidirme en este momento.

—Desde luego, bella señorita —soltó Egil siguiéndole el juego.

Val rio, les dedicó una reverencia y se marchó.

Lasgol la observó irse. Definitivamente, estaba más guapa y crecida. Más mayor.

—Si sigues mirándola así, va a conseguir su propósito —murmuró Egil.

—¿Qué?

—Obnubilarte.

—¿Qué me ha qué?

—Que se te cae la baba.

—¿A mí? No, para nada.

—Ya, y a mí no me gustan los libros.

Los dos rieron.

—¡Todos preparados! —gritó el capitán Astol cuando llegó el momento de zarpar.

—Para los que no me conozcáis o lo hayáis olvidado, soy el capitán Astol —bramó con su potente voz—. Estáis en mi navío de asalto, una belleza que quiero más que a mis propios hijos, y os aseguro que no estoy exagerando. No hay embarcación más fiable y rápida en todo Norghana. La honraréis como si fuera vuestra querida madre y a mí como si fuera vuestro odiado padre. Cumpliréis todo lo que os ordene mientras estéis a bordo. Si os digo que saltéis al agua, saltaréis con toda vuestra alma. Aquel que no respete esta sencilla norma terminará colgado del mástil. Es así de sencillo. ¿Lo habéis entendido?

Lasgol y Egil escuchaban el discurso desde el segundo navío.

—¿No dijo eso mismo el año pasado? —preguntó Lasgol a Egil.

—Si no recuerdo mal, y creo que no lo hago, pronunció esas mismas palabras. El bueno del capitán las tiene memorizadas y suelta la misma arenga cada año.

Lasgol sonrió. Eso pensaba él también.

El trayecto río arriba fue tranquilo y los dos amigos lo disfrutaron, excepto por el mal olor de los excrementos de los animales que tuvieron que limpiar. Una vez que cruzaron la garganta Sin Retorno y entraron en el valle Secreto, se encontraron como en casa. Una sensación de estar a salvo, protegidos, los envolvió. Atracaron en el pequeño puerto del campamento base. Egil y Lasgol ayudaron a descargar las provisiones y los animales. Tras terminar, se dirigieron al campamento siguiendo a los de segundo año. Cuando por fin cruzaron la barrera natural de árboles que lo rodeaba, se sintieron por fin en casa. Los chicos se despidieron de sus monturas y de los de segundo año en los establos, y se encaminaron con paso rápido a las cabañas de los de tercer año antes de que

Oden se diera cuenta de que no habían llegado y les pidiera explicaciones.

Localizaron la cabaña asignada a los Panteras de las Nieves por la insignia sobre la puerta. Entraron con premura y cerraron la puerta tras ellos. Oden no los había visto. Estaban a salvo del castigo que les esperaba, al menos de momento, aunque quizá no por mucho tiempo; nada escapaba al ojo de Oden.

—¡Egil, Lasgol! ¡Por fin aparecéis! —los saludó Gerd, y se abalanzó sobre ellos. Antes de que pudieran contestar, Gerd levantó a Egil del suelo con un abrazo de oso—. ¡Qué preocupado me teníais!

Egil reía mientras Gerd lo zarandeaba en el aire. Gerd estaba todavía más alto y fuerte que el año anterior. Si seguía creciendo, pronto alcanzaría el tamaño de un salvaje del hielo.

—¡Lasgol, ven aquí! —le dijo el grandullón y lo levantó del suelo con otro de sus abrazos de oso.

Lasgol sonreía muy contento; agradecía el recibimiento.

—El miedica este pensaba que os habían raptado y asesinado —expuso Viggo con su característico tono sarcástico, incorporándose en la litera.

—No es normal que se retrasen, algo malo les ha pasado —se defendió Gerd a la vez que dejaba a Lasgol en el suelo.

—No ha sido nada. Temas de política. —Egil le restó importancia con la mano.

—Política, ¿eh? Eso suena interesante —dijo Viggo acercándose a abrazar a sus dos compañeros—. Ya me lo explicaréis.

La puerta de la cabaña se abrió y entraron Nilsa e Ingrid.

—¡Ya me parecía que había oído la risa de Egil! —confirmó Nilsa.

—Esta tiene oído de mochuelo —dijo Ingrid asintiendo con la cabeza.

—¡Bienvenidos, chicos! —los saludó Nilsa. La pecosa pelirroja los abrazó y los besó en las mejillas, lo que provocó que Egil se sonrojara.

—Me alegro de veros de una pieza —admitió Ingrid y fue a abrazarlos al estilo guerrero, por los hombros y antebrazos, como a ella le gustaba hacerlo—. ¿Se puede saber qué os ha pasado?

Lasgol vio que también Ingrid había crecido. Estaba más alta y fuerte. Pero donde más se le notaba era en el rostro; parecía más mayor. Nilsa, por su parte, no había cambiado nada. Seguía igual de físico y de inquieta. No paraba de hablar y moverse alrededor de ellos mientras les preguntaba infinidad de cosas.

—¿Podemos dejar ya de abrazarnos y besarnos como cortesanas? Estas cosas me revuelven el estómago —se quejó Viggo con mueca de total desagrado.

—Tú calla, cabeza de membrillo, que estás siempre igual —le espetó Ingrid.

—Cabeza de membrillo —repitió Nilsa entre risas.

—¡Mujeres! ¡No hay quien las aguante! —exclamó Viggo e hizo un gesto de hastío.

Lasgol lo observó y vio que él también había madurado. Al igual que a Ingrid, se le notaba en el rostro. Su mirada era también algo más fría.

—¿Cómo se presenta el año? —preguntó Lasgol, animado.

—Tiene muy mala pinta —respondió Gerd con cara asustada—. Dicen que el tercer año es cuando de verdad se rompen los aspirantes.

—¿Y eso?

—Hay pruebas reales —dijo Nilsa.

—¿Reales?

—En el exterior, pruebas de verdad, donde la gente puede morir —expuso Gerd.

—Y no olvidemos la Prueba de las Maestrías —introdujo Ingrid—. Muy importante para poder luego aspirar a una especialización de élite.

—Ya está corriendo antes de andar —objetó Viggo—. Primero hay que pasar la Prueba de las Maestrías y, por lo que he oído, si no tienes cuidado, terminas tarumba.

—¿Cómo que tarumba? —preguntó Lasgol.

—Ha habido incidentes… Algunos han perdido la cabeza al salir de la prueba… —dijo Viggo con tono siniestro.

—No puede ser.

—Creedme, esa prueba está maldita.

—No le hagas caso. La prueba es muy importante, los cuatro guardabosques mayores eligen quién entra en cada una de las cuatro maestrías —explicó Ingrid.

—¿Y si no entras? —quiso saber Egil.

—¿Si no pasas la prueba y no te eligen, quieres decir?

—Sí, eso precisamente.

—Entonces te expulsan.

—Pues qué bien —dijo Lasgol.

—No os preocupéis por las pruebas reales ni la de maestría, lo haremos fenomenal —les dijo Ingrid con su habitual optimismo y liderazgo.

El resto se miraron con ojos de escepticismo y pocas esperanzas.

—Bueno, contadnos, ¿qué ha sucedido? —cambió de tema Ingrid—. Me muero de curiosidad. ¿Por qué perdisteis el navío?

—Sí, eso —dijo una voz desagradable desde la puerta abierta.

Se volvieron y vieron al instructor mayor Oden con los brazos cruzados sobre el pecho, los miraba con su expresión habitual de pocos amigos.

Se hizo el silencio.

—¡Muy bien! ¡Vosotros dos, diez vueltas al lago! ¡Ahora mismo! —Los gritos de Oden eran tan fuertes que el resto de los de tercer año comenzaron a salir de las cabañas donde descansaban.

Lasgol le dio el morral a Gerd y le guiñó el ojo. Gerd entendió que Camu estaba dentro y debía cuidarlo. Asintió con disimulo.

—¡Y ni se os ocurra acercaros a la fiesta mañana! ¡Estáis castigados!

Egil y Lasgol cruzaron una mirada de extrañeza. ¿Qué fiesta?

El castigo fue ejemplar. Oden estaba tan enfadado que les gritaba en cuanto los veía. La razón no era tanto que hubieran llegado tarde al encuentro, sino que no le habían dado una explicación clara. ¿Cómo iban a explicarle lo ocurrido? Y eso lo había enfurecido aún más. Como parte del castigo no solo no podrían participar en la fiesta, sino que tendrían que dedicarse a tareas de cocina.

Resignados y muy cansados, los dos compañeros ayudaban a asar un jabalí enorme para la fiesta. Las cocinas bullían de actividad; habían instalado varios asadores en la parte de atrás. Los asados eran la debilidad de casi todos los guardabosques. El cocinero mayor Gorman, un guardabosques tan alto como ancho, azuzaba a sus ayudantes y gritaba órdenes a todos los alumnos que, como ellos dos, habían tenido la mala suerte de ser asignados a cocinas aquella noche. La verdad era que Gorman era un chef excelente. Llevaba toda la vida entre los guardabosques y, debido a su buena mano en la cocina y su debilidad por el arte culinario, había hecho carrera como cocinero. Con él tenía siempre tres guardabosques que lo ayudaban en la cocina y que aquella noche volaban de un lado para otro preparando los platos.

—¿En qué piensas? —le preguntó Egil mientras hacía un puré de verduras que se serviría como acompañamiento.

—En que es raro que tengamos guardabosques cocineros...

—¿Por qué te parece raro?

Lasgol se encogió de hombros.

—No parece trabajo para guardabosques.

—¿Eso opinas? Yo creo que es muy acertado que los cocineros sean guardabosques.

—¿Sí?

—Si tuvieras que acabar con todos los guardabosques del campamento, ¿cuál sería la forma más eficaz de lograrlo?

—Pues..., no sé...

—La forma más eficaz sería envenenarlos de una sentada...

—¡Ohhh! Ya veo.

Egil sonrió.

—Por eso los cocineros son guardabosques, para evitar un accidente que acabe con todo el campamento.

—Ni se me había ocurrido. ¡Qué listo eres!

Egil hizo un gesto con la mano para desechar el halago.

Las conversaciones y las risas les llegaron mecidas por la brisa nocturna. Miraron hacia las tres grandes carpas que habían montado junto al comedor y donde estaban todos reunidos. Podían ver alumnos de primer año con sus capas rojas en la carpa más a la izquierda; se notaba a la legua que eran recién llegados. Apenas hablaban entre ellos y miraban asustados a todos lados. Lasgol recordó lo extraño y misterioso que le había parecido aquel lugar al llegar. En la carpa del medio, estaban los de segundo año con las capas amarillas. Estos charlaban animadamente, confiados, tranquilos. En la de la derecha, los de tercer año, con las capas verdes, y no paraban quietos: bromeaban, reían y disfrutaban. Los de cuarto, con los mantos marrones, cantaban canciones de guardabosques en el interior del comedor.

Dolbarar apareció con los guardabosques mayores de las

maestrías y pasearon entre los estudiantes saludando y sonriendo. Parecían tranquilos y de buen humor. A Lasgol siempre le sorprendía la agilidad y el poder que proyectaba para la avanzada edad que se le suponía. Estaba como siempre, con su largo cabello blanco que le caía liso hasta los hombros y la cuidada barba nívea recortada sobre la barbilla. Lasgol no los veía desde la distancia, pero recordó los intensos ojos esmeralda del líder del campamento. Lo que sí vio fue que caminaba apoyándose en su larga vara de madera con adornos de plata mientras en la otra mano llevaba el tomo sagrado: *El sendero del guardabosques*.

—Lleva el libro arcano, ¿verdad? —le preguntó Egil, que escudriñaba puesto de puntillas para intentar ver a Dolbarar.

—Creo que sí. Y ese ejemplar no es arcano…, es un compendio de reglas.

—Yo estoy seguro de que es arcano.

—Dolbarar no tiene el don, ¿qué va a hacer con un libro mágico?

—No lo sé, pero estoy convencido de que lo es.

—No te voy a llevar la contraria, los guardabosques tienen tantos secretos que podría ser. Además, tú siempre tienes razón. —Sonrió Lasgol.

—Casi siempre —puntualizó el otro con una mueca.

Dolbarar se situó en el centro de las carpas y fue a dirigirse a los alumnos. Todos clavaron la rodilla a una orden de Oden.

Dolbarar sonrió afable:

—Hola a todos. Bienvenidos al campamento. A los veteranos quiero deciros que me alegra veros de vuelta para continuar con vuestra formación como guardabosques. Para los de primer año, la sangre nueva, que no me conocéis —dijo mirándolos—, soy Dolbarar, el maestro guardabosques mayor del campamento. Conmigo están los cuatro guardabosques mayores de las maestrías. Permitidme presentarlos a los de primer año.

Dolbarar presentó a Ivana, Esben, Eyra y Haakon con gran elocuencia. Los cuatro dibujaron una pequeña reverencia al finalizar la presentación de sus maestrías.

Los pobres incautos de primero atendían llenos de incertidumbre y hasta pánico.

—Este año he pensado que las circunstancias requerían una celebración de bienvenida. El rey Uthar ha conseguido expulsar a Darthor y sus aliados fuera del territorio norghano; no es una victoria total, pues Darthor ha logrado escapar, pero es un logro de todos que debemos celebrar. Por ello, este año, en lugar de uno de mis aburridos discursos de bienvenida, tendremos una fiesta de inicio de año. ¡Así que todos en pie y a celebrar! —Los alumnos comenzaron a vitorear, dar palmas y pegar brincos de alegría—. Mañana comenzaremos con el año de instrucción continuando con las enseñanzas de *El sendero del guardabosques*. Ahora disfrutad de la comida y la diversión; el estómago y el alma lo agradecerán.

La cena estuvo llena de platos deliciosos, risas y buen ambiente. Todos lo disfrutaron a rabiar, todos menos Lasgol y Egil, que no podían acercarse a las carpas y tenían que trabajar, primero cocinando y ayudando con los platos principales, luego con los postres, que no pudieron degustar, aunque se les caía la baba.

Escucharon música. Miraron hacia las carpas y vieron a un guardabosques subido a un pedestal. Vestía una capa con capucha extraña, de color fucsia y ribetes plateados, demasiado exótica para ser de guardabosques, aunque el estilo y la confección lo eran. Tocaba un instrumento que Lasgol no había oído nunca y cantaba con una voz tan delicada y bella que deleitaba los oídos.

—¿Qué...? ¿Cómo...? —preguntó Lasgol.

—Ese instrumento es una vihuela, qué interesante... —dijo Egil.

—Y él ¿quién es?

—Es un bardo o trovador.

—¿Y qué hace entre nosotros?

—¿Animar la fiesta? —explicó Egil sonriendo.

Lasgol puso los ojos en blanco.

—Un bardo guardabosques cuando pensaba que lo había visto todo.

—Uy, todavía nos queda una inmensidad por ver —le aseguró Egil asintiendo con la cabeza.

Al menos era un músico muy bueno. Los dos amigos comenzaron las labores de limpieza y la música los ayudó a olvidar el trabajo que tenían por delante. Los demás disfrutaban del trovador y de la fiesta.

Lasgol estaba tan centrado en lavar la perola que casi no se dio cuenta de que dos personas abandonaban las carpas y se detenían a hablar al amparo de un roble alejados del resto. «Dos que buscan estar solos mientras los deleitan con una canción de amor», pensó, y fue a seguir limpiando cuando reconoció quién era ella.

El estómago le dio un brinco.

¡Era Astrid!

Reconoció su rostro bello y fiero, su cabello negro ondulado, el aura de belleza felina que la rodeaba siempre. Vio el destello en sus grandes ojos verdes. Pero ¿con quién estaba? Lasgol entrecerró los ojos en un intento por ver quién era. Y entonces lo reconoció: ¡era Luca, el capitán de los Lobos!

«¿Qué hace Luca? ¿Qué hace con ella? ¿Qué hacen los dos solos ahí apartados?», se preguntaba mientras en la mente se le acumulaban todo tipo de ideas, aunque sabía perfectamente la respuesta y se negaba a aceptarla. Sin embargo, se vio obligado a hacerlo.

Luca se inclinó sobre Astrid.

La besó.

Algo en el pecho de Lasgol estalló. Sintió como si le abrieran un agujero con una daga de hielo y le arrancaran el corazón. Por un momento se quedó sin respiración.

—¿Esa no es Astr...? —comenzó a preguntar Egil.

—No es nadie —respondió Lasgol y se marchó a las cocinas.

Capítulo 7

LASGOL Y EGIL SALÍAN DE LA BIBLIOTECA. HABÍAN IDO PARA ver si había algún libro nuevo que pudiera interesarles. No habían tenido suerte. Lasgol agradeció tener la mente ocupada y no pensar en Astrid.

—Aún nos queda la sección prohibida… —sugirió Egil.

—No sé yo si es buena idea…

—Así es como descubriste el prisma que permite leer el verdadero texto de los libros encantados.

—Estoy seguro de que ese prisma le pertenece a alguien que no estará nada contento de que haya desaparecido.

—Los misterios están para ser investigados y resueltos —dijo Egil con una sonrisa pícara.

Lasgol sacudió la cabeza.

—Seguro que algunos es mejor dejarlos estar.

—Dijo el que persigue todos los misterios que se le cruzan.

Se encogió de hombros.

—¿Qué misterios? —preguntó una voz desagradable.

Egil y Lasgol se volvieron.

Era Isgord.

—Ninguno que te concierna —le respondió Egil.

—Todo lo que traméis me concierne.

—¿Sí? ¿Cómo es eso? —preguntó Lasgol.

—Porque nos meteréis a todos en un lío.

—Lo dudo mucho —contestó Egil y puso cara de no haber roto un plato nunca.

—A mí no me engañáis, sé que tramáis algo y nos pondrá a todos en peligro.

—Para nada —dijo Lasgol imitando la expresión de su compañero.

—Os creéis muy listos porque tenéis engañado a Dolbarar, pero no a mí. Yo os vigilo —dijo y se llevó dos dedos a los ojos, luego señaló los ojos de Lasgol y Egil—. Sé que estáis escondiendo algo y voy a descubrir qué es.

—No escondemos nada. Harías mejor en preocuparte de tus cosas —le dijo Egil.

—No, ¿eh? Entonces, ¿qué es esa criatura que tenéis con vosotros?

Lasgol se quedó helado. ¿Había descubierto Isgord a Camu? Imposible. ¡No! Empezó a pensar en ello y, por un instante, los nervios casi le hicieron dar un paso atrás. Por fortuna logró contenerse. ¡Vaya mala suerte! ¡Menudo problema!

Egil lanzó una mirada a Lasgol, una de preocupación. Este inspiró llenando los pulmones, disimulando, intentando recomponerse.

—No sé de qué hablas —respondió con la mayor frialdad de la que fue capaz.

—No os hagáis los tontos, sabéis perfectamente a qué criatura me refiero.

Lasgol negó con la cabeza y Egil se encogió de hombros.

—La vi sobre tu hombro en el desfile de despedida a Uthar —aseguró Isgord, que señalaba acusador a Lasgol con el dedo índice.

Lasgol se tensó de forma involuntaria. ¡Qué mala suerte! ¡Sí que Isgord había visto a Camu! Estaban en un buen aprieto. Sintió que se le hacía un nudo en el estómago. Tuvo que tirar de su poca sangre fría para disimular.

—¿Sobre mi hombro? ¿En el desfile de Uthar, dices?

—No te hagas el tonto, lo vi perfectamente. Estaba al otro lado, frente a vosotros.

—Déjame pensar…, no recuerdo… —dijo llevándose la mano a la barbilla.

Isgord se ponía cada vez más tenso. La rabia comenzaba a subirle a la cara.

—Una criatura muy extraña estaba sobre tu hombro.

Lasgol tuvo que pensar algo rápido.

—¡Ah! Ya recuerdo. La ardilla que se me subió —soltó disimulando.

Egil asintió:

—Ah, sí, la ardilla, ya recuerdo, qué curioso que se te subiera al hombro.

—¡No era ninguna ardilla!

—Sí, una ardilla muy amistosa —insistió Lasgol sonriendo.

—¡Era del tamaño de un gato! ¡Y no era ninguna ardilla! Parecía uno de esos bichos…, un gecko, pero más grande y raro.

—¿Un gecko? ¿Del tamaño de un gato? Yo creo que los ojos te engañaron —le quitó importancia Lasgol con cierto tono condescendiente.

—No me tratéis de tonto, yo sé perfectamente lo que vi.

—A veces, la visión nos juega malas pasadas —explicó Egil—; es por la refracción de la luz en los objetos.

—No me vengas con tus historias de sabiondo. Era una criatura extraña y lo sabéis.

Los dos amigos negaron con la cabeza.

—Era una ardilla con mucho pelo, quizá por eso te pareció más grande de lo que en realidad era —le explicó Lasgol.

—O por el reflejo de un haz de luz tras rebotar contra el metal de una armadura, por ejemplo...

—¡Os voy a hacer trizas! —bramó Isgord, iracundo.

—Tranquilo... —le dijo Lasgol, que ya levantaba las palmas de las manos.

—Comenzar una pelea con tus compañeros te traerá una grave penalización. Dolbarar no tolera semejante comportamiento —le advirtió Egil.

Isgord cerró los puños con fuerza y apretó la mandíbula. Estaba a punto de estallar.

—Deberías calmarte. No sé por qué te pones así por un animal —recomendó Lasgol intentando que la situación no fuera a más.

Isgord miró a Lasgol con ojos llenos de odio. Luego respiró hondo.

—No os saldréis con la vuestra. Sé lo que vi. Os vigilaré.

—De todas formas, no comprendo tu interés en esto. ¿Tanto alboroto por una criatura? ¡Qué más te da! —contraatacó Egil.

—Porque no tenéis permiso. No se admite ninguna criatura que no sea por razones de instrucción. Dolbarar os penalizará a vosotros, no a mí.

—Ahhh... Ya veo. Buscas conseguir puntos —le dijo Egil.

—Y que os caiga un castigo que seguro que acompañará a la penalización.

—Qué alma tan caritativa... —se burló Lasgol lleno de ironía.

—Lo pagaréis.

—Veremos —aventuró Lasgol.

—Tienes mucha imaginación, deberías dedicarte a componer cantares —dijo Egil.

Isgord se puso rojo de ira y levantó el brazo para golpear. En ese momento pasaron dos guardabosques de patrulla de vigilancia y los miraron. El miembro de los Águilas bajó el brazo. La patrulla continuó.

—Esto no quedará así —amenazó Isgord y los señaló a los dos.

—Seguro que no —dijo Lasgol, que sabía que estaban en un lío.

El chico no lo dejaría pasar, lo conocía bien. Intentaría por todos los medios descubrir a Camu y llevarlos ante Dolbarar.

—Os acordaréis de esto —amenazó y se fue.

Los dos muchachos lo vieron alejarse.

—Esto es un problema gordo —dijo Lasgol.

—Pensaremos algo… —propuso Egil.

—Más vale que sea algo bueno. Isgord no va a parar hasta descubrirlo.

—Las coincidencias de la vida son a veces desastrosas —convino Egil negando con la cabeza.

—Ya, de todos los del campamento tenía que ser él quien lo viera…

Egil suspiró.

—La ingrata fortuna.

—Más bien la mala suerte.

—Tranquilo, nos arreglaremos.

Lasgol asintió, pero no estaba nada convencido de que fueran a lograrlo.

Al día siguiente, Ingrid, Nilsa y Lasgol volvían de entrenar con el arco. Se detuvieron a beber en la fuente en el centro del campamento.

—Qué refrescante —dijo Nilsa.

—Qué extraño —observó Ingrid.

Lasgol miró a Ingrid confundido.

—¿Qué quieres decir?

—Mirad a ese —indicó Ingrid con un gesto con la cabeza hacia los establos.

Un jinete que acaba de llegar al campamento entregaba su montura para que cuidaran de ella.

Lasgol se fijó en las vestimentas del extraño. No eran de guardabosques.

—Ese no es de los nuestros —expuso Nilsa.

—Viste ropas elegantes —indicó Ingrid, que lo miraba con ojos entrecerrados.

Lasgol lo observó mientras el extraño se encaminaba hacia donde estaban ellos. No pudo precisar su edad, lo que le extrañó. Debía de andar cerca de los cuarenta, o quizá no. Tenía el pelo rubio y largo, y le caía sobre los hombros; lo llevaba perfectamente arreglado, al igual que la perilla y el bigote que adornaban su rostro no muy bello. Tenía unos ojos grises y una nariz bastante pronunciada. La ropa que vestía era de muy buena calidad, tanto la capa como las botas, los pantalones y la túnica. Era delgado y no parecía muy fuerte. Se le notaban porte y andares elegantes, como si fuera de la nobleza.

—Yo diría que pertenece a la corte —aventuró Lasgol—. Una pena que no esté Egil con nosotros para darnos su opinión.

—Sí, a mí también me parece un noble —dijo Ingrid.

—¿Y qué hace un noble de la corte en el campamento? —se preguntó Nilsa más para ella misma que para sus compañeros.

—Ni idea, pero, si tiene que ver con el rey, no puede ser bueno para nosotros —dijo Lasgol.

—Lo mejor será observarlo y ver qué asunto lo ha traído hasta el campamento.

El extraño pasó frente a ellos y se detuvo. Era consciente de que los tres habían estado estudiándolo. Arrugó la frente y los observó de forma descarada, como si lo que estaban haciendo no le pareciera bien. Lasgol desvió la mirada y sintió que se le erizaba el pelo de la nuca. Nilsa también apartó la vista. Ingrid la mantuvo. El extraño levantó la barbilla, hizo un gesto como enojado y reanudó la marcha. Se fue en dirección a la Casa de Mando.

—Definitivamente, es un noble pomposo —dijo Ingrid.

—Pues tendremos que descubrir a qué ha venido aquí. Qué bien, con lo que me gustan a mí los misterios... —admitió Nilsa y aplaudió.

Lasgol observó al extraño alejarse. A él no le gustaban mucho los misterios, sobre todo los que ponían en riesgo tanto su vida como la de sus amigos.

Al anochecer Lasgol observaba cómo Nilsa y Gerd daban de comer al halcón del que tenía que encargarse el equipo para la maestría de Fauna. Gerd le había puesto el nombre de Rayo porque, cuando descendía desde el cielo a gran velocidad, era tan rápido como el propio relámpago. Nilsa estaba encantada con el ave y pasaba mucho tiempo con ella.

El cuidado que requerían no era mucho y entrenar con ellas era todo un espectáculo. Hasta al refunfuñón de Viggo le gustaba sacar a Rayo de la jaula para ir a entrenar con él.

—Tranquilo, pequeñín —le dijo Nilsa al ave mientras la sacaba de la jaula.

El halcón se posó sobre el guante de cuero que protegía la mano de la chica. Lo sacó y lo mantuvo a la altura de su pecho, sin hacer movimientos extraños para que el animal no se asustara. Gerd tenía los trozos de carne ya preparados y se los fue pasando a Nilsa; esta los acercó al pico del halcón, que de inmediato empezó a comer.

Les había costado bastante ganarse la confianza del ave y los primeros días que habían intentado alimentarla habían sido un fracaso. Gerd se había preocupado mucho al ver que el halcón no comía, y, tras consultarlo con el instructor Erisson, habían entendido que para que el halcón comiera de su mano debían ganarse su confianza, y eso requería paciencia y un ritual que les explicó.

Por fin, el ave cogió confianza y empezó a comer, lo que hizo que Gerd se llenara de alegría. Pero no comía de la mano de todos, solo de la de Nilsa y Gerd. Lasgol lo había intentado, sin éxito. No se debía a que le faltara mano para las aves, a él se le daban muy bien los animales; el problema tenía que ver con otro animal. El problema era Camu. Como Lasgol estaba constantemente con Camu y muchas veces jugaban en la parte trasera de la cabaña, el halcón los conocía y no se fiaba.

—No le des de comer muy rápido —le dijo Gerd a Nilsa.

—Tranquilo, le estoy dando despacio.

—La verdad es que es una auténtica belleza nuestro Rayo —reconoció el primero.

—Sí que lo es —tuvo que admitir Lasgol con envidia por no poder alimentar al animal.

De pronto, apareció Camu y de tres brincos se encaramó al hombro de Lasgol. Rayo dejó de comer y los observó a los dos intensamente.

—Camu, no hagas eso; ya sabes que no tienes que asustar a Rayo cuando come —lo regañó Gerd.

La criatura miró al grandullón con sus ojos saltones y torció la cabeza esgrimiendo su eterna sonrisa.

—No te va a hacer ni caso —dijo Nilsa—. No hace caso a nadie, ni siquiera a Lasgol.

—Me lo llevaré para que podáis dar de comer a Rayo.

—Ten cuidado de que no te vea Isgord —le advirtió Gerd.

—Tranquilo, lo tendré —dijo mirando hacia las otras cabañas.

Casi podía sentir los ojos de Isgord espiándolo.

«No hay nadie espiando. No es más que mi imaginación», se dijo, y cogiendo a Camu se marchó.

Una sombra hizo lo propio también dos cabañas más abajo.

Capítulo 8

L AS PRIMERAS TRES SEMANAS LES TOCÓ PONERSE EN FORMA. Todas las mañanas salían a ejercitarse, como era habitual. En cambio, por las tardes, en lugar de instrucción de maestría, tenían más preparación física. Según Oden, estaban todos gordos, atrofiados y en baja forma por las vacaciones, y eso era algo que él no iba a permitir en el campamento. Así que les dio doble ración de preparación física: fondo por la mañana y fuerza por la tarde.

Todos lo sufrieron en silencio; entre los Panteras, Egil y Gerd los que más, pero no se quejaron ni una sola vez. Nadie lo hizo. Oden los observaba a cada momento a la espera de un reproche que pudiera castigar, aunque nadie le dio esa satisfacción. Ya lo conocían todos bien, nadie iba a arriesgarse a recibir un castigo.

La cuarta semana cambió la rutina diaria. Por las mañanas ejercicio físico y por las tardes instrucción de maestría alternando tardes entre las cuatro disciplinas. Las siguientes dos semanas fueron suaves, de manera que fueran acostumbrándose y refrescaran los conocimientos adquiridos los dos años anteriores. Pero la séptima semana la cosa se puso seria. Comenzó con la maestría de Tiradores.

Ivana los había reunido en los campos de tiro. Era algo extraño, pues el instructor de Tiradores de tercer año era Osvald, un guardabosques veterano al que apodaban el Tiro, ya que se decía que era el tirador con mayor potencia de todo el campamento. Según los rumores, sus flechas iban mucho más rápidas que las del resto de los guardabosques. Ingrid y Nilsa no perdían detalle de lo que Osvald hacía, querían ver su prodigioso tiro, aunque, de momento, no habían tenido oportunidad.

—Dejad de seguirlo como perritos falderos —les dijo Viggo a sus dos compañeras.

Nilsa le sacó la lengua.

—Calla y aprende algo por una vez —le respondió Ingrid.

Viggo hizo una mueca como si fuera tonto. Gerd soltó una carcajada.

—Qué raro que hoy esté Ivana —observó Lasgol.

—No suele honrarnos demasiado con su fría presencia —secundó Egil—. Debe de tratarse de algo importante.

—No tardaremos en descubrir qué es… —puntualizó Viggo, que la observaba con la cabeza inclinada y los brazos cruzados—. A mí me gusta su frialdad… —admitió en referencia a su gélida belleza.

—A ti te gusta todo lo que tenga un rostro bonito —le reprochó Ingrid con un tono algo agudo.

—No todo. Tú no me gustas.

El piropo fue tan inesperado y bien pensado que todos se giraron hacia Viggo. Tras un momento de estupor, comenzaron a reír.

—¡Te voy a poner un ojo morado! —exclamó Ingrid roja hasta la punta de las orejas.

Pero Viggo ya se había refugiado tras el enorme cuerpo de Gerd, que intentaba sujetar a Ingrid para que no golpeara a su amigo.

—¡A formar! —Llegó la orden de Osvald.

Todos clavaron la rodilla, miraron al frente y levantaron la mirada.

—La guardabosques mayor de la maestría de Tiradores quiere dirigiros unas palabras.

—Gracias, Osvald —le dijo Ivana, acto seguido dio un paso al frente para observar a los aspirantes de tercer año—. Este año es crucial para vosotros. Os aconsejo que aprovechéis cada momento de instrucción, no solo para hacer méritos, sino porque lo que aprendáis os salvará la vida. Estaré vigilando, estudiando quién merece entrar en la maestría de Tiradores y quién no. Este año repasaremos mucho el aspecto del trabajo en equipo. Los guardabosques somos mejores y más eficaces en grupo. Por desgracia, no siempre contaréis con vuestros compañeros ahí fuera. En muchas misiones estaréis solos, pues somos pocos y es mucha la necesidad que existe en el reino. Lo que hayáis aprendido os servirá bien, eso os lo aseguro. Así que trabajad duro ambos aspectos: el personal y el de equipo. Si conseguís convertiros en guardabosques al final del próximo año, toda esta instrucción será parte de vosotros y no os abandonará. Y recordad esta frase: «Una flecha, un tiro, un problema menos».

La frase, que Lasgol nunca había oído, le pareció cuando menos curiosa. Por los murmullos a su alrededor, no fue el único.

—Y ahora os dejo en manos de Osvald. Prestad toda vuestra atención y aprended. —Se dio la vuelta y se marchó.

Osvald la observó alejarse un instante, luego se giró hacia ellos:

—Muy bien. Empecemos. Voy a enseñaros una técnica de equipo que os salvará la vida en confrontaciones y situaciones de mucho peligro. Es una maniobra que permite a un equipo muy bien compenetrado avanzar y acabar con el enemigo, incluso si este se esconde o si está esperando o si el equipo cae en una emboscada.

También sirve como maniobra evasiva contra un grupo de atacantes superior en número. Muy bien, los Águilas, conmigo —pidió Osvald.

Isgord avanzó hacia el instructor liderando a su equipo. Era la viva imagen de la confianza. Sabía muy bien que era el mejor en la maestría de Tiradores, su favorita, y se comportaba como si ya fuera el campeón.

Osvald reunió al equipo a su alrededor.

—Formaréis en parejas. No necesitaréis vuestros arcos, así que dejadlos en el suelo.

Los Águilas lo miraron extrañados.

—¿Sin arcos? ¿Y cómo atacaremos? —preguntó Isgord con el cejo fruncido.

—Hoy aprenderéis coordinación. Antes de atacar hay que saber moverse.

—Ya sabemos movernos, instructor —protestó el chico.

—Eso ya lo veremos.

Tuvo que callarse. Sus compañeros lo miraban.

—Poneos por parejas —les ordenó Osvald.

Los Águilas así lo hicieron. Isgord y Marta al frente. Los gemelos Jared y Aston detrás. Alaric y Bergen al fondo.

Osvald los observó un instante y sacudió la cabeza.

—Nah…, mala distribución. Los gemelos, que son los más altos, tienen que situarse detrás. Alaric y Bergen, que son los más bajos, delante. Isgord y Marta, en medio.

La distribución no le gustó a Isgord, que siempre quería ir primero y sobresalir.

—Pero yo soy el capitán…, debería liderar…

—Seguid mis instrucciones y callad.

Isgord puso mala cara, pero no añadió nada; se organizaron como Osvald había indicado.

—Más juntos. Hombro con hombro con el compañero de al lado. A un brazo de distancia de la pareja de enfrente.

Los Águilas se colocaron intentando respetar las medidas.

—La separación es de un brazo de distancia. Medidlo.

Estiraron los brazos e intentaron colocarse bien. Les costó un poco mantenerse así, lo que hizo que se oyeran algunas risas por la torpeza del equipo. A Isgord no le gustó nada y miró con cara de malas pulgas en dirección a las risitas.

—¡Mostrad respeto! —los amonestó Osvald, y las risas se apagaron—. Mantened la mano en el hombro del compañero de delante.

Los Águilas obedecieron. El resto de los equipos observaban cada vez más intrigados.

—Ahora daréis seis pasos hacia delante. Todos a la vez.

Isgord puso cara de ultrajado, como si aquello fuera una tontería tremenda. Los gemelos tenían cara de estar desconcertados. Marta negó con la cabeza y resopló.

—¡Vamos! ¡Seis pasos, a la vez todos!

Lo intentaron llenos de confianza, sobrados, pero fue un desastre. Para el tercer paso se habían tropezado todos unos con otros y Aston había terminado en el suelo.

Las risas estallaron por doquier.

—¡Silencio! ¡Nada de burlas! ¡A quien se ría lo mando a dar vueltas al lago! —tronó Osvald. Las risas murieron y quedó un silencio de respeto en el campo—. Así está mejor. Es una vergüenza reírse de los compañeros, por mucha rivalidad que haya. Si ellos fracasan, podría suponer vuestra muerte ahí fuera. Que no vuelva a pasar.

Lo había dicho con tal tono que a nadie se le volvió a pasar por la cabeza reírse de ellos. Osvald les ordenó que volvieran a situarse y a repetir el ejercicio. Eran seis simples pasos. Pero, al no haberlo realizado nunca y requerir la compenetración de seis personas, les resultó complicado.

—¡Repetid! —les ordenaba Osvald.

Les llevó media tarde avanzar compenetrados. Primero seis pasos, después doce; luego, en lugar de andar, correr con pasos cortos. Hubo caídas y lo que parecía un ejercicio sencillo resultó ser uno muy complicado.

—Muy bien. Ahora que habéis visto cómo se hace, formad todos por equipos y practicad hasta que os mováis los seis como un único ente.

Los Panteras comenzaron sorpresivamente bien, aunque duró poco. Nilsa no paraba de tropezar y desequilibrar al resto. Cuando no era ella, Gerd se movía a destiempo, pues era demasiado grande y algo más lento que el resto. Incluso Egil tenía problemas, ya que sus pasos eran más cortos que los de Ingrid. Intercambiaron posiciones buscando la opción óptima. Decidieron poner a Egil y Viggo delante; Ingrid y Nilsa en medio; y Lasgol y Gerd al final. Parecía que aquella distribución funcionaba mejor, pero solo conseguían andar. Tan pronto comenzaban a dar pasos rápidos, aparecían los problemas.

—Parece mentira lo torpes que somos —se quejó Viggo.

—Es complicado compenetrar los movimientos de seis personas —le dijo Egil.

Poco a poco fueron mejorando. Al final del primer día casi lo habían conseguido.

Durante dos semanas, en la clase de maestría de Tiradores, Osvald los obligó a repetir el ejercicio combinando carreras largas con cortas, cambios de dirección bruscos, forzándolos a detenerse a media carrera y volver a correr, siempre sin alterar la formación. Siguieron entrenando hasta que los seis eran capaces de correr del todo compenetrados, como si fueran uno solo, manteniendo siempre la distancia y posición entre ellos, incluso sobre obstáculos y terreno escabroso.

La tercera semana, cuando creían que ya lo tenían bajo control, Osvald les rompió los esquemas al modificar el ejercicio.

—Esta semana repetiremos los ejercicios, solo que lo haremos caminando y corriendo hacia atrás en lugar de hacia delante.

Un murmullo de incredulidad se elevó entre todos los equipos.

—Esto va a salir muy mal… —pronosticó Viggo.

—¿Para atrás? ¿Y cómo vamos a ver? —protestó Nilsa.

—Esto no me gusta —dijo Gerd negando con la cabeza.

Fue un desastre. La gente tropezaba nada más comenzar a andar de espaldas, perdían el paso, la distancia, y pronto comenzaron a irse al suelo. Las protestas y la frustración se hicieron patentes. Isgord gritaba a sus compañeros, que no conseguían avanzar más de tres pasos sin tener problemas.

Ingrid marcaba el ritmo a voz viva, aun así no conseguían dar más de cinco pasos.

—Esto es imposible —gruñó Viggo.

—¡Menudo pisotón! —se quejó Nilsa.

Egil y Lasgol hacían lo que podían por no tropezar y caer encima de sus compañeros.

—Yo soy demasiado grande y torpe para esto —reconoció Gerd.

—Sigamos intentándolo, todos a una, seguid mi ritmo —los animaba Ingrid.

—¡Qué ritmo ni qué ritmo! —protestó Viggo tropezando.

Durante dos semanas más sufrieron el ejercicio. Osvald les hacía repetirlo una y otra vez. Poco a poco, lo que parecía imposible comenzó a suceder. Consiguieron encontrar un ritmo, lento al principio y algo más rápido después, aunque no tanto como cuando iban hacia delante, que les permitía retroceder sin caerse.

—¡Vamos, vamos! —los azuzaba Osvald para que aumentaran el paso.

Y fueron consiguiéndolo. Unos equipos antes que otros, sobre todo los que tenían componentes más habilidosos que grandes. Todos se animaban, pues eran conscientes de la dificultad del ejercicio y de lo patosos que les hacía parecer. Era ridículo el nivel de torpeza. Les llevó tiempo, pero al final lo consiguieron todos. Aplaudieron cuando el último equipo, el de los Osos, lo logró. Luego se miraron los unos a los otros sorprendidos, casi sin poder creerlo.

—Muy bien, por fin. Pensaba que necesitaríamos otra estación para lograrlo —les dijo Osvald—. Ahora que ya domináis los movimientos, la semana que viene comenzaremos el ejercicio de verdad.

Viggo se giró hacia Egil.

—¿Cómo que el ejercicio de verdad? ¿Qué era esto entonces? Egil sonrió.

—Tengo la ligera sospecha de que estos movimientos de avance y repliegue son el prerrequisito para la técnica que nos enseñará a continuación.

—¿Técnica? ¿Qué técnica? —quiso saber Nilsa.

Egil se encogió de hombros.

—Lo veremos en la siguiente instrucción.

Cuatro días más tarde les tocó maestría de Tiradores de nuevo. Todos acudieron a la instrucción con la intriga de qué sería lo que Osvald iba a enseñarles.

—¡Lobos! Coged vuestros arcos y presentaos.

Los lobos cogieron sus armas algo extrañados.

—¡Formación de equipo! —les dijo Osvald.

Los Lobos, con Luca y Ashlin a la cabeza, se colocaron en posición. Axel, un chico tranquilo y delgado, se situó junto a su amigo Bjorn, que, al contrario que Axel, era fuerte y de temperamento ardiente, y ocuparon la segunda línea. Daven, quien según Nilsa era de los más guapos del campamento, se situó tras ellos acompañado de Einar, un luchador fantástico en combate desarmado o con cuchillo y hacha. Los Lobos eran un equipo muy ágil, todos tenían más o menos la misma altura y constitución. No eran demasiado fuertes ni altos, sino fibrosos y ágiles. Buenos competidores, uno de los equipos más fuertes.

Osvald apareció con cuatro escudos norghanos. Eran redondos, de madera, con refuerzos de metal. Cubrían medio cuerpo. Todos lo miraron extrañados. Les dio dos escudos a Luca y Ashlin, y otros dos a Daven y Einar.

—Muy bien. Ahora prestad atención. Cuando avancéis, los dos primeros mantendréis los escudos alzados. Los cuatro de atrás con el arco en la mano de tiro, listos para atacar, siempre manteniendo la posición, como hemos estado ensayando. Cuando os repleguéis, el mismo sistema. Si la amenaza viene de la dirección contraria, basculáis: los dos últimos levantan los escudos y los otros los arcos. ¿Entendido?

Los Lobos asintieron, pero por sus rostros no daban la impresión de estar muy convencidos.

—Lobos, coged flechas de marca y situaos a cuatrocientos pasos. Panteras, formad una línea aquí conmigo; también flechas de marca.

Lasgol y Egil intercambiaron una mirada de asombro, aquello se ponía interesante. Lasgol sintió una punzada aguda de mal humor, de rabia. No supo por qué motivo. Luego vio a Astrid a un lado y se dio cuenta: eran celos, celos de Luca, y su mente se enturbió. Intentó calmarse; no podía dejar que lo que había presenciado entre Astrid y Luca le afectara. Tenía que hacer frente a la situación y olvidarlo.

Se situaron como el instructor había indicado.

—Lobos, atentos. Avanzaréis hacia los Panteras. Panteras, rechazaréis el avance. Seguid mis instrucciones. No tiréis hasta que yo lo indique. ¡Preparaos!

Los Lobos se alejaron y formaron. Los Panteras prepararon los arcos formando una línea de tiro.

—¡Lobos! ¡Formación de equipo! ¡Avanzad!

Comenzaron a avanzar al trote, manteniendo bien el ritmo, en perfecta formación, con Luca y Ashlin a la cabeza.

—¡Panteras, apuntad!

Recorrieron los primeros cien pasos. Osvald los marcó.

—Distancia, trescientos pasos. ¡Panteras, tirad!

Lasgol soltó. Había apuntado a Luca intentando compensar, ya que avanzaban a la carrera. Tirar a un blanco en movimiento era siempre más difícil, pero habían entrenado mucho y eran capaces de compensar el tiro en función del movimiento del blanco. A su costado, Egil soltó un instante después. Las seis saetas salieron volando y descendieron sobre los Lobos. Lasgol observó el vuelo de las flechas con gran interés.

—¡Lobos, escudos al frente!

Luca y Ashlin levantaron los escudos un momento antes de que las seis flechas los alcanzaran. Lasgol observó con la boca abierta. Las seis flechas golpearon los dos escudos. No consiguieron alcanzar a ninguno de los componentes de los Lobos.

—¡Lobos, tirad!

Luca y Ashlin bajaron los escudos y sus cuatro compañeros tiraron en carrera sin detenerse. Lasgol vio las cuatro saetas volar hacia ellos, pero no tenían escudos ni lugar donde protegerse. Alcanzaron a Gerd y Nilsa. Tenían las manchas rojas en mitad del pecho que las puntas de las flechas de marca dejaban al romperse con el contacto. No mataban, aunque dolían.

—Vosotros dos, eliminados.

Los Lobos siguieron el avance hacia los Panteras.

—Distancia, doscientos pasos. ¡Panteras, tirad!

Lasgol compensó; ahora tiraría algo más alto para sobrepasar los escudos de la primera línea. Lo malo era que al estar en hilera detrás de cada escudo, no sería nada fácil alcanzarlos. Empezaba a entender el sentido de aquel ejercicio. Apuntó, calculó y soltó. Cuatro flechas salieron volando hacia los Lobos.

—¡Lobos, escudos al frente!

Tres de las flechas murieron en los escudos. Solo una consiguió su objetivo y alcanzó a Axel.

—¡Axel, eliminado; el resto, tirad!

Tres saetas salieron del equipo de los Lobos y alcanzaron a Ingrid y Viggo. La capitana maldijo entre dientes.

Los Lobos continuaron el avance.

—Distancia, cien pasos. ¡Panteras, tirad!

Ya solo quedaban Lasgol y Egil. Apuntaron, calcularon y tiraron. Lasgol pensó que a esa distancia tan corta sería más fácil alcanzarlos, pues la parábola de la trayectoria de las flechas era menor. Los tenían.

—¡Lobos, escudos al frente!

Se equivocó del todo. Los de atrás se agacharon para cubrirse mejor y las dos flechas que libraron los escudos pasaron de largo sin alcanzarlos.

—¡Lobos, tirad!

Egil miró a Lasgol con cara de resignación. A cien pasos los Lobos no iban a fallar a un blanco estático, aunque fueran a la carrera. Lasgol recibió dos impactos en el pecho y Egil el tercero. La mancha roja se expandió por todo su pecho.

—¡Panteras, eliminados! ¡Lobos vencedores!

Los otros equipos aplaudieron el ejercicio. Les había encantado.

—Creo que sobran las palabras después de este ejemplo práctico —les dijo Osvald.

Los aspirantes asentían y comentaban entre afirmaciones. Los Panteras se observaban, avergonzados, intentando entender cómo habían sido derrotados con tanta facilidad.

—Repetimos el ejercicio, esta vez en maniobra de repliegue. Águilas, tomad el lugar de los Lobos. Búhos, ocupad el lugar de los Panteras.

Lasgol y sus compañeros se retiraron derrotados mientras Astrid, Leana y el resto del equipo tomaban posición y preparaban los arcos. Isgord, Marta y los suyos saludaban a los vencedores y ocupaban su puesto.

Lasgol observaba a Astrid, que lo saludó con la cabeza, pero él la ignoró. Estaba dolido.

—¡Águilas, repliegue en formación! —les ordenó Osvald.

El equipo comenzó a replegarse. Corrían hacia atrás, sin dejar de encarar a los Búhos. Comenzaron con algún problema, pero se rehicieron y cogieron bien el ritmo.

—Distancia, cien pasos. ¡Búhos, tirad!

Seis flechas buscaron los cuerpos de los Águilas, pero estos se agacharon sin romper la formación para quedar cubiertos por los escudos de sus compañeros y cinco saetas terminaron en los escudos. Solo uno fue eliminado.

—¡Águilas, tirad!

Tres Búhos fueron alcanzados de pleno.

A doscientos pasos cayó otro Águila y todos los Búhos menos Astrid.

A trescientos pasos Astrid alcanzó en la pierna al portador del escudo de la izquierda.

—¡Reemplazad al escudo caído!

El otro portador de la izquierda lo sustituyó de inmediato y siguieron retirándose en formación. Los Águilas tiraron y alcanzaron a Astrid.

—¡Búhos, eliminados!

Los Águilas habían vencido en retirada.

El resto de los equipos aplaudieron entusiasmados y sorprendidos por el resultado.

—Practicaremos esta técnica de formación hasta que todos os mováis a una y tiréis a la vez sin romper el movimiento. ¿Está claro?

Todos respondieron con expresiones afirmativas. Practicaron y practicaron. Mientras lo hacían, se compenetraban cada vez más sin darse cuenta. Lasgol disfrutaba mucho con aquel entrenamiento y, por las caras de sus compañeros, ellos también, incluso Viggo. Se preguntó qué ocurriría cuando tuvieran que utilizarlo de verdad, cuando las flechas no fueran de marca, sino reales, y las manchas rojas fueran de sangre, su sangre. Sintió un escalofrío y sacudió la cabeza. Mejor no pensar en ello, aunque sabía que ese día llegaría.

Capítulo 9

—CREO QUE DEBERÍAMOS HABLAR DE ELLO... —DIJO EGIL mirando a sus compañeros a los ojos.

Estaban los seis sentados frente a la chimenea en la cabaña, en el lado de los chicos. Había sido un duro día de instrucción y descansaban después de la cena. Pronto se acostarían; el agotamiento era evidente en todos.

—¿Estás seguro de que es una buena idea? —lo cuestionó Ingrid torciendo el gesto. Ella no parecía nada convencida.

—Lo hemos pospuesto ya mucho... —insistió Egil— y corremos peligro. Debemos afrontarlo. Cuanto más tiempo pase y lo ignoremos, más peligroso será para todos nosotros.

—Yo opino igual —dijo Lasgol—. Hay que hacerle frente por poco que nos guste. Corremos peligro. Todo Norghana corre peligro.

—¿De qué estáis hablando? —preguntó Nilsa, que se había levantado, incapaz de permanecer quieta más de un momento.

—De Uthar... —expuso Lasgol.

—¿Otra vez con eso? —protestó Viggo.

—Ya acordamos todos que protegeríamos a Lasgol contra Darthor o contra el rey, quienquiera que fuera el enemigo real —admitió Gerd encogiéndose de hombros.

—Es verdad, lo acordamos y lo haremos —dijo Nilsa—. Aunque yo sigo pensando que creer que Darthor es, en realidad, su madre no tiene ni pies ni cabeza. Es de locos.

Gerd asintió:

—Yo estoy convencido de que aquel hechicero de Darthor conjuró sobre Lasgol y le hizo ver una mujer parecida a su madre en lugar de a Darthor. Esos hechizos pueden hacerte ver y creer cualquier cosa si el hechicero es de gran poder…, o eso he oído… Es un engaño. Toda la historia es un engaño para que atentemos contra el rey. Cuanto más lo pienso, más factible me parece. Pensadlo, ¿cómo va a ser nuestro rey el enemigo? No tiene sentido.

—A todos nos cuesta creerlo —coincidió Ingrid mirando a Egil y Lasgol. Sin embargo, no lo dijo con su habitual tono de confianza; había un matiz de duda en sus palabras. La última vez que habían hablado del tema estaba mucho más segura de que aquello no podía ser—. Me mantengo en mi posición: sin pruebas irrefutables no voy a ir contra el rey, sería una locura. —Negó con la cabeza.

—Hasta que descubramos cuál es la verdad, te protegeremos —le aseguró Gerd a Lasgol con una palmada en la espalda.

—Gracias, sois los mejores —reconoció Lasgol.

—No te pongas sensiblero —le dijo Viggo—. Casi prefiero cuando nos vienes con teorías absurdas de confabulaciones imposibles.

—En ese caso, esto te va a deleitar. Tenemos nuevas informaciones sobre el rey, sobre Darthor, Norghana y el Continente Helado —adelantó Egil.

Nilsa, Viggo y Gerd miraron a Egil. Ingrid bajó la vista.

—¿Qué sucede con el rey? —quiso saber Gerd, que pasaba la mirada de Lasgol a Egil y comenzaba a tornar el rostro en uno de preocupación.

—De lo que pasó cuando el rey abandonaba el campamento —aclaró Egil.

—No pasó nada de nada —negó Viggo.

—Nosotros vimos algo —expuso Egil.

—Nosotros ¿quiénes?

—Lasgol y yo —indicó Egil, y miró a Ingrid—. Y creo que, aunque no quiere aceptarlo, ella también.

—No es que no quiera aceptarlo, es que no sé qué vi, todo pasó muy rápido. Se puede interpretar de muchas formas. Puede deberse a muchas causas diferentes.

Gerd, con cara confundida, observaba a unos y otros.

—Será mejor que os expliquéis, ¡no me entero de nada! —dijo Nilsa, que volvía a sentarse.

—Estate quieta un momento y escucha —le pidió Ingrid.

Al ver que el tono de la capitana era más alto y seco de lo habitual, Nilsa se puso roja.

—Yo…, perdona…, es que no puedo estarme quieta…

—Menuda novedad… —dijo Viggo.

—Tú calla, listillo, que yo al menos no estoy metiéndome con todos sin parar —le espetó Nilsa mientras se sentaba.

—Un poco de paz y armonía —pidió Gerd gesticulando con sus grandes manos—. Dejemos que Egil y Lasgol nos expliquen qué pasa. Parece importante… y no me gusta…

—Lo es, y mucho —aseguró Egil, asintiendo con la cabeza.

—Pues suéltalo de golpe y déjate de rodeos —pidió Viggo.

Egil miró a Lasgol y este le hizo un gesto afirmativo.

—Muy bien. Ahí va, por orden de acontecimientos. Cuando el rey abandonaba el campamento, descubrimos que en realidad no es el rey, es un cambiante.

Se hizo un silencio en el grupo. Viggo, Nilsa y Gerd miraban a Egil con gesto torcido y rostro de confusión.

—¿Qué el rey es un qué? —preguntó Nilsa.

—Un cambiante. Una persona o ser que puede cambiar de

forma y adoptar la de otra persona o la de un animal sin que sea posible distinguir la diferencia. También se los conoce como cambiaformas.

Gerd sacudió la cabeza como para asegurarse de que estaba escuchando bien lo que Egil estaba explicando.

—Uthar no es Uthar, es otra persona que se hace pasar por él —aclaró Lasgol.

Hubo otro silencio. Más largo, tenso. Una fuerte carcajada lo rompió.

—¡Muy buena broma, casi nos pilláis! He estado a punto de tragármelo —dijo Viggo aplaudiendo con fuerza.

El rostro de Gerd pasó de confusión total a mostrar una sonrisa.

—Sí, yo ya me lo había creído.

—Puff..., menudas cosas se os ocurren —soltó Nilsa, que se levantó a por una manzana.

—Siéntate, Nilsa... —le pidió Ingrid.

—Pero... ¿en serio?

Ingrid le indicó con la cabeza que se sentara. Nilsa la contempló con rostro contrariado. Se sentó.

—Vamos, rubita, no te creerás esa historia alocada... —le soltó Viggo enarcando una ceja.

—No me llames rubita, merluzo. No sé qué creer.

—¿No sabes qué creer? Eso no es un no —dijo Gerd, que, al ver la duda de su capitana, se asustó.

—Escuchemos lo que tienen que decir. Luego decidiremos —propuso Ingrid.

—¡Pero si es una tontería impensable! —se quejó Viggo haciendo aspavientos.

—Pues precisamente por eso. Y porque yo soy la capitana y os digo que los escuchéis.

—Pero... —comenzó a decir Nilsa.

—Y a callar.

—Está bien…

—Gracias, Ingrid —le dijo Lasgol.

Ella asintió y bajó la mirada.

—Como había comenzado a explicar —continuó Egil—, nos encontramos ante una situación muy peligrosa. Hemos descubierto que el rey es un cambiante. Por lo tanto, la persona, o el ser, que nos gobierna y dirige el destino de los norghanos es un impostor. Uno muy peligroso que no se detendrá ante nada para no ser descubierto y continuar reinando sobre Norghana.

Nilsa inclinó la cabeza.

—¿Cómo sabéis eso? ¿Cómo estáis tan seguros?

—Lasgol y yo vimos cómo su rostro cambiaba por un instante. Dejaba de ser el de Uthar para convertirse en el de otra persona. Su rostro vibró como si fuera una imagen distorsionada y, en lugar del rostro duro de piel blanca y ojos azules bajo la melena rubia, apareció un rostro con una piel oscura como una noche sin luna, unos ojos verdes e intensos en una cabeza afeitada.

—¡Bah! ¡Tonterías! ¡Visteis a Haakon!

—No, Viggo, no era Haakon, te lo aseguro —le dijo Lasgol.

—Haakon no tiene los ojos verdes y este hombre era mayor —le indicó Egil.

—¿No será que os lo imaginasteis? —preguntó Nilsa.

Los dos muchachos negaron con la cabeza con movimientos pesados.

—Esto no me gusta nada, me estáis poniendo nervioso —pronunció Gerd, y su cara empezó a perder color.

Lasgol se sintió mal por él.

—No lo diríamos si no fuese importante. No quiero asustarte, grandullón, pero estamos diciendo la verdad.

—¡Yo no me creo nada de nada! —protestó Viggo.

—No os haríamos pasar un mal trago si no fuera verdad —insistió Lasgol.

—¿No sería que estuvisteis celebrando con vino noceano y se os fue la mano? —se aventuró Nilsa.

—¿De dónde íbamos a sacar nosotros vino noceano? —preguntó Egil.

—De intendencia, tienen de todo en ese almacén enorme —expuso Nilsa con una mirada pícara.

—No quiero enterarme de cómo lo sabes —dijo Ingrid—, pero que no te pillen o nos metes en un lío a todo el equipo.

—No me pillarán, soy muy escurridiza y me conozco muy bien el almacén.

—A mí que nos castiguen por andar en el almacén me da igual, pero esto no me gusta nada de nada —dijo Gerd, que, cuanto más pensaba en las implicaciones, más pálido se volvía.

—¿Y cómo es que lo visteis solo vosotros dos? —preguntó Viggo.

—Ocurrió muy rápido, fue solo un instante, un parpadeo —explicó Lasgol.

—Pero lo vimos con claridad; ocurrió cuando estaba a nuestra altura —añadió Egil.

—Sí, claro, vaya coincidencia —ironizó Viggo arrugando la nariz y cruzando los brazos sobre el pecho.

—No fue una coincidencia —expuso Lasgol—, fue gracias a Camu.

—¿Al bicho?

—Camu puede detectar magia y parece que también cambiantes. Él provocó el cambio —explicó Egil.

—¿Tenías al bicho contigo?

—Sí, sobre el hombro, y creemos que fue eso lo que provocó la interferencia —dijo Lasgol.

—¡Estáis majaretas! ¡Yo no me creo nada!

Nilsa resopló con cara de asco.

—A mí si hay magia y está Camu de por medio y demás... Bueno, ya conocéis lo que pienso. No quiero saber nada de nada sobre este asunto.

—Yo no me encuentro bien... —dijo Gerd, que tenía pinta de ir a vomitar.

Lasgol y Egil miraron a Ingrid. Ella era la capitana, lo que ella opinara era de gran importancia.

—Yo quiero saber más. Tengamos toda la información. ¿Qué más sabéis? —pidió Ingrid.

Egil le hizo un gesto a Lasgol para que lo contara.

—No me resulta nada fácil contar esto —comenzó—, es muy personal... y me duele, pero creo que es necesario que lo sepáis todo.

Lasgol les narró lo que había hablado con su madre cuando cayó prisionero, lo que significaba. El riesgo que ella corría y con ella los Pueblos del Hielo. El riesgo que él corría si Uthar descubría que sabía la verdad. El riesgo que todos corrían ahora porque sabían la verdad.

—¡Yo no creo que sea verdad! ¡No me importa lo que me digas! —Viggo se negó a aceptarlo.

Lasgol le hizo gestos para que se calmara.

—Déjame terminar. El cambiante no va a conformarse solo con Norghana. Sus planes van mucho más allá. Va a conquistar el Continente Helado y así se hará con todo el norte —explicó Lasgol.

—¿Cómo sabes eso? —le preguntó Ingrid.

—Me lo ha confirmado Darthor..., mi madre, quiero decir.

—Y hay más —siguió Egil.

—¿Más? ¿Más todavía? —preguntó Viggo con una mueca de incredulidad mayúscula.

—Sí —continuó Lasgol—. Uthar quiere las minas de oro y plata del Continente Helado. No parará hasta hacerse con ellas.

—¿Para qué? Ya es rey, tiene todo el oro de Norghana —preguntó Gerd.

Ingrid suspiró.

—¿Para qué quieren los reyes el oro y la plata?

—Para repartirlos entre el pueblo ya te aseguro yo que no —dijo Viggo.

—¿Para comprar...? ¿Qué quiere comprar Uthar? —preguntó Nilsa.

—Para la guerra —sentenció Ingrid.

—¿Qué guerra? —quiso saber Nilsa extrañada—. Cuando derrote a Darthor y a los salvajes del hielo se acabará la guerra, ¿no? —dijo mirando a Ingrid, luego a Lasgol y Egil.

La capitana negó despacio con la cabeza. Resopló.

—Para empezar una nueva. Irá a por los reinos más débiles del medio este, Zangria y el reino de Erenal.

—Pero... Pero... ¿Por qué? ¿Para qué? —dijo Gerd estupefacto.

—Porque la codicia de algunos hombres no tiene fronteras y llegarán hasta límites impensables para conseguir sus propósitos —dijo Egil.

—¿Qué? —preguntó Nilsa con cara de no haberle entendido.

—Que cuando tenga el Norte bajo su control mirará hacia el resto de Tremia y pondrá sus garras sobre los reinos más débiles para seguir ganando poder —explicó Ingrid.

—Y, si tiene éxito, Tremia sufrirá guerras horrorosas, pues los otros grandes reinos no se quedarán parados viendo cómo Norghana se expande. Rogdon, el Imperio noceano, las ciudades-estado del este, entrarán en la contienda. Se producirán alianzas, traiciones y, sobre todo, derramamiento de sangre y sufrimiento..., mucho dolor y sufrimiento... —dijo Egil.

—Puffffff —resopló Gerd negando con la cabeza.

—Vaya panorama más desolador... —dijo Nilsa.

—Ya, si creemos lo que estos dos chalados nos están contando —desconfió Viggo.

—Hay algo más... —siguió Lasgol.

—¿Más todavía? —se quejó Nilsa.

—Más vale que sea algo bueno —dijo Gerd.

—¿Qué te apuestas a que no lo es? —auguró Viggo.

—¿Les cuento el intento de alianza? —preguntó Lasgol a Egil, pues sabía que implicaba revelarles que el padre de Egil, el duque Olafstone, había cometido traición contra el rey al reunirse con Darthor.

Egil lo meditó un instante y asintió:

—Adelante. Deben saberlo.

Lasgol les narró lo ocurrido en el encuentro entre la Liga del Oeste y los pueblos del Continente Helado. Cuando terminó, Ingrid, Gerd, Nilsa y Viggo lo miraban como si los hubiera sentenciado a muerte.

—¿Se reunieron todos? ¡Pero si son enemigos! —clamó Nilsa.

—¡Estáis de broma! ¿Cómo vamos a creernos esto? —dijo Viggo con gesto de desconfianza.

—¡Es una locura! ¡A espaldas del rey! —exclamó Gerd llevándose las manos a la cabeza.

—Los intentos de alianzas y traiciones suelen producirse en tiempos de guerra —reconoció Ingrid.

—No estamos locos, es la verdad —les dijo Lasgol.

—Es la verdad que vosotros os creéis —apuntó Viggo.

—La verdad es solo una —sentenció Egil.

—Ahí te equivocas, sabelotodo; la verdad es la que uno cree que es.

—¿Qué quieres decir?

—Que yo también opino como Gerd. Os han hechizado. Vosotros creéis que lo que decís es verdad, pero en realidad no lo es. Estáis intentando convencernos de algo que os han metido en la cabeza, algo que no es cierto.

—Te aseguro que nadie nos ha hechizado... —dijo Egil.

—¿Y cómo lo sabes? —le preguntó Nilsa—. Si estás hechizado o dominado, no lo sabrías.

—¡Eso! —dijo Gerd—. Y es lo que yo he dicho. Solo que no es Lasgol el único, los dos habéis sido hechizados.

—¿Estaba el hechicero presente cuando os reunisteis? —quiso saber Nilsa.

Lasgol asintió.

—Las dos veces que has estado con Darthor el hechicero estaba presente y en la última, con Egil, también. ¿No?

—Sí, pero...

—Pues ya está. La teoría de Gerd es la buena. Estáis hechizados.

—No tiene sentido... —se defendió Lasgol.

—Sí, claro, tiene más sentido que nuestro rey sea un cambiante que quiere conquistar todo el continente y que la mitad de los nobles norghanos se una a los salvajes del hielo contra él... —dijo Viggo sacudiendo los brazos al aire.

—Hay un pequeño detalle que no encaja... —objetó Egil.

—Ilumínanos —pidió Viggo.

—Ella —dijo Egil y señaló a Ingrid—. Ella vio la cara del cambiante y nunca ha estado cerca de Darthor o su hechicero; por lo tanto, no está hechizada.

—¡Bah! Si no sabe qué vio, lo ha dicho ella misma.

—¿Ingrid? —inquirió Egil.

La capitana sóltó un suspiro largo y profundo.

—No sé lo que vi... No puedo decantarme de un lado o del otro. Necesito más pruebas.

—Si ella no os cree, no hay más que hablar —sentenció Viggo.

Egil fue a continuar, pero Lasgol lo detuvo levantando la mano.

—Dejémoslo aquí. No tiene sentido discutir. Pensad con tranquilidad en todo lo que os hemos dicho.

—Me parece bien —dijo Gerd.

—Y a mí —secundó Nilsa.

Viggo gruñó.

—Está bien.

—Tenedlo presente, podemos estar en grave peligro —les advirtió Egil.

—Estaremos alerta —dijo Ingrid.

La pequeña reunión terminó. Egil y Lasgol se quedaron solos con Camu.

—No nos han creído —se lamentó Lasgol.

—Es normal. Es algo muy difícil de creer. Ponte en su lugar.

—Sí, lo entiendo.

—Aunque sí hemos conseguido algo.

—¿El qué?

—Sembrar la duda en su mente.

—¿Y eso es bueno?

Egil sonrió.

—Muy bueno. Cuando llegue el día nos creerán, mientras tanto estarán más alerta.

—Eso espero. Por el bien de todos…

Capítulo 10

A QUELLA TARDE LES TOCABA INSTRUCCIÓN DE MAESTRÍA DE Naturaleza, la preferida de Egil y la que menos les gustaba a Ingrid, Nilsa y Viggo. A Lasgol le resultaba curioso lo diferentes que eran todos en el equipo, incluso al nivel de preferencia de maestría. A él le gustaba la maestría de Naturaleza, era donde más se aprendía sobre el maravilloso mundo que los rodeaba. Pero debía reconocer que no era la más divertida; pasaban mucho tiempo estudiando y practicando en el laboratorio, y muy poco al aire libre, que era lo que todos deseaban. Aun así, a él le gustaba.

Al ser el tercer año de instrucción, les habían puesto una instructora experimentada: Birda. Debía de rondar los cuarenta y había una característica que resaltaba sobremanera en ella: no era norghana. Saltaba a la vista, pues el color de su piel era verde, de un suave tono selvático. Era una usik, de los grandes bosques insondables de la parte central de Tremia. Corrían todo tipo de rumores sobre ella entre los de tercer año, que se habían llevado una sorpresa mayúscula al encontrársela el primer día de instrucción. Eyra la había presentado como su allegada y mano derecha, por lo cual nadie se atrevía a desconfiar de ella, si bien su raza y el color de piel a muchos les hacía dudar.

A Egil le parecía fascinante tener una usik como instructora, aunque muchos la miraban con recelo. En las mentes de personas con pocas miras y el corazón lleno de miedos u odios infundados provocaba desconfianza.

Eyra y Birda los saludaron mientras todos se sentaban a las largas mesas de trabajo. Birda se dirigió a ellos. Pronunciaba bien, pero parecía cantar las palabras más que hablarlas.

—Hoy comenzaremos con el estudio de una de las materias que más éxito suelen tener todos los años.

—Junto con la preparación de venenos —apuntó Eyra.

—Sí, muy cierto. —Sonrió Birda.

—Es una materia que, si bien cae en nuestro ámbito de estudio, está muy relacionada con la maestría de Tiradores.

—Creo que una demostración ayudará a que entiendan mejor de qué se trata —la animó Eyra.

—Muy bien —dijo la instructora usik, y les mostró una flecha. No era una flecha normal, había algo extraño en su extremo. La punta era diferente, mucho más grande y su parte posterior, en forma de bola, se unía al asta.

—Pasadla entre vosotros para que podáis verla mejor. Aseguraos de no romper la punta, es peligroso.

La fueron pasando de unos a otros. Cuando le llegó a Egil, la estudió con mucho cuidado e interés. Lasgol, a su lado, lo observaba. Su amigo se la dio y él también la estudió. Era una flecha normal a excepción de la punta. En lugar de la punta de metal tradicional de los guardabosques, había otra distinta, pintada de rojo, bastante más grande. Parecía ser cerámica. La bola unida a la flecha era de metal. Lasgol se la pasó a Gerd, que la manipuló con cuidado en sus grandes manos.

Cuando por fin volvió a Birda, esta continuó:

—Ahora la demostración práctica.

Cogió un arco pequeño, cargó la flecha y apuntó al fondo del aula. Todos se apartaron con rapidez y dejaron un pasillo abierto. Descubrieron que apuntaba a un muñeco con forma humana que habían clavado a la pared de madera de la cabaña. La instructora tiró. La flecha golpeó el muñeco. Se oyó un sonido hueco y a continuación se produjo una pequeña explosión de fuego. Un instante más tarde, el torso del muñeco ardía.

Lasgol se quedó con la boca abierta. Las exclamaciones de asombro del resto llenaron la sala.

—Veo que tengo vuestra atención —continuó la instructora—. Las Flechas de Fuego son de las preferidas entre los guardabosques. Tienen muchas utilidades destructivas. En esta clase aprenderemos a fabricar diferentes tipos de flechas especiales. —Les mostró otra flecha que tenía una punta de color azul—. Flecha de Agua —anunció.

La cargó en el arco y tiró contra el muñeco cuyo pecho ardía. Al golpear la flecha, se produjo una pequeña explosión de hielo que congeló el torso y apagó las llamas.

Las exclamaciones de sorpresa fueron enormes.

—¡Fantástico! —dijo Egil a su lado con los ojos brillando de la excitación.

Nilsa aplaudía.

—¡Qué bueno!

Viggo no decía nada, aunque observaba a la instructora con la cabeza inclinada y una mirada de suspicacia.

—En esta clase aprenderemos a hacer Flechas Elementales —anunció la instructora.

A las exclamaciones siguieron aplausos. Eyra pidió silencio.

—Esta clase es muy peligrosa, deberéis extremar las precauciones. La fabricación de estas flechas es algo muy delicado. Los materiales son volátiles y deben tratarse con sumo cuidado. No quiero accidentes. Cualquier contratiempo puede costaros los dedos de una mano, así que será mejor que prestéis toda vuestra atención.

El comentario asustó a muchos, ya no les parecía tan excitante.

—Seguid mis instrucciones sin parpadear y todo irá bien —dijo Birda.

Lo primero que la instructora usik les mandó fue que leyeran *Los principios de la fabricación de Flechas Elementales*. Repartió un ejemplar para cada equipo y se pusieron a ojearlo. Con aquello terminó la clase del día. Les aconsejó que se llevaran los libros para estudiarlos en los ratos libres. Por supuesto, Egil eso hizo.

Les llevó dos semanas de clases entender los conceptos básicos detrás de aquella materia. El único que disfrutaba con las clases teóricas era Egil, que devoraba las explicaciones de Birda. Lasgol intentaba no perderse y entender, aunque le costaba. El resto del grupo no parecía que prestara mucha atención. Para la tercera semana ya habían repasado lo necesario para comenzar la parte práctica de la materia.

—Hoy comenzaremos con la fabricación de las puntas —anunció Birda.

Eso captó la atención de todos. Se irguieron en la quincena de bancos de trabajo que llenaban la estancia, que tenía más forma de taller que de escuela. Cada equipo ocupaba una de las mesas. La expectativa era tan alta que hasta los cientos de contenedores en las estanterías con incontables componentes, plantas y materiales de todo tipo parecieron prestar atención.

—Tendremos que utilizar los hornos y las chimeneas, así que comenzad por preparar unos buenos fuegos. Búhos, la primera chimenea; Panteras, la segunda; Águilas, la tercera. Nos turnaremos para su uso —dijo al resto de los grupos.

Los Panteras se acercaron al horno de adobe y la chimenea que les habían indicado. Junto a cada uno de los tres hornos más chimenea había utensilios para preparar cocciones, brebajes y pócimas que requerían calor o ebullición. También había una pequeña mesa con utillajes, potes, cazuelas y demás.

Una vez que tuvieron los fuegos listos, volvieron a las mesas.

—Comenzaremos por crear las puntas. Se dividen en dos partes: la punta en sí, que es de un compuesto cerámico y que se rompe al impactar, y el depósito, de una aleación de metal para el reactivo y que no debe tener poros o podría explotar. Utilizaremos moldes para fabricar ambas partes. Nada de improvisar. —Hizo un gesto de negación con el dedo índice—. Sobre aquel estante hay dos moldes para cada equipo; cogedlos y manos a la obra. Los materiales que necesitáis están en las estanterías. Espero que hayáis prestado mucha atención.

Por suerte para los Panteras, Egil había prestado toda la atención del mundo y comenzó a dar instrucciones al resto del equipo. Todos las siguieron al pie de la letra sin rechistar. Primero, comenzaron a preparar los compuestos midiendo las cantidades y pesos correctos de cada uno para mezclarlos con los líquidos base y ponerlos en el fuego a bullir. Luego, se centraron en los moldes. Eran dos cajas de metal divididas en dos mitades, la superior y la inferior, que se encajaban en dos guías exteriores para que no se desplazaran.

—¿Qué hacemos, cerramos los moldes? —preguntó Ingrid.

—No, traed la arena, la negra para el molde de la cabeza y la blanca para la del depósito —les dijo Egil, y señaló las estanterías.

Se las acercaron. Egil llenó las dos mitades de cada molde de arena.

—Muy bien, traedme los modelos. —Todos lo miraron sin comprender—. Traedme las formas —dijo, apuntando a otra estantería.

Le llevaron una forma de flecha y otra de cilindro. Estaban hechas de metal sólido. Las colocó en el centro de los moldes llenos de arena y los cerró.

—Ahora a la prensa. Hay que prensar bien la arena.

Fueron hasta el fondo de la habitación y encontraron una pequeña máquina. Colocaron uno de los moldes, comenzaron a darle vueltas a una manilla mientras prensaba la arena y dejaron que Gerd ejerciera toda su enorme fuerza.

—Muy bien, ya está prensada; ahora, sacamos los modelos.

Todos miraban con interés cómo Egil abría el molde y sacaba las formas. En medio de la arena quedaba la forma de la cabeza y en el otro molde, la del depósito.

—Ahora que los moldes ya tienen las formas, los llenamos con el líquido y los metemos al horno.

Así lo hicieron. Se dirigieron hasta la chimenea donde tenían el caldero bullendo con la preparación de líquido cerámico.

—Para manipular el preparado usad los guantes reforzados —les advirtió Birda.

Se pusieron unos gruesos guantes que cubrían hasta el codo. Con mucho cuidado, vertieron los dos preparados hirviendo en el interior de los moldes. Luego, los pusieron en los hornos. Esperaron con paciencia mientras observaban cómo sus compañeros hacían lo mismo.

Por fin, sacaron los dos moldes. Los abrieron con cuidado y con unas pinzas cogieron la punta y el depósito. Estaban perfectos.

—¡Sí, señor! —exclamó Viggo, que parecía no creérselo.

Todos se felicitaron. Nilsa estaba tan contenta que comenzó a hacer un extraño baile.

El resto de los equipos fueron también abriendo sus moldes con diferentes resultados, alguno no muy bueno.

Durante varios días se dedicaron a aprender a hacer las dos piezas. Iban turnándose entre cada uno de los componentes del equipo. Al fin, todos fueron capaces de hacer las piezas por sí solos, sin la ayuda de Egil y sus magistrales explicaciones.

Un mes más tarde, llegó el momento de pasar a la segunda parte. La preparación de los compuestos, la fase más complicada y peligrosa.

—Esta parte es más delicada, así que tened mucho cuidado —les dijo Birda y les proporcionó los componentes que debían utilizar, precisamente medidos en contenedores especiales para cada uno, de forma que se minimizara el riesgo de tener un accidente.

Los componentes descansaban sobre la mesa alargada del equipo de los Panteras, sin embargo nadie se acercaba a ellos. Gerd los miraba con ojos como platos y su rostro estaba blanco como la nieve. Viggo torcía el gesto y tampoco quería arrimarse. Las dos chicas del equipo se miraron la una a la otra y decidieron apartarse un poco. Lasgol y Egil se dieron cuenta de que tendrían que ser ellos. Se pusieron los guantes especiales para manipular los componentes y comenzaron. Egil hizo los honores. Se esforzaron en mezclarlos bien, pero resultaba complicado. Les costó un buen rato tener lista la parte de la mezcla que iba en la punta, el activo. Mezclaron los tres componentes que se necesitaban, previa pulverización en el mortero, y midieron con cuidado las cantidades. Luego, rellenaron la punta por un pequeño orificio y la sellaron con un pegamento de resina enriquecido.

La parte del líquido reactivo les costó todavía más; tardaron varios días en prepararlo de forma correcta. Egil era el único que no se frustraba ni asustaba. Lasgol no se desanimaba demasiado pero algo de miedo sí que pasaba al manipular los componentes. Por fin lo lograron y llenaron el depósito con él. Después, unieron la cabeza y el depósito con la resina por una parte que encajaba a la perfección.

—Muy bien. Para que se produzca la reacción, el contenido de la cabeza y el del depósito deben reaccionar —les explicó Birda—. Esto ocurrirá cuando la flecha golpee el blanco y ambos contenedores se rompan en el impacto. En ese momento se producirá una pequeña explosión y, en función de la mezcla que hayamos preparado de activo-reactivo, tendremos un efecto elemental u otro.

Egil aplaudió muy animado.

Birda lo vio.

—Panteras, por favor, probad. Hay que tirar con fuerza para que la ruptura sea buena o no conseguiréis la reacción.

Al oír aquello, Egil le cedió el honor a Ingrid. La capitana cogió la flecha con suavidad y se situó junto a la instructora. Colocó la flecha en el arco con sumo cuidado, apuntó y tiró contra el muñeco, al otro lado de la habitación. Se oyó un sonido hueco y, acto seguido, se produjo en el pecho del muñeco una explosión de tierra y polvo que lo dejó cubierto de tierra, así como parte de la pared trasera.

—Excelente. Flecha de Tierra. Dejará a uno o más enemigos medio ciegos, sin que puedan respirar y aturdidos.

Los compañeros de los otros equipos aplaudieron.

A continuación, le tocó el turno al equipo de los Búhos. Habían preparado una Flecha de Aire. Al impactar se produjo una explosión que sonó como un trueno; le siguió una descarga eléctrica que recorrió el cuerpo de medio muñeco dejando una tremenda quemadura.

Todos aplaudieron a rabiar. Aquel efecto había sido buenísimo.

El resto de los equipos fueron tirando contra el muñeco probando sus creaciones. Algunos no consiguieron que los compuestos reaccionaran. Se oía el sonido hueco de la punta al romperse, pero no pasaba nada o salía un humo blanco inofensivo que Birda les explicó que se debía a una reacción fallida. Los Jabalíes midieron mal las cantidades al mezclar y su Flecha de Fuego estalló en una llamarada que calcinó medio muñeco y parte de una estantería. Tuvieron que correr a apagar las llamas. A Birda no le gustó nada y los amonestó por no tener cuidado. Al resto de los equipos les encantó la explosión de fuego.

Para finalizar, la instructora les explicó:

—Las Flechas Elementales son las más utilizadas y las que mejor dominamos los guardabosques. Pero como estoy segura de que entre vosotros hay alguna que otra mente despierta —y miró a Egil—, ya habréis deducido que variando los dos componentes en la flecha, el activo y el reactivo, pueden conseguirse diferentes efectos. Esto es correcto, pero es muy peligroso; por lo tanto, queda prohibido hacerlo. Os centraréis en crear solo estos cuatro tipos que os he enseñado, siguiendo sin desviaros una pizca las medidas y los componentes.

Egil soltó una queja ahogada. No fue el único.

—Con todos los efectos que se podrían llegar a lograr... —dijo mirando a Lasgol.

—Nada de experimentar por vuestra cuenta. Recordad que podéis perder los dedos de una mano o algo peor.

—De acuerdo... —masculló Egil con los hombros caídos.

Para despedir la clase, Birda les dijo:

—Un guardabosques debe saber fabricar los cuatro tipos de Flechas Elementales con los ojos cerrados, así que tenéis mucho trabajo por delante hasta dominar esta materia.

Con el paso de los días resultó que la clase terminó siendo muy interesante, incluso para Ingrid, Nilsa y Viggo, quienes, al ver las flechas fabricadas, sintieron cierto orgullo por haberlas creado con sus propias manos. El único que lo pasaba fatal fabricando las flechas era Gerd, que sufría con cada paso del proceso. Tenía tanto miedo de que algo le estallara en cualquier momento que le temblaban las manos, las rodillas y hasta las cejas.

A Lasgol le encantó la clase y más cuando se enteró de que había una especialización de élite de esta materia: flechador elemental. Según les contó Birda, los flechadores elementales eran capaces de crear todo tipo de flechas con diferentes efectos. Lasgol se preguntó cuáles serían y si él podría convertirse en uno de ellos…

Capítulo 11

BAJO UN CIELO DESPEJADO Y UN AGRADABLE SOL SE DIRIGIERON a la instrucción de maestría de Fauna, la favorita de Lasgol y Gerd. Un día tan bueno era algo nada común en el norte de Norghana y todos estaban contentos, de muy buen humor, incluso el mismo Viggo.

—Si no fuera porque odio los animales, me gustaría ser un susurrador de bestias. Sí, creo que me sentaría muy bien —dijo reflexionando.

—¿Un qué? —preguntó Nilsa.

—Es una especialización de élite —aclaró Egil—. Son los guardabosques que van acompañados de grandes felinos que obedecen sus órdenes.

—¿Cómo de grandes? —preguntó Gerd.

—Panteras de las nieves y tigres blancos —le aclaró Egil.

—Y enormes lobos —añadió Viggo asintiendo.

—Ohhh…, eso sería espectacular —exclamó Gerd.

—Te gustaría, ¿eh, grandullón? —lanzó Lasgol.

—Ya lo creo, ¡sería increíble!

—Más bien sería fantástico —dijo Egil con una sonrisa.

—¡Eh! Que es lo que yo he deseado, envidiosos —dijo

Viggo—. Ya me veo llegando a una aldea acompañado de una pantera de las nieves o un tigre blanco en misión oficial de los Guardabosques. Me acercaría hasta el centro del pueblo con mi mascota a mi lado espantando a todo el mundo. Se morirían de miedo. Sería digno de ver.

Ingrid sonrió.

—Sí, claro, te va a la perfección. No puedo esperar a ver cómo un tigre blanco te come vivo cansado de escuchar tus comentarios impertinentes.

Nilsa soltó una carcajada.

—Sois unas brujas, me arruináis hasta el mejor de los días —espetó Viggo con la mirada fija en sus dos compañeras—. Pero, bien pensado, quizá sea mejor que elija otra especialización; los felinos y yo no nos llevamos del todo bien.

Todos rieron.

Llegaron hasta las cabañas donde se impartía la maestría de Fauna. Eran las más pintorescas, pues se hallaban rodeadas de cercados y jaulas con todo tipo de animales que los guardabosques usaban y sobre los cuales los instruían tanto de forma teórica como práctica.

Aquel tercer año mucha de la instrucción había pasado a ser práctica, cosa que Egil lamentaba, pues amaba estar entre libros, pero el resto del equipo agradecía. Las clases prácticas eran mucho más divertidas, sobre todo cuando eran con animales. Excepto en las que los animales eran grandes, salvajes y capaces de matar a un hombre.

Como casi siempre, Gerd se detuvo junto a los animales y los saludó mediante frases de cariño con su tono meloso. Le encantaba hacerlo. A veces perdía la noción del tiempo y tenían que ir a buscarlo. Aquel día no fue diferente y Gerd fue a ver a sus «pequeños amigos», como él los llamaba. Resultaba que uno de sus «pequeños amigos» era precisamente un enorme oso blanco llamado Forzudo, capaz de despedazar a un adulto en un momento.

—No le des nada de comer a Forzudo —le dijo el instructor Erisson a Gerd.

—No le daré nada, señor. Sé que va contra las normas.

—Y por una buena razón: si le das comida, te arriesgas a que el día que no se la des te haga unas «caricias» para ver si llevas algo escondido.

La cara de Gerd reflejó lo que eso significaría.

—No le daré nada.

A diferencia del instructor del año anterior, Guntar, que tenía un carácter endiablado, Erisson era mucho más calmado; parecía poseer mucho más temple. Rara vez se alteraba, ni siquiera cuando no hacían bien las cosas. Por el contrario, Guntar les gritaba a pleno pulmón cuando se equivocaban. En el aspecto físico también eran muy distintos: Erisson era moreno de ojos negros, con pelo liso y de rasgos y cuerpo afilados. Era curioso descubrir lo diferentes que eran los instructores, no solo entre maestrías, sino de un año a otro en la misma maestría. Una cosa sí compartían todos: eran excelentes guardabosques y conocían su disciplina a la perfección.

—Me preguntaba, señor…

—Dime.

—¿No debería estar libre?

Erisson asintió:

—Debería, sí. Pero, si lo dejamos libre, es probable que no sobreviva. Lo rescatamos de cachorro de una trampa de cazadores furtivos y se ha criado entre nosotros, los guardabosques, como la mayoría de los grandes depredadores que tenemos. Algunos pueden arreglárselas y les dejamos que puedan regresar a su entorno natural, en cambio Forzudo está mejor con nosotros.

—¿No podemos domesticarlos de adultos?

—No, una vez que se han criado salvajes es muy difícil, casi imposible. Hay algunas especies con las que es factible, las aves, por ejemplo, pero los grandes depredadores son otro cantar, incluso para nosotros, que llevamos cien años estudiando su comportamiento. Se ha dado algún caso, pero es la excepción.

—¿Y los lobos? He oído que algunos no son tan agresivos con los humanos.

—Los lobos que se han criado en las montañas, mientras tengan la manada cerca, no serán amigables. Un lobo solitario es diferente. En cualquier caso, siempre es mejor criarlos y ganarse su confianza desde pequeños.

—Entiendo.

—Los guardabosques llevamos mucho tiempo trabajando con los animales. Son nuestros aliados naturales. De un hombre no te puedes fiar; de un animal sí. Para ello tienes que ganarte su confianza, su respeto. Eso es lo que trabajamos aquí. Una vez que confíe en ti y te respete, tendrás un amigo, un aliado de por vida.

—Pero cuesta mucho ganarse esa confianza y respeto.

—Por supuesto. ¿Te fiarías tú de cualquiera?

—No, claro que no.

—Entonces, ¿por qué habrían de hacerlo ellos? —le preguntó Erisson señalando las jaulas donde tenían a varias panteras, lobos y un enorme tigre blanco.

—No deberían.

—Y no lo hacen. Por eso en esta maestría os enseñamos a ganaros esa confianza y respeto para que podáis haceros con un compañero. Pero es peligroso. Hay que andarse con mucho cuidado y utilizar la cabeza. De lo contrario...

—¿Qué?

—Terminaréis hechos pedazos.

Gerd tragó saliva.

—Haced lo que os diga y todo irá bien.

—Sí, por supuesto.

—Me alegro de que sientas debilidad por ellos —dijo el instructor señalando a los depredadores.

—Gracias. Es que me gustan mucho los animales…, incluso ellos —respondió con un gesto hacia las panteras y el tigre.

—A mí también. —Sonrió Erisson.

—Desearía que fueran libres y vivieran felices en los bosques nevados.

Erisson los contempló un momento. Luego miró a Gerd.

—Me gustas, tienes buen corazón. No lo pierdas en el sendero, pues el del guardabosques es arduo y lleno de sufrimiento. Muchos pierden su buen corazón, se convierten en hombres duros y sin empatía por humanos o animales.

—Lo intentaré…

—No te preocupes por ellos. Durante la instrucción los tenemos en las jaulas para que no ocurran accidentes. Los aspirantes sois, en muchos casos, poco fiables a la hora de tratar con los animales. No es culpa suya, es vuestra —dijo y echó una mirada al resto de los aspirantes a su espalda, que se preparaban para la instrucción—. Pero una vez que la instrucción termina, los liberamos. Son libres para regresar a sus dominios en los bosques altos. Cuando los necesitamos, los hacemos llamar y regresan.

—Oh…, no lo sabía.

—La nuestra es una relación de amistad y respeto —dijo acercándose al tigre blanco en su jaula y ofreciéndole la mano.

Gerd se espantó, el tigre era enorme; podría arrancarle el brazo de una dentellada. Pero el tigre no atacó. Al contrario, acercó la cabeza, soltó un gruñido que no sonó amenazador y permitió que Erisson lo acariciara como a un dócil gatito descomunal y de aspecto letal.

—Es increíble.

—Lo es. Los animales y los guardabosques nos procuramos ayuda mutua. Nosotros los protegemos mientras estén en nuestro valle con sus bosques y montañas, y ellos nos ayudan con la instrucción y con misiones especiales.

—¿Misiones especiales?

—Así es. No me está permitido hablar de ellas, pero puedo asegurarte que nuestros amigos nos ayudan mucho.

—Oh, creo que ya entiendo, como en las especialidades de élite: el susurrador de bestias. Lo hemos estado comentando antes entre nosotros —dijo mirando a su equipo.

—Sí, pero en ese caso se trabaja el vínculo con el animal y este pasa a ser un compañero. Es algo muy especial. Muy pocos logran tal vínculo.

El tigre rugió y Gerd dio un paso atrás asustado.

—Es muy complicado —admitió Erisson, y calmó al tigre con caricias y palabras suaves.

Gerd se recuperó del susto. Le temblaban las manos, pero se recompuso.

—Me gustaría alcanzar la especialización de susurrador.

Erisson sonrió. Una sonrisa de entendimiento.

—A ti y a muchos. Por desgracia, es una de las más difíciles, pues no depende enteramente del aspirante, sino de las bestias y de cómo lo perciben a uno.

—Ya veo… —dijo Gerd, y dejó de temblar.

—Acércate a él despacio… —le sugirió el instructor.

Gerd se lo pensó dos veces y, luchando contra el miedo que le atenazaba el estómago, al fin se decidió. Avanzó hasta la jaula y se situó junto al instructor. Si el gran tigre atacaba lanzando un zarpazo entre los barrotes, lo alcanzaría de lleno. Solo de pensarlo el miedo lo invadió. El animal pareció oler el miedo y, acercando su gran cabeza a las rejas, le rugió. Gerd sintió el aliento del tigre en el rostro y el miedo explotó en su interior. Tenía tanto que quería salir corriendo, sin embargo estaba petrificado.

—No hagas movimientos bruscos…

No podía mover un solo músculo, así que aquello no sería un problema. Pero tenía que conseguir dominar su miedo. El tigre era feroz, letal, brutal, al mismo tiempo había en él una belleza felina innegable, un poder incontestable envuelto en nobleza. Aquel animal majestuoso tenía un alma noble, Gerd podía sentirlo. Poco a poco comenzó a vencer su miedo. Estaba ante un rey felino. Debía temerlo, pero, sobre todo, respetarlo. Con un esfuerzo interior enorme, reemplazó el miedo que sentía por respeto hacia el animal y consiguió sobreponerse. Muy despacio estiró la mano hacia la cabeza del tigre.

La bestia rugió y le mostró amenazante sus enormes fauces.

—Suave… —le advirtió Erisson.

Gerd tragó saliva, respiró hondo y metió la mano entre los barrotes de la jaula. El tigre lo observaba mostrando sus fauces letales y gruñendo. Pero Gerd no se vino abajo. Acarició la cabeza del animal con la mano. Hubo un instante de espera, como si el felino estuviera decidiendo si arrancarle la mano o no, luego soltó un rugido suave. Gerd resopló y continuó acariciándolo.

—Parece que tienes madera; quizá llegues a conseguir tus deseos —reconoció Erisson con una sonrisa.

—Gracias.

—No te entretengas mucho; tenemos que continuar con la instrucción —le dijo Erisson, y se marchó.

Gerd se quedó acariciando al tigre. Apenas podía creer que hubiera conseguido vencer su miedo y, sobre todo, que el tigre no le hubiese arrancado el brazo. Asintió y siguió al instructor tras despedirse de Forzudo.

—¿Qué te contaba el instructor? —le preguntó Lasgol a Gerd cuando se unió a ellos.

—Cosas muy interesantes sobre los animales de los guardabosques.

Mientras Gerd les contaba lo que había aprendido, Lasgol observó cómo los de segundo año entraban en la cabaña que les correspondía. Vio a Valeria, que lo saludó con una enorme sonrisa alzando la mano. Él le devolvió el gesto. Le caía muy bien aquella chica y debía reconocer que estaba muy guapa aquel año. Ahora era una de las bellezas del campamento. Según le había dicho Viggo, iba rompiendo corazones. Muchos buscaban su atención, incluidos chicos de tercer y hasta cuarto curso, pero ella los ignoraba a todos. Viggo decía que era tan fría como bella, excepto con Lasgol, a quien siempre saludaba y hablaba.

—Sí, es muy maja… —dijo en voz baja sin darse cuenta de que hablaba en alto.

—¿Ella? Lo será contigo —le respondió Viggo, que lo había oído—. Con el resto ya te digo yo que no.

—Exageras.

—Yo no exagero nunca.

Lasgol sabía que eso era verdad; Viggo podía ser un dolor, pero no exageraba jamás. Siempre contaba las cosas tal cual eran, aunque no gustaran.

Se prepararon para la instrucción, Erisson los llamaba con gestos.

—Hoy comenzaréis a aprender una disciplina que solo los guardabosques practicamos. Es un arte que hemos estado desarrollando durante más de cien años hasta perfeccionarlo, así que prestad mucha atención.

—Esto va a ser muy interesante —murmuró Nilsa aplaudiendo de forma animada.

Erisson extendió un brazo enguantado con refuerzos que le llegaban hasta el codo y emitió una llamada imitando un ave que nadie supo identificar. Al cabo de un momento, un halcón apareció planeando sobre sus cabezas en respuesta a la llamada del instructor. Erisson volvió a reclamarlo y el ave bajó hasta posarse sobre su brazo.

—Muy bien, pequeño —le dijo con aprecio, y lo acarició con la otra mano.

Lasgol observó el ave. Era preciosa. El más rápido de los cazadores. Conocían cómo usarlos para interceptar mensajes enemigos llevados por palomas y grajos. Nada escapaba al halcón. Lo difícil era hacer que volviera con la presa y el mensaje que iba atado en la pata del animal cazado. Lo habían estado practicando y a Lasgol y a Gerd se les daba bastante bien. Sin embargo, al resto de los compañeros, no tanto. Sobre todo a Viggo, al que los halcones parecían detestar por alguna razón, Nilsa decía que era porque las aves podían captar la negrura en su corazón. Según Ingrid, se debía simplemente a que el ave captaba que Viggo no tenía mollera.

Lo cierto era que no conocían la razón. Lasgol se quedaba maravillado cuando veía a los halcones salir lanzados y cruzar los cielos a velocidades impensables para atrapar las presas, bien en el aire o en tierra. Todo ocurría tan rápido que, si uno pestañeaba, se perdía lo que sucedía. Ni las liebres eran capaces de escapar de los halcones.

Lasgol se preguntó qué nueva habilidad iría a enseñarles Erisson.

—Necesito un voluntario —pidió.

Antes de que a nadie le diera tiempo a reaccionar, Isgord dio un fugaz paso al frente.

—¡Yo! —dijo lleno de confianza.

Ingrid maldijo entre dientes y echó una mirada de odio al capitán de los Águilas.

—Muy bien. Quiero que te internes en el bosque, avanza hacia el oeste. Cuando alcances la zona más espesa, escóndete. Espera a mi silbido y comienza a avanzar muy lentamente. Recuerda lo que has aprendido en la maestría de Pericia. Tienes que salir del bosque sin que te localicen, usando el sigilo y el sendero de las Sombras.

—¡Lo haré! ¡La pericia es mi fuerte! —respondió, y, por desgracia, todos sabían que era verdad.

—Muy bien —lo animó Erisson—. Adelante.

Isgord se internó en el bosque y esperaron a que se colocara.

—Muy bien. Quiero que observéis con mucha atención —indicó Erisson y silbó para que Isgord se preparara.

Al cabo de un momento hizo una seña marcando un círculo con el dedo índice frente al halcón, luego señaló el bosque donde Isgord se había ocultado. El ave observaba a Erisson y movía la cabeza de un lado a otro. Los aprendices observaban cautivados. Al fin, Erisson levantó el brazo y dejó ir al halcón, que se remontó a los cielos.

—Este arte consiste en utilizar el halcón y su increíble agudeza visual para rastrear enemigos en los bosques. Solo los guardabosques utilizamos los halcones de esta forma en todo el norte. Observad.

El animal sobrevoló el bosque en varias pasadas a gran velocidad rozando las copas de los árboles.

—Está buscando la presa —explicó Erisson.

De pronto, el ave ralentizó el vuelo y comenzó a volar en círculos sobre una pequeña área.

—Y ya la ha localizado. Nos indica dónde se encuentra. —Hizo una pausa para observar el vuelo, luego se llevó las manos a la boca y gritó—: ¡¿Lo tienes encima, Isgord?!

Hubo un momento de silencio. Isgord se resistía a reconocer la derrota, sin embargo no le quedó más remedio que hacerlo.

—¡Sí, señor! ¡Me ha encontrado! —gritó rabioso.

Todos se quedaron pasmados.

—Veo que os ha impresionado. Bien. Ahora entrenaremos por equipos. Uno hace de presa y el otro se turna con el halcón. Vamos, con suavidad. Recordad que es un ave inteligente pero delicada.

A los Panteras les tocó con los Lobos. Comenzaron por hacer de presa. Se turnaban; un Lobo manejaba el halcón y un Pantera se escondía en el bosque. La espera allí era larga, pues manejar el halcón resultó muy complicado para todos. Lasgol pasó un buen rato escondido en el bosque. Al fin, cuando ya estaba a punto de salir, vio al halcón pasar sobre su cabeza a gran velocidad. Se quedó quieto y esperó escondido entre las sombras y cubierto por la vegetación. Se había ensuciado la cara y el pelo con barro para camuflarse mejor. Recordó las enseñanzas de Haakon y se ocultó ralentizando hasta la respiración, camuflado, sin mover un músculo, sin apenas pestañear. Pero todo su esfuerzo fue en vano. El halcón lo descubrió a la quinta pasada. No sabía cómo lo había hecho, pues él no se había movido un ápice, pero lo había descubierto. Miró al cielo despacio y descubrió al halcón realizando círculos sobre su posición.

—Increíble, vaya vista más aguda —dijo y sonrió.

Regresó y felicitó a Ashlin, de los Lobos, quien había manejado el halcón. Luca, el capitán, había tenido que darse por vencido y pedir a Ingrid que saliera del bosque porque no podía comunicarse con el ave. Solo Ashlin y uno de sus compañeros lo habían logrado. Los otros cuatro habían fracasado.

Cuando fue el turno de los Panteras, la suerte no fue muy diferente. Lasgol disfrutó como un niño con la bella ave. La parte complicada era hacer entender al halcón lo que se esperaba de él, pues en la mayoría de las ocasiones no entendía los gestos de los humanos. Cuando llegó su turno, Lasgol envió el halcón. Sobrevoló la zona, por un instante, el muchacho pensó que no le haría caso; de pronto, el ave se dirigió al bosque y comenzó a trazar sus pasadas veloces. Descubrió a Ashlin escondida y empezó a volar en círculos sobre ella para señalar su posición. Lasgol resopló de alegría. Recibió las felicitaciones de sus compañeros y de los Lobos.

Nilsa no lo hizo tan bien; la rapaz decidió no señalar la posición y disfrutar del vuelo sobre los bosques ocres. A Gerd le fue bien y descubrió a Daven, el guaperas de los Lobos, a quien Nilsa tampoco quitaba ojo y sonreía constantemente. Era muy evidente el interés de Nilsa por el muchacho, al igual que la buena mano de Gerd con los animales. Todos lo felicitaron. Ingrid, Viggo y Egil no consiguieron que el halcón les hiciera caso por mucho que se esforzaron. Aun así, todos disfrutaron con el animal.

—Mi querido amigo, has sido adiestrado para esta tarea y no ha sido nada fácil —dijo Erisson cuando habían finalizado la ronda de ejercicios—. Tengo una sorpresa que estoy seguro de que os va a encantar. —Todos prestaron atención a las palabras del instructor—. Cada equipo recibirá un halcón joven y tendrá que adiestrarlo. En la Prueba de Invierno evaluaré lo bien o mal que lo habéis hecho. Es muy difícil adiestrarlos, se requiere mucha paciencia. Yo os enseñaré a hacerlo, pero debéis ejecutar con precisión lo que os diga.

—¿Nos va a dar un halcón? —dijo Gerd todo emocionado a sus compañeros en medio de los murmullos.

—Espero que no —respondió Viggo con una mueca de estar horrorizado.

—Las aves no son lo mío —reconoció Ingrid—. Bueno, los animales en general —admitió.

—Tampoco lo mío —convino Egil—. Pero su doma me parece algo fascinante. Tengo que estudiar más sobre halconería y cetrería.

—¿Cetre... qué? —preguntó Nilsa.

—Cetrería, el arte de cazar con aves rapaces como los halcones.

—Ahhh —asintió Nilsa.

—¿Estudiar más, empollón? ¡Pero si vives con un tomo pegado a la nariz! —le dijo Viggo.

Egil se encogió de hombros y sonrió:

—Me gusta.

—Escuchadme bien. —Erisson reclamó su atención—. Será vuestra responsabilidad alimentarlo y cuidarlo. Las cabañas de tercer año tienen en la parte trasera unas halconeras preparadas para ello. —Entonces señaló la edificación a su espalda.

—¿Y si enferma? ¿Y si escapa? —preguntó Nilsa inquieta.

—Será mejor que eso no ocurra si queréis graduaros como guardabosques —dijo Erisson con un tono tan serio que no hubo más preguntas.

Capítulo 12

L ASGOL ESTABA DE BUEN HUMOR AQUELLA TARDE. VOLVÍA DE haber estado practicando con el arco y haber conseguido avances. Sabía que debía enorgullecerse y estar feliz con cualquier mejora que consiguiera, por ínfima que fuera.

De pronto, el buen humor le cambió por completo. Junto a la fuente central del campamento se cruzó con Astrid.

—¡Hola, Lasgol! —lo saludó ella animada.

El muchacho la miró y sintió algo en su interior que le sorprendió. Era rabia. Nunca habría imaginado que ella le pudiera producir ese efecto. «Esto no está bien, no debería sentirme así, es Astrid...». Se tragó su arrebato. Sabía que no tenía derecho a sentir ira ni nada negativo por ella, que no le había hecho nada de nada. «Astrid es libre de expresar su afecto a quien quiera, por mucho que no me guste».

—Hola —dijo él con un tono algo más seco de lo que le hubiera gustado.

—No hemos tenido ocasión de hablar desde que llegaste. ¿Qué tal el periodo de descanso en tu aldea? ¿Cómo se llamaba... Sked?

—Skad... Fue... interesante..., intenso...

Ella le lanzó una mirada intrigada inclinando la cabeza.

—¿No te habrás metido en algún lío?

—Nada grave.

—Así que sí. Debes tener más cuidado, siempre estás metido en situaciones peligrosas y un día puede pasarte algo malo...

—Puede. Tampoco me lloraría mucha gente.

—¿Por qué dices eso? Claro que te llorarían.

—¿Me llorarías tú? —Lasgol se sorprendió de las palabras que salieron de su boca. Pero ya no podía hacer nada, las había dicho. Astrid puso cara de confusión.

—¿Yo? Claro que lloraría tu pérdida. Mucho.

—Si tú lo dices...

—¿Qué te pasa? Te noto raro.

—No me pasa nada.

—¿Estás... enfadado?

—¿Contigo? ¿Por qué habría de estarlo?

—No sé, por la forma en la que me hablas.

—Estoy hablando normal, como siempre hago.

—No como siempre, estás más seco conmigo.

—¿Seco yo? No, para nada.

—Ese tono no es normal. ¿Estás seguro de que no te pasa nada?

—Nada, no podría estar mejor.

—Lo has dicho con el ceño fruncido.

—Será por la claridad del sol; me da en los ojos.

—A ti te pasa algo. No has sonreído ni una vez y tu tono no es el de siempre.

Lasgol no quería que siguiera interrogándolo, así que cambió de tema:

—¿Tu descanso fue bien?

Astrid se dio cuenta de que estaba eludiendo la cuestión y lo miró intensamente a los ojos, como intentando leer en ellos lo que le pasaba.

—Sí, muy bien. Regresé con mi familia. A visitarlos unos días.

—Nunca me has contado nada sobre tu familia. —Aunque no era su intención, sonó como un reproche.

—No hay mucho que contar…

—O no quieres…

Astrid frunció la frente.

—De verdad, ¿qué te pasa conmigo?

—Nada.

—He oído varios rumores sobre por qué Egil y tú perdisteis el navío… bastante descabellados.

—No creas todo lo que te cuenten.

—Oden os castigó a cocinas, según me han dicho.

—Sí, nos perdimos la fiesta. Tú lo pasaste bien, ¿verdad?

Hubo un momento de silencio con tensión creciente.

—Sí…, bueno, estuvo bastante bien…

—Yo diría que más que bien.

—¿Qué quieres decir?

Lasgol no pudo aguantarse.

—Te vi con Luca —dijo con tono acusador.

El rostro de Astrid perdió su habitual fiereza.

—No sé qué viste…

—Vi que os besabais.

—Lasgol…, yo…

—No hace falta que me expliques nada, nosotros solo somos amigos. No me debes ninguna explicación.

—Ya lo sé, no te debo explicación. Pero déjame decirte…

—No es necesario. Os deseo lo mejor.

Y antes de que Astrid pudiera decir nada más, Lasgol se marchó sin mirar atrás.

* * *

Los días pasaron con rapidez. La primavera tocó a su fin y con ella llegó el temido momento de la primera prueba del año, la Prueba de Primavera. Comenzó de una forma atípica: Oden se presentó con una guardabosques llamada Mirta y les dijo que debían acompañarlos.

Se dirigieron a la Casa de Mando, donde Dolbarar aguardaba junto con los cuatro guardabosques mayores. Según tomaban el puente, se encontraron con el equipo de los Búhos. Astrid los guiaba a la cabeza y seguía a un guardabosques de aspecto curtido. Lasgol y Astrid cruzaron una mirada y ella lo saludó con un gesto; el muchacho le devolvió el saludo. Desconocía hacia dónde iban, pero supuso que era parte de la Prueba de Primavera. «Buena suerte», les deseó según pasaba el resto del equipo.

Formaron frente a Dolbarar y los guardabosques mayores. El líder del campamento estaba serio, no sonreía como de costumbre.

—Bienvenidos, Panteras de las Nieves. Ha llegado el momento de la primera prueba del año, la Prueba de Primavera. Sé que la habéis estado aguardando y temiendo. Es normal y esperado.

Los rostros de los seis que formaban en fila lo atestiguaban sin dejar duda alguna. Nilsa no podía estarse quieta y se mordía las uñas. Gerd estaba tan blanco como la nieve.

—Esta prueba va a ser diferente este año. Es una prueba real —les advirtió sin rodeos—. Debéis extremar las precauciones, pues podríais morir.

Lasgol tragó saliva. Gerd estuvo a punto de desmayarse. Viggo hizo un gesto de protesta. Las chicas y Egil atendían sin mostrar emoción alguna, pero las rodillas de Nilsa temblaban.

—Este año debéis enfrentaros a peligros y situaciones reales donde poner en práctica todo lo que habéis aprendido. Pero nada de imprudencias. Los errores y las precipitaciones conducen al final del sendero antes de lo previsto. No lo olvidéis. Os quiero a todos de vuelta. Suerte y seguid las instrucciones de Mirta al pie de la letra.

Según se marchaban, observaron llegar al equipo de los Águilas con Isgord a la cabeza. Iban con un guardabosques enorme que Lasgol no había visto nunca. Se preguntó qué tipo de prueba les esperaba. Isgord le lanzó una mirada de desprecio, pero Lasgol la ignoró.

Dos semanas de viaje a pie más tarde, en territorio norghano, Lasgol inhalaba el aire del bosque, que aún olía a primavera. Intentaba relajar los nervios. «Huele a vida, a frescura», pensó con una sonrisa mientras comtemplaba los bosques llenos de vida a su alrededor. La guardabosques Mirta los conducía entre los árboles a ritmo vivo. Se mantenía apartada de caminos y aldeas, y se internaba siempre en los bosques ocultando la presencia del grupo a las gentes del lugar.

La experimentada guardabosques abría camino. La seguía Ingrid, que no perdía ni el más mínimo detalle de todo lo que hacía. Luego iba Nilsa, que llevaba tras de sí a Viggo y Gerd. Egil y Lasgol cerraban el grupo.

—Pero ¿cuánto más nos va a hacer andar esta mujer? —protestó Viggo mientras se miraba la suela de las botas.

—No las vas a gastar en una caminata —le dijo Ingrid con un gesto de incredulidad.

—Ya sé que no —le respondió el otro con una mueca de burla—. Me molesta. Estaba mirando si se me había clavado algo.

—Te habrá entrado una piedra —le soltó Nilsa con una risita mientras lo pasaba.

—Una piedra te iba a arrojar yo a la cabecita esa tuya —replicó Viggo, y arrancó una pieza de metal de la suela.

—¡Silencio ahí atrás! —les ordenó Mirta—. No sirve de nada avanzar ocultándose entre los bosques si descubrís nuestra presencia con vuestras voces.

—¿Descubrir? ¿A quién? —dijo Viggo y miraba alrededor con los brazos abiertos—. No hay un alma en este bosque. Llevamos una semana sin ver un alma.

—*El sendero del guardabosques* nos enseña que el guardabosques debe ser siempre cauto; ocultar su presencia a ojos extraños; callar para que su voz no llegue transportada por el viento a oídos que no debe.

Viggo suspiró y asintió acatando la reprimenda.

Marcharon hasta el anochecer cuando Mirta les ordenó detenerse y montar el campamento para pasar la noche.

—Ingrid, sube a ese árbol. Harás la primera guardia —le dijo mientras señalaba un abeto a unos pasos.

Un instante después, la capitana subía por el tronco.

—Nilsa, tú con Viggo; id a buscar madera seca, no quiero humo de madera húmeda o verde.

—Al momento —dijo la muchacha.

Marcharon mientras se oía protestar a Viggo:

—¿Cómo vamos a encontrar madera seca? Ha llovido toda la mañana…

—Egil, prepara las raciones que tomaremos de las provisiones.

—Indicaba los macutos que se hallaban entre las raíces de un gran abeto—. Gerd, tú prepararás el fuego. Cava un hoyo con tu hacha para que se vea menos desde la distancia. Un buen hoyo.

—En un periquete —respondió Gerd animado.

—Lasgol, tú conmigo. Vamos a por agua, coge los pellejos —le ordenó, y le hizo una seña para que la acompañara.

No tardaron en encontrar un riachuelo. Lasgol no sabía cómo Mirta lo había descubierto. Estaba anocheciendo y ya apenas se veía.

—¿Conoces la zona? —se atrevió a preguntar Lasgol.

Mirta sonrió.

—Algo. Pero hace tiempo que no paso por aquí.

—¿Y el riachuelo?

—Lo he olido.

—¿Olido? ¿De verdad?

—Sí. Con el tiempo se aprenden estas habilidades. Te sorprenderías de lo que puedes oler y oír en el bosque.

Lasgol asintió.

—Y también tengo esto —le dijo Mirta con una sonrisa socarrona y le mostró el mapa que llevaba envuelto en cuero.

—Ah…, soy un crédulo.

Mirta rio.

—Vamos, llenemos los pellejos.

Para cuando regresaron el fuego del campamento estaba listo. Mirta comprobó que no se distinguía en la distancia y que no desprendía apenas humo. Dio su aprobación.

—Cenemos.

Comieron en silencio. Estaban muertos de hambre y algo cansados después de todo el día de marcha. Lasgol sentía que cada jornada estaba algo más cansado que la anterior. El descanso por la noche no parecía ser suficiente para recuperar todas las energías gastadas en lo que llevaban de expedición. Observando a Egil se percató de que su amigo estaba cada vez más pálido. Por lo tanto, dedujo que les ocurría a todos.

—Podéis preguntar —dijo de repente Mirta.

Los compañeros se miraron los unos a los otros. Egil fue el más rápido.

—¿Cuál es la misión?

—Caza de un hombre buscado por la ley del rey.

—¿Vamos a detener a un forajido? —preguntó Gerd, que se puso blanco de súbito.

—Vamos a cazar un hombre —dijo Mirta, y desenrollando un pergamino que llevaba en su macuto les mostró la Orden Real de búsqueda y captura del bandido Gostensen—. Memorizadla —les ordenó.

Se fueron pasando la orden mientras retenían en la mente la imagen del rostro hosco dibujado en ella.

Gerd leyó en alto:

—Se le busca por asesinato, pillaje y violación. Va acompañado de media docena de hombres. Se esconde en las montañas, al nordeste de la aldea de Cuatro Vientos.

—Es un asesino... y violador... —dijo Nilsa con ojos temerosos. Comenzaban a entender que la situación en la que estaban era de peligro real.

—Lo haremos pedazos —susurró Ingrid con confianza, encaramada al abeto.

—No será fácil si tiene un grupo de forajidos con él —dijo Viggo, y se puso a afilar sus armas.

—No. No lo será —convino Mirta—. Nunca lo es.

—Entonces la Prueba de Primavera es en realidad una prueba real, de sangre —dijo Egil.

—Correcto —reconoció la guardabosques.

—Pero será peligroso, podríamos morir... —observó Gerd.

—Esperemos que nadie muera —le dijo Mirta y sonrió para tranquilizarlo.

La sonrisa no convenció a nadie.

Capítulo 13

TODOS MIRABAN A MIRTA CON MIEDO Y EL ÁNIMO DECAÍDO.
Mirta se percató de ello y los miró a los ojos.

—Si no hacéis exactamente lo que yo os diga, podríais morir. Y he repetido el término *exactamente* adrede.

—Se acabaron las pruebas del campamento. Esto es real —dijo Egil asintiendo, se daba cuenta de la situación en la que se encontraban—. Enfrentándonos a una situación real nos ponen a prueba para examinar y valorar todo lo que hemos aprendido hasta ahora.

Los Panteras intercambiaron miradas preocupadas, pero había cierto brillo tras la preocupación, había confianza. No en sus propias fuerzas, sino en las del equipo como un todo.

—En efecto —dijo Mirta—. Este es el tercer año de instrucción para vosotros. Es un año crucial, cuando los más fuertes sobreviven y pasan al cuarto año, el final. Es hora de hacer uso de todo lo que habéis aprendido en una misión real. Es hora de enfrentaros a un peligro real y vencerlo.

—O morir —apuntó Viggo inclinando la cabeza con una mirada de no estar nada convencido.

Nilsa se sacudió intranquila. No podía estarse quieta del nerviosismo que sentía ante lo que se les venía encima.

—Los guardabosques no temen a la muerte. Han sido entrenados para ocultarse de ella y esquivarla. Así lo marca *El sendero del guardabosques*.

—Esa es una visión muy optimista —comentó Viggo y en su tono se marcaba gran incredulidad.

—No nos pasará nada. Llevaremos a cabo la misión con éxito —soltó convencida Ingrid.

—Nos han enseñado a rastrear y a luchar. Debemos confiar en lo que hemos aprendido —dijo Egil como intentando convencerse a sí mismo al tiempo que a sus compañeros.

—Seguid mis instrucciones y todo irá bien —les aseguró Mirta. Abrió la capa de guardabosques y dejó a la vista el medallón que le colgaba sobre el pecho.

Todos lo observaron con gran interés. Reconocieron el medallón de madera con la talla del rostro de un oso rugiendo en el centro: guardabosques de la maestría de Fauna. Entonces Mirta sacó un segundo medallón que llevaba bajo la camisa de cuero curtido. Este, también de madera, era más grande y tenía tallada otra imagen en su centro: un lobo acechando a un venado.

—¿Lo reconocéis? —preguntó Mirta.

Viggo negó con la cabeza. Nilsa y Gerd se miraron y se encogieron de hombros.

—Un segundo medallón, más grande… —meditó Egil en voz alta—. Eso significa… Eres una especialista…

—¿Sí? ¿De una especialidad de élite? —quiso saber Ingrid emocionada.

Mirta asintió despacio.

—¡Guau! Una guardabosques especialista —exclamó Nilsa, que dio un respingo.

—¿Qué especialidad? —quiso saber Ingrid.

—¿Cuál creéis? —les preguntó Mirta, y les mostró el medallón.

Uno por uno, se acercaron a inspeccionarlo.

—Nunca hemos visto un medallón similar... —se disculpó Ingrid—. No habíamos conocido a un especialista antes.

—Es normal, no visitamos mucho el campamento.

—¿Por qué razón? —quiso saber Lasgol.

—Los especialistas entrenamos en el refugio; es un lugar secreto, recóndito. No somos muchos y, por lo general, estamos siempre sirviendo al rey en misiones complicadas.

—Cuéntanos más, por favor —rogó Egil.

Mirta negó con la cabeza.

—No debería.

—¿El rey os asigna misiones complicadas? —preguntó Viggo enarcando una ceja.

—No el rey en persona. Nuestras órdenes vienen de Gondabar, líder de los Guardabosques.

—¿Y de Dolbarar? —preguntó Lasgol.

—No. Dolbarar es el líder del campamento, pero una vez que lo abandonéis, las misiones os llegarán de Gondabar como líder de todos los Guardabosques, o de Gatik como guardabosques primero. Siempre debéis obedecerlas.

—Entiendo —asintió Lasgol.

—Seguro que habéis oído hablar de las especializaciones; de hecho, todos vosotros querréis pertenecer a una u otra. —Mirta clavó la mirada en ellos y, a excepción de Ingrid y Nilsa, los demás desviaron la mirada—. Veo que las chicas lo tienen claro, los chicos no tanto. Dime, Nilsa, ¿a qué especialidad de élite aspiras?

El rostro de la chica se puso tan rojo como su cabello rizado. Bajó la mirada y se recuperó.

—Quiero ser cazadora de magos de la maestría de Tiradores.

—Buena elección. Espero que seas excelente con el arco y que corra sangre helada por tus venas. Enfrentarse a un mago significa la muerte nueve de cada diez veces.

—Lo sé…, a mi padre… lo mató un mago.

—Oh… Entiendo. Te deseo suerte. Es una especialidad muy difícil.

—Gracias.

—¿Y tú, Ingrid?

—Yo quiero ser tiradora natural o tiradora infalible. Sí, tiradora infalible.

—Me lo imaginaba, esa es la más difícil de las especializaciones de Tiradores. Hay que ser capaz de acertar cien dianas de cien tiros constantemente en diferentes situaciones y distancias. Muy pocos han conseguido llegar a ser tan precisos de forma consistente. Te deseo muchísima suerte —dijo Mirta con una sonrisa.

—Lo lleva escrito en la frente —soltó Viggo con una mueca divertida.

Ingrid arrugó el entrecejo. El resto del grupo sonrió.

—Trabajad muy duro este año y quizá lo logréis. Eso va para todos. Este año es crucial, no solo para pasar a cuarto y, por fin, graduarse como guardabosques, sino porque se elegirá la maestría a la que perteneceréis. Demostrad que sois capaces. Esforzaos. Yo lo hice, me dejé el alma y lo conseguí. Así que puede hacerse. Creedme.

El ánimo que les transmitió hizo que se sintieran algo mejor. Lasgol sintió su espíritu reforzado.

Mirta volvió a mostrarles su medallón.

—¿Nadie se atreve a adivinar qué especialización es?

—¿Explorador incansable? —aventuró Gerd.

Mirta negó con la cabeza.

—Asesino de la naturaleza no es… —dijo Viggo torciendo la cabeza.

—No, no es.

Egil sonrió.

—Veo en tu rostro que ya lo has descifrado —le dijo Mirta, y le hizo un gesto para que lo explicara.

—Un lobo... acechando un venado... de caza... y siendo nuestra misión la que es, nos han dado una especialista para que nos guíe. Eres una cazadora de hombres, especialidad de élite de la maestría de Fauna.

Mirta sonrió y asintió.

Todos la observaron con nuevos ojos. ¡Era una cazadora de hombres! ¡Una especialista! Alguien excepcional.

—Me dedico a cazar hombres para el rey. Y soy muy buena. Me formaron muy bien y tengo bastante experiencia. Así que tranquilos y seguid mis órdenes.

Todos asintieron. Con aquel descubrimiento la tranquilidad volvió a los corazones de los Panteras, si bien un ápice de intranquilidad seguía vivo y no dejaría de martirizarlos.

—Mañana bajaré a la aldea a por información.

—Genial, por fin veremos algo de civilización —dijo Viggo.

—He dicho que yo bajaré. Vosotros os quedaréis aquí esperando mi regreso.

—Pero ¿por qué no podemos ir?

—Por varias razones, ¿qué crees que dirían al ver llegar a un grupo de forasteros?

—¿Les parecería extraño? —aventuró Viggo.

—Muy extraño. La mayoría de los aldeanos no han visto muchos forasteros. No sabrán que somos guardabosques y nosotros no lo revelaremos. Nosotros vivimos en las sombras. Recordadlo. Dejaos ver solo si la misión así lo requiere. Por ninguna otra razón. Manteneos siempre ocultos y alerta. Así lo dicta *El sendero*.

—De acuerdo —asintió Viggo con tono de decepción.

—La otra razón para no acercarse nunca a una aldea en una caza de hombres es que suelen tener compinches que los alertan, o familia, o curiosos que luego se van de la lengua.

—Tiene todo el sentido —asintió Ingrid.

—Por eso siempre nos ocultamos y pasamos sin ser vistos. Si vais a una aldea, aseguraos de que no pone en peligro la misión. Manteneos apartados y no habléis con nadie.

—¿Y si necesitamos ir para recabar información, como vas a hacer tú? —preguntó Nilsa.

—¿O para conseguir suministros? —siguió Gerd.

—Hacedlo con mucho cuidado. Pasad inadvertidos. No entabléis conversación. Solo observad y preguntad lo justo. Volved a desaparecer de allí al instante. Que nadie os recuerde.

Lasgol pensó en Daven, el reclutador, y en cómo lo había estado vigilando sin que él se diera cuenta durante días antes de acercarse.

—Y, ahora, todos a dormir. Os quiero descansados y recuperados. Mañana será un día intenso. Tened listas las armas, serenaos y preparaos mentalmente. Comenzaremos la caza y os quiero listos, fuertes y alerta.

—Lo estaremos —le aseguró Ingrid.

—Muy bien. Haremos guardia en el mismo orden de formación: Ingrid primero, Lasgol último. A la menor señal de peligro me despertáis.

Y la noche cayó sobre ellos.

Mirta los despertó cuando los primeros rayos de luz del día despuntaban. En un abrir y cerrar de ojos todos estaban preparados y con el campamento desmontado.

—¿Preparados? —quiso saber Mirta mientras los examinaba uno por uno, se aseguraba de que tenían las armas listas y los macutos bien sujetos a la espalda bajo las capas verde-marrones de guardabosques que llevaban.

—Preparados —le aseguró Ingrid.

—Muy bien. Cubríos. Capuchas sobre la cabeza y pañuelo de guardabosques en el rostro. Solo quiero ver vuestros ojos. —Hicieron lo ordenado—. Ni una palabra hasta que yo os dé permiso para hablar. Nos comunicaremos por señas. Seguid todas mis instrucciones. Esto no es una prueba del campamento. Os jugáis la vida, también la de vuestros compañeros. ¿Está claro?

Asintieron a una.

Mirta se puso en marcha con su habitual ritmo fuerte. Se dirigió al sudeste. Dejaron atrás el bosque de abetos y cruzaron otro de pinos. Llegaron a un camino y Mirta levantó el puño. Se detuvieron al instante. Con la mano les indicó que se escondieran. Se agacharon y quedaron cubiertos por la maleza. Escucharon atentos un sonido chirriante y hueco que se acercaba por el camino. Todos permanecieron ocultos y quietos como estatuas mientras un carro tirado por dos bueyes pasaba frente a ellos. Dos granjeros lo dirigían.

Los dejaron pasar. Mirta echó una ojeada e indicó dirección norte. Siguieron el camino escondidos en el bosque hasta que la aldea apareció en la distancia. Mirta les hizo seña de silencio. Avanzaron con mucha cautela. Comenzaron a ver a los aldeanos en sus tareas rutinarias, como cada amanecer. Los granjeros se dirigían al campo a labrar; los ganaderos cuidaban de sus animales; el herrero abría su taller y comenzaba a preparar el fuego. Un grupo de mujeres iba al río a lavar la ropa y un par de tramperos se internaban en los bosques del norte.

Continuaron avanzando escondidos en el interior del bosque. La aldea era grande y nuevos edificios aparecieron hacia el oeste y el sur. Las gentes ya despertaban. Parecía una aldea tranquila, aunque no había sido ese el caso hacía unos meses. La guerra había pasado cerca y muchos hombres y jóvenes de la aldea habían sido alistados para hacer frente a las huestes de Darthor. Mientras ellos luchaban por la patria, varios individuos sin escrúpulos se habían adueñado de la aldea y habían cometido vilezas y atrocidades. La guerra nunca propiciaba nada bueno.

Llegaron a una posición elevada desde la que tenían buena visión. Mirta señaló que se detuvieran. Se escondieron y observaron.

—La taberna está en la zona norte de la plaza; la tienda de suministros también —indicó Mirta señalando los dos edificios—. Voy a acercarme a conseguir información sobre dónde se esconde nuestra pieza.

El grupo la observaba en silencio. Asintieron.

—Mientras estoy en la aldea, voy a situaros para controlar las salidas. Viggo, colócate al norte; Ingrid, al sur; Gerd, al este, y Nilsa, al oeste. Egil, quédate aquí y vigila mis movimientos por si alguien siente interés en mí. Lasgol, tú actuarás de mensajero. Si veis que alguien abandona la aldea y os resulta sospechoso, dad la señal y seguidlo. Dejad un rastro claro, pero no os pongáis en riesgo. Esperad al resto. ¿Entendido?

Todos volvieron a asentir.

—Muy bien. Estad atentos y alerta.

Mirta se volvió y se fue dando un rodeo por una de las zonas con más espesura para no salir al descubierto. Lasgol apenas fue capaz de distinguirla cuando entró en la aldea como una sombra. Los demás se pusieron en movimiento para situarse en posición. Lasgol iba siguiéndolos a todos con la mirada saltando de uno a otro. Al cabo de un momento los perdió de vista. Se dio cuenta de que, entre el entrenamiento y el atuendo de guardabosques, sus amigos se fundían con el follaje.

Egil observaba la aldea con suma atención. Cada vez había más actividad en las tres calles principales que desembocaban en la gran plaza. Tres hombres grandes, de aspecto rudo y armados, se dirigieron a la taberna. Lasgol dedujo que el más alto, el del centro, debía de ser el jefe de la aldea por su ropaje y la espada que llevaba a la cintura. Los otros dos, que portaban lanzas, debían de ser sus hombres. Pensó en Mirta y deseó que no tuviera problemas con ellos. Probablemente no. No irían contra un guardabosques. A menos que fueran cómplices del hombre al que buscaban… Ahora que Mirta no estaba con ellos y Lasgol veía a la gente pasar tan cerca, le entraron las dudas y un temor frío lo hizo estremecerse. Haakon les había enseñado que no debían fiarse nunca de nadie, ni tan siquiera de su propia sombra, pues dependiendo de la luz de cada circunstancia hasta la sombra de uno cambiaba.

De pronto, llegó la llamada. El canto de un petirrojo. Venía del norte. Era Viggo.

—Voy a ver —le susurró Lasgol a Egil.

—Ve —le dijo este, y le sonrió levemente.

Lasgol avanzó rápido por entre la espesura, esquivaba maleza y árboles sin abandonar la protección del bosque. Dejó atrás la aldea y comenzó a buscar el rastro de Viggo. Lo encontró, la marca era clara en el punto en el que había estado vigilando. Estudió hacia dónde se había dirigido. Encontró su rastro junto a un sendero que se encaminaba a las montañas. Miró alrededor. No vio a nadie. Salió al sendero y buscó huellas recientes. Las localizó: un hombre grande a paso rápido en dirección norte. Regresó al bosque, junto al rastro de Viggo, y lo siguió. Estaba claro. Viggo perseguía a aquel hombre desde el bosque. Lasgol volvió sobre sus pasos y fue a informar.

Encontró a Mirta junto a Egil y le contó lo que había descubierto. La guardabosques asintió y llamó a reunión. Unos minutos más tarde, Ingrid, Nilsa y Gerd aparecían junto a ellos como espectros del bosque.

—Tenemos una pista —dijo Mirta—. Parece que mis preguntas en la tienda y en la taberna, si bien sutiles, han llegado a los oídos de alguien que ha salido como una flecha a informar.

—¿A Gostensen? —preguntó Lasgol.

—Eso parece, además por lo que he averiguado y he hablado con el jefe de la aldea, la banda de Gostensen sigue activa en la comarca. La semana pasada asaltaron dos granjas al sur, pero no han podido capturarlos. Cree que se esconden en las montañas, pero no tiene suficientes hombres para rastrearlas. Nosotros lo haremos por él.

—Muy bien. ¿A qué esperamos? —preguntó Ingrid impaciente por entrar en acción.

—Lasgol, guíanos —le dijo Mirta.

Siguieron el rastro de Viggo montaña arriba. La especialista se puso en cabeza cuando la ascensión comenzó a ponerse complicada. El rastro continuaba hasta un macizo rocoso y lo bordearon con cuidado. Ante ellos apareció la entrada a una cueva.

El rastro de Viggo terminaba ahí. Mirta dio el alto. Armó el arco y entró.

—Maldición —exclamó.

Sobre el suelo yacían la capa y el pañuelo de Viggo.

Él había desaparecido.

Capítulo 14

—¡MALDITA SEA! ¿POR QUÉ SE HA ARRIESGADO TANTO? ¡Os dije que esperarais al resto, que no os la jugarais! —protestó Mirta, su rostro mostraba frustración mezclada con una gran preocupación.

—Ese merluzo no escucha a nadie —dijo Ingrid, que inspeccionaba la entrada de la cueva en busca del rastro de su compañero.

—Es valiente, pero un poco cabeza hueca —manifestó Nilsa.

Mirta entrecerró los ojos, se agachó y estudió los rastros.

—Ha caído en una trampa. Estaban esperándolo. —Señalaba con el dedo índice varias huellas que provenían del interior de la cueva.

—¿A qué esperamos? Entremos. Hay que rescatarlo —dijo Ingrid decidida.

Mirta negó con la cabeza:

—No está en la cueva.

—¿No? —preguntó Nilsa a la vez que intentaba penetrar la oscuridad del fondo de la caverna con una mirada intensa.

—No. Observad —dijo Mirta, y avanzando unos pasos les mostró un rastro que abandonaba la caverna y seguía la pared rocosa de la montaña hacia el este.

Lasgol y Egil se adelantaron y estudiaron el rastro.

—Lo llevan a rastras…, inconsciente… —dijo el primero.

—¿Estará bien? —preguntó Ingrid, y un tono de preocupación con un deje de miedo nada común en ella apareció en su voz.

—No veo rastro de sangre —observó Egil.

Mirta volvió a estudiar el rastro.

—Quizá lo mantengan con vida para descubrir qué sabe y cuántos somos. En efecto, no hay sangre, así que no lo han matado todavía.

—Eso es buena señal. —Gerd intentaba dar ánimos.

—Sí… Pero, si no habla, lo torturarán —sostuvo Egil.

—¡Oh, qué horror! —exclamó Nilsa.

—Ese chorlito no hablará, de eso estoy segura —dijo Ingrid—. Intentará confundirlos con sus comentarios fuera de lugar.

—Se va a llevar una buena tunda… —reconoció Nilsa.

—Y, al final, lo matarán si no les da la información que buscan. Estos malnacidos son seres sin escrúpulos, asesinan sin pensarlo dos veces —dijo Mirta.

—Hay que encontrarlo antes de que eso ocurra —propuso Ingrid ahora con tono de miedo en la voz.

—Lo haremos —le aseguró Mirta.

—¿Adónde se lo han llevado? —preguntó Gerd.

—Si esta cueva es una trampa para curiosos, su refugio no estará muy lejos de aquí —comentó Ingrid.

—Seguidme sin hacer ruido —pidió Mirta.

Avanzaron a través de la ladera rocosa, arcos en mano y alerta. Al cabo de unos quinientos pasos, Mirta levantó el puño. Todos se detuvieron. Hizo una seña para que se quedaran quietos y ella avanzó siguiendo el rastro que se internaba en el bosque a su derecha.

—Extraño… La opción más lógica es que estén en otra cueva más alta… —susurró Egil a Lasgol. Este también lo creía así.

Aquello no le gustaba nada. Lo que había comenzado como una prueba estaba volviéndose muy real y peligroso. Demasiado—. Esperemos a ver qué descubre Mirta… —añadió Egil.

Aunque a ellos les pareció una eternidad, la instructora regresó al cabo de poco. Se reunieron en cuclillas a su alrededor.

—Los he encontrado —anunció—. Me ha llevado algo de tiempo situar a los bandidos. Están en una cañada donde hay una choza de cazadores junto a un riachuelo. Son tres. Deben de tener a Viggo en el interior, pero han cegado las ventanas y no he podido verlo. Uno está apostado tras unas rocas junto al río, el segundo se ha encaramado a un árbol y está al acecho. El tercero se esconde sobre el tejado. Las tres posiciones son propicias, pero nosotros también tenemos una ventaja: yo los he visto y ellos a mí no.

—¿Estás segura? —preguntó Nilsa restregándose las manos sudorosas.

—Lo estoy. Pasar inadvertido no es uno de los puntos fuertes de los cazadores de hombres, pero no me han visto.

—Yo creía que sí lo era —confesó Egil.

Mirta sacudió la cabeza:

—Los cazadores de hombres nos caracterizamos por dos cosas: siempre encontramos el rastro y no fallamos con arco o trampa.

Egil asintió:

—La invisibilidad y el sigilo son más propios de asesinos de los bosques, una especialidad de élite de la maestría de Pericia.

—¿Qué hacemos? —preguntó Ingrid decidida.

—Vamos a tomar la cabaña —les dijo Mirta. Todos la miraron con ojos llenos de excitación y algo de miedo—. Acercaos más, dibujaré en el suelo un mapa y os explicaré el plan. Nunca cacéis a nadie sin un plan; es un buen consejo para todas las disciplinas y situaciones.

Un rato más tarde Mirta entraba en la cañada, en dirección a la cabaña. Avanzaba agazapada, con el arco listo en las manos.

Llevaba la capa de guardabosques alrededor del cuerpo, el carcaj a la espalda y la capucha y el pañuelo cubriéndole tanto la cabeza como el rostro. Se acercó con cautela, midiendo la distancia hasta los enemigos. Calculó su posición, se situó lo bastante cerca para estar casi a tiro del hombre encaramado al árbol, aunque fuera del alcance de los otros dos. Se detuvo. Alzó la vista hacia el proscrito.

Un paso más y estaría a tiro.

Inspiró y, muy despacio, dio el paso.

El malhechor dudó. La tenía a tiro, pero estaba lejos; podía fallar y descubrir su posición.

Sin embargo, ella no tuvo dudas. Con un movimiento velocísimo, apuntó y soltó.

El forajido intentó cubrirse. Demasiado tarde. La flecha lo alcanzó en el hombro. Con un gruñido se ocultó tras el tronco del árbol.

Mirta dio dos pasos rápidos en busca de un buen ángulo de tiro. Volvió a soltar. La flecha alcanzó al forajido en el costado. Cayó del árbol intentando agarrarse a algo de forma desesperada. Lo logró en el último momento y frenó un poco la caída. Quedó malherido, tendido en el suelo. Una sombra enorme apareció sobre su cuerpo. El malhechor abrió los ojos como platos al ver a Gerd apuntándole con su arco.

—Ni respires —le dijo.

Mirta continuó avanzando. Se decidió por dar un amplio rodeo para dirigirse hacia la posición del forajido tras la roca en el río, se mantenía fuera del alcance del tirador en el tejado. Se posicionó con cuidado, pero el forajido no abandonó su puesto. Estaba esperando que ella cometiera un error para aprovecharlo. La cazadora de hombres arriesgó, era la única forma de hacerlo salir. Se aproximó con rapidez con el arco listo. El forajido la oyó acercarse y salió por un lateral de la gran roca tras la que se escondía. Llevaba un arco corto en las manos y un cuchillo largo a la cintura.

Tiró contra Mirta. La cazadora rodó por el suelo y esquivó así la flecha que buscaba su cuerpo. En un movimiento continuado y fugaz se puso en pie y soltó. Su flecha rozó la mejilla del forajido, que soltó un gruñido de dolor y volvió a ocultarse. Mirta ya estaba casi en la roca. El forajido se dio cuenta y, saliendo por el lado contrario, volvió a tirar.

Mirta rodó en dirección opuesta e hincó una rodilla en el suelo. Tiró y alcanzó al tirador en el brazo. El hombre perdió el arco, que se fue al suelo. Se ocultó y sacó el cuchillo.

—¡Ven, perra, te espero! —gritó rabioso.

Sin embargo, Mirta no avanzó, se llevó la mano a la boca y silbó. Ingrid y Nilsa aparecieron al otro lado del río apuntando al forajido, que no las había visto rodearlo y acercarse por su espalda.

—¡Suelta el arma! —le ordenó Ingrid apuntándole al corazón.

El bandido maldijo y tiró el cuchillo al suelo.

—¡De rodillas! ¡Las manos a la espalda! —le ordenó Nilsa acercándose.

Mirta se volvió hacia la cabaña. Acercarse sería muy complicado. La ventaja del hombre apostado en el techo era manifiesta. Por fortuna, aquellos bandidos no eran grandes tiradores, solo hombres sin escrúpulos, traicioneros y viles. Contó tres árboles en los que podría refugiarse en su movimiento de avance. Observó el tejado, había varios sacos dispuestos a ambos lados. Detrás, entre ellos, parapetado, estaba el forajido. Podía verle el pelo rubio. Oteaba en busca de un blanco.

Mirta se llevó la mano a su amplio cinturón de guardabosques con sus innumerables bolsillos ocultos. Sacó un pequeño frasco de cristal cuidadosamente envuelto en trapos de lino para que no se rompiera. Luego, tomó dos recipientes de madera y vertió su contenido en el frasco: un líquido azulado y una sustancia polvorienta de color grisáceo reaccionaron. Con rapidez lo tapó con un corcho, un vapor amarronado se había formado en el interior.

Sonrió. Cual exhalación esprintó al primer árbol. Una flecha le pasó rozando la cabeza. Se ocultó tras el tronco. Respiró. Hizo ademán de salir y mostró medio cuerpo para volver a ocultarlo. Una flecha pasó por donde acababa de estar su cuerpo. Aprovechando el tiro fallido salió corriendo por el lado opuesto del tronco. Llegó al segundo árbol.

—¡Te voy a ensartar! —gritó el bandido.

Mirta inspiró y repitió el ademán de salir. Una flecha pasó rozándole el brazo. Fue a salir por el otro lado, pero sabía que eso era lo que el bandido esperaba, así que salió por el mismo lado a toda velocidad. La flecha la buscó en el lado opuesto.

—¡Maldita!

Mirta alcanzaba el último árbol, ya no había dónde esconderse. La cabaña estaba a cinco pasos. Si salía al descubierto, no podría parapetarse. El tirador estaba ahora de pie, apuntando al árbol.

—¡Sal! ¡Te atravesaré!

Mirta asomó el brazo derecho. El forajido lo miró sin entender. Entonces la especialista lanzó el frasco de vidrio, que hizo una parábola y cayó a los pies del atónito bandido. Se rompió y el gas amarronado se expandió creando una pequeña nube tóxica. El bandido comenzó a toser de forma convulsiva.

—¡Aghhh! —gritó.

Mirta salió del árbol y tiró con una rapidez impresionante.

La saeta impactó al bandido en la pierna de apoyo con gran fuerza. Se precipitó del techo y quedó sin sentido frente a la puerta. Mirta volvió a cargar y de una fuerte patada abrió la puerta de la cabaña. Se apartó al instante por si tiraban desde dentro. Echó una ojeada rápida y comprobó que no había más bandidos en el interior. Solo encontró a una persona.

En medio de la estancia había un prisionero atado a una silla. Lo habían amordazado y ensogado. Dio la señal y el resto del grupo se acercó. Entraron corriendo a liberarlo.

—¡Viggo! —exclamó Ingrid con una sonrisa.

Nilsa resopló aliviada.

—¡Este no es Viggo! —anunció Ingrid al acercarse.

—¿Quién es entonces? —Nilsa no entendía qué estaba sucediendo.

Le cortaron las ataduras para liberarle los brazos y piernas. Luego, le quitaron el pañuelo sobre los ojos y la mordaza de la boca que le impedía gritar.

—No…, no me hagáis daño —suplicó cubriéndose la cara, que estaba llena de moratones y heridas.

—Dime, ¿quién eres?

—Yo… Gracias… Pensé que no lo contaba… Soy Armand, soy comerciante. ¿Os envía mi hermano?

Mirta lo miró extrañada.

—¿Tu hermano?

—Rosmad, le han pedido un rescate… por mi vida…

—No, no nos envía tu hermano. Pero, tranquilo, no vamos a hacerte daño. Somos guardabosques.

—¡Oh, gracias a los dioses del hielo! Pensé que no lo contaba. Gracias, gracias —dijo el pobre hombre, que cayó de rodillas de lo débil que estaba.

Gerd se apresuró a ayudarlo.

—Estamos buscando a uno de los nuestros. Ha estado aquí hace muy poco.

—Sí... Vinieron dos, quizá tres, y arrastraban algo. Pensé que eran provisiones. No podía ver nada, solo oír, y la cabeza me duele horrores... de los golpes...

—Yo me ocupo —dijo Nilsa, acto seguido comenzó a atender las heridas del desdichado.

Mirta puso cara de no comprender.

—El rastro muere aquí. No lo entiendo.

Lasgol y Egil intercambiaron una mirada de duda. Al momento se pusieron a registrar la cabaña.

—Aquí hay algo —le dijeron a Mirta señalando el suelo.

Habían apartado una zarrapastrosa piel de animal que hacía de alfombra y había aparecido una trampilla.

La cazadora se acercó.

—Vosotros dos tenéis cabeza. —Sonrió ella.

Levantaron la trampilla y descubrieron un túnel.

—Eso lo explica...

—¿Lo seguimos? —preguntó Lasgol.

—Primero, traed a los bandidos. Los quiero aquí bien atados.

Unos minutos más tarde los tres estaban sobre el suelo amordazados y maniatados al estilo de los guardabosques: bocabajo, con las manos atadas a la espalda contra los tobillos, con las piernas dobladas, las manos y los tobillos atados a un palmo de distancia. Ataduras fijas y en una posición que no permitía soltarse ni hacer movimiento alguno.

—Muy bien. Gerd y Nilsa, quedaos aquí vigilando a estos tres y cuidad del mercader. El resto, conmigo. Y mucho cuidado o no lo contaremos.

Capítulo 15

E L TÚNEL ERA ANGOSTO, APENAS CABÍA UNA PERSONA. AVANZARON a oscuras con mucho cuidado. A Lasgol le pareció que gateaban durante una eternidad, pero en realidad no debieron de ser más de cien pasos. El túnel desembocaba en una gruta subterránea. Mirta dio el alto y, sacando levemente la cabeza, observó la caverna. Se oían voces que llegaban con un eco amortiguado.

Dos bandidos de guardia disfrutaban de la cena al calor de una pequeña hoguera. Estaban tan ensimismados disfrutando de la comida que no se percataron de los ojos de Mirta observándolos muy atentos.

Tendrían que arriesgar. Lo mejor sería intentar sorprenderlos. Era arriesgado porque, si daban la alarma, Viggo estaría perdido. Pasó su arco a Lasgol y desenvainó el hacha corta y el cuchillo de guardabosques. Con una velocidad increíble, Mirta se puso en pie y surgió del túnel como una fiera salvaje que defendiera su guarida. Unas campanillas resonaron por toda la estancia.

¡Habían puesto una trampa de aviso a la salida del túnel!

Los dos bandidos se pusieron de pie al instante y desenvainaron la espada corta y el cuchillo largo. Mirta sabía que no disponía de mucho tiempo. Iban a dar la alarma. Los bandidos abrieron la boca. Mirta ejecutó dos latigazos rapidísimos con ambos brazos de forma simultánea. Los dos bandidos emitieron gemidos ahogados. Cayeron, uno con el hacha y el otro con el cuchillo clavados hondos en el pecho.

Se oyeron más campanillas. Eran Ingrid, Egil y Lasgol, que entraban.

—Rematadlos. Rápido —urgió Mirta.

Las flechas de Lasgol e Ingrid les dieron muerte.

—Vamos, con cuidado —añadió la instructora mientras recuperaba sus armas de los cuerpos sin vida de los dos vigías.

Percibieron voces apagadas por la distancia. Provenían de la caverna contigua, más grande. Avanzaron hacia ellas con sigilo y se escondieron en la entrada. Observaron lo que sucedía.

—¿Cuántos sois? ¡Dímelo o te corto las pelotas! —gritó un hombre enorme, casi tan grande como Gerd, pero de aspecto mucho más temible.

Era Gostensen, el líder de la banda.

Otro bandido, delgado y con cara de comadreja, golpeó a Viggo con fuerza en la cara. Lo tenían atado a un poste que habían clavado en la parte donde el suelo era de tierra, y lo habían desnudado de cintura hacia arriba. Tenía muy mal aspecto. Estaba cubierto de sangre, cortes y moratones. Llevaban un buen rato torturándolo.

Ingrid hizo ademán de lanzarse a rescatarlo, pero Mirta la sujetó del brazo y tiró de ella para que se ocultara. Le lanzó una mirada dura y con un gesto le pidió que siguiera sus órdenes. Ingrid, con los ojos llenos de furia, quería actuar y salvar a Viggo.

Mirta negó con la cabeza.

Ingrid acató las órdenes de la cazadora.

—Puedes cortarme las pelotas; no es que las use mucho, en cualquier caso —replicó Viggo con su habitual tono de sarcasmo.

—Será imbécil… —dijo otro de los bandidos, al que le faltaban varios dientes y tenía la nariz completamente chata.

—Dale —ordenó Gostensen.

Cara de comadreja golpeó a Viggo en las costillas varias veces y lo remató con un puñetazo directo a la nariz. El muchacho gruñó de dolor.

—¿Cuántos guardabosques nos buscan? ¿Dónde están? —preguntó Gostensen.

Viggo escupió una bocanada de sangre al suelo y tosió.

—Podéis entregaros ahora y no tendré que mataros —les replicó al recuperarse del dolor.

—Ya vemos lo bien que te va —dijo el sin dientes, y soltó una carcajada que retumbó por la caverna.

Gostensen lo observó un momento estudiándolo.

—Tienes mucha boca, pero tú no eres un guardabosques aún. Demasiado joven para que te manden solo. Estás con alguien más experto. ¿Dónde está?

—Estoy yo solo. Me basto y me sobro para cazar una banda de ratas como vosotros.

Mirta hizo señas a los suyos y se retrasaron unos pasos.

—La situación es grave… si no tenemos mucho cuidado, lo matarán —susurró en un tono casi imperceptible.

—¿Qué hacemos? Hay que salvarlo —dijo Ingrid muy preocupada, más de lo que nunca la habían visto.

—Este es el plan. —Mirta les susurró lo que iban a hacer como el mayor de los secretos; apenas lo oyeron—. Seguid mis instrucciones y cero desviaciones.

Ingrid, Lasgol y Egil asintieron.

Mirta desapareció a través de una segunda entrada a la cueva que los dos hombres muertos estaban vigilando. Regresó al cabo de un rato que a Lasgol se le hizo una eternidad. ¿Por qué se había ausentado Mirta? ¿Adónde había ido? ¿Por qué? El momento era crucial, Viggo podía morir en cualquier instante.

—Camuflaos ahora —les ordenó la especialista.

Egil y Viggo siguieron la orden, el plan entraba en acción. Por fortuna, la caverna estaba medio en penumbras y podrían esconderse bien con lo aprendido en la maestría de Pericia.

—Déjame que le corte más, jefe; verás cómo habla —pidió un cuarto hombre más pequeño que el resto y de ojos grandes y saltones.

—El enano feúcho tiene celos de mi gran atractivo físico y desbordante personalidad —fanfarroneó Viggo, y le sonrió.

—Córtalo, ya me he cansado de este listillo —dijo Gostensen.

—Ya verás cómo canta ahora.

—Que sangre —dijo Cara de Comadreja.

El primer corte fue a la altura de las costillas inferiores. Viggo gruñó de dolor y apretó los dientes. No abrió la boca.

—Canta, pajarito, canta —le dijo el tipo alto que había estado golpeándolo.

Viggo los insultó, pero no habló.

—Córtalo de nuevo —ordenó Gostensen.

El enano le puso el cuchillo, esta vez, sobre las costillas superiores.

—Quieto. No lo toques si quieres vivir —amanezó Mirta entrando en la caverna con el arco apuntando a Gostensen.

Los cuatro bandidos se giraron para encarar la amenaza. Desenvainaron cuchillos, espadas y hachas.

—Tú sí eres una guardabosques de verdad —dijo Gostensen con una sonrisa de triunfo.

—Tirad las armas y entregaos, y nadie morirá —continuó Mirta.

—Naaah, tú eres quien va a soltar ese arco o lo matamos —respondió Gostensen señalando a Viggo con la espada.

El enano se cubrió tras el poste y le puso a Viggo el cuchillo al cuello.

Mirta analizaba la situación con cuidado. Los cuatro hombres eran sabandijas, despojos de la sociedad capaces de cualquier cosa. No dudarían en reaccionar y matar. Debía tener mucho cuidado o la situación terminaría con Viggo muerto. Las armas que llevaban eran antiguas, sencillas y poco cuidadas. Estos no eran soldados o mercenarios, eran simples rufianes, pero no por ello resultaban menos peligrosos, pues lo que les faltaba en destreza con las armas lo tenían, con creces, en argucia traicionera.

—Di a quien te acompaña que salga también —dijo de pronto Gostensen.

El líder era listo. Sabía que no estaba sola.

—Ingrid, sal —le ordenó Mirta.

La joven capitana de los Panteras salió como Mirta, con el arco alzado apuntando a Gostensen.

—Ummm…, dos mujeres… Qué bien —comentó Cara de Comadreja con tono libidinoso.

—Hoy lo vamos a pasar en grande con estas dos —dijo el más alto, luego se pasó el filo de la espada por la lengua.

—Yo me pido a la jovencita para mí —dijo el enano desde detrás del poste.

—Lo voy a repetir una última vez: tirad las armas y entregaos, y nadie morirá —advirtió de nuebo Mirta con un tono helado.

Gostensen sacudió la cabeza:

—De eso nada. Tirad las dos los arcos o lo matamos.

Se produjo un momento de gran tensión. Se miraban los unos a los otros a la espera de un movimiento en falso para actuar.

—¡No lo hagáis! —les gritó Viggo.

—Tú calla o te degüello —le dijo el enano apretando el filo del cuchillo contra el cuello del muchacho.

Mirta miró a Ingrid y le hizo una seña con la cabeza. Las dos bajaron los arcos y los dejaron a sus pies en el suelo.

—Así me gusta. —Gostensen lo pronunció con tono de triunfo—. Ahora el cuchillo y el hacha. Tiradlos hacia el larguirucho. Con mucho cuidado…

Mirta asintió a Ingrid y ambas hicieron lo ordenado.

El larguirucho se hizo con las armas.

—Ve a comprobar que no hay nadie más en la otra caverna —ordenó Gostensen al de cara de comadreja.

Este se apresuró a hacerlo. Pasó junto a Mirta e Ingrid, mirándolas con recelo, y se detuvo a la entrada de la otra caverna. Se agachó y, entrecerrando los ojos, la estudió buscando algún enemigo más.

—¿Qué ves?

—Nada, jefe. No hay nadie.

—No me fío, estos guardabosques son muy peligrosos. Entra y revisa bien.

—Sí, jefe.

Mientras registraba, un tenso cara a cara se mantenía. Mirta e Ingrid estaban quietas como estatuas. El enano sostenía el cuchillo en el cuello de Viggo, aunque se había relajado algo; su cuerpo ya no estaba completamente cubierto tras el poste.

—No hay nadie, jefe, pero estas dos fierecillas se han cargado a Mostrasen y Pedersen.

Gostensen negó despacio con la cabeza.

—Eso ha estado muy mal. Lo vais a lamentar, perras. Atadlas.

Cara de Comadreja y el larguirucho sacaron cuerdas y se acercaron a ellas.

Y en ese momento, de forma inesperada, Mirta actuó. Miró al suelo, comprobó que el arco estaba sobre la punta de su bota y, con una patada medida y muy entrenada, lo hizo elevarse hacia su rostro, paralelo al suelo. En el mismo movimiento llevó la mano derecha al carcaj a su espalda.

—¡NOOO! —gritó Gostensen.

Los dos malhechores observaron a Mirta.

La mano izquierda de la cazadora sujetó el arco y la derecha colocó la flecha casi de forma simultánea. El tiro se produjo tan solo un parpadeo después. La flecha alcanzó al enano en la frente, entre los ojos, que la miraban desorbitados. Le cayó el cuchillo de la mano, dio un paso atrás y se desplomó muerto al suelo.

—¡MATADLAS! —Gostensen comenzó a correr hacia Viggo.

Cara de Comadreja se abalanzó sobre Mirta con un hacha en la mano y el larguirucho levantó la espada para soltar un tajo a Ingrid.

Mirta sujetó su arco compuesto a dos manos y con un giro rapidísimo le rompió el arco en la cara a Cara de Comadreja. Este, con la nariz rota, gritó de dolor, dio un paso atrás y casi perdió el hacha. Fue a recuperarse, sin embargo Mirta se lanzó sobre él y lo sujetó del brazo armado. Lo retorció haciendo palanca sobre su cuerpo hasta que se escuchó un crac cuando le rompió el brazo. Con un alarido de dolor, el hacha se fue al suelo. Mirta lo remató con dos potentes derechazos que lo dejaron sin sentido.

Ingrid se agachó y el tajo de la espada del larguirucho paso rozándole la cabeza.

—¡Te tengo! —exclamó, y fue a atravesarla de una estocada.

Una flecha le alcanzó en el pecho. Dio un paso atrás y una segunda lo remató. Con ojos abiertos como platos, vio aparecer a Lasgol y Egil.

—¡Malditos guardabosques y sus trucos! —exclamó Gostensen, quien se escudó tras Viggo y le puso la espada al cuello.

—Si le tocas un pelo, no saldrás con vida de aquí —lo amenazó Mirta.

—¡Apartaos todos! ¡Alejaos de la entrada o lo degüello!

Mirta lo pensó un momento. Asintió y todos se movieron. Lasgol y Egil apuntaban a Gostensen con el arco.

—¡Voy a salir de aquí, no me lo impediréis! —dijo, a continuación cortó las ataduras de Viggo.

—Tira, Lasgol, tira —le dijo Viggo.

—¡No! —ordenó Mirta.

—¡Controla a tus cachorros o este muere! —le advirtió Gostensen, que se llevaba a Viggo hacia la entrada cubriéndose tras él.

—Que nadie haga nada —ordenó Mirta.

—Así me gusta. ¡Tirad los arcos!

Mirta asintió a Lasgol y Egil, que obedecieron.

—No me sigáis. Quietos todos ahí.

Mirta levantó las manos en señal de que no intentarían nada.

Gostensen entró en la otra caverna y se apresuró hacia la salida que conducía al bosque. Sonrió triunfal; lo había conseguido. Llegaría al bosque, mataría al estorbo y escaparía.

Se oyó un clic.

Viggo sonrió y miró al suelo.

Bajo la bota de Gostensen, la trampa explotó.

Una humareda de gas y polvo los rodeó.

Los dos cayeron al suelo sin sentido.

Capítulo 16

—DESPIERTA, VIGGO. DESPIERTA.

El muchacho abrió los ojos. Ingrid lo sacudía con fuerza, tenía cara de angustia.

—Hola…, mandona… —Sonrió él.

—¿Estás bien? —le preguntó.

—He… estado mejor…

—Menudo susto nos has dado —reconoció la chica.

—¿Sigo…, ay…, tan atractivo como siempre? —preguntó mientras se palpaba la cara llena de heridas.

Ingrid lo cogió de la nariz con dos dedos y de un fuerte tirón se la colocó en su sitio.

—¡Ayyyyyyyyyy!

—Calla, so quejica.

—Con un beso se me pasaría el dolor… —le dijo él con una sonrisa pícara, y le guiñó el ojo que le lloraba.

Ingrid se puso roja como un tomate.

—¡Eres imposible!

Nilsa rio.

—Estás mejor que antes, más rudo, más apuesto —le dijo la pelirroja, y lo ayudó a ponerse en pie.

—¿Y... el resto? —preguntó Viggo, que se incorporaba con dificultad. Todo el cuerpo le dolía horrores y tuvo que apoyarse en las chicas para no irse al suelo.

—Egil y Lasgol, encargándose del larguirucho, y Mirta, de ese —le dijo Nilsa señalando a la cazadora, quien en ese momento maniataba a Gostensen.

—Buena trampa... No la he visto hasta que ese gusano sin escrúpulos la ha pisado —confesó Viggo.

—Es de Mirta, la colocó antes de ir a por ti.

—Gran estratagema.

—Se cazan más hombres con una trampa que con el arco —dijo Mirta, ya se acercaba a comprobar cómo se encontraba Viggo.

—Vamos a curarte las heridas, en nada estarás como nuevo.

—Gracias... por rescatarme... Pensé que...

—Los guardabosques no dejan a un hermano atrás.

—De todos modos, gracias... a todos...

—¿Este chorlito dando las gracias? Debe de estar muy mal; revisemos las heridas de la cabeza —dijo Ingrid cruzando los brazos sobre el pecho.

Nilsa soltó una carcajada.

Mirta sonrió por primera vez en toda la cacería.

Les llevó tres semanas regresar al campamento después de haber entregado a Gostensen a las autoridades para que fuera juzgado y ahorcado. Al regresar y comentar sus andanzas con los miembros de otros equipos, descubrieron que todos habían participado en misiones similares para limpiar el reino de bandidos y solucionar problemas a la población. La guerra había traído con ella muchas desgracias y dejado grandes necesidades; los guardabosques habían organizado las pruebas para atenderlas.

Lasgol se sintió muy afortunado por haber podido ayudar a la gente librándola de los bandidos. Más que eso, se sentía muy contento de pertenecer a los Guardabosques que protegían a la buena gente del reino. Sobre todo porque se prestaban a realizar cualquier labor que se requiriese, desde ayudar contra bandidos a patrullar las zonas conflictivas, liberar prisioneros, ayudar en la reconstrucción de puentes y caminos, y lo que fuera necesario; todo por el pueblo de Norghana.

Mirta dio a Dolbarar un informe muy favorable sobre el comportamiento de los Panteras de las Nieves durante la prueba. Todo el equipo superó la prueba y consiguieron dos puntos cada uno. Era la primera vez que comenzaban el año bien, lo cual los dejó perplejos.

—¡Dos hojas de roble cada uno! —gritó Nilsa dando botes.

—O hemos mejorado bastante o ha sido mucha suerte —dijo Viggo extrañado mientras volvían hacia las cabañas.

—Tú no has ayudado nada dejando que te apresaran, cabeza de melón —lo regañó Ingrid con un tono duro pero de preocupación.

—No lo he hecho adrede.

—No vuelvas a hacerlo.

—No pienso dejar que me pillen de nuevo, tranquila.

—Más te vale.

—Y de todas formas, ¿a ti qué más te da? Seguro que te alegras de que desaparezca.

Ingrid vaciló. Fue a responder, después se calló. Al final lo pensó mejor y contestó:

—Yo sí, pero el equipo saldría perjudicado y como capitana tengo que mirar por el bien de los míos.

Nilsa soltó una risita.

—¡Ya, y yo me lo creo!

—¡Cree lo que quieras, merluzo!

—Sois como el perro y el gato —dijo Gerd negando con la cabeza y una sonrisa en los labios.

—Peor —apuntó Nilsa.

—Es él —acusó Ingrid.

—Es ella —se defendió Viggo.

—Sois ambos. Culpables a mitades exactas —dijo Egil.

Y todos rieron.

—Estamos de buen humor, ¿eh? —soltó una voz fina, delicada. Se volvieron y se encontraron con un personaje que llamaba la atención a una legua. Era el guardabosques bardo. Vestía su túnica fucsia con ribetes plateados. Lasgol lo observó y se dio cuenta de que era muy apuesto. Mucho. De un rostro delicado y bello, casi femenino, pero manteniendo los rasgos de un hombre. La melena dorada le llagaba hasta los hombros y sus ojos eran de un azul como el del mar. La piel de su rostro era nívea y delicada. Tendría cerca de treinta años, pero parecía mucho más joven.

—¡Hola! —se apresuró a saludar Nilsa.

—Hemos pasado la Prueba de Primavera, estamos muy contentos —dijo Gerd.

—Motivo de felicidad, sin duda. Me alegro. Pero no me extraña, solo viendo a estas dos bellas jóvenes de espíritu intrépido no había duda de que pasaríais.

Nilsa soltó una risita encandilada.

Ingrid, pillada por sorpresa, se defendió del comentario:

—Yo soy Ingrid y soy la capitana del equipo.

—Y eres una capitana con preciosos ojos azules llenos de coraje y determinación —dijo el bardo con su voz suave pero asertiva.

—Yo… No… Bueno… —Ingrid no sabía si ofenderse o ruborizarse.

—Pero ¡qué descortés por mi parte! No me he presentado. Cuanto más tiempo paso fuera de la capital, de nuestra querida y bella Norghania, peores son mis modales. Me llamo Braden Politason y se me conoce a lo largo de todo Norghana como el guardabosques bardo.

—¿Guardabosques bardo? Eso es fantástico —dijo Egil muy interesado.

—El único e inigualable, a vuestro servicio.

—¿Cómo es que permiten a un guardabosques ser bardo? —preguntó Viggo enarcando una ceja.

—Porque tengo un talento excepcional para la interpretación, la música y el romance.

—¿El romance? —preguntó Gerd sorprendido.

—Debido a mi excepcional atractivo físico y mis dotes… musicales… me he ganado una reputación en la corte —explicó con una sonrisa pícara y encantadora.

—No me extraña —murmuró Nilsa hipnotizada.

Ingrid lo miraba interesada y a ella no le solía interesar nadie.

Viggo puso los ojos en blanco.

—¿Me permitís que os deleite con una canción en honor de la victoria lograda?

—¡Sí, sí, por favor! —dijo Nilsa aplaudiendo en anticipación.

—A mí me gustaría mucho —admitió Gerd sonriendo. Le encantaba cantar.

—Muy bien —aceptó el bardo, y sacó el laúd que llevaba a la espalda.

—¿No se atreverá a cantar…? —dijo Viggo poniendo cara de horror.

—Calla y escúchalo —lo regañó Ingrid.

La música comenzó a fluir del instrumento a sus oídos. Una música muy agradable, a la que se unió una voz suave y fina que deleitaba. Aquellos que pasaban se quedaban a escuchar. Incluso varios de los guardabosques abandonaron los puestos para ir a escucharlo, tan buena era la melodía, tan excelente era su voz. Todos atendieron embrujados a la «Oda a la victoria», muy diferente a las tradicionales odas norghanas que terminaban en cánticos a gritos. Aquella oda era delicada y cautivadora, y todos la escuchaban enamorados. Para cuando finalizó la interpretación, se había formado un numeroso corro de personas alrededor que aplaudió a rabiar.

Braden realizó varias reverencias muy teatrales mientras sonreía encantando, haciendo uso de su magnetismo personal ante cuantos lo miraban. Las chicas no podían apartar los ojos de él y los chicos, cosa extraña, tampoco.

Todos menos Viggo.

—¡Lo que nos faltaba, un trovador guaperas rompecorazones! —clamó al cielo, y se marchó enfadado.

Lasgol y Egil rieron, pero en el fondo entendían a Viggo.

Gerd lo comentó tan tranquilo:

—Con este conquistador en el campamento ninguna chica nos va ni a mirar.

Lasgol fue a decirle que no se preocupara. Luego vio que Nilsa, Ingrid y las otras chicas rodeaban a Braden y se dio cuenta de que el grandullón tenía toda la razón.

—Estoy seguro de que nuestro intelecto, fuerza y pericia nos salvarán —dijo Egil mirando a cada uno de los tres amigos con cada adjetivo.

Lasgol sonrió, aunque no estaba nada convencido de que Egil tuviera razón en aquella ocasión.

Capítulo 17

UNOS DÍAS MÁS TARDE DOLBARAR HIZO LLAMAR A LOS DE TERCER año, a los aspirantes. Esto no debería haber sido algo sorprendente, Dolbarar solía reunirlos para anuncios importantes, si no hubiera sido porque se produjo a medianoche.

—Esto no me gusta nada —dijo Gerd mirando el cielo oscuro y cubierto por nubes.

—No seas miedica —replicó Viggo—. Seguro que es para invitarnos a postres.

—¡A postres! —exclamó Nilsa, y comenzó a reír—. Seguro que sí.

—Una tacita de té a medianoche nunca viene mal —bromeó Egil.

Lasgol sacudió la cabeza. Que Dolbarar los llamara a medianoche era muy extraño…

Se reunieron en el Robledal Sagrado de los Guardabosques. Lasgol se maravillaba cada vez que visitaba el lugar. Era un robledal inmenso de una belleza que cortaba la respiración. Dolbarar, con su larga vara en una mano y el *Sendero* en la otra, los condujo hasta el corazón del lugar. Avanzaron entre los hermosos árboles centenarios que parecían acogerlos con los brazos cubiertos de nieve. La temperatura dentro del robledal era bastante más cálida que en el exterior y la nieve no cuajaba sobre el suelo. Lasgol sintió el cosquilleó en la nuca que le indicaba que en aquel lugar había magia..., no podía identificarla, pero la sentía. Era una magia natural y antiquísima.

Dolbarar los condujo frente al gran Roble Sagrado. Para sorpresa de todos, encontraron a los cuatro guardabosques mayores sentados alrededor de un acogedor fuego de campaña cuidadosamente preparado.

—Os preguntaréis el motivo de esta pequeña reunión nocturna —dijo Dolbarar, y una sonrisa amable con un toque de picardía le apareció en el rostro.

Lasgol contemplaba a sus compañeros, que se encogían de hombros y le devolvían miradas de desconcierto. No eran los únicos; Isgord tenía el gesto torcido. Luca miraba a sus compañeros con cara de extrañeza. Astrid se encogía de hombros ante las preguntas de sus compañeros de equipo.

—Esta noche celebramos la Noche de las Maestrías —dijo Dolbarar, y todos lo miraron—. Es una antigua tradición entre los guardabosques. Sentaos alrededor del fuego, por favor.

Los cuatro guardabosques mayores les hicieron señas para que se acercaran, lo que resultó muy extraño. Aquella camaradería no era algo habitual en ellos, los guardabosques mayores mantenían siempre una distancia, había una barrera invisible para con ellos, del todo comprensible dadas su posición y responsabilidad.

—Hoy será una noche algo diferente —continuó Dolbarar mientras se sentaban entre Eyra, Ivana, Esben y Haakon, que se habían situado en los cuatro puntos cardinales alrededor del fuego—. Nos hemos reunido alrededor del fuego del campamento, en el corazón del Robledal Sagrado, para honrar las maestrías. Pagaremos respeto a su gran tradición y tremenda importancia.

—La celebramos cada año en esta fecha —añadió Eyra, y abrió los brazos. Luego señaló el cielo, la tierra y su corazón.

—En este lugar sagrado —indicó Esben también dibujando los mismos movimientos.

—Con los de tercer año, pues deben conocer la importancia de esta tradición antes de enfrentarse a la prueba que decidirá a qué maestría pertenecen, si es que pertenecen a alguna... —señaló Ivana imitando a sus dos predecesores.

—Y honrarla siempre —apuntó Haakon, también él hizo los mismos movimientos: cielo, tierra y corazón.

Lasgol los escuchaba sin perder detalle. Comenzó a sentirse a gusto, sentado junto al fuego con sus compañeros, con los guardabosques mayores actuando como lo hacían, con espíritu de compañerismo. El único que permanecía de pie era Dolbarar, que caminaba alrededor del círculo que ellos formaban sentados en el suelo con la hoguera en el centro.

—*El sendero del guardabosques* nos guía —dijo y mostró el preciado ejemplar que llevaba siempre en las ocasiones especiales y las ceremonias—. Pero para llevar a cabo lo que el *Sendero* requiere del guardabosques, las maestrías son imprescindibles. Sin ellas no habría guardabosques, no existiríamos. Permitidme que os presente a Histason, nuestro guardabosques archivero, que se encarga de anotar todos los eventos significativos relativos a los guardabosques y es el custodio de nuestro conocimiento e historia. Ha llegado hace poco de la capital, Norghania, donde reside junto a nuestro líder, Gondabar. —Con un gesto dio la bienvenida a un hombre que apareció de entre los árboles.

—Gracias, Dolbarar —dijo con una voz fina, y se acercó al líder del campamento.

Lasgol imaginó, antes de poder discernirlo bien, que el historiador sería un hombre de avanzada edad, mayor incluso que Dolbarar, de aspecto orondo y con larga barba cana. Se equivocó por completo. No tendría más de treinta años. Era delgado y alto, atlético, de ojos claros y pelo rubio y corto. No se distinguía de los guardabosques más que en un pequeño detalle: llevaba un libro bajo el brazo al igual que lo hacía Dolbarar. Era de tapas marrones y parecía pesado.

—¡Un archivero! ¡Qué interesante! —exclamó Egil, tenía los ojos emocionados.

—Ya, me está matando la anticipación... —dijo Viggo con una mueca de desdén.

—Me pregunto cómo habrá llegado hasta el campamento —observó Ingrid.

—Sin que lo hayamos visto —convino Nilsa.

—Nadie ha mencionado haberlo visto —dijo Gerd negando con la cabeza.

—No es que sea una gran novedad... Es un archivero... Nadie ha prestado atención —dijo Viggo.

—Deberíamos fijarnos más en quién deambula por el campamento; aunque parezca un guardabosques, no corren tiempos normales... —objetó Lasgol.

—Estoy de acuerdo —dijo Ingrid entrecerrando los ojos y observando al extraño.

Histason se aclaró la garganta y se dirigió a ellos:

—Hace ya mucho tiempo —comenzó a explicar al tiempo que andaba alrededor del grupo y todas las miradas lo seguían—, los primeros entre los nuestros comenzaron a formarse aquí mismo, en este preciso lugar. Es al gran Astolof a quien debemos la instrucción que ahora recibís.

—Mi predecesor más insigne —señaló Dolbarar asintiendo en reconocimiento.

—Sin duda. El rey Visgard, hijo del rey Magnus y fundador del cuerpo de guardabosques durante las guerras zangrianas, encargó a Astolof, uno de sus más cercanos e inteligentes generales, tanto el entrenamiento como la preparación del cuerpo. En aquel tiempo, lo componían los primeros montaraces que habían ayudado al nuevo rey Visgar a reconquistar el reino de los zangrianos tras la muerte de su padre, Magnus, a manos de estos. Recordad, aquí murieron los primeros guardabosques, los héroes olvidados. Aquí luchó y pereció Harald, el líder de los montaraces que defendieron al rey Magnus hasta la muerte. Aquí fue, frente al Guarda Sagrado del Bosque —dijo Histason señalando al gran Roble Sagrado y dibujando una reverencia de gran respeto—, donde el rey nombró a los primeros guardabosques. Donde todos murieron. El suelo que pisamos es sagrado, pues está bendecido por la primera sangre de los nuestros.

—Vaya —dijo Gerd, que se movió inquieto.

Viggo negó con la cabeza.

—Muestra respeto —lo regañó Ingrid.

—El nuevo rey Visgard, a la muerte de su padre, Magnus, y tras reconquistar el reino, quiso transformar a aquellos hombres, que en su mayoría eran cazadores y tramperos, y no soldados o luchadores, en un cuerpo al servicio de la Corona. Su coraje y entrega habían conseguido derrotar a los zangrianos, que, en terreno boscoso y nevado, no eran capaces de hacerles frente. Utilizando guerra de guerrillas, sin abandonar los bosques y el terreno escarpado, los habían obligado a huir. El rey Visgar sabía que, en terreno abierto, serían diezmados y ante la posibilidad de que los zangrianos volvieran y considerando el estado tan lamentable del reino donde bandidos, desertores y otras alimañas campaban a sus anchas mientras ellos luchaban contra el enemigo, quiso convertirlos en un cuerpo de élite que protegiera las tierras del reino del mismo modo que lo habían protegido a él. No quería soldados, sino montaraces capaces de explorar, rastrear y defender las inhóspitas tierras del reino, en especial las tierras del Norte, al otro lado de las grandes montañas. Para defender los castillos y fortalezas y batallar en campo abierto ya tenía el Ejército Real, que estaba rehaciendo en la capital. Pero ese mismo ejército no era apto para cruzar pasos montañosos, penetrar en bosques y montañas cubiertas de nieve y hielo, explorar los confines gélidos del reino. El rey había aprendido una dura lección a manos de los zangrianos y no quería volver a enfrentase a ellos sin estar preparado. Y no solo debía temer a los zangrianos al sur, pues al norte el Pueblo del Hielo reclamaba los territorios del extremo norte de Norghana como suyos. La guerra con ellos podía estallar en cualquier momento y no estaban preparados. Visgar necesitaba exploradores, rastreadores que prepararan el camino al ejército cuando este avanzara y que protegieran el reino de invasores cuando el ejército estuviera replegado. Astolof comenzó a seleccionar duros hombres del norte, elegidos por él mismo, montaraces en su gran mayoría, que se unieran a los guardabosques que habían sobrevivido a la reconquista. Los adiestró en una variedad de técnicas con el objetivo de satisfacer las expectativas del rey.

—¿Y cumplió las expectativas? —preguntó Dolbarar invitando a Histason a continuar.

Todos se preguntaban lo mismo. Varias cabezas asintieron en anticipación.

La cabeza de Histason negó muy despacio.

—El rey ordenó tener una justa para evaluar al grupo de guardabosques que Astolof había entrenado.

—¿Y qué pasó? —preguntó Isgord con el entrecejo fruncido.

—Seguro que vencieron los guardabosques —dijo Jobas, líder de los Jabalíes.

—No. No fue así. Perdieron la mayoría de las justas.

—¡Oh! —exclamó Nilsa llevándose las manos a la boca de la sorpresa.

—El rey se disgustó, pues Astolof había prometido llevarle hombres de gran potencial y habilidades que protegerían las tierras del reino de enemigos internos y externos. Por desgracia no fue así. Los primeros guardabosques fueron derrotados por la Guardia Real, según está escrito en los libros de la historia de nuestro insigne cuerpo. —Señaló el tomo que llevaba bajo el brazo.

—¡No puede ser! —dijo Isgord contrariado.

—¿En serio? —preguntó Viggo.

—Pues qué bien —se quejó Gerd.

—Pero Astolof era un hombre con una mente brillante —apuntó Dolbarar con mirada pícara.

—Y gran determinación —añadió Histason—. No se rindió. Al contrario. Puso todo su esfuerzo en superar aquel revés. Analizó la razón de su fracaso. Durante semanas estudió lo sucedido hasta llegar a una conclusión que cambiaría el destino de los Guardabosques.

—¿Qué conclusión? —preguntó Astrid con cara de estar muy intrigada.

Todos miraban a Histason con ojos ávidos de interés.

—Para brillar en cualquier disciplina uno debe especializarse, focalizar su conocimiento y entrenamiento. Cuanto más especializado, mayor la ventaja. Los soldados de la Guardia Real entrenan día tras día con disciplina la misma tabla de ejercicios: una para espada, otra para hacha y otra para lanza. Por eso son muy difíciles de batir en esas especialidades. Astolof se percató de que debía especializar a sus montaraces en aquellas áreas que más los beneficiarían para las tareas que tendrían que realizar para el rey.

—Así nacieron las maestrías —siguió Dolbarar—, escuelas especializadas en áreas de habilidades únicas para los guardabosques.

—Y las honramos esta noche a la luz de la luna llena. La primera luna llena de la estación —dijo Histason.

—Todos los años. Con honor y respeto. —Dolbarar levantó su vara hacia la luna—. Que se manifieste el maestro guardabosques de la primera maestría para que la honremos.

Ivana la Infalible cogió un objeto largo que llevaba envuelto en cuero y se puso en pie.

—Hoy honramos las maestrías, su tradición, la aportación a los Guardabosques, y es mi deber y honor honrar la maestría de Tiradores, la primera, la original. —Cogió el objeto y muy despacio lo desenvolvió dejando caer al suelo la funda de cuero que lo cubría. Un arco largo de plata con incrustaciones de oro quedó en sus manos.

—¡Fiiuuuu! Vaya preciosidad —silbó Viggo.

—Es un arma antiquísima —dijo Egil entrecerrando los ojos.

—¡Un arma digna de un campeón! —exclamó Ingrid.

Ivana sujetó el arma sobre la palma de las manos.

—Hoy presento a los dioses del hielo, en presencia de su guardiana de la noche, la luna, esta arma para que la bendigan. —Alzó el arco sobre su cabeza y lo mantuvo alzado—. Hoy honramos a Sigmund el Cazador, fundador y primer guardabosques mayor de la maestría de Tiradores. Sigmund, que mató al rey de los zangrianos de un único tiro a cuatrocientos pasos. —Ivana se llevó la mano al pecho y sacó su enorme medallón de guardabosques mayor de la maestría de Tiradores—. Levantemos todos la vista a la luna y honremos la maestría de Tiradores. —Todos miraron hacia la luna—. ¡Por Sigmund el Cazador! ¡Por la maestría de Tiradores! —vitoreó.

—¡Por Sigmund el Cazador! ¡Por la maestría de Tiradores! —vitorearon todos con voces llenas de orgullo.

Ivana se sentó y guardó el arma en la funda de cuero.

Dolbarar levantó su vara hacia la luna:

—Que se manifieste el maestro guardabosques de la segunda maestría de forma que podamos honrarla.

Esben el Domador se puso en pie. Se golpeó el pecho:

—Esta noche es mi deber y honor ensalzar la maestría de Fauna, la segunda de las maestrías en formarse, la primera en cuanto a importancia, que el guardabosques debe dominar para sobrevivir.

Ivana cruzó los brazos y negó moviendo la cabeza de lado a lado, Esben la ignoró y continuó con la ceremonia. De una bolsa que llevaba colgada a un lado de la cintura, sacó una gran garra de oso y la mostró a la luna alzándola con las dos manos.

—Una garra disecada, somos unos bárbaros. —Gerd estaba disgustado.

—Pues si no te has enterado hasta ahora de que los norghanos somos de lo más brutos de todo Tremia, no sé dónde has estado metido. Ah, sí, en esa granja tuya comiendo remolacha —le dijo Viggo.

—Es costumbre de muchos pueblos guardar trofeos de cacerías y guerras —observó Egil.

—Pues a mí me parece asqueroso, olerá a rayos —dijo Nilsa arrugando la nariz en una mueca de disgusto.

Esben bajó la cabeza y mantuvo la garra alzada.

—Hoy presento a los dioses del hielo, en presencia de su guardiana de la noche, la luna, este trofeo de caza para que lo bendigan. Hoy honramos a Mastund el Rastreador, fundador y primer guardabosques mayor de la maestría de Fauna. Mastund, que fue capaz de seguir el rastro de los secuestradores de la hija del rey por medio Norghana, darles caza y rescatarla. —Esben sacó su enorme medallón de guardabosques mayor de la maestría de Fauna—. Levantemos todos la vista a la luna y honremos la maestría de Fauna.

Todos volvieron a mirar a la luna, esa vez con mayor respeto tras la historia escuchada.

—¡Por Mastund el Rastreador! ¡Por la maestría de Fauna! —vitoreó Ivana.

—¡Por Mastund el Rastreador! ¡Por la maestría de Fauna! —vitorearon todos con voces llenas de orgullo.

Esben se sentó y guardó el trofeo.

La siguiente en levantarse fue la anciana Eyra. Lasgol pensó que ella tenía el aspecto de ser la fundadora de su maestría, pero enseguida descartó la idea.

Eyra se aclaró la garganta:

—Esta noche es mi deber y honor ensalzar la maestría de Naturaleza, la tercera de las maestrías en orden de creación. La más importante para los guardabosques, si a mí se me pregunta. —Eyra evitó mirar a Ivana y Esben, que ya negaban con la cabeza.

De una bolsita de cuero junto a una veintena más que llevaba en el cinturón sacó una pulsera entrelazada que parecía estar hecha de cuero y hojas de plantas trenzadas. La mostró a la luna alzándola con las dos manos.

—Seguro que tiene algún tipo de poder sanador —dijo Gerd animado.

—¡Más vale que no! ¡Que no sea sucia magia! —pidió Nilsa.

—Callad y escuchad —los regañó Ingrid.

—Esto es muy interesante —dijo Egil encantado frotándose las manos.

—Hoy honramos a Igona la Curandera, fundadora y primera guardabosques mayor de la maestría de Naturaleza, primera mujer en desempeñar un título entre los nuestros. Igona sanó a medio Norghana cuando las fiebres rojas arrasaron el reino. —Eyra lanzó un suspiro largo y entrecortado. Muy despacio, con cariño, casi veneración, obtuvo su enorme medallón y se lo dejó caer sobre el pecho. Inspiró hondo—. Levantemos todos la vista a la luna y honremos la maestría de Naturaleza.

Egil no perdía detalle, estaba encandilado. Gerd sonreía, se sentía reconfortado. Por su parte, Nilsa refunfuñaba.

Eyra repitió el final de la ceremonia como lo habían hecho sus dos predecesores. Luego se sentó.

Por último se levantó Haakon en un movimiento tan rápido y ágil que dejó a todos boquiabiertos.

—A ver qué cuenta este —dijo Viggo enarcando una ceja.

—Nada bueno... —se le escapó a Lasgol.

—Seguro que algo misterioso —aventuró Nilsa asintiendo.

—Más bien arcano —corrigió Egil.

Haakon habló con la seguridad y la tenebrosidad del que conoce los secretos de las sombras de los bosques:

—Esta noche es mi deber y honor ensalzar la maestría de Pericia, la última de las maestrías en orden de creación. La más compleja, la más difícil de dominar, la que convierte a los guardabosques en penumbra, en oscura amenaza.

Lasgol se estremeció.

Haakon se llevó las manos a la espalda.

—Sacará dos dagas negras, veréis —dijo Viggo mirando con los ojos bien abiertos.

—O un arco sombrío —propuso Ingrid.

—Veamos... —lanzó Egil entrecerrando los ojos.

Gerd y Nilsa no parecían muy convencidos.

Haakon hizo un movimiento rapidísimo con la mano y mostró la palma abierta de la derecha. Sobre ella una víbora negra brilló bajo la luna.

—¡Por todos los...! —exclamó Ingrid.

Gerd se fue de espaldas. Lasgol y Egil se miraron con ojos como platos.

—Hay que tener valor para jugar con una de esas… —dijo Viggo.

Haakon bajó la cabeza y mantuvo la víbora alzada.

—Hoy presento a los dioses del hielo, en presencia de su guardiana de la noche, la luna, esta serpiente para que la bendigan. Hoy honramos a Koonan el Sigiloso, fundador y primer Guardabosques mayor de la maestría de Pericia. Koonan, que acabó con el traidor conde Olstren mientras dormía en su castillo y todos pensaron que lo había matado una sombra surgida de los bosques.

—Haakon sacó su enorme medallón de guardabosques mayor de la maestría de Pericia—. Levantemos todos la vista a la luna y honremos la maestría de Pericia.

Haakon repitió los saludos a la luna y finalizó guardando la serpiente con un movimiento sombrío. Luego se sentó.

—¿Dónde la ha metido? —preguntó Gerd.

—Mejor no saberlo —dijo Nilsa.

—Ya, no vaya a ser que os muerda. Su veneno mata en momentos —informó Viggo.

—¿Cómo sabes tú eso? —preguntó Ingrid.

—En las cloacas de las grandes ciudades, se aprenden muchas cosas…

—La universidad de la vida —dijo Egil.

—De la baja vida.

Egil asintió con una sonrisa.

Dolbarar tomó la palabra:

—Recordad siempre lo que habéis vivido esta noche en este lugar sagrado. Honrad siempre las maestrías con respeto, pues son fundamentales para la formación de los guardabosques y el inicio del sendero. Quiero agradecer a Histason, nuestro guardabosques archivero, su gran labor y participación en la presente ceremonia.

El archivero trazó una profunda reverencia.

—Es un honor.

Dolbarar le devolvió el saludo.

—Ahora marchad y reflexionad sobre esta ceremonia y su significado.

Lasgol sintió pena por abandonar el robledal; estaba a gusto allí, se sentía protegido. Era uno de los pocos lugares en los que se sentía así y a cada momento el presentimiento de que algo malo lo acechaba iba creciendo.

Capítulo 18

CON EL PASO DE LOS DÍAS LA INSTRUCCIÓN SE VOLVIÓ MÁS intensa y, como a Egil le gustaba decir, más interesante. Lasgol disfrutaba de todo el conocimiento que estaban adquiriendo en las cuatro maestrías. En su mente siempre estaba presente la amenaza que suponía el rey Uthar. Si descubriera que conocían su secreto… Por ello cada nueva lección que aprendía, cada nuevo hito que alcanzaba en las maestrías, lo hacía sentirse un poco más seguro.

Así se consumía el verano, la estación favorita de Lasgol. La calidez del aire, el aroma de los bosques, la luz tan viva y reconfortante, sentir el calor del astro sol en el rostro, incluso el sabor del agua y la lluvia era más intenso. Todo ello le hacía sentirse muy bien. Era la única época del año en que los bosques no estaban cubiertos de nieve y Lasgol podía disfrutar de ellos por completo. Radiaban llenos de vida. La fauna correteaba alegre, disfrutaba como él de la agradable temperatura y de toda la vida que resurgía tras el deshielo de la primavera. Con cada uno de sus sentidos disfrutaba de la estación. Y no era el único: Camu gozaba a rabiar. Lasgol se estaba viendo en serias dificultades para controlarlo. Desde primera hora de la mañana quería salir a corretear e internarse en los bosques a explorar todo cuanto veía. El muchacho se levantaba ahora al alba para dejar suelto a Camu en el bosque al este de las cabañas de los de tercer año. Lo último que quería era que Isgord la descubriera, y bien sabía que estaba buscándola.

Por desgracia, la instrucción en las cuatro maestrías estaba siendo tan intensa que apenas disponía de tiempo para disfrutar de la estación. Aquella tarde estaban aprendiendo a confeccionar tiendas de campaña de guardabosques y utilizarlas en la nieve y el frío del invierno. Estaban frente a las cabañas de la maestría de Fauna. Cada equipo había cavado un hoyo, hecho fuego en su interior y comenzado a hervir agua en una cacerola sobre el fuego. Varios materiales y compuestos estaban esparcidos junto a las llamas.

Los equipos seguían atentos las explicaciones.

—¡Tenéis que estirar bien la funda antes de aplicarle el sebo para que proteja de la lluvia y la humedad! —gritó el guardabosques Erisson, instructor de la maestría de Fauna.

Como era habitual con las pruebas que requerían destreza manual, Egil, Lasgol e Ingrid lo estaban haciendo bien; no así Gerd, Nilsa y Viggo. Tenían que construir y montar una tienda para seis personas, para un equipo completo, que fuera resistente, ligera y portátil, pero todo estaba saliéndoles mal, cosa no muy extraña para los Panteras de las Nieves.

—Soy un desastre. Son estas manazas mías —se quejó Gerd con acritud mirándose las manos embadurnadas en grasa de foca.

—Yo también —reconoció Nilsa—. Para cuando quiero hacer algo, me sale mal. Este sebo que he compuesto está tan seco que se parte.

—Eso es porque no has preparado la mezcla con la suficiente calma —le explicó Egil—. Una vez que mezclas la grasa de foca con la de jabalí, tienes que esperar hasta que esté listo, lo sabrás por el color y la consistencia. Luego, añades el compuesto de hierbas invernales para darle propiedades contra la humedad. Creo, basándome en la mera observación, que te has precipitado con las mezclas.

—Ya…, eso creo yo también.

—¡Si la mezcla no cuaja, volved a hacerlo! ¡Quien se quede sin componentes y no lo logre dará diez vueltas al lago!

—Pues qué bien —se quejó Nilsa, y, tras dejar escapar un largo resoplido, comenzó otra vez.

Lasgol y Egil sonrieron. Ellos trabajaban en la lona de lana que estaban recubriendo de pieles de oso y reno. Las pegaban con cola de sauce gris.

—¡No olvidéis de cocer bien la resina, es el ingrediente más importante para que la lona quede bien compacta! Si se suelta en medio de un invierno gélido en las tierras del norte, os congelaréis vivos. No sobreviviréis a la noche. Moriréis al bajar la temperatura por debajo de lo que un hombre puede soportar.

—Un hombre, no así los salvajes del hielo; ellos pueden aguantar temperaturas más bajas que nosotros —apuntó Egil.

—No lo sabía —dijo Lasgol.

Egil asintió.

—¿Cuál es tu excusa? —le preguntó Ingrid a Viggo, que miraba su compuesto con cara de asco.

—Ninguna, esto me aburre a más no poder.

—¿Que te aburre? Pero ¿no has oído al instructor? ¡Estas tiendas nos salvarán de morir congelados!

—No hay que exagerar. Podemos sobrevivir al invierno en los bosques. —Viggo le quitaba importancia.

—En los bosques puede que sí, pero ¿al descubierto?

—¿Quién ha dicho que vaya a ser tan estúpido como para salir al descubierto en invierno? Seguro que quieres que lo haga en medio de una tormenta asesina.

—¡Eres un cenutrio!

El chico puso cara de inocente.

Trabajaron poniendo todo el empeño que podían, sin embargo la tienda de los Panteras no tenía muy buen aspecto.

—Cuando terminéis con la lona, id al bosque y cortad tres ramas en forma de vara, como estas. —Mostró tres ramas, una más larga que las otras dos. Eran tan rectas y perfectas que parecían de acero.

—A ver quién es el guapo que talla tres varas tan perfectas como esas... —dijo Viggo.

—Tú seguro que no —le espetó Ingrid.

—También hay que tratarlas —informó Egil, que ya trabajaba en el compuesto.

—¿Para qué? —preguntó Nilsa.

—Las varas de madera son el soporte de la tienda y deben ser de madera tratada, pues es más ligera y flexible que el acero —les explicó Erisson.

—Oh... —dijo Nilsa.

Continuaron con el trabajo. Quedó constatado que su tienda era bastante lamentable, sobre todo cuando terminaron con la lona y la levantaron sobre las tres varas.

—Parece en ruinas —dijo Gerd decaído.

—Tiene su encanto —observó Nilsa con una mueca traviesa.

—Aseguraos de que aguanta y no entra el viento por ninguna fisura. No será la nieve la que os mate, sino el gélido soplo de los dioses del hielo —advirtió el instructor.

—Se refiere al viento —aclaró Egil.

—Qué enrevesado, pues que diga *viento* —protestó la capitana.

Lasgol observó al resto de los equipos y sus tiendas. La verdad era que la de los Panteras era de las peores, aunque, por suerte, la de los Águilas tampoco tenía mucho mejor aspecto. Había un par que sobresalían. Eran la de los Lobos y la de los Búhos. Luca hizo un gesto gracioso y mostró a Astrid su preciada construcción. Esta rio y le devolvió el gesto mostrando la suya. Los dos rieron. Lasgol tuvo que dejar de mirar; le ardía el estómago. Respiró profundo y exhaló. No podía hacer nada al respecto más allá de desearles lo mejor. Ni siquiera podía odiar a Luca, la verdad era que le caía bien. Era un muy buen capitán y siempre se había mostrado amable con él. No tenía nada en su contra. Se encogió de hombros. Respetaría la elección de Astrid, pues suya era y él no tenía ningún derecho a sentirse herido.

—Los peores enemigos de un guardabosques en invierno son la humedad y el viento. Si entra humedad, el viento la congelará y será el fin —continuó Erisson.

—Pues no nos mojamos y listo —dijo Viggo.

—Uno a veces no puede prevenir lo que la naturaleza pone en su camino —objetó Egil.

—¡Todos dentro! —ordenó Erisson.

—¿Todos? —dijo Gerd mirando al interior de la tienda, luego a sus compañeros—. No cabemos ni locos.

—¡Vamos! ¡Adentro!

—Será mejor que entremos. Gerd, entra tú primero, que eres el más grande —le indicó Egil.

El gigantón se metió en el interior.

—Ya no cabe nadie más —observó Viggo.

—Pues tendremos que meternos de alguna forma —advirtió Lasgol.

—Con mucho cuidado —dijo Egil— o romperemos la tienda.

—Entro yo —propuso Ingrid decidida.

A la capitana la siguió Nilsa; luego le tocó a Lasgol. Quedaban Egil y Viggo intentando ver cómo meterse, pero ya no había sitio.

—¡Todos dentro, he dicho!

Viggo resopló y se arrastró al interior sobre Gerd. Por último, Egil se situó entre las dos chicas, de perfil.

—¡Lo hemos conseguido! —exclamó Nilsa.

En ese momento se oyó un largo rasgar de tela.

—Oh, no… —dijo Gerd.

La tienda se deshizo y cayó sobre ellos. Salieron como pudieron. Al hacerlo, Lasgol comprobó que a la mayoría les había pasado lo mismo.

—¡Sois un desastre! ¡Recogedlo todo! ¡Repetiremos en la siguiente instrucción!

Les llevó tres semanas aprender a construir correctamente las tiendas. Rompieron docenas de ellas hasta lograrlo, no solo porque no cabían, sino por el sistema ideado por los guardabosques para examinar si aguantaría una tormenta de invierno.

—Están de broma, ¿no? —dijo Viggo al ver llegar a varios instructores llevando en alzas tres enormes fuelles de forja. Eran descomunales.

—Hoy vamos a poner a prueba la consistencia de esas tiendas —les anunció Erisson con una sonrisa nada prometedora.

—Me temo que ya sé lo que van a hacer —lamentó Egil.

Situaron los fuelles en tres de las cuatro posiciones cardinales y comenzaron a accionarlos simulando fuertes vientos invernales. Y lo consiguieron. Los fuelles eran tan enormes y los accionaban con tanto empeño que el aire que expulsaban tenía la fuerza de un tifón. Las tiendas salían volando por los aires o se rasgaban quedando inservibles.

Erisson reía y disfrutaba de sus penurias. No les dio tregua hasta que consiguieron hacer frente a la prueba de los fuelles y superarla. Les llevó otras dos semanas y con ello llegó el final del verano, que Lasgol y sus compañeros apenas habían podido disfrutar con tanto entrenamiento.

Una vez superada la prueba de los fuelles, aún quedaba el problema de capacidad, que no conseguían resolver. Finalmente, Erisson se apiadó y les explicó la forma correcta de entrar y colocarse en el interior, que parecía obvia, pero no lo era. Ni siquiera Egil lo había deducido. Solo había una forma de entrar y colocarse de manera que cupieran los seis.

Por una vez se sintieron orgullosos de lo logrado como equipo, todos juntos, a una. Fue un gran día para todos.

Capítulo 19

Viggo, Egil, Gerd y Lasgol descansaban tras la instrucción del día en la cabaña. Ingrid y Nilsa habían ido a entrenar todavía un poco más; no tardarían. Las chicas de los Panteras eran formidables y entrenaban sin descanso para ello.

—No sé cómo pueden seguir entrenando después de la paliza de hoy —dijo Gerd.

—Porque están chifladas —respondió Viggo tumbado en la litera.

Egil negó con la cabeza.

—Son increíbles. Su determinación y fuerza interior son encomiables.

Lasgol convino:

—Ya lo creo. No sé de dónde sacan fuerzas.

—De su enorme corazón —dijo Egil.

De pronto se oyó un ruido en la puerta de la cabaña.

«Camu, escóndete», le dijo Lasgol a la criatura, usando el don en un mensaje rapidísimo. Cuanto más entrenaba para enviar mensajes mentales a Camu, más rápido lograba hacerlo. Y lo necesitaban, pues había habido varias ocasiones en que casi lo habían descubierto.

Camu miró hacia la puerta, que comenzaba a abrirse.

«Vamos, escóndete ya, ¡te van a descubrir!», insistió. Los mensajes llegaban a la mente de Camu al momento, otra cosa era que quisiera hacer caso…

No parecía querer obedecer.

La puerta terminó de abrirse.

Gerd cogió a Camu, que estaba a sus pies, se giró y se puso de espaldas a la entrada tan rápido como pudo.

—Hola, perdedores —saludó una voz desagradable.

Era Isgord.

—¿No te han enseñado a llamar? —preguntó Viggo con tono de enfado.

Isgord sonrió mientras miraba al interior de la cabaña observando cada detalle.

—Solo quería saludaros. —El tono de su respuesta fue tan poco sincero que nadie lo creyó, y continuó cotilleando.

—Ya, seguro —le dijo Lasgol.

—No hay nada de interés para ti aquí —le espetó Egil.

—Yo creo que sí. ¿Por qué no se gira el gigantón? Es de mala educación dar la espalda a alguien que te habla.

—A ti no te importa, vete, no eres bienvenido —le soltó Lasgol.

—Qué poco compañerismo —objetó Isgord, y con un movimiento fugaz se colocó junto a Gerd para ver si ocultaba algo.

Pero Camu había desaparecido sobre el pecho del grandullón.

Isgord no pudo verlo. Puso cara de decepción y rabia.

—Sal de la cabaña de los Panteras ahora mismo o te saco yo a rastras —le escupió una voz desde fuera.

Isgord se giró.

Era Ingrid y sus ojos echaban fuego. Tras ella estaba Nilsa, que también miraba a Isgord con cara de pocos amigos.

—Está bien —dijo levantando las manos y saliendo de la cabaña.

—Lárgate —le espetó la capitana.

—Lo encontraré —amenazó.

—No encontrarás nada de nada.

—A mí no me engañáis.

—Vete o lo pagarás —le advirtió Ingrid señalándose el puño.

Isgord le dedicó a la chica una sonrisa venenosa y se marchó a su cabaña.

—Por poco… —respiró Gerd.

Lasgol resopló:

—Sigue empeñado en encontrar a Camu. Al final nos dará un disgusto.

—Es un auténtico dolor —dijo el gigantón.

—Es mucho más que eso, es peligroso —objetó Viggo.

—Olvidémonos de él, al menos de momento. Me voy a descansar, estoy derrotada —admitió Ingrid.

Al día siguiente, Lasgol y Egil estaban en los bosques del este practicando el rastreo cuando vieron a dos figuras entrar en la parte del bosque de hayas en la que se encontraban.

—Qué raro —dijo Lasgol al reconocer a la primera de ellas.

—Sí que lo es.

—La guardabosques mayor de la maestría de Naturaleza y el extraño noble que todavía no hemos identificado, ni sabemos qué hace aquí, están dirigiéndose al río.

—Extraño e interesante —manifestó Egil.

—No sé yo si *interesante* es la palabra adecuada. Más bien, *raro*. ¿Qué andarán haciendo?

—Deberíamos seguirlos —propuso Egil.

—No podemos meternos en los asuntos de la guardabosques mayor.

—No es como si fuéramos a inmiscuirnos, solo vamos a observar.

—Eso se llama espiar —apuntó Lasgol.

—Técnicamente estamos observando, no espiando, puesto que el bosque es un lugar abierto en el cual nosotros estábamos de antemano; por lo tanto, tenemos derecho a observar lo que ocurre a nuestro alrededor.

—Ya, que quieres espiarlos...

—Será de lo más interesante.

—Si nos ven, nos meteremos en un lío.

—No necesariamente; al menos si ellos no están haciendo nada que no quieran que se sepa.

—Espiar o seguir a Eyra nos va a meter en un lío seguro, estén haciendo lo que estén haciendo.

Egil sonrió y se encogió de hombros. Lasgol resopló y se dejó convencer por su amigo.

Con sigilo y con mucho cuidado de no ser vistos, fueron tras ellos como si se tratara de una misión de rastreo y búsqueda. Mantuvieron una distancia prudencial, sabedores de que Eyra podría descubrirlos en cualquier momento.

Lasgol le hizo un gesto a Egil para que esperara y aguardó hasta que la guardabosques mayor y el noble estuvieran fuera de la vista.

—Será más seguro si no pueden vernos —le susurró a Egil al oído; no quería arriesgarse.

Este asintió.

Esperaron un poco y siguieron el rastro hasta un lugar donde se habían agachado. Lasgol estudió las huellas y señaló una planta.

—La han cortado y la han recogido —dijo Egil—. Es flor silvestre del amanecer.

Lasgol se quedó pensativo.

—¿Sabes para qué se utiliza?

Egil asintió:

—Para hacer venenos, sobre todo.

Lasgol lo recordó entonces.

—Sí, tienes razón, me acaba de venir a la cabeza.

—Esto es de lo más extraño…, intrigante… —confesó Egil—. ¿Para qué lo necesitarán, me pregunto?

—No quiero pensar mal, pero si el extraño es un noble de la corte, como creemos que es, y Eyra lo está ayudando a recoger planta para fabricar venenos…

—No nos precipitemos, no saquemos conclusiones anticipadas; veamos qué más están haciendo antes de llegar a una conclusión sin tener toda la información.

—Tienes razón —reconoció Lasgol.

Continuaron rastreando y llegaron a una zona húmeda.

—Se han detenido aquí —dijo Lasgol señalando unas pisadas frescas.

—Lo veo.

—No están intentando ocultar el rastro, no creo que Eyra espere que nadie la siga en los bosques alrededor del campamento.

—Cierto, pero nosotros lo estamos haciendo —admitió Egil con una sonrisa divertida.

Lasgol sacudió la cabeza.

—Nos vamos a meter en un lío.

—Tranquilo, ya verás como no. Necesitamos recolectar pruebas de lo que están haciendo. Creo que aquí hay un misterio.

—A mí no me gustan nada los misterios —confesó Lasgol.

—Lo sé, sin embargo a mí me fascinan.

El otro puso los ojos en blanco.

—Aquí han recogido musgo —dijo señalando unas raíces.

Egil se agachó a inspeccionar.

—En efecto, tienes razón, han recogido musgo amarillo de luna.

Lasgol miró de inmediato a su amigo a los ojos.

—Esto sí recuerdo para qué se utiliza. Es para venenos alucinógenos.

—Llevamos dos componentes y los dos se utilizan para fabricar venenos, esto empieza a cobrar mucho sentido —recordó Egil.

—Sigamos un poco más. Quizá nos estemos equivocando por completo.

—Tal vez, pero los hechos apuntan a lo contrario.

Siguieron el rastro hasta un pequeño lago y vieron a Eyra agachada junto a la orilla recogiendo varias algas.

—Están cogiendo algas y eso también se utiliza en venenos —dijo Lasgol.

—Sí, aunque las algas del lago también se emplean en muchos otros compuestos.

—Llevamos tres de tres componentes que se usan en la fabricación de venenos. No quiero pensar mal, pero todo apunta a que Eyra está ayudando a ese noble a preparar un veneno.

—Sí, yo también opino lo mismo.

—¿Y para qué querrá un noble de la corte un veneno?

—En eso te puedo ayudar yo —explicó Egil—. Cuando un noble pide veneno es para acabar con un rival. No suelen jugar con este tipo de cosas.

—Eso me temía —admitió Lasgol.

—Va a matar a alguien.

—Abajo —advirtió Lasgol, y se echó al suelo.

Egil lo hizo al instante. Eyra barría el bosque con la mirada. Se detuvo a observar el lugar donde ellos estaban escondidos, como si supiera que estaban espiándola.

Los amigos se quedaron muy quietos escondidos entre la maleza. Aguardaron hasta que Eyra y el noble regresaron en dirección al campamento.

—¿Crees que nos ha visto? —susurró Egil a Lasgol.

—No lo sé, pero tengo la sensación de que a veces Eyra es más una bruja que una guardabosques, y no me extrañaría que nos hubiese detectado.

—Esperemos que no, sobre todo ahora que sabemos que están preparando un veneno.

—Solo tenemos que descubrir para quién.

—¡Qué interesante! Un misterio, un veneno, un posible asesinato. Debemos descifrarlo.

—Esto no nos incumbe. Será un asunto de la corte y no tendrá nada que ver con los Guardabosques.

—Quién sabe… —dijo Egil con ojos brillantes de interés.

—No vamos a investigar más. No nos vamos a meter en más líos.

—Tengo la sensación de que de una forma u otra esto nos afectará.

—Por desgracia, yo también. ¿Es que no podemos tener un año tranquilo?

—Me temo que eso sería demasiado aburrido para nosotros.

Lasgol negó con la cabeza.

—Vamos, volvamos al campamento.

Los dos amigos comenzaron el regreso y Lasgol sintió un escalofrío. Aquel descubrimiento iba a afectarles.

Capítulo 20

CON EL FINAL DE LA ESTACIÓN LLEGÓ LA PRUEBA DE VERANO, que aquel año consistía nada menos que en la Prueba de las Maestrías, una prueba trascendental en la carrera de todo guardabosques, y así se lo explicaba Dolbarar a los aprendices reunidos frente al Robledal Sagrado.

—No estéis nerviosos. Esta prueba es algo diferente de las que estáis acostumbrados a hacer; es algo más esotérica.

—Lo que nos faltaba —protestó Viggo poniendo los ojos en blanco.

—Esto no me gusta nada —dijo Gerd, a quien el miedo por lo que pudiera ser le estaba carcomiendo las tripas.

Los rostros de los componentes de los otros equipos tampoco eran de estar contentos. Incluso Isgord, siempre tan confiado, tenía mala cara.

—Hoy se pondrán a prueba vuestras aptitudes para cada una de las cuatro maestrías. No debería ser una sorpresa a estas alturas que todos y cada uno de vosotros sois más aptos o adecuados para una maestría que para otras; lo sabéis. Hoy llevaremos a cabo una prueba que resaltará esa afinidad o ese rechazo. Si hasta ahora os ha ido bien en una maestría, no deberíais preocuparos, porque muy probablemente en la prueba obtendréis un buen resultado. Por el contrario, si durante todo este tiempo de entrenamiento no habéis sobresalido en una maestría determinada, no esperéis que algo mágico suceda hoy y vayáis a despuntar en ella.

—Pues yo estoy apañado —se quejó Gerd.

—Y yo… —se le unió Egil con espíritu derrotista.

—Lo haréis bien, ya veréis —los animó Ingrid.

Lasgol seguía dándole vueltas en la mente a la palabra *esotérica*. ¿Qué significaría en el contexto de una prueba de guardabosques?

Dolbarar sonrió, como siempre hacía para tranquilizarlos.

—En esta prueba, los cuatro guardabosques mayores seleccionarán a los alumnos que pasan a formar parte de cada maestría. Es un paso muy importante, uno que no puede cambiarse, uno que da paso a las especialidades avanzadas, así que mantened la tranquilidad y esforzaos.

—Pufff, estoy que no me aguanto —dijo Nilsa, que se comía las uñas ansiosa.

—Un último apunte: aquellos que no sean elegidos para ninguna maestría por los cuatro guardabosques mayores serán expulsados. Así lo marca el *Sendero* y así debe ser.

Lasgol se puso muy nervioso al oír aquello. ¿Y si no era lo bastante bueno como para entrar en ninguna de las cuatro maestrías? ¿Y si no lo era alguno de sus compañeros? Después de lo que habían pasado, se lo jugaban todo a una prueba. De pronto la prueba ganó un nuevo significado e importancia para los equipos. Gerd, Egil y Viggo tenían muy mala cara, estaban asimilando lo que aquello significaba para ellos. Nilsa se agachaba y levantaba, incapaz de estarse quieta de los nervios que padecía. Ingrid era la única a quien las palabras de Dolbarar no le habían afectado.

«No le des más vueltas, tranquilo. Haz la prueba y lo que tenga que ser, será», se dijo Lasgol para animarse, aunque no estaba nada seguro.

Dolbarar y los cuatro guardabosques mayores entraron en el Robledal Sagrado. Algo extraño sucedió. Desaparecieron en una neblina arcana que procedía del interior. Aquello no era normal. Y la prueba comenzó. Oden llamó al primer participante del equipo de los Lobos. Su capitán, Luca, entró en el robledal entre los aplausos de ánimo de sus compañeros y la mirada atenta de Astrid. Un momento más tarde desapareció. Un silencio tenso se apoderó de sus compañeros. Oden les dio la orden y el resto del equipo entró de uno en uno. Desaparecieron como su capitán.

—¿Qué creéis que está pasando ahí dentro? —preguntó Gerd, no podía disimular el miedo en el tono de su voz.

—Nada bueno. Eso seguro —le contestó Viggo cruzando los brazos sobre el pecho.

—No digas tonterías, no es más que una prueba —lo regañó Ingrid, que intentaba calmar los nervios de Gerd.

—Ya, como nunca nos pasa nada malo en las pruebas…, siempre salimos sin un rasguño, sonrientes y felices…

Nilsa suspiró:

—Algo de razón tiene… —La chica acarició el brazo de Gerd y se encogió de hombros.

—Y no salen…, entran pero no salen… —dijo el gigantón frotándose las manos sudorosas.

—Estarán descansando —propuso Ingrid para restarle importancia.

—Descansando… Ya, seguro, echando una siestecita —lanzó Viggo con una mueca de no creerse nada.

—Estamos en medio del campamento —razonó Egil mirando alrededor—. La prueba es en su corazón, en su alma, en el Robledal

Sagrado. Encuentro que la probabilidad de que algo peligroso ocurra en este entorno es altamente improbable...

—Por una vez, te equivocas —dijo una voz femenina, y todos se volvieron.

Astrid se acercaba con Leana, Asgar y Borj, de su equipo.

Lasgol sintió un cosquilleo en el estómago al ver a la capitana de los Búhos. Le intrigó de inmediato su comentario. Egil rara vez se equivocaba en nada. Algo sabía Astrid que ellos no.

—¿Me equivoco? —dijo Egil con una sonrisa de interés, divertido pero no contrariado.

—Esta prueba sí tiene riesgo. Todas las pruebas de los guardabosques tienen riesgo, siempre ha sido así —aseguró Astrid—. De lo contrario no serían pruebas reales.

—Cierto es que podría estar equivocado, pues desconozco todos los factores en juego. Simplemente establezco que se me antoja muy poco probable si tenemos en cuenta que Dolbarar y los cuatro guardabosques mayores están presentes durante la prueba en el Robledal.

—Están presentes, pero no pueden intervenir.

—¿No? —se extrañó Lasgol—. ¿Cómo es eso?

—Cuéntales, Leana —le pidió Astrid a su compañera.

La chica asintió.

—Esta prueba no es como las otras. Es especial..., muy especial. No quieren que lo sepamos y por eso no lo cuentan.

—¿Por qué no van a querer que lo sepamos? —Ingrid arqueó una ceja.

—Para que no podamos prepararnos contra lo que vamos a encontrarnos ahí dentro.

—Qué majos... —protestó Viggo.

—Tiene sentido. Cuanto menos sepamos y menos preparados estemos, mayor será la autenticidad y dificultad de la prueba —dijo Egil.

—Y el riesgo —aclaró Leana.

—Cuéntanos, ¿qué has oído? Vamos —quiso saber Nilsa muy intrigada.

—Hace dos años un chico de los Lobos perdió la cabeza ahí dentro. Tuvieron que llevárselo del campamento. Era un riesgo para sus compañeros y para sí mismo. Tras la prueba..., veía cosas...

—¿Qué cosas? —preguntó Gerd con grandes ojos.

—Dicen que monstruos de pesadilla...

—Y no ha sido el único —apuntó Asgar.

—¿Ha habido más? —preguntó Lasgol muy interesado. Perder la cabeza era algo de lo que no había vuelta atrás.

—Sí, se rumorea que más...

—Pero ¿qué demontres pasa ahí dentro? —quiso saber Ingrid.

—Ahí está la clave, nadie lo sabe —respondió Astrid.

—Eso es fascinante —proclamó Egil.

—También se rumorea que la prueba es tan traumática que a algunos los deja un poco tocados... —dijo Borj.

—Pues qué bien, qué ganas tengo de entrar —anunció Viggo.

—«El sendero del guardabosques es arduo y está lleno de peligros» —recitó Astrid, e hizo una mueca para recalcar el peligro.

—Ya... genial... —dijo Gerd hundiendo los hombros.

—¡Equipo de los Búhos! —llamó Oden.

—Oh, oh, nuestro turno —dijo Leana.

Los rostros de Asgar y Borj se pusieron serios. Miraron a sus compañeros, Oscar y Kotar, que se preparaban con rostros sombríos.

—¡Capitana Astrid! ¡Adelante! —llamó Oden.

Todos la miraron.

—Suerte, ten mucho cuidado —le dijo Lasgol sinceramente preocupado por ella.

—Yo ya estoy un poco loca, un poco más no creo que se note —bromeó ella, pero sus ojos mostraban miedo. Se volvió y se dirigió a la entrada del Robledal Sagrado.

—Demuéstrales lo que una capitana puede hacer —la animó Ingrid.

Astrid levantó el puño al cielo.

—Lo haré.

Los diferentes equipos fueron pasando. Nadie entraba al robledal decidido, ni siquiera los Águilas. Llamaron a Isgord y, por primera vez, Lasgol vio algo en sus ojos que no era convencimiento y seguridad. Era duda. Aquello sorprendió a Lasgol. Isgord no había dudado nunca en ninguna prueba. Los gemelos Jared y Aston lo animaron.

—Sí, dadle un buen abrazo de despedida por si no os reconoce tras la prueba —les dijo Viggo.

—A ti te vamos a dar un abrazo de oso y te vamos a partir la espalda —le respondió Jared.

—Aquí os espero —les dijo desafiante Viggo—. Alaric y Bergen, vosotros tampoco os olvidéis de abrazar a vuestro capitán por lo que pueda pasar… Ya sabéis…, con esas cabezas vuestras… llenas de serrín…, nunca se sabe…

Alaric y Bergen dieron un paso hacia Viggo con puños alzados y mandíbulas apretadas. Parecían dos perros de presa, pero Marta los detuvo:

—No dejéis que ese idiota os distraiga. Es lo que pretende. Estamos aquí para superar la prueba, nada más. Concentrémonos en eso.

—¿A quién llamas idiota, rubita? Entra con tu amado líder, no vaya a ser que no encuentre la salida.

Marta le lanzó una mirada de odio, pero no cayó en la provocación. Le hizo un gesto despectivo y le dio la espalda.

—Lo pagarás —amenazó Isgord según entraba en el robledal.

—Viggo… —lo frenó Lasgol, que no quería una pelea.

—Están nerviosos. Míralos. Lo harán peor. Y lo malo para ellos es bueno para nosotros —dijo Viggo.

—Eso es muy cierto. Se ven sus nervios y ahora están todavía más intranquilos. Deben de conocer los rumores que circulan sobre esta prueba —observó Egil.

—Te la has jugado —le dijo Ingrid a Viggo.

—Bueno, sé que me cubrías la espalda.

Ingrid puso los ojos en blanco.

—Un día seré yo quien te parta la espalda.

—Entonces te aburrirías horrores —le respondió él con una sonrisa pícara.

Nilsa rio y, por un momento, dejó de dar botecitos. Hasta Gerd se relajó algo con la broma.

Y llegó el turno de los Panteras.

Oden llamó a Ingrid.

La despidieron y le desearon suerte.

—No os preocupéis por mí. Saldré de ahí cuerda y con la maestría que quiero, os lo aseguro.

Nadie lo dudó.

Tras Ingrid, Oden emplazó a Nilsa; luego a Egil y, al cabo de poco, a Gerd. Más tarde, a Viggo, y por último fue el turno de Lasgol.

Oden lo saludó con un gesto de la cabeza y le dio paso con el brazo.

Lasgol entró en el Robledal Sagrado. Nada más poner un pie en el lugar sintió que algo sucedía y el pelo de la nuca se le erizó. «Magia, siento algún tipo de magia…». Caminó entre los majestuosos robles. El lugar era de una belleza extraordinaria y mística.

Dolbarar aguardaba con los cuatro guardabosques mayores a su lado.

—Adelante, Lasgol —lo invitó Dolbarar—. No temas, tan solo es una prueba.

La amable voz del líder del campamento lo tranquilizó. Todo iría bien. Luego pensó en lo que había comentado Viggo y tuvo que darle la razón: cada vez que disputaban una prueba se metían en un lío y terminaban corriendo peligro de muerte o…, o alguien moría. O ambos. Los nervios y la intranquilidad lo asaltaron. Por instinto, buscó a sus compañeros, pero recordó que en aquella prueba estaba solo. Se puso más nervioso aún. Un escalofrío tremendo lo sacudió. Tenía un mal presentimiento, y, por desgracia, solían cumplirse. Se le puso la carne de gallina.

Dolbarar le sonrió con rostro afable, pero el chico no consiguió relajarse.

—Es hora de que te enfrentes a la Prueba de Afinidad de maestrías. La que decidirá a qué maestría pertenecerás, si es que te corresponde alguna.

—¿Si me corresponde alguna? —preguntó Lasgol desconcertado.

—Hay quien no la supera y no entra en ninguna de las maestrías.

—¿Y se los expulsa?

—Sí, se los expulsa.

Lasgol sintió un escalofrío. Se lo sacudió.

—No te preocupes, lo harás bien.

—Gracias, señor —respondió, aunque estaba seguro de que eso se lo había dicho a todos, incluidos los que no lo iban a conseguir.

Dolbarar llamó a los cuatro guardabosques mayores. Con andar sosegado rodearon a Lasgol, que los miraba sin comprender qué sucedía. Los cuatro unieron las manos formando un círculo con Lasgol en el centro.

—Comienza la ceremonia —anunció Dolbarar—. ¿Están las cuatro maestrías representadas?

—Ivana, guardabosques mayor de la maestría de Tiradores, representa y es testigo —dijo la Infalible.

—Esben, guardabosques mayor de la maestría de Fauna, representa y es testigo —dijo el Domador.

—Eyra, guardabosques mayor de la maestría de Naturaleza, representa y es testigo —dijo la Erudita.

Para finalizar, Haakon habló:

—Guardabosques mayor de la maestría de Pericia representa y es testigo —dijo el Intocable.

—¿Está el candidato listo para afrontar la prueba?

Lasgol tragó saliva. Miró a los rostros de los cuatro guardabosques mayores que lo circundaban y, al ver lo solemnes que eran, sintió que el estómago le daba un vuelco.

—Sí… —respondió inseguro.

Los cuatro guardabosques mayores se soltaron las manos, pero no se movieron.

—Eyra, si eres tan amable… —indicó Dolbarar.

La guardabosques mayor de la maestría de la Naturaleza asintió.

—Te presento la Pócima de las Maestrías —dijo la anciana.

Lasgol se giró hacia ella y observó la poción en un envase cristalino. Era de color azulado. Dudó.

—Vamos, cientos antes que tú la han tomado. Nada te ocurrirá.

Él miró a Eyra y le vio una sonrisa torcida en el rostro. Los ojos le brillaban con un destello peligroso. No parecía la amable anciana que solía ser. Le dio la impresión de que estaba ante una bruja con un brebaje maligno. Sintió que los nervios le revolvían el estómago. «¿Qué va a pasar? Esta prueba no termina de convencerme… Me da mala espina…».

Lanzó una ojeada a Dolbarar y este asintió con una sonrisa. Lasgol maldijo para sus adentros; no podía negarse. Todos lo observaban y Dolbarar lo animaba a seguir adelante. No quería decepcionar al líder del campamento. Suspiró y bebió la pócima, aunque habría preferido no hacerlo. No sabía por qué razón, pero tenía un mal presentimiento y se sentía intranquilo. La poción tenía un regusto dulzón, lo cual lo puso aún más nervioso. Cuanto mejor supiera, peor el efecto; era algo que la propia Eyra les había enseñado. Los venenos y pócimas malignas se endulzaban para engañar al paladar y la mente del incauto que las tomaba.

Al cabo de un momento Lasgol comenzó a notarse mareado. El robledal empezó a cubrirse de una neblina cada vez más espesa.

«Ya sabía yo que esto era una mala idea».

El mareo se convirtió en aturdimiento. No veía bien, no podía pensar.

Dolbarar dio una fuerte palmada que explotó en la mente de Lasgol.

Todo se volvió negrura.

Capítulo 21

L ASGOL ABRIÓ LOS OJOS, ATURDIDO.

La negrura se había desvanecido. Seguía de pie en el mismo lugar, en cambio Dolbarar y los cuatro guardabosques mayores habían desaparecido. Estaba solo en medio del robledal, a pocos pasos del gran Roble Sagrado. Se sentía confundido, la claridad que penetraba entre los árboles le causaba dolor en los ojos y la mente.

Sacudió la cabeza para intentar despejarse. Mala idea. Ahora le dolía todavía más.

«¿Qué me han dado? Me ha dejado atontado».

Se percató de que la neblina avanzaba en su dirección cubriendo todo. No era una neblina natural, era muy densa, de un color grisáceo, como formada de ceniza. Se le erizó el vello de la nuca.

«Magia. Presiento magia a mi alrededor».

La niebla llegó hasta él y lo envolvió igual que un dulce y suave manto. Se sintió como si estuviera en un sueño. Su mente entumecida le decía que se echara a dormir, que una cabezadita le despejaría los sentidos.

Se tumbó en el suelo y se quedó dormido.

El sonido de una rama al quebrarse lo despertó. Se incorporó. La niebla continuaba rodeándolo y era cada vez más espesa. Su mente comenzaba a estar algo más despejada.

«Menos mal, empezaba a pensar que me habían dejado tonto con la poción».

Estiró la mano e intentó ver en medio de la neblina. Pudo distinguir los robles y el paraje a su alrededor; había recuperado la visión, pero no podía concretar lo que sus ojos vislumbraban. Intentó apartar la niebla con las manos, pero le fue imposible. No se oía nada; ni el cantar de un pájaro, ni el soplo del viento, nada.

«Esto es muy extraño. Demasiado».

De súbito, entre la niebla discernió una figura en movimiento. Se movía de izquierda a derecha a unos cincuenta pasos, aunque Lasgol no podía saber con seguridad si estaba calculando bien la distancia en mitad de la niebla. La figura se definió algo más y pudo distinguir la silueta de un guardabosques.

«¡Un guardabosques! ¡Me ayudará!».

Fue a saludarlo cuando oyó un silbido que se acercaba a gran velocidad.

¡El de una flecha!

Ladeó la cabeza en el último instante y la saeta le pasó rozando la sien.

«¡Por los dioses helados! ¡Me ataca!».

Se agachó con el corazón en la boca. Miró en todas direcciones en busca de ayuda. No vio a nadie. Estaba en un buen aprieto. Se concentró e intentó invocar su don, pero le resultó imposible. Su mente no parecía ser capaz de conectar con el pozo de su poder.

«No puede ser. Mi don nunca me falla. ¡Qué me pasa!».

Volvió a concentrarse y lo intentó con fuerza, sin embargo el aturdimiento que sentía no permitía funcionar a su mente. No alcanzaba a conectar con su don.

«¡Vamos, te necesito!».

Lo intentó con todo su ser, pero no lo consiguió.

«¡La pócima! ¡Le ha hecho algo a mi mente!».

Un nuevo silbido.

«¡Maldición!».

Se tiró a un lado. Sintió dolor en la cabeza. La flecha lo había rozado. Se llevó la mano a la herida y descubrió que sangraba.

«¡Por qué poco!».

—¡No tires, soy un guardabosques!

La figura se movió zigzagueando y se alejó hasta situarse a unos cien pasos. Sin detenerse, como un experto tirador, tiró dos veces consecutivas a la carrera. Lasgol se lanzó al suelo y rodó por él mientras se cubría la cabeza. La primera flecha casi lo alcanzó en el pecho. La segunda le rozó la pierna.

«¡Quiere matarme!».

Buscó alrededor una salida, algo que pudiera ayudarlo. Estaba desesperado. De pronto, se percató de que a unos pasos había un arco con un carcaj sobre la raíz de un roble que no había visto. Se abalanzó sobre el arma. Se colocó el carcaj a la espalda y sacó una flecha tan rápido como pudo, clavó la rodilla y apuntó. La figura estaba a doscientos pasos y se movía en zigzag. Era muy extraño, apenas veía a dos pasos en medio de la niebla y, sin embargo, cuanto más lejos estaba la figura, mejor la divisaba.

El muchacho apuntó y tiró.

Falló.

«¡El arco no es mi fuerte, no podré vencerlo!».

La respuesta no se hizo esperar. El silbido letal se aproximó a enorme velocidad. Lasgol intentó esquivarlo. No lo consiguió. La flecha lo alcanzó en el hombro derecho con un sonido hueco, acto seguido sintió el fuerte impacto y la explosión de un intenso dolor. Salió despedido de espaldas y quedó tendido en el suelo con el arco en la mano.

Gruñó de dolor. Por suerte, su mente embotada no procesaba toda la intensidad del dolor de la herida. Se miró el hombro. La flecha se había clavado hondo. Tenía que reaccionar. De un golpe seco la quebró. Ahora sí, el dolor lo golpeó con fuerza y su aturdida mente lo sintió. Miró alrededor para ver si alguien acudía en su ayuda o detenía aquella locura, pero estaba solo en medio del robledal cubierto por la niebla.

«Esto tiene que ser una pesadilla. No puede ser real».

Se palpó la herida y la sangre le humedeció los dedos. Se los llevó a la boca. Comprobó que tenía el característico sabor a hierro oxidado. El dolor también lo sentía muy real.

«Parece real. Puede que sea real. Tengo que sobrevivir. No puedo dejar que me mate. Sea quien sea y tenga el motivo que tenga».

De rodillas buscó a su enemigo entre la niebla. Lo distinguió en la distancia. Estaba a trescientos pasos y seguía moviéndose. Lasgol se echó al suelo. Lo observó un instante, ¿quién era? ¿Por qué quería matarlo? Calculó que desde aquella distancia, si no se levantaba del suelo, no lo alcanzaría. Resopló e intentó tranquilizarse y despejar la mente, que por alguna razón seguía aturdida.

Pero se equivocó.

La figura se detuvo, levantó el arco, calculó la trayectoria y tiró en parábola.

«¡Oh, no!».

Lasgol rodó sobre sí mismo en el suelo. La flecha se clavó en el lugar donde él estaba tumbado hacía un instante.

«¡Es un tirador maestro!».

Lasgol se puso en pie y cargó el arco. Apuntó y se dispuso a tirar.

Su oponente fue más rápido. La flecha lo alcanzó en la pierna de apoyo.

Del potente impacto perdió pie y se fue al suelo. El dolor llegó a su mente y chilló. Tenía la flecha clavada profunda en el muslo. Se llevó las manos a la herida mientras se retorcía de dolor.

«¡Tengo que sobrevivir!».

Quebró la flecha. El dolor en el hombro y el muslo lo estaban matando. Sin levantarse del suelo se quitó el cinturón y se hizo un torniquete para evitar desangrarse. Apretó con fuerza y se mordió el labio mientras gruñía de dolor.

Le llegó el sonido de un silbido mortal. Bajaba del cielo buscando su muerte. Reaccionó. Rodó a la derecha. La flecha se clavó en el suelo a un dedo de su espalda.

«¡Por los dioses del hielo!».

Desesperado, intentó de nuevo invocar su don. No lo consiguió; el aturdimiento que sentía no le permitía usarlo. Era como si le hubieran atizado con una barra de hierro en la cabeza y no pudiera centrar sus sentidos. «Estoy perdido».

Miró hacia su adversario y descubrió que estaba a cuatrocientos pasos. A esa distancia no lo alcanzaría ni aunque la suerte le sonriera, solo un tirador excelente lo lograría y él estaba herido. Era imposible. Sin embargo, tenía la certeza de que el tirador lo alcanzaría.

«Me va a matar».

Pero no podía rendirse. No. Lucharía. El rostro de Ulf le acudió a la mente. «La vida no es justa. Un auténtico norghano no se rinde nunca». El muchacho respiró hondo el extraño aire que envolvía el robledal. «Soy un norghano. No me rendiré».

Rodó sobre sí mismo y buscó su arco. Se arrastró hasta el arma. Su enemigo lo observaba y apuntaba. «Está calculando para soltar en el momento preciso y acabar conmigo». Dio vueltas a un lado. No podía darle la oportunidad. El dolor lo martirizó, pero aprovechó que se le despejaba algo la mente para clavar la rodilla y sacar una flecha del carcaj. Fue a levantar el arco y a apuntar. Algo en su interior le dijo que si intentaba apuntar estaría muerto, que su rival, más rápido y certero, lo atravesaría.

Hizo además de levantar el arco.

En lugar de apuntar, rodó a un lado.

Oyó el silbido de la saeta. Lo había engañado y había soltado.

«Mi oportunidad. Solo tendré esta».

Clavó la rodilla. Levantó el arco y apuntó. Vio a su enemigo sacar una flecha del carcaj con un movimiento veloz, colocarla en el arco y rectificar para apuntar en su dirección.

Lasgol aplicó todo lo que había aprendido durante los casi tres años de entrenamiento en aquel tiro.

Soltó.

Si fallaba estaría muerto.

La flecha devoró la distancia a una velocidad pasmosa. El chico la siguió con la mirada mientras su arco se balanceaba en su mano tras el tiro.

La figura fue a soltar, pero no lo hizo. Cayó a un lado y no se movió.

«No puede ser». Miraba con incredulidad. «¡Lo he alcanzado!».

Muy despacio, con el arco armado, se acercó hasta la figura caída. No se fiaba. La observó un momento en el suelo. Tenía su flecha clavada en mitad del pecho. «¡Le he dado!». No podía creerlo. Se agachó a su lado y comprobó si estaba vivo. No, había muerto. Lasgol no podía creer que hubiera conseguido alcanzarlo a aquella distancia. «Un tiro entre mil».

Estudió a su enemigo con interés. Intentó ver quién era, pero llevaba el pañuelo de guardabosques cubriéndole el rostro. Dejó el arco a un lado y le quitó el pañuelo. Lo que vio lo dejó atónito.

¡Era su padre!

—¡No puede ser! ¡Noooooo!

Cogió la cabeza entre las manos. No había duda; era Dakon, su padre.

Lasgol comenzó a temblar.

«¡Me estoy volviendo loco!».

La cabeza comenzó a darle vueltas.

Y la negrura se lo llevó.

Despertó sobresaltado. Miró alrededor. La niebla seguía envolviendo todo cuanto veía. Continuaba en el Robledal Sagrado. Buscó el cuerpo de su padre, pero no lo encontró; había desaparecido.

«¿Qué está ocurriendo aquí? ¿Estoy perdiendo la razón?».

Sentía la cabeza igual de embotada. De súbito notó un dolor tremendo en el hombro y en la pierna. ¡Las heridas! Las palpó. Eran reales. Seguían ahí y dolían horrores. Se percató de algo más, tenían muy mal aspecto. Las cabezas de las flechas seguían clavadas en su carne.

«Deben de haberse infectado. Tengo que atenderlas o puedo morir».

—¿Hay alguien? —preguntó a la niebla.

Solo recibió silencio por respuesta.

—¿Dolbarar? ¡Estoy herido!

Nada. Solo silencio.

«Pues saldré de aquí por mis propios medios». Se dirigió hacia la entrada del robledal surcando la niebla que se arremolinaba alrededor como si fuera un ser dotado de vida propia. Al alcanzar la entrada intentó salir, aunque la niebla se lo impidió.

«¿Qué demonios…?».

Intentó cruzar y se encontró con un muro de niebla sólido como si fuera de roca. Lo golpeó con los puños. Era tan duro como la piedra. Se desplazó a derecha e izquierda cojeando, gruñendo de dolor, palpando para ver si encontraba una abertura por la que salir. Nada, no tuvo fortuna. El muro de niebla sólida rodeaba todo el robledal.

—¡Necesito salir! ¡Estoy herido! —gritó a pleno pulmón. Sus compañeros estaban al otro lado del muro, lo oirían.

Pero nadie acudió a socorrerlo.

«Esto es de locos, me desangro, nadie me ayuda».

Recordó el pequeño riachuelo que bajaba por el lado este del robledal y se dirigió a él a limpiar las heridas. Sufrió horrores para llegar, pero lo encontró. El agua era fresca y cristalina. Apenas oía su murmullo, debía de ser por lo que le ocurría en la cabeza. Se agachó y bebió hasta saciar la sed. Metió la cabeza en el agua y se refrescó. Sintió algo de alivio. Se sentó y comenzó a limpiarse las heridas. Necesitaría preparar un emplaste para que no se le infectaran. Por fortuna llevaba su hacha y su cuchillo de guardabosques; los necesitaría. Se levantó y buscó el musgo y las plantas que necesitaba para prepararlo. Sufría una agonía con cada movimiento. Se dio cuenta de que cojeaba cada vez más y el brazo bajo la herida del hombro comenzaba a dormírsele. Debía apresurarse, pronto no podría usar las extremidades heridas.

Volvió cuando lo tuvo todo y, junto al río, comenzó a preparar el emplaste sobre dos grandes piedras planas. Al terminar lo aplicó en las dos heridas. Le dolían horrores.

«El emplaste evitará la infección».

De pronto se percató de algo más.

El color de las heridas comenzaba a cambiar. Eso le extrañó. No era el emplaste, era algo más. Algo nada bueno. Se miró la herida de la pierna con detenimiento. La carne alrededor de la cabeza de la flecha estaba volviéndose de color púrpura. De un púrpura muy intenso.

—¡Por todo el norte helado! ¡Es veneno!

Lasgol no podía creer su mala suerte. Las flechas estaban envenenadas. No tenía duda. Eyra les había enseñado no solo a preparar diferentes tipos de venenos, sino a reconocer sus efectos en el cuerpo. Los habían estudiado durante todo el año.

—¡Oh, no, no, no!

Examinó con cuidado las dos heridas. Reconoció el veneno. «Es Muerte Púrpura. Estoy en un buen lío. Piensa, ¿qué dijo Eyra que se necesitaba para preparar un antídoto?». Se concentró en recordar los componentes, pero, debido al estado de su cabeza y al dolor de las heridas, estaba resultándole imposible.

«Vamos, concéntrate o no lo cuentas».

Hizo un esfuerzo enorme para aislar el dolor y el aturdimiento y poder recordar. Al fin lo consiguió. Tenía que encontrar tres componentes: flor violeta de invierno, musgo de abeto rojo y alga de río plateada, y dos de ellos no creía que crecieran en un robledal.

«No puedo perder tiempo. La pierna me quedará inútil en breve». Se puso en pie y empezó a buscarlos. Mientras cojeaba iba recordando todo lo que sabía sobre los tres componentes y cómo encontrarlos.

Le llevó un buen rato encontrar el primero, pero lo logró. Por suerte el color tan característico de la flor lo ayudó a distinguirla en la distancia. Lleno de alegría y sin perder un momento, continuó la búsqueda. Pero su alegría duró poco. La pierna le falló y se fue al suelo.

—¡Agh!

Gruñó y se sujetó la herida con las manos. Cuando el dolor cedió un poco intentó ponerse en pie. No pudo. Con un alarido de dolor se percató de que la pierna derecha no le respondía.

«Tengo que seguir adelante. No me queda mucho tiempo. Ese veneno mata en menos de un día». Miró al cielo entre la niebla y los espesos árboles. Estaba comenzando a anochecer.

«Me haré una muleta como la de Ulf. Eso me ayudará». Resultó más difícil de lo que pensaba. Estaba rodeado de árboles, así que buscar una buena rama no fue un problema. Pero cortarla con el hacha con la pierna y el hombro inservibles fue una experiencia muy dolorosa y frustrante.

Al fin logró hacer algo similar a una muleta. Con ella bajo el brazo, algo más animado, continuó con la búsqueda. El musgo de abeto rojo se encontraba en la cara norte de los árboles podridos. Buscó un árbol de esas características por todo el robledal. Estaba exhausto, las fuerzas le fallaban, pero no se rendiría.

Y lo encontró.

—¡Sí! —dijo lleno de rabia y alegría—. ¡Sobreviviré!

El último componente lo encontraría junto al río, en la parte rocosa. Era un alga muy especial que crecía en las rocas en el agua de ciertos ríos. Allí solo había un riachuelo, así que se dirigió a él. Apenas le quedaba ya energía. Se iba a ir al suelo, pero apretó los dientes y continuó por puro pundonor. La encontró. Cayó de bruces en el cauce. El frescor del agua y el golpe lo espabilaron un poco. Se arrastró por el agua hasta encontrar el alga de río plateada algo más arriba.

Salió del río y se arrastró unos pasos. Se quedó tendido, intentando recuperar fuerzas. «No puedo quedarme dormido o no despertaré». Se obligó a sentarse. Respiró hondo varias veces. «Necesito un pequeño fuego». Le llevó una eternidad prepararlo, pero lo logró.

Machacó los tres componentes con su hacha. Mezcló los ingredientes y los preparó en el fuego sobre una piedra cóncava. Esperó a que se enfriara. Apenas podía mantener los ojos abiertos. Se aplicó el ungüento en las heridas y el resto lo mezcló con agua y se lo bebió como una pócima.

Entonces se derrumbó.

«Si despierto, lo habré logrado. Si no, hice cuanto pude».
Y perdió el sentido.

Con los rayos de sol del amanecer, el muchacho abrió los ojos. Vio los restos del fuego, también la muleta que se había fabricado, y se incorporó de medio cuerpo.

«¡Estoy vivo!».

Se miró las heridas. El color púrpura había desaparecido y tenían mucho mejor aspecto.

—¡Sí! —gritó lleno de alegría.

Se puso en pie muy despacio. La pierna volvía a responderle, aunque todavía le dolía horrores. El hombro también lo martirizaba. El descanso le había sentado bien, aunque estaba muy débil.

«Necesito sacar las puntas o se infectarán».

No quería hacerlo. Aquello sería una tortura. Miró alrededor por si su situación había cambiado y había una opción de rescate. La extraña niebla continuaba rodeándolo.

—¡Maldita sea! —gritó, frustrado.

No le quedaba más remedio que sacarse las cabezas de las dos flechas. No sabía cuánto más estaría allí y acababa de salvar la vida por los pelos. Maldijo un rato más a pleno pulmón a la niebla, pero solo recibió silencio como respuesta. Al menos se había desahogado.

Reavivó el fuego y buscó algo más de madera para mantenerlo. Después, se sentó frente a las llamas y se preparó mentalmente para lo que se disponía a hacer. Seguía teniendo la cabeza embotada y eso sería de ayuda, pues no todo el dolor le llegaría a la mente. Le llevó un rato prepararse. Al fin se decidió. «Tengo que hacerlo. No queda más remedio». Cogió el cuchillo de guardabosques, puso el filo en el fuego un momento y lo retiró. Luego dejó que se enfriara.

Cogió un trozo de rama y lo mordió. A continuación, se hizo un corte sobre la herida en la pierna.

—¡Agh!

Con el cuchillo hurgó en la herida hasta localizar la punta de metal. Mordía con fuerza el trozo de rama que tenía en la boca y chillaba. Con el cuchillo y los dedos de la otra mano sacó la punta. Gritó como un poseso y quedó de lado en el suelo, en un mar de dolor. Las lágrimas le caían por las mejillas. Gritaba y temblaba.

Esperó un rato a que el dolor remitiera. «No voy a poder. Es demasiado sufrimiento». Sin embargo, no tenía opción, debía hacerlo. Se incorporó de medio cuerpo y resopló varias veces mientras se preparaba.

Mordió la rama con rabia.

Repitió la operación en el hombro. El dolor fue terrible.

Por fortuna la punta salió más fácil y apenas tuvo que hurgar en la herida. Volvió a caer de lado temblando, sufriendo, llorando de dolor. Permaneció así un largo rato. La experiencia había sido terrorífica.

Y aún le quedaba un último y horrible paso.

Respiró profundamente varias veces. Intentó calmarse y que el dolor pasara. Por fin logró algo de calma. Las puntas de metal estaban fuera, ahora necesitaba sellar la herida. En la situación en la que estaba solo había una forma.

Una muy dolorosa.

Avivó el fuego y colocó el filo del cuchillo de caza en las llamas.

«¡Lo conseguiré! ¡Sobreviviré!». Sabía lo que tenía que hacer. Los instructores de maestría de Naturaleza se lo habían explicado y enseñado. Debía cauterizar las heridas.

No lo pensó dos veces. Quitó el cuchillo del fuego y de un movimiento rápido puso el filo contra la herida de la pierna. Sintió un dolor insufrible mientras el hierro al rojo vivo le quemaba la carne. El dolor era tan intenso que iba a perder el conocimiento. Antes de hacerlo puso el cuchillo sobre la herida del hombro. El olor a carne quemada era nauseabundo.

Gritó de dolor.

Y perdió el sentido.

Capítulo 22

—¡MALDITOS! —GRITÓ LASGOL AL DESPERTAR. Abrió los ojos de par en par y respiró una enorme bocanada de aire. ¿Había terminado la pesadilla? Observó alrededor con la esperanza de ver una cara amiga, algo que le indicara que todo aquello había terminado.

No vio a nadie. Estaba solo, tumbado en el mismo sitio donde había perdido el conocimiento por el dolor.

—¡No! ¡Por los dioses del hielo!

La niebla lo rodeaba y el robledal lo observaba en medio de un silencio maligno. Se examinó las heridas: la cura había funcionado, estaban cerradas y sin infección. Solo de recordar lo que había sufrido casi había vuelto a desmayarse.

—Lo he conseguido. ¿Me oís? ¡LO HE CONSEGUIDO!

Se levantó y dirigió al río. Allí se quitó la ropa y se lavó. Luego, se tendió sobre el agua bocarriba y se quedó flotando un buen rato, hasta que el frío lo obligó a salir. Tras secarse, se vistió y comprobó el estado de la pierna; apenas le dolía ya, tampoco el brazo, aunque las dos cicatrices de la cauterización las llevaría siempre y eran bien desagradables a la vista.

Buscó el cuchillo, el hacha, el arco y el carcaj. Los localizó esparcidos alrededor de los restos de la pequeña hoguera. Recuperó sus armas y se las colocó. Se sentía bien; débil, pero bien. Necesitaba comer y recuperar fuerzas. Tenía agua, pero ahora necesitaba alimento. Sin comer no aguantaría y no podría encontrar una salida de aquella pesadilla infernal. Sabía qué cazar en aquellos lares: liebres del norte. Se puso a ello y rastreó la zona en busca de huellas. Le llevó un buen rato, pues la niebla era su enemiga. Apenas veía nada a un paso, pero por alguna extraña razón a lo lejos percibía con la claridad del día. Aquella situación era incomprensible. «¿Por qué no puedo salir de aquí? ¿Estoy perdiendo la razón?». Tenía tanta hambre que decidió posponer los debates internos sobre su cordura hasta que llenara la panza.

Encontrar y seguir rastros se le daba muy bien, era una de las cosas que más le gustaba hacer, pero la niebla estaba resultando ser un obstáculo descomunal. Aun así, siguió a ello. Sus esfuerzos se vieron recompensados a media mañana. Por fin halló el rastro de unas liebres. Eran dos, una pareja. «El macho y la hembra, probablemente, por los tamaños», dedujo Lasgol.

Luchó contra la niebla y centró toda su atención y conocimientos adquiridos en la maestría de Fauna para seguir el rastro. Por fin las encontró. A diez pasos, entre dos árboles. Se puso sobre una rodilla y preparó el arco con mucho cuidado de no hacer ruido alguno para no espantarlas. Apuntó. Lo pensó. Desechó la idea. «Mejor poner una trampa, es más seguro. Con el arco es probable que falle, no es mi punto fuerte».

Decidió preparar la trampa, aunque se moría de hambre y estaba muy tentado de tirar. Pero, si fallaba, las perdería. Y era muy probable que fallara. Estudió el área y decidió la mejor posición para poner la trampa, como había hecho miles de veces cuando cazaba en Skad. La cubrió bien para que los animales no sospecharan nada, colocó el cebo y se ocultó a esperar. El estómago le rugía como un perro lobo, pero se armó de paciencia y no se dejó llevar por las ansias. Se escondió bien y esperó.

La espera tuvo su recompensa. A mediodía, ya el sol en lo más alto, el macho caía en la trampa.

«¡Sí!».

Lasgol corrió hasta la trampa. Con el cuchillo acabó rápido con la vida del animal para que no sufriera. Lo levantó por las patas traseras y lo observó. Era un ejemplar grande, se daría un festín. Pensó en regresar a la hoguera y asarlo. Quizá incluso podría encontrar algunas bayas para acompañarlo.

Oyó un sonido en los árboles a su derecha. Se giró y se le cayó el alma a los pies. Una enorme pantera de las nieves lo observaba con fieros ojos. Lasgol se quedó estático con la liebre en la mano. La pantera era tan bella como terrorífica. Si ya una pantera negra aterciopelada infundía un respeto abismal, una pantera de las nieves de piel gris blanquecina moteada, con unos ojos enormes y amarillos, un felino cazador nato, dejaba al más valiente helado.

El animal rugió mostrando unos colmillos enormes. Lasgol tragó saliva. Recordó lo que había aprendido en la maestría de Fauna. No la miró a los ojos y desvió la vista. Bajó la cabeza para no parecer una amenaza. Si la pantera se sentía amenazada, lo atacaría. Buscó su don. Eso lo había salvado antes y quizá pudiera salvarlo ahora. No pudo invocar su poder. Cerró los ojos y lo intentó con más fuerza. Nada. Sus habilidades no le respondían. Una sensación de terror lo envolvió. La bestia lo iba a despedazar.

La pantera avanzó un paso y volvió a rugir. Lasgol aguantó todo lo firme que pudo y consiguió no temblar. Si lo hacía, el animal se le echaría encima. Pensó en el arco que llevaba en la mano. Tenía a la pantera a tiro. No podía fallar a esa distancia. Pero ¿le daría tiempo a tirar antes de que la bestia se le echara encima? Sí, muy probablemente, sí. Aun así, ¿conseguiría matarla? Si solo la hería, sería su final. Una pantera de las nieves de semejante tamaño herida lo destrozaría en un abrir y cerrar de ojos. ¿Qué podía hacer? No tenía muchas opciones.

«Piensa, vamos, hay que salir de esta».

El miedo que sentía apenas le permitía razonar.

La pantera dio un paso lateral mirando a Lasgol con ojos letales. El muchacho presintió que iba a atacar y decidió arriesgarse. Muy despacio, movió el brazo en el que tenía la liebre y se la ofreció. El gran felino lo miró desconcertado. Lasgol se agachó muy despacio y dejó la liebre en el suelo. Luego, todavía más despacio, comenzó a retrasarse, agachado, con la cabeza inclinada, sin darle la espalda.

La pantera de las nieves rugió y saltó. Lasgol lo vio todo perdido. Se llevó la mano al cuchillo en la cintura, aunque sabía que sería un milagro salir con vida.

El ataque no llegó.

Lasgol alzó la mirada y observó a la pantera alejarse con la liebre en las fauces. Soltó tal resoplido que casi provocó que la pantera se volviera. Se alejó de allí corriendo todo lo rápido que pudo, con el corazón a mil.

Regresó hasta el río. Se dejó caer sobre la hierba y respiró hondo. «¡Por qué poco!».

Había tomado la decisión correcta. Enfrentarse a aquella bestia habría supuesto la muerte casi con seguridad. Según reflexionaba sobre lo ocurrido observando el agua cristalina del torrente, se fijó en algo rojo entre las rocas. Se movía.

«¿Qué es eso?».

Muy despacio se acercó a investigar. Cuando reconoció qué era, le entró una alegría tremenda. «¡¿Cómo no se me ha ocurrido?! ¡Qué cabeza la mía!». Eran cangrejos de río. Deliciosos y nutritivos cangrejos de río. No se lo pensó dos veces y se fue a pescarlos. Un rato más tarde los asaba al fuego. Se dio un festín magnífico. «Umm…, deliciosos. Uno de mis platos favoritos, cangrejos de río a la brasa». Se relamía de gusto. Comió hasta saciarse. No dejó ni uno, y eso que había capturado más de una docena de buen tamaño. Cuando terminó de comer, se sintió tan bien y tan cansado que se echó una pequeña siesta para recuperar fuerzas.

Despertó con fuerzas renovadas. Estaba volviendo a anochecer.

«Vaya, pues sí que necesitaba descansar…, he dormido toda la tarde». Se estiró y comprobó que las heridas estaban bien y no había complicaciones. Se habían cauterizado bien y sanaban. No había infección. Le tiraban un poco, pero ya no sentía dolor ni molestias. Estaba recuperándose muy rápido y muy bien. Se alegró y mucho. «Me siento bien, casi como nuevo. Bueno, a excepción de la cabeza. La sensación de aturdimiento sigue ahí, no se va por nada. ¿Qué me han hecho que no puedo despejar la mente ni metiendo la cabeza en la fresca agua del río?».

Se puso en pie y recogió tanto el arco como el carcaj. Se los colocó a la espalda. Miró alrededor. Debía encontrar una forma de salir de allí. No quería pasar otra noche de pesadilla, y menos ahora que sabía que había bestias salvajes sueltas. Seguro que había una manera de salir. Por la entrada no, eso ya lo había constatado. Intentó recordar cómo era el robledal, qué forma tenía. Por lo que Egil le había dicho tenía forma circular, con el Roble Sagrado en el centro. Solo se conocía una entrada, al sur, por el campamento, y por esa ya lo había intentado.

Se acercó al río y se lavó la cara, más para despejarse que otra cosa, a ver si conseguía librarse de algo del aturdimiento. Observó que una rama flotaba río abajo. «¡Quién pudiera ser una rama y navegar fuera de aquí…!». La miró perderse en la distancia. Entonces se le ocurrió. «¡El río! ¡El río tiene que salir del robledal! ¡Hay una salida, solo tengo que seguir la corriente y encontrarla!».

—¿Cómo no se me ha ocurrido antes? —gritó a la noche, que ya comenzaba a descender sobre su cabeza.

Se puso en marcha lleno de esperanza renovada. Encontraría la salida y abandonaría aquel lugar de pesadilla. Avanzó siguiendo la corriente río abajo caminando por la vera con cuidado de no tropezar. Pronto se hizo de noche y empezaron las dificultades para ver. La noche y la niebla se entremezclaban y le dificultaban el avance. Tuvo que reducir el paso, pues perdió pie y a punto estuvo de irse al río de cabeza.

«Esta niebla me pone las cosas difíciles. Aunque sea de noche, con la luz de las estrellas debería ser capaz de distinguir lo bastante para avanzar sin problema. Pero esta niebla maligna apenas deja pasar la claridad. Si no fuera por la luna, no vería nada». Nada más pensarlo, la oscuridad se volvió más cerrada.

—¡No fastidiemos! —protestó, aunque sabía que era inútil.

Miró hacia el firmamento y se percató de que la niebla en aquella zona era más espesa y no dejaba pasar la luminosidad de los astros.

«Umm..., eso quiere decir que debo de estar cerca de la salida. Si no, ¿por qué esta oscuridad?». Por alguna razón, el corazón comenzó a latirle con fuerza y supo de inmediato que estaba en peligro. No sabía por qué era consciente de ello, pero lo era. Quizá fuera por puro instinto de supervivencia.

Pensó en sacar el arco, aunque en tal cerrazón sería inútil. De pronto un murmullo le llegó. Se volvió hacia el sonido y escuchó con mucha atención. Decidió ir a investigar, pese al miedo que le encogía el estómago. Pisaba con tiento, asegurándose de colocar bien el peso del cuerpo y de no perder el equilibrio ni tropezar. El murmullo se hizo más intenso, le llegaba con mayor claridad y potencia cuanto más progresaba. No se apartó del cauce del río, pues parecía proceder de algún punto más adelante.

Entonces, encontró el origen del murmullo. Ahora le llegaba a plena potencia. No estaba cerca del río, estaba en realidad en medio de él.

¡Era una cascada!

Y la caída de agua era su salida de aquel lugar maldito. Lo supo de inmediato. Debía lanzarse a la cascada y aquello lo conduciría fuera del robledal. ¡Esa era la salida! Resopló. Iba a conseguirlo por fin. Dio un paso hacia el río. Un levísimo sonido a su espalda lo hizo detenerse. Sintió un sutil toque en la espalda y el arco se le cayó al suelo.

—¿Qué demonios...?

Se giró asustado. Percibió una sombra moverse y desaparecer en medio de la niebla. «¡Peligro!». Se agachó y recogió el arco, que ahora tenía la cuerda cortada. Estaba inservible. «¡Me van a atacar!». Fue pensarlo y sucedió. La sombra apareció a su costado. Lasgol vio un destello plateado. «¡Cuchillo!». De un fugaz tajo su atacante le hizo un corte en el brazo. Sintió un dolor cortante. Dio un paso atrás y se sujetó la herida. Intentó vislumbrar a su agresor, pero solo vio una figura desaparecer en la niebla.

—¿Quién eres? ¿Qué quieres?

Sin embargo, la figura no contestó. Apareció al otro costado y antes de que Lasgol pudiera reaccionar le hizo un corte en el otro brazo y volvió a desaparecer entre las sombras.

—¡Agh!

Lasgol sacó su cuchillo y su hacha de guardabosques e intentó defenderse. Comenzó a girar sobre sí mismo mientras se preguntaba por dónde aparecería la figura. El corazón le latía acelerado, estaba muy nervioso y sentía miedo, mucho miedo. De súbito notó un escalofrío en la espalda; fue a girarse, pero era demasiado tarde. La figura le había cortado ya.

—¡Aghhhh! —gruñó y se arqueó de dolor.

El atacante volvió a desaparecer en la niebla. Lasgol se concentró e intentó usar su don. De nuevo le falló. Tendría que salir de aquel embrollo sin la ayuda de sus habilidades. Buscó al atacante en la negrura. Sin conseguir localizarlo. Era muy bueno. No se le oía caminar y se fundía en la niebla con una facilidad sorprendente.

Lasgol se agachó y, blandiendo sus armas, intentó recordar todo lo que había aprendido en la maestría de Pericia; lo necesitaría para salir de aquella situación con vida. Podía sentir la sangre cayéndole por los brazos y la espalda. Si volvía a cortarlo, moriría desangrado.

—¡Vamos, ven y remátame! —lo provocó Lasgol para que se dejara ver.

Si lo veía, tendría una oportunidad. Él no era malo en la lucha cuerpo a cuerpo con cuchillo y hacha, había entrenado mucho con Viggo, que era muy avezado con los cuchillos y con todo lo que tuviera que ver con la maestría de Pericia, pero su enemigo no cayó en la trampa. El muchacho entrecerró los ojos y se mantuvo agazapado. Se movió muy despacio con la espalda hacia el río. De ahí no podía salir sin que lo escuchara. Si pisaba las aguas, lo oiría. Debía cubrirse la espalda con el río.

Luego se desplazó a un lado para no mantenerse en la misma posición y así su asaltante tuviera que buscarlo. Recordó que debía permanecer muy quieto, cual estatua de piedra, para fundirse con la negrura y desaparecer en ella. Si su enemigo podía hacerlo, él también. Lo habían practicado durante meses con Haakon. No podría verlo ni oírlo, pero él también sabía jugar a aquel juego de muerte. Aunque era bastante probable que su enemigo fuera mejor que él.

Se quedó hierático, con todos los sentidos alerta. Todos menos su mente, que seguía aturdida. Sufría una desventaja brutal en aquel enfrentamiento y su enemigo se lo hizo pagar. Apareció a su derecha. Lasgol se giró como el rayo y bloqueó el cuchillo con el hacha, pero un segundo cuchillo le cortó en la pierna. Un tajo profundo. Lasgol gruñó. Fue a contraatacar, sin embargo su enemigo ya había desaparecido.

«Es demasiado bueno y yo estoy en desventaja. Va a seguir cortándome hasta que me desangre y muera». Aguantando el agudo dolor de los cortes, se desplazó río abajo tan rápido como pudo y volvió a quedarse inmóvil a la espera de ver moverse a su enemigo. Sabía que las probabilidades eran mínimas, pero se concentró. De pronto, a su izquierda detectó un movimiento. Era él. Lasgol se giró y, antes de tener completa visibilidad del enemigo, soltó un tajo con su hacha. Hizo contacto. El enemigo soltó un gruñido de dolor. Lasgol fue a soltar otro tajo con el cuchillo, pero su atacante ya no estaba allí.

«Lo he alcanzado. No sé dónde, pero le he dado. Esto iguala un poco las cosas». Volvió a desplazarse muy despacio, agazapado, en total sigilo. Las heridas le dolían horrores y comenzaba a sentirse débil: era la pérdida de sangre.

Oyó un ruido a la derecha y se giró presto. Soltó dos tajos antes de que su enemigo se hiciera visible.

Pero allí no había nadie. Una piedra rodó hasta su bota.

«¡Engaño!».

Se percató demasiado tarde. A su izquierda apareció la figura y le hizo un corte en la otra pierna. Uno profundo. Lasgol gritó de dolor. Perdió pie y se quedó de rodillas. Estaba acabado. Los dos brazos y las dos piernas heridos. No saldría vivo de allí. «Ya me tiene. No tengo escapatoria. Vendrá a rematarme o esperará a que me desangre. Este último corte ha sido muy profundo. No tardaré en perder el sentido». Oyó el fluir del río y el murmullo de la catarata al fondo. «Casi lo logro, casi». Negó con la cabeza.

Iba a tumbarse y morir.

«¡No, no me rendiré!».

Tuvo una idea. Decidió arrastrarse hasta el río. Si quería matarlo, que se ensuciara de barro. Y si no, tendría una muerte dulce desangrado en el río. Se metió. Solo cubría hasta la cintura en el centro. Se quedó allí, esperando la muerte.

Una idea le brotó en la cabeza. ¿Y si intentaba llegar hasta la catarata por el río? Ya estaba acabado, ¡qué más daba! «Lo voy a intentar. Total, no pierdo nada». Comenzó a dejarse arrastrar por el río. Una sensación de pequeña victoria lo asaltó. Moriría alcanzando la salida de aquel páramo de pesadilla.

Y de súbito vio a la figura entrar en el río a su derecha.

Iba a rematarlo.

Lasgol ya lo había previsto. La figura debía de ser el guardián de la catarata. No podía permitir que Lasgol la alcanzara y escapara.

La figura avanzó hacia él con dos cuchillos largos en las manos.

El muchacho lanzó su hacha y cuchillo a dos manos con todas las fuerzas restantes.

La silueta esquivó el hacha, no así el cuchillo, que se le clavó en el cuello.

Emitió un gorgoteo y cayó en el agua. El río se llevó el cuerpo.

«¡Lo conseguí!».

Con sus últimas fuerzas, el chico se mantuvo a flote.

Llegó a la catarata, sonrió y se dejó caer.

Sintió que volaba.

Y perdió la consciencia.

Capítulo 23

—D ESPIERTA, LASGOL.
Pero estaba demasiado cansado para despertar.

—Vamos, despierta.

Oyó la voz; la conocía, sin embargo no quería abrir los ojos. Estaba muerto. Solo quería descansar en paz y que nadie volviera a molestarlo nunca.

—Se ha excedido.

Sintió unas sacudidas, como si alguien intentara reanimarlo, pero él no iba a despertar. No ahora que por fin podía descansar.

—Demasiado castigo para su mente.

—Lleváoslo. Rápido.

Se hizo el silencio.

La calma regresó y el chico descansó. Descansó como nunca lo había hecho antes, disfrutando de un placentero sueño reparador tan profundo y agradable que nada ni nadie lo sacaría de él.

Percibió una luz intensa sobre el rostro. La ignoró. Pero la luz continuó atacándolo con mayor intensidad. Le molestaba, le impedía continuar descansando. Quería apartarla de su rostro, aunque no podía. Lo despertó. Abrió los ojos y se los cubrió con el antebrazo para protegerlos de la claridad que penetraba por un gran ventanal y bañaba la cama en la que estaba tendido. Pero aquella no era su litera ni aquella habitación su cabaña. Se sobresaltó.

«¿Dónde estoy?».

—Por fin despierta nuestro soñador —exclamó una voz femenina que Lasgol reconoció de inmediato.

—Edwina…

—Me prometiste que andarías con cuidado y no terminarías de nuevo en mi enfermería… —le dijo la sanadora del campamento con una mezcla de dulzura y reproche.

—¿Estoy… vivo…?

—Sí. Vivo y bien.

—La catarata…, los cortes… Me moría… No puedo haber sobrevivido…

—Me temo que sí. Puedo asegurarte que estás vivo.

Lasgol sacudió la cabeza. No lo entendía. Se dio cuenta de que ya no tenía aquella sensación de aturdimiento.

—¿Qué… ha pasado? ¿Qué hago aquí…? —preguntó muy confundido y algo asustado.

—Te trajeron hace tres días después de finalizar la Prueba de las Maestrías.

—¿La prueba?

—¿Recuerdas la prueba? ¿Lo que sucedió?

—Recuerdo el Robledal Sagrado. Recuerdo los ataques… ¡Me atacaron! ¡Me hirieron! ¡La sangre!

—Eso es. Recuerda… con tranquilidad, no te alteres… Ahora estás a salvo conmigo —le aseguró ella.

Lasgol se incorporó en la cama y miró a todos lados, confundido.

—Mi cabeza…

—¿Cómo la sientes?

—Mejor… Ya no estoy aturdido… —contestó llevándose las manos a las sienes.

—Me alegro. Eso es muy buena señal. Algunos quedan atrapados en su mente…, y en casos extremos… no regresan…

El muchacho se tensó.

—Una pregunta… ¿Esto es real o es todavía la prueba?

Edwina rio.

—Esto es real. La prueba terminó hace tres días, solo que has estado inconsciente todo este tiempo.

—¿Inconsciente? ¿Por qué?

—Te excediste durante la prueba.

—¿Yo? ¿Me excedí?

—Sí. Te excediste. Tu mente sufrió un castigo muy fuerte.

—No entiendo nada. ¿Mi mente?

—Sí. Tuve que aplicarme a fondo para hacerte volver del sueño reparador en el que te habías refugiado.

Lasgol se miró el cuerpo.

—¿Y mis heridas? ¿Cómo están? —preguntó alterado, a continuación se examinó el cuerpo en busca de las múltiples cicatrices.

—No las encontrarás…

—No veo las marcas. No puede ser. Pero ¿qué ocurre aquí?

—Tranquilo, no te alteres, todo está bien… Deja que te explique…

—Ni siquiera con tu poder sanador podrías borrar esas cicatrices. ¿Me equivoco?

—No te equivocas.

—¿Entonces? ¿Qué ha pasado? ¿Por qué no estoy marcado?

—No eran reales, todo ocurría en tu mente.

Lasgol la miró sin comprender.

—¿Cómo que en mi mente?

—No era real.

—¡Claro que era real! ¡Las heridas, el dolor, la sangre! ¡Todo era real!

—Me temo que no…

—No puede ser. —Lasgol estaba tan convencido de que todo había sido real que volvió a examinarse el cuerpo en busca de las heridas.

—La Prueba de las Maestrías sucede en la mente.

—Era real… Para mí era real…

—Para ti y para todos. Parece muy real, se siente muy real, es lo que permite sacar lo mejor y lo peor de vosotros, pero no era real.

—Entonces…, los atacantes, la pantera de las nieves… ¿no eran de verdad?

—Para tu mente sí, pero nunca estuvieron en el robledal. Siempre estuviste rodeado por Dolbarar, los cuatro guardabosques mayores y Galdason.

—¿No estuve en peligro?

—No, nunca estuviste en peligro…

Se quedó sin palabras. Para él toda la experiencia había sido traumática y muy vívida.

—¿No?

—De morir no, de perder la cabeza sí.

—¿Por el trauma de la experiencia?

—Sí. Algunas personas no asimilan bien la experiencia, les resulta demasiado abrumadora. Puede tener consecuencias adversas. Pero la prueba se ha refinado. En los últimos años, no hemos sufrido ningún caso.

—Me alegra saberlo —comentó Lasgol con una mueca.

La sanadora rio.

—Deja que te examine y, si no veo nada extraño, puedes regresar con tus compañeros. Hay un par de chicas deseando verte…

—¿Un par de chicas?

—Una rubia y una morena…

—Oh…

—Y no se llevan muy bien…, casi se baten en duelo por verte.

—¿Duelo de guardabosques?

—Sí.

—Pero está prohibido.

—No parecía importarles demasiado. Estaban furiosas la una con la otra. Debes de ser todo un conquistador…

—¿Yo? ¡Para nada! —Lasgol se puso rojo como un tomate maduro.

—Menos mal que apareció la capitana de tu equipo y las separó; de otra forma habría corrido la sangre.

—Ingrid…

—Sí, ella.

—Las chicas eran Astrid y Valeria, ¿verdad?

—No me quedé con los nombres. La morena es de tercer año; la rubia, de segundo. Las dos muy decididas.

—No hubo duelo, ¿verdad?

—No, Ingrid lo impidió, pero cerca anduvo.

—Oh…

—Déjame examinarte y podrás volver a tus amoríos —dijo la sanadora con una sonrisa burlona.

Lasgol, muy avergonzado, observó que Edwina le posaba las manos sobre el torso. La sanadora cerró los ojos y la energía azulada surgió de sus manos para penetrar en el cuerpo de Lasgol. Aquello siempre lo maravillaba. Era fascinante el don que la sanadora poseía y todo el bien que podía hacer. Mantuvo el flujo de energía durante un rato. Al fin, lo detuvo y abrió los ojos.

—Tu cuerpo está en perfectas condiciones. Tu mente, por lo que he podido apreciar, también. Puedes regresar a tu cabaña —le dijo con una sonrisa amable.

—Edwina…

—¿Sí?

—Verás… Durante la prueba…, no pude usar mi don…, ¿lo he perdido?

—Umm…, no lo creo. Comprobémoslo. Invócalo.

—¿Aquí? ¿Ahora?

—Estamos solos, tranquilo. Hazlo.

El chico obedeció. Se concentró y buscó su fuente de poder interior. Invocó la habilidad Reflejos Felinos. De pronto, un destello verde le recorrió todo el cuerpo. Un destello que significaba que lo había conseguido.

—He visto el destello —le dijo Edwina—. Tu don está bien, estate tranquilo.

—Entonces, ¿por qué no pude usarlo durante la prueba?

—La pócima que te dieron es un alucinógeno potente que afecta a la mente. Probablemente afectó a tu habilidad para usar tu don. Es lo más factible.

—Entiendo… ¿Por qué nos dieron un alucinógeno?

—Para recrear la situación en la que se desarrolla la prueba. El entorno, por así decirlo.

—Todo parecía tan real…

—Para tu mente lo era.

—Pero las situaciones, los ataques… ¿cómo los crearon?

—Ah, muy buena pregunta… para Dolbarar. Él te la explicará si lo ve conveniente. No puedo revelarte todos los secretos de los guardabosques —dijo ella con una sonrisa pícara.

—No veo por qué no —objetó Lasgol con otra sonrisa en un intento por sonsacar a la buena sanadora.

—¡Ja! Eres un pilluelo. No, los asuntos de los guardabosques se deben solucionar entre guardabosques, y te recuerdo que yo no lo soy. Soy una sanadora del templo de Tirsar. No puedo traicionar la confianza que Dolbarar ha depositado en mí.

—Lo entiendo. Muchas gracias por cuidar de mí... una vez más.

—A ver si no vienes a verme en un tiempo... un largo tiempo.

Lasgol sonrió.

—Lo intentaré. No te quede duda.

La sanadora alzó las comisuras de los labios en un gesto de afecto.

—Ve, tus amigos están preocupados y se alegrarán de verte.

Lasgol abandonó la enfermería y se dirigió a su cabaña. Según cruzaba el centro del campamento, se fijó en que la gente lo observaba con mucho interés. Algunos incluso lo señalaban y cuchicheaban sobre él. Aquello no había pasado desde primer año, cuando todos lo trataban como el hijo del Traidor y allí a donde fuera lo seguían miradas de odio intenso.

«¿Por qué me miran ahora?». De alguna forma supo que estaba relacionado con la Prueba de las Maestrías y el hecho de que él había terminado en la enfermería. Pasó frente a la biblioteca y unos chicos de segundo año con capas amarillas lo miraron como si hubieran visto un fantasma. «Esto es muy raro...». Pasó frente al puente que daba acceso a la isla donde estaba situada la Casa de Mando y dos guardabosques de guardia lo saludaron con gestos casi de respeto. «Muy raro. Definitivamente raro».

Encaró el sendero que conducía a las cabañas de tercer año y cruzó el bosque tras el cual las encontraría. Según subía por el sendero se cruzó con Luca, el capitán de los Lobos, que iba acompañado de Ashlin, de su equipo. Al darse cuenta de que era él, los dos se detuvieron. Lasgol los miró perplejo.

—¿Todo bien? —les preguntó sin saber muy bien qué decir.

Luca reaccionó.

—Sí, todo bien...

—¿Y tú? —preguntó Ashlin con ganas de saber, barriéndolo de pies a cabeza con la mirada.

—Yo… Bueno…, ya estoy bien.

—Acabo de estar hablando con Ingrid —le contó Luca—, no sabían nada de ti, estaba preocupada.

Lasgol asintió.

—Edwina me acaba de dejar ir. Voy ahora a reunirme con ellos.

—¿Estás bien del todo? —le preguntó Ashlin, y señaló su cabeza con el dedo índice.

—Ashlin… —lo regañó Luca.

—¿Qué? Quiero saber si se ha vuelto cucú o no, corren muchos rumores por todo el campamento.

Lasgol comenzó a entender qué sucedía.

—No, no estoy cucú, o al menos no más de lo que ya lo estaba antes de la prueba.

Luca rio.

—Buena respuesta.

Ashlin no estaba muy convencida:

—Si tienes dolores de cabeza intensos o si ves cosas que no están ahí…

—Iré a ver a Edwina, no te preocupes.

La chica entrecerró los ojos y se acercó a Lasgol hasta estar a un dedo de su frente.

—Sí, mejor que hagas eso.

—Vamos, Ashlin, déjalo estar —le dijo Luca y le hizo una seña para que se apresurara mientras él ya emprendía la marcha hacia el centro del campamento.

La rubia componente de los Lobos observó a Lasgol un momento más con mucho interés, luego se fue con su capitán.

Lasgol negó con la cabeza y siguió sendero arriba hasta alcanzar las cabañas. Antes de que nadie más lo parara, se apresuró a entrar en la cabaña de los Panteras de las Nieves. Abrió la puerta y entró como una exhalación, cerrando la puerta tras él.

—¡Lasgol! —exclamó Gerd al verlo, y se abalanzó sobre él.

No le dio tiempo a devolver el saludo. El grandullón le dio un abrazo de oso y lo levantó del suelo mientras emitía grandes carcajadas, rebosante de alegría.

Lasgol rio contagiado por su enorme compañero.

—¿Cómo te encuentras? ¿Estás bien? —le preguntó Egil acercándose a abrazarlo, pero no pudo llegar hasta él, pues Gerd giraba sobre sí mismo con Lasgol colgado de los brazos como una peonza.

—Bájalo, grandullón —le dijo Viggo, que miraba a Lasgol con la cabeza inclinada, en un gesto como si lo analizara.

—¡Estoy tan contento de verte! ¡Tenía tanto miedo de que te hubiera pasado algo malo! —le confesó Gerd, después lo dejó sobre el suelo no sin darle un último abrazo que dejó al pobre muchacho sin aire.

—Estoy… bien… —consiguió articular, y llenó los pulmones.

—Cuánto me alegro de que estés bien —le dijo Egil mientras le daba un abrazo.

Lasgol miró a Viggo.

—Ni se te ocurra abrazarme, tanta sensiblería puede ser contagiosa y no me voy a arriesgar a que me la peguéis.

Lasgol soltó una carcajada. Estaba muy contento de regresar con sus compañeros.

De repente, se oyó un chillido agudo. Lasgol miró al techo y vio a Camu, que se acababa de colar del exterior. Le llegó una fuerte sensación a su mente. La criatura se comunicaba con él. Le transmitía felicidad, mucha felicidad. Se descolgó por la pared a toda velocidad; tenía el aspecto de una cría de dragón sin alas y las cualidades de una lagartija. De un salto se abalanzó sobre el pecho de Lasgol y comenzó a lamerle la mejilla mientras emitía chillidos entrecortados, casi como un lloro, mostrándole cuánto lo había echado de menos. La demostración de cariño le llegó a Lasgol al alma y los ojos se le humedecieron.

—Ya estamos con la sensiblería…

—Déjalo tranquilo, ¿no ves que Camu lo echaba mucho de menos? —riñó Gerd a Viggo.

—¿Cómo no voy a verlo? El bicho no ha parado de lloriquear y dar la lata sin parar en tres días.

—Eres incorregible —le dijo Egil—. No lo llames bicho, sabes que no le gusta.

—Por eso mismo se lo llamo, así no se me acerca.

Lasgol ignoraba los comentarios de Viggo. Sabía que en el fondo no lo sentía así por mucho que quisiera parecer duro y frío.

—Estoy de vuelta. Estoy bien —le dijo Lasgol a Camu para que se tranquilizara. Podía sentir que estaba muy excitado y su tacto, habitualmente frío, lo era algo menos.

De pronto una figura apareció en la puerta.

—¿Qué es todo este alboroto? Estaba descansando —se quejó Ingrid.

Lasgol se volvió hacia ella con Camu entre los brazos.

—¡Lasgol! ¡Has regresado! ¡Cuánto me alegro!

—¿Lasgol? ¿Qué pasa con Lasgol? —preguntó Nilsa, que entraba tras Ingrid y todavía no había visto a su compañero.

—Hola, chicas. Ya estoy de vuelta —dijo intentando que la cosa fuera casual.

—¡Lasgol! —Nilsa se lanzó a darle un abrazo y un beso en la mejilla—. ¡Qué contenta estoy de verte! —Luego se percató de la presencia de Camu en los brazos de su amigo y se apartó espantada y con cara de pocos amigos.

Ingrid se acercó a Lasgol y le dio un breve y fuerte abrazo, evitando el contacto con Camu.

—Me alegro de verte de vuelta. ¿Estás recuperado? ¿Todo bien? —preguntó Ingrid, el tono de preocupación con el que hizo la pregunta extrañó a Lasgol.

—¿Por qué estáis todos tan preocupados por mí?

Ingrid intercambió una mirada con Egil. Nilsa se situó junto a Gerd y bajó la cabeza. Viggo continuaba mirando a Lasgol con aquel extraño gesto.

—Sé que he estado en la enfermería unos días, pero Edwina dice que estoy bien, podéis dejar de preocuparos.

—Lo que te ha sucedido no es normal... —se animó a comentar Egil.

Lasgol lo miró confundido.

—Seguro que alguno más ha terminado en la enfermería como yo —dijo convencido.

Se hizo el silencio. Nadie respondió durante un momento.

—No puedo ser solo yo, la prueba era durísima, vosotros también habréis pasado por la enfermería, seguro —les dijo saltando de un rostro a otro.

Pero nadie respondió. Todos bajaron la cabeza o apartaron la mirada.

—Me estáis tomando el pelo, ¿verdad?

Egil negó con la cabeza.

Lasgol se quedó completamente confundido.

—Pero todos pasamos por las mismas pruebas, ¿verdad?

—Sí, todos sufrimos las mismas pruebas —le confirmó Egil.

—¿Entonces? ¿Solo me han afectado a mí? ¿A vosotros no?

—Solo a ti... de entre todos los de tercer año.

—Pero... Pero... no puede ser... ¿Solo a mí? ¿Por qué? ¿Hay algo mal en mi cabeza? —preguntó Lasgol muy contrariado y preocupado.

—Bueno, no es que tu cabeza esté mal *per se* —le dijo Egil—, lo que ha sucedido es algo sorprendente y fantástico.

—¿Fantástico? ¡Si casi pierdo la cabeza!

—Sí, pero eso es porque eres especial.

—¿Especial?

—Más bien muy rarito, con tendencia a la locura —apuntó Viggo.

—No digas tonterías —lo regañó Nilsa.

—Pero es la verdad. Está fatal y un día de estos se le va a ir la cabeza y vamos a tener un disgusto muy gordo, ya veréis.

—¡Calla, zoquete! —le ordenó Ingrid.

—No entiendo nada —se quejó Lasgol.

Egil le puso el brazo en el hombro.

—Siéntate, te lo explicaré.

Siguió el consejo de su amigo y se sentó en la litera.

—Verás, la prueba está diseñada para que cada uno de nosotros se enfrente a cuatro pruebas, una de cada maestría. Dependiendo de cómo nos comportemos y solventemos cada prueba, los guardabosques mayores nos evalúan y, al final, eligen a quién quieren en su maestría.

—¿Así que eran cuatro pruebas? No me di cuenta…

—La primera prueba, la del tirador experto, era la prueba de la maestría de Tiradores, ideada por Ivana.

—Oh, ya veo…

—La segunda, la prueba del antídoto para el veneno, era la maestría de Naturaleza, de Eyra.

—Entiendo.

—La tercera, el enfrentamiento con la pantera de las nieves…

—De la maestría de Fauna, de Esben —terminó Lasgol.

—Correcto. Y…

—Y la prueba del asesino es de la maestría de Pericia, de Haakon.

—Exacto. —Sonrió Egil.

—Empiezo a entenderlo. Mientras lo estaba sufriendo no me di cuenta, pero ahora que lo pienso tiene todo el sentido. ¿Y por qué no hacer pruebas normales en lugar de esta tan elaborada y en nuestra mente?

—Porque así pueden llevarnos al límite y ver cómo reaccionamos. Por eso sucede solo en nuestra mente. Si fuera una prueba real, estarías muerto —respondió Egil.

—Ya lo creo.

—Simulan las situaciones y las hacen parecer tan reales a nuestra mente que ni nos damos cuenta de que no lo son. Para ello nos dieron a beber esa extraña pócima.

—Pero solo con la pócima no pueden crear las pruebas y ver nuestras reacciones.

—Correcto. Veo que tu mente está perfectamente y funciona tan bien como siempre. Para crear las pruebas en nuestra cabeza y ver cómo reaccionamos…, ¡han utilizado magia!

—¿Han traído un mago?

—Más que traerlo, ha estado con nosotros todo el año. Es Galdason.

—¿Él?

—Sí.

—A mí siempre me cayó mal —dijo Viggo—. Lo tenía calado.

—Sí, ya, y una porra —le respondió Ingrid.

—Nadie lo sabía —dijo Nilsa—. Nos hemos enterado porque se ha corrido la voz.

—Pero eso no explica lo que me ha pasado a mí. ¿Qué me ha pasado?

Egil suspiró:

—Verás, Lasgol… Las pruebas están diseñadas para que solo sobrevivas a una de las cuatro…

—¿Qué?

—Sí, esa es la maestría a la que eres más afín.

—Pero… yo…

—Tú sobreviviste a las cuatro y el sufrimiento de cada prueba se sumó a la siguiente hasta que fue demasiada agonía para tu mente, entonces casi ocurre una desgracia y te perdemos. Dolbarar estaba muy disgustado con Galdason por no haber previsto esta circunstancia. Galdason le aseguró a Dolbarar que no había pasado nada así en quince años. Los guardabosques mayores estuvieron a punto de suspender la prueba. Al fin decidieron continuar, ya que la probabilidad de que volviera ocurrir era prácticamente nula, pero te aseguro que se armó una buena.

Lasgol escuchaba intentando buscar sentido a todo aquello.

—¿Vosotros no sobrevivisteis a más de una prueba?

Egil negó con la cabeza:

—No. Ni nosotros ni nadie de los otros equipos, por lo que nos han contado.

—Ya me habría gustado —dijo Ingrid con tono de gran decepción.

—No lo puedo creer… y… ¿esto qué significa?

—Que eres un peligro para todos —soltó Viggo.

—Cállate, burro —le contestó Ingrid y le hizo un gesto de ir a atizarlo.

Egil miró a Lasgol a los ojos.

—Esto significa que eres afín a las cuatro maestrías. Eres, aunque no lo creas, una anomalía fantástica.

Capítulo 24

O DEN APARECIÓ JUNTO A SU ODIOSA FLAUTILLA Y LOS DESPERTÓ con los primeros rayos del sol.

—¡A formar! —gritó con un ímpetu algo mayor del acostumbrado.

—¿Creéis que será hoy? —preguntó Gerd a sus compañeros mientras se desperezaba.

—Bien podría ser; ha pasado ya una semana desde la prueba y me consta que han estado deliberando en la Casa de Mando —razonó Egil.

—¿De qué habláis? —dijo Lasgol, que luchaba con Camu para que le devolviera la bota que había mordido y no había forma de que soltara.

—¿De qué vamos a estar hablando? —contestó Viggo con cara de no creerse que Lasgol no se enterara—. Del tiempo seguro que no.

El chico levantó una ceja y lo miró de reojo mientras seguía intentando recuperar su bota. Cuando la criatura mordía algo, no lo soltaba por nada. Lasgol no sabía por qué razón mordía ni por qué aquel objeto en particular.

Viggo negó con la cabeza y suspiró con un gesto de desesperación.

—Pues de los resultados de la Prueba de Maestría, de qué va a ser… A veces parece que no te funciona del todo esa cabeza rara tuya.

—Viggo… —lo amonestó Gerd.

—Su cabeza es muy rara, todos lo sabéis, yo solo lo digo en alto.

—Más que rara es portentosa, digna de estudio. Puede manejar el don y es capaz de sobrepasar las pruebas más duras —corrigió Egil con una sonrisa de admiración.

—Gracias —le dijo Lasgol con una inclinación de cabeza y una sonrisa.

—Ya, tú encima dale ánimos al rarito.

—Lo que pasa es que tienes envidia —le comentó Gerd.

—¿Yo? Para nada.

—Ya, ya. Dime que no te habría gustado pasar las cuatro pruebas y restregárselo a Ingrid.

—Mira, en eso te voy a dar la razón, grandullón.

—¿Qué pasa conmigo? —dijo la capitana, que entraba por la puerta.

Al verla, Camu soltó la bota y Lasgol se fue al suelo. Viggo soltó una carcajada a la que se unieron Gerd y Egil.

Lasgol miró la marca del mordisco que había dejado Camu. Estaba casi inservible. ¿Cómo iba a explicar aquello en intendencia?

—Mejor salís rápido, Oden está un poco más furioso de lo habitual hoy —anunció Nilsa desde el exterior de la cabaña haciendo señas.

Oden primero les gritó por la tardanza, luego los condujo con paso ligero hasta la Casa de Mando y los dejó esperando mientras él entraba a hablar con Dolbarar y los guardabosques mayores.

Mientras esperaban, la tensión y los nervios iban en aumento. Nilsa era la que peor lo llevaba. Apenas podía estarse en su sitio y si no estaba danzando de un lado a otro, estaba hablando con todos los que la rodeaban, de su equipo o no. Varios componentes de los Osos se habían distanciado disimuladamente para no tener que hablar con ella.

—¿Qué creéis que nos espera? —les dijo a los suyos cuando volvió con ellos—. ¿Nos elegirán? Sí, ¿verdad? ¿O no? Estoy muy nerviosa. Mucho. No me aguanto. ¿Y si no me eligen para ninguna de las maestrías? ¿Y si me expulsan? ¡Qué horror! —Hablaba tan rápido y de forma tan atropellada que apenas la entendieron.

—Cálmate —le pidió Ingrid.

—¡Y estate quieta! —añadió Viggo.

—¡Pero no puedo! ¡Los nervios!

—¿Cómo crees que lo hiciste en la prueba? —preguntó Lasgol a Nilsa.

—¿Yo? Mal, muy mal.

—¿Las cuatro?

—Sí..., solo conseguí herir al tirador..., pero él me mató al cabo de un momento. Luego no pude con el antídoto... Se me cayó... La pantera me saltó al cuello cuando tiré contra ella. Estaba muerta antes de caer de espaldas. Con el asesino aguanté algo más, pero también me mató. Vamos, un desastre total.

—Bueno, al menos heriste al tirador...

—Eso no ayuda mucho si él te mata un suspiro después —dijo Viggo.

—Y tú ¿qué tal lo hiciste, listillo? Dinos —inquirió Nilsa.

—Si insistes...

—Insistimos —le espetó Ingrid, que se puso junto a su compañera para apoyarla.

Viggo se encogió de hombros.

—Pues el tirador me dejó tieso nada más empezar. En cuanto al veneno, no fui capaz de acertar con la preparación... Contra la pantera luché con arco, luego cuchillo y hacha, pero no duré mucho. Contra el asesino la cosa cambió: luchamos a cuchillo y creo que lo maté, o al menos le hice una herida grave. No estoy seguro.

—Si no estás seguro, no lo mataste —replicó Ingrid.

—Gracias por tu apoyo, capitana —le soltó él y le sacó la lengua—. Venga, cuéntanos tus muertes confirmadas.

—Pues, para que lo sepas, tuve una.

—¿Ah, sí?

—Pues sí. Le di al tirador antes de que él me diera mí. En el resto de las pruebas fracasé…, pero al tirador estoy segura de que lo alcancé.

—¿Dónde?

—En el pecho.

—¿En el corazón?

—No, listillo, en el lado derecho.

—¡Ahhhh! Entonces puede que no lo mataras. —Viggo señaló con el dedo índice el rostro de la capitana.

—Yo sé que lo maté, y retira ese dedo o te lo muerdo.

—¿Lo confirmaste?

—No, me había herido y tuve que ponerme con el antídoto.

—Entonces no hay muerte confirmada, por lo tanto no puedes asegurarlo —le dijo Viggo con tono de triunfo.

—Eres un trol.

—Gracias, ser capaz de partir a un hombre en dos es un halago.

—Me refiero de feo y carácter insoportable.

—Y tú eres la capitana más guapa del campamento. Y lo digo en serio.

Ingrid fue a armar el brazo, pero Egil habló:

—Pues yo puedo asegurar sin ningún tipo de titubeo que fracasé de forma contundente y horrible en las cuatro pruebas.

—¿En las cuatro? —preguntó Lasgol muy sorprendido.

—Sí, en las cuatro. El tirador me despachó en un abrir y cerrar de ojos. Al igual que el asesino, no conseguí detectarlo hasta que fue demasiado tarde. Intenté apaciguar a la pantera, pues sabía que enfrentarme a ella sería un suicidio, pero me fallaron los nervios...

—¿Y el antídoto? —quiso saber Lasgol—. Estoy seguro de que tú sabías qué tenías que hacer. Nadie sabe más que tú de todo lo que nos enseñan en las clases, además tu memoria es increíble.

Egil suspiró con fuerza:

—Sí, sabía qué componentes necesitaba y sabía cómo combinarlos.

—¿Entonces? —preguntó Lasgol.

—No logré encontrar uno de los componentes a tiempo.

—Oh, no...

—Me temo que sí. Busqué y busqué, pero no lo encontré... y el tiempo se agotó. El veneno me mató.

—¡Qué pena!

—Sí, pero es lo que sucedió.

—Lo intentaste todo, eso es lo que importa —le dijo Lasgol.

—Eso no lo salvará de la expulsión —recordó Viggo con una mueca torcida.

—Calla, aguafiestas —le soltó Nilsa.

—Me callo, pero es la verdad y lo sabéis.

—A mí tampoco me fue nada bien —se lanzó Gerd mirando al suelo avergonzado.

—Al menos podrías con el asesino, ¿no? —le dijo Viggo.

El grandullón negó con la cabeza.

—¡Pero si eres el doble de grande que él!

—Ya, pero él el doble de ágil y letal.

—¿Y el resto de las pruebas? —le preguntó Lasgol.

—El tirador y el veneno fatal. Pero con la pantera no me fue del todo mal.

—¿No?

—No, conseguí que se marchara sin pelear con ella.

—Tienes muy buena mano con los animales —le dijo Lasgol.

—Sí, eso creo yo también, se me dan bien… Excepto cuando me entra el miedo; en este caso, quizá por lo aturdido que estaba, no me sentí asustado.

—Claro, como eres una montaña para ellos, son los animales los que te tienen miedo a ti —dijo Viggo.

—No es miedo, merluzo, es respeto —le contestó Ingrid a Viggo—. Lo respetan por su bondad.

—Y por su pedazo de tamaño.

Ingrid soltó un improperio a los cielos.

Egil se pronunció.

—Ante una situación de espera como esta, donde nada se puede hacer ya para decantar una elección de un lado o de otro, no tiene sentido ponerse nervioso, pues nada aporta a la decisión que se vaya a tomar y solo causa un estado de intranquilidad altamente contagioso y nada bueno para el cuerpo y el alma.

—Muy bien dicho, empollón.

—Gracias —le dijo Egil a Viggo con una sonrisa.

Nilsa se sacudió los brazos.

—Lo sé, lo sé… Pero no se me van los nervios por nada.

—Veo que no solo en mi equipo estamos nerviosos —respondió una voz femenina que se acercaba.

Lasgol identificó aquella voz al instante. Se volvió y observó a la guapa morena llegar hasta ellos.

—Hola, Astrid. ¿Tú también estás nerviosa? —le preguntó Nilsa.

La capitana de los Búhos se situó junto a Nilsa. Al ver que daba vueltas a su alrededor, la sujetó de los hombros para que dejara de moverse un momento.

—Sí, bastante, todos lo estamos —le respondió.

—Yo estoy que no puedo estar.

—Ya, y cuanto más nerviosa está, más habla y no se le entiende nada de lo rápido y precipitado que suelta las palabras —se quejó Viggo.

—Estate tranquila, Nilsa; estoy segura de que lo hiciste muy bien —la animó Astrid con una sonrisa tranquilizadora.

—Yo no estoy nada segura...

—Ya verás como todo va bien.

—¿Qué tal está tu equipo? —le preguntó Ingrid.

—Nervioso, como todos... La espera va a ser dura. Hoy es un día muy importante.

—Ya lo creo —dijo Gerd, quien ya estaba pálido de la incertidumbre—. Si no nos eligen para una maestría, seremos expulsados después de tres años... después de todo lo que hemos pasado... Solo de pensarlo me pongo enfermo.

—Ya se te ve en la cara, grandullón; parece que te has encontrado con el fantasma de tu abuelo —le dijo Viggo.

—Tú haz bromas, pero estás igual de nervioso que yo.

—Bah, yo no me pongo nervioso.

—Sí, claro, y el sol no sale todas las mañanas —se burló Ingrid. Astrid sonrió.

—Tenemos que confiar en todo lo que hemos avanzado durante este tiempo y en que la última prueba nos situará donde nos corresponde.

—Mientras no nos sitúe río abajo...

—Viggo, no tienes remedio, eres lo más pesimista que hay —regañó Ingrid.

—Soy un realista nato. La vida me ha enseñado a serlo. No os llevéis las manos a la cabeza si alguno termina hoy en la maestría que no quiere o expulsado, porque va a pasar, os lo aseguro.

Nilsa dio un respingo.

—Eres un pájaro de mal agüero.

—Algo de razón no le falta —convino Astrid—. Algunos terminarán en la maestría que no quieren o que no era su favorita, y otros serán expulsados, como hemos sufrido cada final de año. Es triste, pero es la realidad del sistema con el que forman los guardabosques a los suyos.

—Esperemos que no sea ninguno de nosotros. —Lasgol miró a sus compañeros y finalmente a Astrid.

—Esperemos —dijo la chica con una mirada dulce que se encontró con los ojos ávidos de Lasgol.

Oden salió y llamó al primer equipo:

—¡Qué entren los Zorros!

Todos se volvieron para verlos entrar.

—Que tengáis suerte —les deseó Astrid—. Vuelvo con mi equipo, pronto nos tocará. Suerte a todos.

—Y a vosotros —le deseó Ingrid.

Los equipos comenzaron a pasar. Los Lobos, los Osos, los Águilas… Al salir nadie decía nada. Había rostros en los cuales la alegría era inconfundible, en cambio en otros muchos la decepción era más que patente. Lasgol comenzó a preocuparse por la suerte de su equipo. Les llegó el turno a los Búhos, que entraron con Astrid a la cabeza. Cuando salieron, Lasgol no pudo identificar si Astrid estaba contenta o no, su rostro era serio, lo que lo intranquilizó.

Oden llamó al siguiente equipo:

—¡Que entren los Panteras de las Nieves!

Nilsa dio un bote tremendo y por poco no se fue al suelo. Lasgol sintió que se le hacía un nudo tremendo en el estómago. Gerd abrió los ojos como platos y perdió el poco color que le quedaba en el rostro. Egil torció el gesto, cosa rara en él. Viggo cruzó los brazos sobre el pecho, como si nada le importara. Ingrid se irguió, levantó la barbilla y dijo:

—¡Vamos, equipo! ¡Sin miedo!

Se dirigió a la entrada y todos la siguieron en fila de a uno. Lasgol fue el último en entrar en la sala común. Allí los esperaba Dolbarar acompañado por los cuatro guardabosques mayores, sentados a la gran mesa que el líder del campamento presidía. Otra figura más estaba presente: Galdason. Estaba sentado junto a la chimenea.

—El equipo de los Panteras de las Nieves —anunció Oden, e hizo que formaran en una línea en medio de la sala mirando hacia la mesa.

—Muy bien; gracias, Oden —respondió Dolbarar, que ojeaba un libro entre las manos.

Oden cerró la puerta y se quedó en el interior de la sala, guardándola.

—Bienvenidos —los saludó Dolbarar—. Hoy es un día importante y estoy seguro de que estaréis bastante nerviosos. Es natural. Les ocurre a todos en este día. Siempre es así, desde hace mucho tiempo. No he conocido a nadie que no lo estuviera al llegar este momento por muy confiado que estuviera en sus posibilidades y logros. —Los miró uno por uno de arriba abajo, como examinando su valía.

Dolbarar no se equivocaba, formaban tan tensos que ni siquiera respiraban. Daba la impresión de que podían partirse como una rama en cualquier momento de la enorme presión que sentían. Los cuatro guardabosques mayores se unieron al escrutinio de Dolbarar, lo que aumentó aún más la presión. Parecían estar determinando si las decisiones que habían tomado sobre los Panteras eran las correctas o debían cambiarlas. Hubo un rato en el que nadie habló ni se movió. Solo ojos escrutadores se movían examinando a cada uno de los aprendices.

Al cabo de un momento, los cuatro guardabosques mayores abrieron los libros de tapas verdes que tenían frente a ellos y, con unas largas plumas, escribieron algo en las páginas amarillentas. Lasgol tuvo la sensación de que le estaban pasando sentencia y por desgracia muy bien podía ser ese el caso. Tragó saliva.

Dolbarar retomó su alocución:

—Quiero que respiréis hondo y exhaléis ese nerviosismo que sentís ahora. Estad tranquilos. Lo que haya de ser, será. Ya habéis luchado y demostrado de qué estáis hechos.

Lasgol siguió el consejo; inspiró profundamente y exhaló a continuación una larga bocanada. Sus compañeros lo imitaron.

—Muy bien, ya veo rostros menos tensos —dijo Dolbarar con una sonrisa tranquilizadora.

Lasgol observó a sus compañeros. Estaban todos tan nerviosos como él, pero los cuerpos estaban ahora algo menos rígidos.

—Ya se han tomado las decisiones que marcarán vuestro futuro como guardabosques, los que lo hayáis logrado… —anunció Dolbarar con un gesto hacia los cuatro guardabosques mayores.

Estos asintieron con solemnidad, dejaron las plumas junto a los tinteros. Se miraron entre ellos y asintieron.

—Estamos listos —anunciaron.

—Muy bien. En ese caso ha llegado el momento de anunciar la decisión para cada uno de los componentes de los Panteras de las Nieves —dijo Dolbarar, y esa vez fue él quien cogió una pluma y se preparó para escribir en su libro.

Capítulo 25

—LA ASPIRANTE INGRID STENBERG. UN PASO AL FRENTE, POR favor —pidió Dolbarar, que escribía en el tomo mientras hablaba. La muchacha se adelantó y levantó la barbilla—. Como capitana del equipo y como aspirante has demostrado tu valía a lo largo de los tres años que has estado formándote como guardabosques. Hoy decidimos a qué maestría pertenecerás, si es que perteneces a alguna…

Hubo un momento de silencio mientras Dolbarar consultaba algo en su tomo. Ingrid no bajó la barbilla; aceptaría su destino con la cabeza alta.

—Durante la Prueba de las Maestrías te enfrentaste a cuatro situaciones diseñadas para demostrar las habilidades adquiridas y ver en cuál de ellas sobresalías. —Dolbarar hizo un gesto hacia los cuatro guardabosques mayores—. Los resultados, por favor.

—Yo, Eyra, guardabosques mayor de la maestría de Naturaleza, certifico que falló la prueba de esta maestría.

La aspirante bajó la barbilla.

—Yo, Esben, guardabosques mayor de la maestría de Fauna, certifico que falló la prueba de esta maestría.

La cabeza de Ingrid se inclinó un poco más hacia su pecho. Ahora miraba al suelo.

—Yo, Haakon, guardabosques mayor de la maestría de Pericia, certifico que falló la prueba de esta maestría.

La capitana resopló frustrada y no levantó la cabeza, la mirada clavada en el piso, como su ánimo.

—Yo, Ivana, guardabosques mayor de la maestría de Tiradores, certifico que no falló la prueba de esta maestría, pues venció en la prueba del tirador experto.

Ingrid se hinchó de orgullo y dejó escapar un prolongado resoplido de alivio.

Dolbarar continuó:

—Teniendo en cuenta los resultados de la Prueba de las Maestrías y su progresión como guardabosques, ¿hay alguna maestría que desee en sus filas a esta aspirante?

Lasgol se dio cuenta de que Dolbarar daba una última oportunidad a los guardabosques mayores, por si querían reclutarla pese a que hubiera fallado en sus respectivas pruebas. Eso le dio esperanza para él y para sus compañeros. El silencio que siguió a la pregunta hizo que todos sintieran una tensión terrible; el nudo en el estómago de Lasgol estaba a punto de obligarlo a doblarse.

—La maestría de Tiradores acepta a esta aspirante —dijo Ivana finalmente.

Ingrid levantó la mirada hacia la guardabosques mayor y, con voz quebrada, dijo:

—Gracias, no defraudaré a la maestría.

Dolbarar lo anotó en su tomo.

Ingrid volvió con su equipo. Nilsa, Egil, Gerd, Lasgol y Viggo la recibieron con abrazos y ánimos.

Dolbarar prosiguió:

—La aprendiz Nilsa Blom. Un paso al frente, por favor —pidió al tiempo que volvía a escribir en el libro.

Más que un paso, dio un brinco hacia delante y a punto estuvo de perder el equilibrio y caer. Pero se rehízo y se irguió.

Dolbarar la observó un instante, luego sonrió. Comenzó con el proceso de evaluación de los méritos de la nerviosa pelirroja. Los cuatro guardabosques mayores se pronunciaron como lo habían hecho con Ingrid. Nilsa estaba tan nerviosa que le temblaban las rodillas. Apenas se tenía en su sitio. El nerviosismo que ella sentía se contagió al resto del equipo, que la observaban con el corazón en un puño.

Y, para sorpresa de Nilsa, que casi se cae de espaldas al escucharlo, Ivana la aceptó entre los tiradores. No había vencido completamente al tirador experto, pero sí lo había malherido, con lo que habría muerto. Por ello le daban la prueba como buena.

—¡Bien! —dejó escapar Ingrid con el puño levantado en signo de victoria. Luego se percató de que la miraban y lo bajó.

Nilsa regresó con el equipo dando botes, tan contenta que parecía que iba a estallar de la alegría.

—El aspirante Gerd. Un paso al frente, por favor —continuó Dolbarar mientras anotaba en su libro.

Gerd avanzó blanco como un fantasma, o más bien como si hubiera visto uno. Si Nilsa había sido un mar de nervios, Gerd era un océano de pavor. Lasgol temió que el grandullón sufriera un ataque de pánico y se desmayara…, incluso algo peor.

Llegaron las evaluaciones de los cuatro guardabosques mayores. Ivana lo rechazó y Haakon también. Con cada rechazo Gerd iba haciéndose más pequeño, hasta parecía que menguaba del miedo que sentía. Estaba ahora tan pálido que parecía que la sangre no le llegaba a la cabeza. Lasgol veía que el gigantón estaba sufriendo un verdadero infierno y se le partía el corazón por no poder ayudar a su amigo. Eyra, que Lasgol creía que iba a poder salvar a su compañero, también lo rechazó.

Gerd estaba a punto de sufrir un ataque. Lasgol hizo gesto de ir a ayudarlo, entonces Esben se pronunció:

—Yo, Esben, guardabosques mayor de la maestría de Fauna, lo acepto. Solucionó la prueba de la pantera de las nieves, aunque resultara herido.

Gerd abrió los ojos como platos. Observaba a Esben con la boca abierta sin poder pronunciar una palabra. De pronto el color comenzó a volverle al rostro, como si la mano fantasmal que oprimía su enorme corazón hubiera dejado de apretar. Resopló tan fuerte que las melenas níveas de Dolbarar se levantaron. El líder del campamento sonrió sorprendido del potente resoplido.

El siguiente fue Viggo. Dio un paso al frente con cara de pocos amigos, como si lo que allí se fuera a decidir le trajera sin cuidado, como si estuviera contra el mundo y aquello no fuese más que otro problema que tenía que sobrellevar. Nada le importaba, el mundo estaba contra él, pero sobreviviría, no importaba cómo. Sin embargo, Lasgol sabía que aquello no era cierto. A Viggo sí le importaba. Sí le importaba pertenecer a una maestría, aunque intentara hacer que pareciera como que no. Pero Lasgol también sabía que Viggo sobreviviría a la decisión fuera cual fuera el resultado, pues era un superviviente nato. Admiraba aquello de él, era frío y cínico, pero un superviviente.

Comenzaron las evaluaciones. Ivana lo rechazó. Eyra también. Con el segundo rechazo cambió de pose por una más real, como si le preocupara. Y llegó el tercer rechazo, el de Esben. El rostro de Viggo mostró auténtica preocupación. Solo quedaba Haakon y era el más duro de los cuatro guardabosques mayores. Estaba fuera. Lo iban a expulsar. De forma involuntaria, sabiéndose fuera, que todo había terminado para él, se giró hacia Ingrid y la miró a los ojos.

Los iris azules de ella conectaron con los negros de él. Los dos se miraron un momento y llegó la sentencia.

—Yo, Haakon, guardabosques mayor de la maestría de Pericia, lo acepto.

El rostro de Ingrid pasó del miedo a la sorpresa y a la alegría en un pestañeo. Viggo se quedó quieto, sin poder reaccionar, como si no entendiera lo que acababa de oír, como si no pudiera ser verdad. Por un momento se quedó contemplando a Ingrid sin ser capaz de reaccionar. Luego disimuló como si no fuera tan importante. Se acercó hasta Ingrid, la miró a los ojos fijamente y le guiñó el ojo derecho.

—Eres imposible —le dijo ella.

—Lo sé —respondió él sonriendo.

Le llegó el turno a Lasgol. Dio un paso al frente y respiró hondo; necesitaba calmar los nervios y el desasosiego que hacían que el estómago le diera tumbos.

Dolbarar lo estudió con una mirada extraña, lo que hizo que se pusiera más nervioso. Necesitaba tranquilizarse, quería ser un guardabosques más que nada en el mundo y para ello necesitaba ser aceptado en una maestría primero. Si no lo conseguía, sería terrible; tendría que dejar el campamento, dejar a sus amigos... Y viendo que había terminado en la enfermería tras la prueba y que había sido el único, se temía lo peor.

—Lasgol... —dijo Dolbarar—. Durante la Prueba de las Maestrías algo fuera de lo normal ocurrió contigo. No puedo decir que me sorprenda conociendo tus antecedentes..., no es la primera vez que cosas extrañas suceden a tu alrededor. Ha sido así desde que llegaste. Pero en este caso, siendo la Prueba de las Maestrías donde ha sucedido y ante nuestros ojos, he de decir que ha sido extraño e inesperado. Aun así, debemos juzgar los méritos y la prueba como con todos los otros aspirantes. —Se volvió hacia los guardabosques mayores—: Los resultados, por favor.

—Yo, Ivana, guardabosques mayor de la maestría de Tiradores, certifico que no falló la prueba de esta maestría.

Lasgol miró a la glacial rubia con ojos enormes, llenos de sorpresa.

—Yo, Eyra, guardabosques mayor de la maestría de Naturaleza, certifico que no falló la prueba de esta maestría.

Se oyó un murmullo de alegría de sus compañeros. Lasgol miraba a la anciana alegre pero confundido.

—Yo, Esben, guardabosques mayor de la maestría de Fauna, certifico que no falló la prueba de esta maestría.

El murmullo de alegría de sus compañeros se hizo más fuerte. El muchacho miraba al Domador con el júbilo desbordándole el corazón, pero seguía sin entenderlo.

—Yo, Haakon, guardabosques mayor de la maestría de Pericia, certifico que no falló la prueba de esta maestría.

De la sorpresa Lasgol echó la cabeza atrás mientras con los ojos como platos miraba a Dolbarar. Sus compañeros soltaban gritos de alegría y triunfo a su espalda.

El líder del campamento asintió varias veces, pensativo.

—Un caso excepcional el tuyo, Lasgol. Conseguiste vencer las cuatro situaciones que se te presentaron durante la prueba. Superaste las cuatro maestrías.

—¿Lo conseguí? ¿De verdad? ¿Yo?

—Sí. Lo hiciste. Venciste al tirador experto de la maestría de Tiradores. Resolviste el problema del veneno de la maestría de Naturaleza. Fuiste capaz de solventar la situación con la pantera de las nieves. Y, por último, venciste al asesino de la maestría de Pericia. Pero la experiencia fue demasiado para tu mente.

—Fue una experiencia terrible, eso puedo asegurarlo.

—Acepta mis disculpas —dijo de pronto Galdason—. Si Dolbar me permite explicarme…

—Adelante, Lasgol merece una explicación a lo que le sucedió —contestó Dolbarar.

El mago se acercó hasta la mesa.

—Como ya sabrás, pues es ahora de conocimiento público entre los de tercer año, yo soy en realidad un mago, un ilusionista para ser precisos. Me une una larga amistad con Dolbarar. Suelo ayudar con las pruebas en el campamento. La Prueba de las Maestrías es mi especialidad, hace mucho tiempo que la preparo. La pócima deja la mente en un estado propicio para que yo pueda manipularla y crear las cuatro situaciones a las que debéis enfrentaros. También me ayuda a controlar lo que sucede en vuestra mente durante toda la prueba. Nada es real, todo está ocurriendo en vuestra cabeza, que está dominada por mi poder. Soy yo quien imbuye y controla las situaciones y lo que sucede.

—Empiezo a entender… —Lasgol recordó cómo Egil y él habían seguido a Galdason y Eyra, y habían concluido que preparaban un veneno para asesinar a alguien en la corte, cuando, en realidad, era la pócima para la prueba—. Por eso tenía la cabeza tan aturdida…, embotada… y no podía despertar, era como una pesadilla, pero muy real…

—Exacto. El objetivo final es ver cómo reaccionáis a cada una de las cuatro situaciones, y para ello debéis creer que son reales.

—Pero vuestra mente no debe correr peligro —intervino Dolbarar —. Ha habido incidentes en el pasado… desagradables…

—Que fueron subsanados. El hechizo es ahora muy seguro. He trabajado mucho y me ha llevado varios años perfeccionarlo. Nunca estáis en ningún peligro real.

—¿Y qué me ha pasado?

—Verás… Las situaciones están diseñadas para que solo sobreviváis a una de las cuatro… Los guardabosques mayores me aseguraron que superar las cuatro pruebas de forma consecutiva era imposible. Que alguien lo consiguiera es algo con lo que no contábamos. Nadie más lo ha conseguido. Eres el único y no deberías haber podido hacerlo. La prueba se diseñó para que cada aspirante sobresaliera en una o dos a lo sumo. Nunca pensamos que alguien sobresaliera en las cuatro. El castigo físico o, más bien, mental que recibiste hizo que estuvieras a punto de perder la cabeza. Por ello terminaste en la enfermería al cuidado de la sanadora Edwina

—¿Nadie más?

—No, solo tú.

Lasgol negó con la cabeza, no podía creerlo.

—Solo deberías haber superado la situación de la maestría a la que eres más afín.

Dolbarar suspiró.

—Tú sobreviviste a las cuatro y el sufrimiento de cada prueba se fue sumando al de la anterior hasta que fue demasiada agonía para tu mente y casi ocurre una desgracia y te perdemos.

—Dolbarar se disgustó mucho conmigo por no haber previsto esta circunstancia —dijo Galdason, y realizó un gesto de disculpa hacia el líder del campamento—. En mi defensa diré que no había pasado nada así en los últimos quince años. Para el año que viene me aseguraré de tener esta circunstancia contemplada, aunque dudo mucho que vuelva a repetirse.

—¿Por? Si me ha pasado a mí, le puede pasar a otro.

—Sí, pero las probabilidades son casi inexistentes.

—Pero ¿por qué yo? ¿Qué significa lo que me ha pasado?

Galdason guardó silencio y miró a Dolbarar para que fuera él quien hablara.

—Significa que eres alguien especial, Lasgol. Eres afín a las cuatro maestrías cuando la mayoría es afín a solo una —le explicó el líder del campamento—. Eres una anomalía, alguien diferente.

Pero debes verlo como algo positivo. Puede que otros no lo entiendan así, pues siempre se teme a quien es diferente, a quien no se comprende, pero déjame asegurarte que es algo positivo.

Lasgol suspiró. Ser diferente siempre le había acarreado problemas y dolor. Ahora que comenzaba a deshacerse del estigma de ser el hijo del Traidor y de mantener oculto su don, se encontraba con que había algo más que volvía a hacerlo diferente...

—Y ahora debes elegir maestría —le dijo Dolbarar abriendo los brazos—. Las cuatro te han aceptado, pero solo puedes pertenecer a una. Debes elegir.

Lasgol tragó saliva; no se esperaba aquello. Miró a Ivana, Eyra, Esben y Haakon sin saber con cuál de ellos ir.

—Tómate tu tiempo, es una decisión importante. Si tienes una especialización en mente, deberías elegir la maestría de esa especialización. No podrás cambiar más tarde.

—¿Una especialización de élite? ¿Yo? No creo...

—Aun así, elige bien y mira a las estrellas; nunca se sabe lo que uno puede lograr en la vida cuando pone todo su esfuerzo y tesón en ello.

Lasgol pensó en las especializaciones de cada maestría que más le llamaban la atención. Tenía que elegir bien, no tanto por la especialización, ya que dudaba mucho que la alcanzara, sino por pertenecer a la maestría que más lo llenara. Suspiró. No sabía qué hacer. Decidió eliminar las dos que menos le llamaban: Tiradores y Pericia.

Sus compañeros lo observaban en silencio. Los cuatro guardabosques mayores lo miraban con ojos cargados de intensidad. Dolbarar y Galdason lo oteaban llenos de curiosidad. Lasgol podía leer aquellas miradas, no era muy difícil hacerlo. Tenía que elegir entre Naturaleza o Fauna. Disfrutaba mucho con los conocimientos adquiridos en ambas. Le encantaban los animales, Camu incluido, por supuesto, el rastreo… Pero también le encantaba el conocimiento de la naturaleza con las trampas, los venenos, las pociones curativas… Era una decisión difícil.

Resopló. Estaba sudando. No sabía cuál de las dos elegir. Recordó los momentos vividos en cada una, lo aprendido, las experiencias… Al fin se decidió:

—Elijo la maestría de Fauna.

Sus compañeros aplaudieron. Dolbarar sonrió.

—Muy bien —dijo el líder, y se acercó a él.

Esben se levantó, les dedicó una sonrisa llena de satisfacción a los otros guardabosques mayores en la mesa y se dirigió hacia el muchacho. Le estrechó la mano. Lasgol se sintió honrado y felicísimo. Volvió con sus compañeros, que lo agasajaron.

Por último, fue el turno de Egil. Dio un paso al frente con cara de total resignación. Era muy consciente de que no tenía opción de pasar. Lo había hecho fatal en la Prueba de las Maestrías y durante todo el año no había estado a la altura de los otros, cuyos cuerpos se habían desarrollado mucho más que el suyo. Pero aceptaría el veredicto con dignidad.

Ivana lo rechazó y Esben también, tal y como él ya esperaba. Suspiró hondo. Haakon habló y, antes de que lo hiciera, Egil ya sabía que era un no. Por último, habló Eyra:

—Yo, Eyra, guardabosques mayor de la maestría de Naturaleza, lo rechazo.

Todos soltaron exclamaciones ahogadas de sorpresa y protesta.

—Silencio, Panteras —pidió Dolbarar mirando al equipo con cara seria—. Este momento debemos respetarlo como lo que es, de gran trascendencia. No se toman decisiones a la ligera.

Egil les hizo señas para que se tranquilizaran. Aceptaba su destino.

—Guardabosques mayores —dijo Dolbarar—, ¿hay alguno que reconsideraría la decisión como deferencia hacia mí? No pretendo imponer mi rango, pero creo que este joven posee un intelecto fuera de lo normal que debemos conservar.

—Su inteligencia no la cuestionamos —observó Haakon—, todos sabemos que posee una mente brillante. El problema es que su cuerpo no está a la altura de su mente, no para realizar las tareas de un guardabosques.

—Palabras con conocimiento —convino Dolbarar—. Pero me gustaría plantear una alternativa que quizá sea aceptable.

—Adelante, escuchamos —dijo Esben.

—Estoy de acuerdo con vosotros en que las capacidades físicas de Egil no están a la altura de lo que se espera de un guardabosques en activo. Sin embargo, su mente es muy valiosa, nos vendría muy bien tener alguien de su talento en el campamento. Por ello os pido si alguno de vosotros lo aceptaría como instructor dedicado, sin opción a abandonar el campamento en misiones para las que no está a la altura como sus compañeros.

Los cuatro guardabosques mayores se miraron y quedaron pensativos por un largo momento. Luego hablaron.

—Lo siento, no puede ser, no en mi maestría; su conocimiento teórico e intelecto no pueden suplir el físico trabajado y fuerte que es necesario para ser un tirador excelente o un instructor, en este caso —dijo Ivana.

—Opino lo mismo —dijo Haakon—. Necesito que tenga un cuerpo en excelentes condiciones, un cuerpo sobresaliente.

—Y yo —dijo Esben.

Todo estaba perdido. Egil bajó la cabeza.

Y entonces habló Eyra:

—De las cuatro maestrías, la de Naturaleza es la que menos necesita de un cuerpo fuerte y más de una mente ágil. Su inteligencia será muy bien aprovechada enseñando a otros. Pero tengo una propuesta que creo es todavía mejor.

—Adelante, escuchamos —dijo Dolbarar.

—Podríamos retenerlo para que se encargase de nuestra biblioteca. Bien sabemos todos que nuestros bibliotecarios están ya muy mayores y necesitan ayuda. Por supuesto, si él así lo acepta, pues es un puesto que muchos no desean.

Egil asintió varias veces:

—Sería un honor; más que eso, estaría encantado. La biblioteca es mi lugar natural.

—En ese caso, yo acepto al aspirante —dijo Eyra.

Todos estallaron en gritos de alegría y aplausos de júbilo. No tendría que abandonar el campamento, todavía podría graduarse como un guardabosques. Y lo que era mejor, le permitirían estar rodeado de libros y conocimiento. Podría dedicarse al estudio. No lo podía creer. Era el día más feliz de su vida. No pudo contenerse y comenzó a llorar de pura felicidad.

Dolbarar aplaudió.

—Fantástica solución.

Los Panteras se unieron al aplauso.

—Muy bien. Así queda escrito —dijo Dolbarar—. Que pase el siguiente equipo, los Jabalíes.

Capítulo 26

AQUELLA NOCHE, SENTADOS EN EL SOPORTAL DE LA CABAÑA, los Panteras reflexionaban sobre lo que había ocurrido.

—Todos hemos conseguido entrar en las maestrías —exclamó Gerd emocionado—. Es estupendo.

—Por supuesto que lo íbamos a conseguir —confirmó Ingrid con una mirada de no entender por qué lo dudaba.

—Pues yo no estaba nada segura —replicó Nilsa, que se puso en pie de un salto. Ya había estado sentada más de dos suspiros y eso era más de lo que generalmente aguantaba quieta.

—Ha sido una prueba en verdad singular —dijo Egil reflexionando—. Ninguno podíamos habernos preparado para ella. Hay dos particularidades que me fascinan.

—¿La primera…? —incitó Ingrid dándole pie a que continuara.

—La propia prueba. Todo ha sucedido únicamente en nuestra mente. Siempre estuvimos frente a Dolbarar, los cuatro guardabosques mayores y Galdason… Nunca luchamos, ni siquiera nos movimos de donde estábamos. Es fascinante. Un sueño inducido en nuestra mente.

—Una pesadilla, más bien —objetó Viggo.

—Eso —convino Nilsa, que lanzaba una piedra a la luna en el firmamento.

—Me fascina el poder del mago Galdason, un ilusionista nada menos. Hay muy pocos magos de esa especialidad..., que conozcamos, al menos. Ni siquiera sabía que tuviéramos uno en Norghana.

—¿Qué especialidad es esa? —quiso saber Lasgol.

—Por lo que he podido leer en los tomos de conocimiento sobre especialidades de magia conocidas, porque no todas se conocen..., los ilusionistas se especializan en hacer creer a la mente situaciones que no son reales. Son capaces de entrar en la mente de una o varias personas y hacerles creer cosas que no son realidad. Como nos sucedió a nosotros.

—Muy interesante —afirmó Lasgol, él encontraba ese tipo de magia muy poderosa.

—Muy odioso —protestó Nilsa con mala cara.

—A mí me parece muy peligroso —dijo Gerd—, mira lo que nos hizo creer a todos. Podría hacernos creer algo terrible y que hiciéramos una barbaridad. Como hacernos creer que ardemos y que nos tiráramos de un puente.

—O que tu brazo derecho es una serpiente venenosa que intenta morderte y te lo cortaras —siguió Viggo.

—¡Qué horror! —dijo Ingrid disgustada.

—Hay que prohibir la magia —propuso Nilsa—. Es demasiado peligrosa.

—Solo si se usa para el mal. Pero si se usa para el bien es muy beneficiosa —observó Egil.

—Ya me sé tú razonamiento —dijo Nilsa—. No es la espada la que mata, sino la mano que la empuña.

—Exacto.

—Pues eliminemos todas las espadas y arreglado —dijo Gerd.

—Ese sería un mundo maravilloso —afirmó Egil mirando a las estrellas.

—Eso nunca ocurrirá —expuso Viggo.

—Quizá, pero soñar es bonito —convino Egil.

—Hay hombres que nacen con el corazón tan negro como el carbón y otros que durante su vida sufren situaciones que lo ennegrecen. El resultado final es que siempre habrá hombres de corazón negro que empuñarán la espada y matarán —dijo Viggo.

—Eres todo un filósofo —lo alabó Ingrid.

—Gracias.

—No lo decía en serio.

—Lo sé.

—Viggo tiene bastante razón —dijo Nilsa.

—Aun así, dejadme soñar con un mundo sin guerras, aunque solo sea por una diminuta fracción de tiempo —pidió Egil.

Todos dejaron de hablar y observaron el firmamento durante un rato largo.

—¿Cuál es la segunda cosa que te sorprendió? —preguntó de pronto Nilsa.

Egil salió de su ensoñación.

—La segunda… es nuestro amigo —dijo señalando a Lasgol—. Su afinidad a las cuatro maestrías es algo muy singular. Una anomalía fantástica digna de estudio.

—Nada de estudio. —Lasgol sacudió la cabeza.

—Este es muy rarito, ya lo sabéis —afirmó Viggo.

—¿Por qué Fauna? —preguntó Ingrid—. Tiradores es la más renombrada, la más deseada.

—Sí, lo sé, pero no es mi favorita…

—Pues no sé por qué no —dijo Nilsa—. Es la mejor con diferencia.

—Para ti —afirmó Gerd— que quieres llegar a ser una cazadora de magos, pero no para todos. A mí me gustan los animales, así que Fauna es la mejor maestría para mí.

—A mí no me gusta ninguna —protestó Viggo.

—Ya, por eso estás en Pericia con los raritos —le dijo Ingrid.

—Querrás decir los interesantes y peligrosos...

—Los merluzos.

Todos rieron.

Se sentían felices de haber entrado en las maestrías. Y, por extraño que pareciera el modo en el que se había realizado la prueba, la verdad era que las maestrías en las que habían sido aceptados eran las más idóneas para ellos, y lo sabían. Incluso Lasgol, que podía haber elegido cualquiera de las cuatro, sentía que había elegido bien.

Durante unos días estuvieron asimilando lo que aquello significaba para cada uno de ellos, sobre todo Lasgol. Las dudas fueron despejándose. Aunque sentía algo de pena por no haber elegido la maestría de Naturaleza, ya que todo el conocimiento de Eyra sobre el mundo que los rodeaba lo fascinaba y, también, todo lo relacionado con las trampas y Flechas Elementales que habían aprendido. Cada vez que jugaba con Camu o visitaba a Trotador en los establos percibía que había elegido bien. Sí, los animales y el rastreo eran su fuerte y por ello pertenecía a la maestría de Naturaleza.

Una noche, Egil y Lasgol volvían hacia las cabañas comentando aquella cuestión después de haber dejado a Ingrid, Nilsa y Gerd conversando en el comedor. De pronto se encontraron con Marta, del equipo de los Águilas; estaba sentada sobre una roca en el repecho que conducía a las cabañas de tercer año y se masajeaba el tobillo derecho.

—¿Estás bien? —se interesó Lasgol.

—Oh, gracias por preguntar. He pisado mal y creo que me he torcido el tobillo. —Señalaba una piedra junto a un agujero del camino.

—Comprueba si se te está hinchando —le indicó Egil—, las torceduras pueden parecer no ser gran cosa cuando las sufres y volverse muy dolorosas al cabo de un rato.

Marta se palpó el tobillo y lo examinó.

—Creo que está hinchándose.

—¿Te duele? —preguntó Lasgol.

—No… Bueno, sin apoyar el pie, no.

—Intenta apoyarlo a ver…, con cuidado —le propuso Egil, que le cedió el brazo para que ella se apoyara.

—Me da un poco de miedo.

Eso extrañó a Lasgol. Marta era de las chicas más duras del campamento, tanto como Ingrid o más.

—¿Miedo?

—Es que creo que va a doler.

—No te preocupes. Solo apoya un poquito —le dijo Egil.

Marta lo meditó un momento. Luego, muy despacio, se incorporó apoyándose en el brazo de Egil.

—Voy a pisar —dijo.

—Adelante, yo te sujeto —la animó Egil.

Marta apoyó el pie y gritó de dolor. Volvió a sentarse.

—Vaya, parece que es una mala torcedura —dijo Egil.

—No podré andar en días —se lamentó ella.

—¿Quieres que avisemos a alguien de tu equipo? ¿A la sanadora? —se ofreció Lasgol.

—No, tranquilos, solo necesito descansar un poco.

—Ese dolor es indicativo de un trauma. No creo que descansando se te pase —le dijo Egil.

Marta miró de forma disimulada hacia las cabañas mientras se masajeaba el tobillo.

A Lasgol le pareció raro.

—Si te llevamos entre los dos, podrás llegar hasta tu cabaña.

—No sé si… —intentó disuadirlo ella.

—Claro que sí, verás —insistió, y le ofreció su hombro.

Egil miró extrañado a Lasgol. Este le hizo una seña y Egil asintió.

—Te llevaremos entre los dos —dijo Egil, y también le ofreció su apoyo.

Marta los miró a ambos y aceptó un momento más tarde. Comenzaron a subir lo que quedaba de repecho con su compañera apoyándose en ellos y cojeando. Según divisaron las cabañas, Lasgol tuvo un mal presentimiento. Su cabaña estaba iluminada. No debería tener luz, no había nadie dentro.

—¿Qué sucede aquí? —dijo deteniéndose.

—No sé a qué te refieres —respondió Marta.

—¿Por qué hay luz en nuestra cabaña?

—No me preguntéis a mí —dijo ella, pero su respuesta no sonó sincera.

—Egil…, nuestra cabaña…

—La puerta está abierta.

«¡Camu!».

Lasgol miró a Marta. Vio una sonrisa de triunfo en su cara.

—¡Es una trampa! —dijo Lasgol.

Egil miró a su amigo, luego hacia la cabaña y comprendió. Lasgol salió corriendo.

Egil miró a Marta.

—Demasiado tarde —dijo ella.

Egil salió corriendo también.

Llegaron a la puerta de la cabaña. Oden salió de su interior. Isgord tras él.

«¡Oh, no! ¡Camu!».

Lasgol y Egil se detuvieron.

—Panteras, ¿qué significa esta infracción? —preguntó Oden con cara de que estaban en serios problemas.

—¿Infracción? —disimuló Lasgol.

—No te hagas el tonto conmigo —le dijo Oden muy molesto.

—No sabemos a qué se refiere —los disculpó Egil.

—¡Está prohibido tener animales de cualquier tipo en el interior de la cabaña!

Lasgol y Egil se quedaron helados. Habían descubierto a Camu. Había sido Isgord. Les había preparado una trampa para entretenerlos en el camino mientras entraba a registrar con Oden.

—¿Animales? —continuó disimulando Lasgol.

—Isgord me ha reportado que escondéis una criatura ahí dentro y la he encontrado.

«¡Oh, no!». Lasgol estaba helado de terror.

El rostro de Egil perdió todo color.

Oden sacó la mano que llevaba a la espalda y les mostró la criatura que colgaba bocabajo atrapada por las patas traseras en su puño.

Lasgol pensó que se le partía el alma.

Egil echó la cabeza atrás.

—¡Nada de criaturas en las cabañas!

—¡No le haga nada! —exclamó Lasgol, entonces se dio cuenta de que lo que colgaba de la mano de Oden no era Camu, era una enorme ardilla.

—¿Por qué le voy a hacer algo a la ardilla? ¡A vosotros es a los que os voy a castigar!

—Es nuestra mascota…, la del equipo… —se apresuró a decir Egil.

—¡Nada de mascotas!

—Lleva mucho con nosotros… —disimuló Lasgol.

—Pues queda confiscada. La soltaré en los bosques.

Lasgol puso cara de circunstancias. Egil lo imitó.

Oden se volvió hacia Isgord:

—Has hecho bien en decírmelo. Se llevarán un castigo y tú una recompensa.

Isgord sonrió:

—Era mi deber. Ya sospechaba algo desde hacía tiempo.

—Muy bien hecho. Y ahora todos a lo vuestro.

Oden se marchó con la ardilla.

Isgord miró a Lasgol, que ponía cara de derrota. El capitán de los Águilas aún dudaba, pero la evidencia era demasiado grande. Era una ardilla.

—Espero que te hayas divertido —le dijo Egil con una mirada de enfado.

—Sí, mucho. Así aprenderéis a seguir las normas.

Los estudió un momento más, triunfal, y se marchó. Marta se unió a él. No le pasaba nada en el tobillo.

Cuando ambos se habían ido, Lasgol entró en la cabaña a todo correr.

—¿Camu?

No lo encontró.

—¿Sabes dónde está? —preguntó Egil.

Salieron de la cabaña.

—Aquí —dijo una voz.

Miraron al tejado y vieron a Viggo tumbado sobre él. Sobre su espalda estaba Camu tan contento realizando su característico baile.

—Pero… ¿cómo? —Lasgol no encontraba las palabras.

—Hace tiempo que lo vigilo. Sabía que nos la jugaría —explicó Viggo—. Le he preparado una contratrampa. —Y sonrió de oreja a oreja.

—¿La ardilla?

Viggo asintió:

—La atrapé hace ya un mes. La tenía aquí arriba escondida junto a la chimenea, en una jaula, esperando el momento que hoy ha llegado.

—¿Cómo has conseguido que Camu suba ahí?

—Fácil, le he dicho al bicho que jugábamos al escondite y me he subido yo. Un momento más tarde, ya lo tenía encima.

—Una jugada magistral —reconoció Egil, gratamente sorprendido.

—Pues estuve a punto de usar una mofeta; los habría atufado, eso sí que habría sido magistral.

Egil y Lasgol rieron a carcajadas. A Lasgol se le pasó el enorme susto. Camu estaba a salvo e Isgord no los molestaría ya más después de aquello. Al menos no por la criatura.

Se rieron un rato de Isgord y de la cara que se le habría quedado al descubrir la ardilla en el interior de la cabaña.

A la mañana siguiente bajaban a los establos de muy buen humor cuando vieron algo extraño que no presagiaba nada bueno: soldados reales en el campamento, se dirigían a ver a Dolbarar.

Lasgol tragó saliva y lanzó una mirada de apuro a Egil. Su amigo puso cara de preocupación. No, aquello no era nada bueno.

Capítulo 27

—¿QUÉ HAS AVERIGUADO? —PREGUNTÓ NILSA A VIGGO frente a la gran Casa de Mando, al otro lado del puente.

Nilsa, Viggo, Lasgol y Egil observaban lo que acontecía, que no era mucho. Hacía tres días que no había rastro de Dolbarar ni de los guardabosques mayores, desde la llegada de los soldados.

—¿Cómo sabes si he averiguado algo? —dijo Viggo, y subió a hacer equilibrios sobre la baranda del puente que daba acceso a la isla.

—Porque provienes de los bajos fondos y usando tus habilidades siempre te enteras de cosas. Y bájate de ahí antes de que nos castiguen a dar vueltas al lago. Me pones nerviosa.

—Tú naciste hecha un manojo de nervios, no me eches la culpa a mí.

—¡Baja y cuéntame!

—¿Lo que he descubierto con mis habilidades de barriobajero?

—¡Sí!

—Mira por dónde, ahora resulta que voy a tener habilidades como nuestro talentoso Lasgol.

Lasgol miró alrededor asustado. Si alguien lo oía...

—¿Quién es talentoso? —dijo Astrid acercándose. La acompañaban Ingrid, Isgord, Jobas y Luca.

Egil se puso rígido. Lasgol tragó saliva.

—Yo, por supuesto —dijo Viggo—. Tengo ciertas... dotes.

Astrid sonrió.

—Sí, lo sabemos —admitió la chica, y se llevó la mano al cinturón e hizo un gesto como si le robaran la bolsa.

Viggo sonrió de oreja a oreja.

—Venimos de una reunión de capitanes. ¿Qué se sabe?

—No parecen ser buenas nuevas. Los líderes del campamento rara vez pasan tanto tiempo encerrados y desatendiendo sus deberes —observó Egil.

—Será culpa de nuestro héroe de pacotilla —dijo Isgord con su habitual cara de pocos amigos y tono de desdén hacia Lasgol. Le lanzó una mirada de odio.

Lasgol había decidido no cruzar miradas con él ni caer en sus provocaciones, así que lo ignoró. Además, sabía que eso le molestaba todavía más.

—¿Alguna suposición? —preguntó Luca al ver que Ingrid ya se disponía a enzarzarse con Isgord.

—Los enviados son mensajeros de la Guardia Real. Los envía el rey Uthar —dijo Viggo.

—¿Seguro? ¿Cómo lo sabes?

—Tengo mis fuentes... Además, hasta un ciego se daría cuenta de que bajo las capas son militares, llevan armadura ligera de escamas y botas altas de montar de cuero reforzado. Sus cascos con alas y el caballo encabritado al frente los identifican como pertenecientes al cuerpo de caballería ligera. Resumiendo, mensajeros del Ejército Real.

—¿Cómo sabes tanto de temas del ejército? ¿Acaso te echaron a patadas? —le preguntó Isgord de malas formas.

—Me han echado de muchos sitios, pero del ejército no. Ahí no me acercaría ni loco.

Isgord torció el gesto, no quedó muy convencido por la respuesta.

—Es raro que el rey no use a los Guardabosques Reales como mensajeros —comentó Astrid extrañada.

—Lo es, mi querida dama —contestó una voz melodiosa a sus espaldas—. Pero hay una razón.

Se volvieron y se encontraron con Braden, el guardabosques bardo. Avanzó hacia ellos y con cada paso su atractivo y magnetismo se hicieron más palpables. Las chicas sonrieron sin saber muy bien por qué o qué lo causaba. Varios de los chicos arrugaron la frente. Sobre todo Viggo.

—Braden... —dijo Astrid.

—Así me conocen en medio Tremia, aunque suelen acompañarlo de calificativos como *encandilador, poeta, artista, irresistible, bello, sublime* y otros. He de decir que no son desacertados.

—Desde luego, *modesto* no es uno de ellos —le espetó Viggo con un gesto lleno de ironía.

—¿Por qué debería ser modesto? ¿Desde cuándo un guardabosques no hace uso de todas sus habilidades y conocimientos? Lo que ocurre es que en mi caso son algo diferentes, más delicados y refinados. Cualquiera puede lanzar un hacha corta, pero pocos pueden tocar la bambalina y recitar cantares y poemas.

—Muy cierto —dijo Egil inclinando la cabeza en señal de respeto.

—No lo animes —protestó Viggo.

—Has mencionado una razón... —retomó la conversación Luca.

—Y una hay —dijo Braden con una sonrisa dulce al tiempo

que misteriosa, que cautivó a la audiencia femenina y hasta a algunos de la masculina, como Jobas, el bruto capitán de los Jabalíes—. Es un mensaje del Ejército Real.

—¿Guerra? —preguntó Ingrid de inmediato.

—Podría muy bien ser, sí.

—No puede ser, Darthor fue derrotado y se retiró al Continente Helado —dijo Isgord.

—Muchas veces una retirada a tiempo es una victoria —indicó Braden inclinando la cabeza.

—¿Insinúas que Darthor no fue derrotado?

—Yo no insinúo nada. Muchos cantares narran el regreso del héroe dado por muerto, del mal que fue derrotado, del dios que fue vencido… No hay que menospreciar nunca al enemigo.

—Si hubiera desembarcado en el norte, lo sabríamos. Hay guardabosques de vigilancia por toda la costa —explicó Luca.

—Sea como sea, pronto lo sabremos —dijo Braden sonriente, mostrando una perfecta dentadura de marfil.

—¿Cómo lo sabremos? —preguntó Astrid.

—Porque me han hecho llamar.

—Oh…

—Si me disculpan, mis bellas señoritas, las obligaciones me esperan —dijo Braden zalamero, y trazó una elaborada reverencia mientras se marchaba.

—Será pedante… —murmuró Viggo.

—Y cretino —completó Isgord.

—Es encantador —opinó Astrid mientras lo miraba marcharse.

—Y tan guapo… —soltó Nilsa embelesada.

Lasgol buscó a Ingrid con la mirada, pero hasta ella había caído en el embrujo del bardo y sonreía sin motivo alguno. Ingrid rara vez sonreía y mucho menos sin razón.

—Me pregunto qué está sucediendo… —dijo Egil acariciándose la barbilla con la mano y con la vista fija en la gran Casa de Mando.

—Me parece que nada bueno —respondió Lasgol con una inquietante sensación en el estómago.

—Sí, estoy de acuerdo en esa apreciación.

—Pues mantengámonos al margen —propuso Viggo—. Nada de líos, quiero seguir vivo un poco más de tiempo.

Al día siguiente, como cumpliendo la premonición de Viggo, Dolbarar llamó a los de tercer año. Los hizo formar frente a la Casa de Mando. Con él estaban los cuatro guardabosques mayores, la costumbre cuando se trataba de temas de importancia. Algo más atrás se hallaban los mensajeros reales y, junto a ellos, en una esquina, Braden el bardo e Histason el archivero.

—Bienvenidos, aspirantes —los recibió Dolbarar con su característica sonrisa tranquilizadora.

Egil susurró a Lasgol al oído.

—Solo nos ha reunido a los de tercer año. Esto es significativo.

—¿Por?

—Nos afecta solo a nosotros. No a todos los guardabosques.

—Oh, ya veo.

Dolbarar inspiró y dejó escapar un largo soplo.

—Es el final del verano. El otoño se aproxima y con él la muda de los bosques. Pronto cambiarán el verde intenso por el ocre y la intensidad de la luz desaparecerá para volverse algo más tenue. Mi estación favorita. —Quedó mirando al cielo con aire pensativo, suspiró y continuó—: Y con el otoño llega un momento clave para los aspirantes.

—Oh, oh… —musitó Gerd.

—La Prueba de Otoño, va a anunciar la Prueba de Otoño.

—Nilsa no podía contener el nerviosismo.

—Este año, el tercero de la formación, las pruebas han de ser reales para que los aspirantes comencéis a experimentar en vuestra carne qué os espera una vez que os graduéis como guardabosques el año próximo.

—Como que no lo experimentamos ya... —se quejó Viggo.

Ingrid se llevó el dedo índice a los labios y le lanzó una mirada.

—Por lo general —continuó Dolbarar—, la Prueba de Otoño para los de tercer año consiste en realizar maniobras con el Ejército Real. Este año será así también, con el importante matiz de que serán en el Continente Helado en lugar de en los reinos del medioeste o las praderas Masig, que suele ser lo habitual.

Comentarios de sorpresa y preocupación se alzaron entre los aspirantes.

Lasgol se quedó de piedra. El Continente Helado, el hogar de los Pueblos del Hielo. El lugar donde su madre se refugiaba. ¿Qué significaba aquello?

—Esto tiene muy mala pinta... —le susurró Egil.

—¿El Continente Helado? ¡Está de broma! —protestó Viggo.

Gerd guardaba silencio, pero estaba más pálido de lo habitual. Nilsa danzaba de un pie al otro; Ingrid observaba a Dolbarar con los ojos entrecerrados.

—Participaréis como exploradores al servicio del ejército del rey. Así lo ha pedido Uthar y así debemos honrarlo. El Continente Helado es un área inmensa e inexplorada, y el ejército necesita exploradores. En primavera enviamos a todos los guardabosques disponibles, pero Uthar requiere más personal. Os presentaréis y llevaréis a cabo las misiones de reconocimiento que se os asignen. Sé que no hace falta que os lo recuerde, pero, aun así, quiero hacerlo: el Continente Helado es territorio enemigo. Los Pueblos del Hielo lo habitan y es su dominio, un dominio helado, inexplorado y peligroso.

Debéis extremar las precauciones y evitar siempre el contacto con los salvajes. Solo explorar y reportar, nada más. Al primer contacto os retiraréis con la rapidez del rayo a reportar. Tened muchísimo cuidado. Recordad que, aunque Uthar los ha expulsado del norte, seguimos en guerra y no dudarán en mataros en cuanto os vean.

La advertencia caló hondo en todos. Incluso Isgord, que siempre se mantenía gallito y altivo ante cualquier reto o dificultad, bajó la cabeza y sus ojos mostraron preocupación, miedo.

—Os encontraréis con peligros que debéis afrontar y a los que tendréis que sobrevivir —continuó Dolbarar con tono grave, cargado de preocupación—. No me refiero solo a los salvajes del hielo, sus bestias y criaturas; también al propio terreno y al terrible clima. Aunque la ofensiva estaba prevista en verano, y la razón es que es la estación en que más posibilidades tenemos los hombres de no morir congelados en medio de una tormenta de hielo, se ha retrasado por problemas logísticos…

—Y políticos —susurró Egil a Lasgol—. La Liga del Oeste no quiere apoyar al rey en esta campaña de conquista.

—Ya veo; eso habrá retrasado los planes de Uthar. Pero no creo que se eche atrás. Lo veo capaz de ordenar una invasión en pleno invierno.

—Eso sería un desastre. Morirían todos. Las temperaturas en invierno son demasiado bajas para que los hombres podamos soportarlas. Lo son incluso para los pueblos del Continente Helado, y ellos tienen piel y constitución acostumbradas a fríos gélidos.

—Eso es un problema —les advirtió Dolbarar—, os aseguro que el clima será glacial. El terreno y el clima del Continente Helado son tan peligrosos como sus moradores, si no más. Tened muchísimo cuidado cuando exploréis. Un resbalón, una pisada poco certera y podéis acabar en el fondo de un abismo o bajo la capa de hielo de un lago helado. Tan pronto diviséis una tormenta, en cuanto llegue a vuestro olfato, salid corriendo de su trayectoria y buscad refugio donde podáis. Si creéis que nuestras tormentas invernales son aterradoras, os aseguro que son bebés comparadas con las del Continente Helado.

Gerd se estremeció. Estaba tan blanco que parecía estar congelándose solo de escuchar a Dolbarar.

—No me gusta nada esto... —dijo el grandullón.

Egil le frotó el brazo.

—Ánimo, sobreviviremos.

—Si tú lo dices —soltó Viggo nada convencido.

Los comentarios de temor y preocupación crecieron en intensidad entre los equipos.

Dolbarar les hizo gestos para tranquilizarlos.

—No es la situación más ideal, lo sé. No me gusta la idea de enviaros a territorio enemigo, pero son órdenes del rey Uthar y debemos obedecer. Vuestras labores de exploración se destinarán a misiones secundarias de soporte y reconocimiento. Los guardabosques veteranos se encargarán de las misiones más arriesgadas. No deberíais encontrar peligro, pero quiero que estéis todos muy alerta y no os confiéis en ningún momento.

—Eso suena mejor. —Nilsa dejó caer los hombros algo más relajada.

—Estaremos lejos de la primera línea, nada que temer —les aseguró Ingrid con su habitual tono de confianza.

Egil y Lasgol cruzaron una mirada de duda.

—Esperemos —dijo Gerd con algo más de color en la cara.

Dolbarar llamó a Oden:

—Que todos vuelvan a las cabañas y se preparen para partir. Equipadlos para campaña de invierno.

—Sí, señor; equipamiento de invierno —repitió Oden, después lo saludó con la cabeza.

—Partirán al amanecer —le dijo Dolbarar.

—Muy bien. Yo me encargo. —Oden se volvió hacia ellos—: ¡Ya lo habéis oído! ¡En marcha!

Según cruzaban el puente escucharon a Dolbarar:

—Buena suerte, y regresad con vida.

Lasgol se estremeció. Un escalofrío gélido le bajó por la espalda.

Capítulo 28

EL VIAJE HASTA LA COSTA AL ESTE FUE FUGAZ, PUES TENÍAN PRISA. Una prisa que no presagiaba nada bueno. Oden los guiaba y con él iban varios de los mensajeros reales que marcaban un ritmo muy alto. Lasgol observó a sus compañeros, que sobre las monturas avanzaban junto a él con rostros apagados. Acarició a Trotador. Se sentía contento de poder volver a montarlo, aunque la situación no fuera la más propicia.

Colgado de su silla llevaba el morral de viaje, dentro de este viajaba Camu. De vez en cuando aparecían los ojos saltones de la criatura, que observaban el paisaje, pero de inmediato volvía a ocultarse. Se estaba portando bien, cosa rara en él. Al muchacho no le gustaba la idea de llevar a Camu consigo, pero no le había quedado más remedio. No podía dejarlo solo en el campamento durante un tiempo indefinido.

Los Panteras de las Nieves avanzaban siguiendo a los Búhos, con Astrid a la cabeza. Lasgol le lanzaba miradas disimuladas, pero ella no volvía la cabeza. No tenía por qué; Luca y los Lobos iban delante. Isgord, liderando a los Águilas, iba el primero, como acostumbraba a hacer siempre que podía. Lo seguía Jobas, el capitán de los Jabalíes, con su equipo. Tras ellos iban los Osos, con su capitán,

Ahart, que disputaba el liderazgo que Isgord siempre quería asumir. La rivalidad entre ellos era cada vez más notoria y acentuada. Eso le convenía a Lasgol, ya que mientras Isgord estuviera ocupado no le daría tantos problemas.

Todos los aspirantes vestían equipamiento de guardabosques de invierno: capas largas y blancas como la nieve sobre pantalones de cuero engrasado, camisa de lana, jubón de abrigo y botas de nieve también del color del invierno en las tierras norghanas. Hasta los guantes y el pañuelo de guardabosques eran blancos. Todo de una calidad y confección muy buenas, hecho para durar. Lo único que no era de ese color eran las armas que portaban y que, como les habían indicado, debían llevar ocultas bajo la capa con capucha. Viendo los equipos avanzar formando una línea, Lasgol sintió que eran religiosos en peregrinación a un templo en algún recóndito pico helado.

El sonido de una canción a pleno pulmón sacó al chico de su ensoñación. Volvió la cabeza, al igual que sus compañeros, y distinguió a una discordante figura cerrando la comitiva. No era otro que Braden: el guardabosques bardo. Lasgol no entendía qué hacía él allí. Por alguna razón Dolbarar le había asignado aquella misión, así como a varios instructores, con el objetivo de liderar los equipos en territorio enemigo.

—Ya empieza ese cantamañanas otra vez —se quejó con tono amargo Viggo.

—Canta tan bien... —dijo Nilsa encandilada.

—Ya, ya, *y es tan guapo*... —imitó Viggo la voz de Nilsa.

—Sí que lo es —reconoció Ingrid.

—¡Pues como siga cantando a pleno pulmón todos los salvajes del hielo van a saber que llegamos una legua antes!

—Todavía estamos en territorio de Norghana... —apuntó Egil con una sonrisa.

—¡Ya, ya! Ya veremos cuando crucemos el mar helado. ¿Para qué viene? Entiendo que nos acompañen instructores, pero ¿él? ¡Seguro que no sabe ni luchar!

—Claro que sabe, alardea de ser un luchador letal —dijo Nilsa.

—Ya, seguro que los mata a guitarrazos.

Lasgol no pudo aguantarse y soltó una carcajada.

—Pues él dice que es inigualable con cuchillos de guardabosques —apuntó Ingrid.

—Ya, y yo me lo creo.

Braden continuó entonando una oda épica que hablaba de héroes que partían a derrotar a los enemigos del reino. No dejó de cantar ni siquiera cuando aumentaron todavía más el ritmo de marcha. No desafinaba ni una nota, y eso que el camino tenía sus altibajos. Braden parecía poder cantar y mantener el tono incluso bajo el agua, si así se lo proponía. Lasgol se preguntaba el motivo de tanta diligencia. Al salir del valle y encarar el mar, se encontró con la respuesta.

Cientos de embarcaciones norghanas fondeaban en una enorme bahía. El azul del mar estaba salpicado de velajes rojiblancos formando un paisaje que dejó a Lasgol con la boca abierta. Barcos ligeros de asalto, pesados de combate y gran número de cargueros lentos aguardaban mientras los soldados, el armamento, los víveres y los enseres se cargaban a bordo. Pequeñas embarcaciones se ocupaban de trasladar todo lo requerido de tierra a los navíos.

—¡Por las diosas gélidas! —exclamó Nilsa con ojos como platos.

—Es… impresionante… —balbuceó Gerd—. Cuántos barcos…

—Esa debe de ser la ciudad portuaria de Noroga —dijo Egil.

—¿Cómo lo sabes? ¿Has estado antes? —preguntó Ingrid.

—No, nunca he estado tan al este del reino; yo soy del oeste…, pero sé que la ciudad portuaria más grande de Norghana es Noroga, en la costa este. Se caracteriza por su inmensa bahía y es la base principal de operaciones de la armada del rey.

—Pues sí, debe de ser Noroga entonces —asintió Nilsa, que pasaba la vista de un lado al otro de la gran bahía observando los barcos y el ir y venir de barcazas.

—Cuento cerca de un millar de barcos —calculó Lasgol con los ojos entrecerrados.

—¡La mejor armada del mundo! —dijo Ingrid llena de orgullo al contemplar el millar de velas en colores rojos y blancos.

—Eso está por ver —replicó Viggo.

—Para ser justos, la mejor armada se considera la del Imperio noceano, al sur de Tremia… —objetó Egil.

—¡Callaos los dos y observad el poder de los nuestros, los norghanos! —dijo Ingrid.

Al ver tal poderío naval, Lasgol pensó en su madre, en los salvajes del hielo. El rey enviaba a todas sus fuerzas contra ellos. Estaban perdidos… Y si enviaba a todas sus fuerzas, la Liga del Oeste también estaría allí. Lanzó a Egil una mirada inquisitiva y le hizo un gesto con la cabeza en dirección a las embarcaciones.

Su amigo lo observó un instante y pareció comprender lo que Lasgol le preguntaba en silencio. Se encogió ligeramente de hombros y puso cara de intensidad. Lasgol dedujo que no lo sabía, pero que tendrían que averiguarlo.

Llegaron a la parte sur de la ciudad y Oden les ordenó que no entraran en la urbe y los dirigió hacia la bahía. Se encontraron con una marabunta de soldados del ejército norghano. Desde la ciudad a los muelles estaba atestado por una multitud que apuraba preparativos para embarcar. Había soldados con cascos alados de rubias cabelleras; también barbas doradas y anchos hombros. Hombres altos y rudos que vestían armadura de escamas completa, escudos redondos de madera reforzados de acero y portaban hachas embarcaban en un navío de asalto rápido.

—Tienen pinta de ser duros… —expuso Gerd al verlos.

—Lo son. Pertenecen al Ejército del Trueno —dijo Ingrid—. «Ellos abren camino y el resto del Ejército sigue» —recordó su lema—. Los reconocerás por su tamaño y por el peto en rojo fuerte con trazas diagonales en blanco.

—Desde luego, son grandes y fuertes… —observó Nilsa.

—Y bien idiotas si van los primeros de cabeza contra el enemigo —manifestó Viggo.

—Solo los invencibles del hielo son más temibles —dijo Egil.

—Pero no son tan grandes… —replicó Lasgol recordando haberlos visto con el rey.

—No, pero son mucho más hábiles con la espada. Los soldados del Ejército del Trueno sobresalen por su dureza y brutalidad con el hacha; los invencibles, por su fineza y habilidad con la espada.

—Oh, ya veo —dijo Lasgol, entonces observó a aquellos hombres que parecían osos blancos armados con hachas de guerra y escudos redondos.

Comenzaron a bajar hacia los muelles y se encontraron con varios grupos de soldados, también hombres fuertes y grandes, sin embargo, a diferencia de los anteriores, estos vestían pecheras blancas por completo sobre la cota de malla que les cubría hasta los muslos y llevaban espada, aparte de un hacha corta a la cintura. Estaban subiendo a grandes barcazas que los transportarían a enormes barcos pesados.

—¿Y esos quiénes son? —preguntó Gerd.

—Soldados del Ejército de las Nieves —dijo Egil tras observarlos un momento.

—La infantería pesada más temida de todo Tremia —apuntó Ingrid con cierta envidia en el tono.

—¿Sí? —preguntó Lasgol con curiosidad.

—No tienen rival cuerpo a cuerpo.

—Ya, pero si les pilla la caballería rogdana los destroza —dijo Viggo.

—Eres un merluzo. ¿Es que no puedes opinar nada bueno nunca?

—De ti siempre, rubita.

—¡Te voy a poner un ojo morado!

Viggo echó la cabeza atrás sonriendo.

—¡Silencio! ¡Seguid avanzando! —ordenó Oden con cara de pocos amigos.

Continuaron e Ingrid no pudo completar su amenaza. Llegaron a los muelles, pero era casi imposible entrar en ellos. Había miles de soldados tratando de embarcar bajo las órdenes a modo de gritos ensordecedores de los oficiales.

Más al fondo los soldados del Ejército de la Ventisca, con armadura ligera y petos con trazas en rojo y blanco horizontales, subían las monturas a un enorme carguero.

—No sabía que tuviéramos caballería —comentó Gerd.

—No son exactamente caballería —dijo Ingrid.

—Pues llevaban caballos —replicó Nilsa.

—Lo que Ingrid quiere decir es que no son caballería de combate —aclaró Egil—. Son caballería ligera, de reconocimiento. Pero, adicionalmente, el Ejército de la Ventisca cuenta con arqueros y lanceros: los primeros para castigar a la infantería y los segundos para hacer frente a la caballería de forma que puedan defender a nuestra infantería. Es un grupo mixto de lo más interesante.

—A ti todo te parece de lo más interesante —le dijo Viggo.

—Pero es que lo es, usan la caballería ligera para misiones de escaramuza y ataque a líneas de suministro. Sin los arqueros de los nevados bosques del nordeste no es posible ganar posiciones, tomar fortalezas y castigar a la infantería y caballería enemigas. Y sin los lanceros a pie, la caballería enemiga destrozaría a nuestra infantería.

—Ahora resulta que también eres un estratega magistral —se quejó Viggo.

—A mí me lo parece —dijo Lasgol con una sonrisa. Era increíble todo el conocimiento que Egil atesoraba en su pequeña gran cabeza.

—Es todo un general —reconoció Ingrid sonriendo—. Nuestro general —admitió, y le dio un pequeño abrazo.

Egil sonrió y los mofletes se le encarnaron.

—¡Seguimos avanzando! —gritó Oden.

Tuvieron que cruzar aquel mar de soldados y personal de soporte. No resultaba nada sencillo hacerlo sobre sus monturas. Había tanta gente que se vieron obligados a desmontar y guiar a los caballos entre la multitud.

—¡Alineaos aquí! —gritaba un oficial a su escuadrón, hombres de infantería pesada.

—¡Traed los suministros! —vociferaba otro a personal de intendencia que empujaba carros guiados por bueyes cargados de barriles.

Todo el muelle parecía estar envuelto en caos, pero era un caos militar, con orden y siguiendo la cadena de mando. Los capitanes daban órdenes a los sargentos; estos, a los soldados, y todos se apresuraban a cumplirlas. Tropas y suministros se cargaban sin perder un instante.

Avanzaron entre la inmensidad de soldados con dificultades. Al verse en medio de aquel enorme ejército, Lasgol sintió que los nervios le atenazaban el estómago. La situación estaba volviéndose real, muy real, y el peligro al que se dirigían era enorme.

Por fin alcanzaron el muelle sur. Oden los hizo esperar mientras ascendía con paso decidido por una pasarela hasta un navío de carga. Se presentó al capitán de navío y comenzó a hablar con él en voz baja. Lasgol y el resto de sus compañeros no sabían de qué estaban hablando, pero lo que sí comenzaba a ser patente era el nerviosismo. Isgord ya estaba discutiendo con Jobas, de los Jabalíes, y con Ahart, capitán de los Osos. Luca intentaba evitar que sus compañeros discutieran con los Halcones por un tropezón involuntario. Los nervios y la tensión comenzaban a hacerse presentes. Estaban a punto de embarcar para la guerra y la situación empezaba a pesar mucho sobre sus ánimos. Todos eran conscientes de que se jugaban la vida más que nunca. Algunos no regresarían vivos del Continente Helado.

—Esta visión me inspira a componer —llegó la melódica voz de Braden.

Todos lo miraron. Avanzaba con su laúd en las manos. Pasó entre ellos y de inmediato las miradas de las féminas se clavaron en él de forma casi involuntaria. Astrid lo observaba pasar junto a ella con una media sonrisa que no podía evitar. Nilsa dejó escapar una risita e Ingrid, que iba a reñir a su compañera, se perdió en el magnetismo del bardo cuando se situó frente a ella y le hizo un gesto con una sonrisa perfecta y embaucadora.

—¡Pero es que no ven que parece una chica! —se quejó Viggo.

—Tiene rasgos delicados —señaló Egil—, eso en un hombre, en algunas culturas, se considera atractivo. Por lo que he leído…

—¡Tú lees demasiado!

—Parece que las chicas lo encuentran atractivo… —observó Lasgol sonriendo.

Braden comenzó a cantar una oda sobre la armada invencible del rey Uthar y cómo iban a enfrentarse a los salvajes del hielo y sus bestias. Cuanto más cantaba, más encandilaba a quien lo escuchaba con su voz melódica, con su aura de trovador y magnetismo físico. Escuchaban mientras él ensalzaba la grandeza del ejército allí reunido, la dificultad de la empresa y cómo saldrían victoriosos para regresar como héroes de la patria, Norghana. Mientras Braden cantaba, hasta Viggo olvidó dónde estaba y dejó de protestar. La oda era emotiva y bella, y les llenó el corazón de ánimo y esperanza, algo que necesitaban, y mucho, antes de partir a la batalla.

Mientras todos los aspirantes rodeaban a Braden y disfrutaban de su cantar, una figura encapuchada de azul se acercó hasta el grupo. Con disimulo unos dedos tapearon el hombro de Egil, que se volvió sorprendido.

—Acompáñame en silencio, rápido —le susurró al oído la figura.

Lasgol, al lado de su amigo, se percató y los observó extrañado.

Egil asintió y se fue con la figura sin decir nada o dedicar una sola mirada a sus amigos.

A Lasgol aquello le pareció muy raro. No lo pensó dos veces, decidió seguirlos y echó a andar tras ellos entre los soldados. «¿Adónde va Egil? ¿Por qué razón? Sin decir nada a nadie. Esto es muy extraño. Tengo que seguirlo y asegurarme de que no le pasa nada malo». La voz de Braden se perdía a sus espaldas mientras navegaban entre la multitud de soldados.

Sortearon un remolino de soldados y alcanzaron una de las casas de pescadores que formaban una pintoresca línea frente al muelle principal de los típicos colores norghanos: blanco y rojo.

«¡Egil, no entres!».

Pero su amigo siguió a la figura y se introdujo en la casa.

Lasgol maldijo entre dientes. Egil estaba fuera de su campo de visión. Dentro de la casa le podría suceder cualquier cosa. «¿Por qué has entrado? ¿Por qué no estás teniendo ningún cuidado? Tú sabes actuar mejor que esto, nos han enseñado mejor que esto».

Lasgol no tuvo más remedio que acercarse a una de las ventanas laterales entre dos casas. Se agachó y, con cuidado, echó una mirada para intentar descubrir qué sucedía.

Egil avanzó hasta la mitad del salón de la casa. La figura se quedó vigilando la puerta de entrada. Al fondo de la estancia, en penumbra, aguardaba otra persona.

—¡Padre! —dijo Egil.

—Egil —respondió el duque en tono seco, y lo saludó con una inclinación de cabeza.

El chico pareció querer ir a abrazar a su padre, pero este no le dio pie y el muchacho se quedó quieto mirando la imponente figura del duque.

Lasgol observaba por la ventana y resopló al descubrir que era el duque Olafstone. Iba impecablemente vestido, con armadura de gala norghana, de una calidad exquisita, con escamas en plata, casco alado con ribetes de oro y un peto con el escudo de armas de su casa: un hacha de guerra y una espada cruzados sobre una montaña nevada al fondo. A Lasgol el duque siempre lo impresionaba y, por la expresión de Egil, a su amigo también.

—¿Has reconocido a Albertsen?

—Sí, de inmediato —dijo Egil mirando a la figura que lo había llevado hasta allí, que no era otro que el ayudante de cámara del duque.

—Bien. No podemos levantar sospechas.

—¿Sospechas? No entiendo…

—Se acercan tiempos muy peligrosos para nosotros, para nuestra casa. Esa es la razón por la que te he hecho llamar.

El rostro del chico mostraba ahora seria preocupación.

—¿Qué sucede, padre?

—Uthar va a la guerra y… Me veo obligado a apoyarlo. Zarparé hoy con mis tropas.

—¿Obligado a ir a la guerra? ¿Cómo? —preguntó Egil sin poder entender qué sucedía.

El duque negó con la cabeza y sus ojos mostraban dolor, rabia.

—El rey tiene a tus hermanos.

Todo el color desapareció de la cara de Egil.

—¿Tiene a Austin y Arnold? ¿Qué ha sucedido?

—Una sucia traición, eso es lo que ha sucedido. Uthar los ha secuestrado mientras cazaban en la zona sur del ducado.

—¿Están bien? No los habrá…

—No. De momento no. Los mantiene con vida para asegurarse de que cumplo sus deseos.

—Por eso vas a la guerra…, a luchar por Uthar…

—No soy el único. También obliga a varios de los nuestros…

—¿A cuántos?

—Casi a la mitad de la Liga del Oeste.

—¿Cómo lo ha logrado?

—Con traiciones y chantajes.

Egil asintió:

—Entiendo. El rey es inteligente…

—Sí, Uthar es muy listo. Sabe que si controla la mitad de la liga, la otra mitad no se atreverá a ir contra él. La situación es muy delicada. Puede que no salgamos con vida de esta.

—Padre…, no…

—Pero, si llega el caso, me llevaré a Uthar conmigo a los abismos eternos, eso te lo prometo.

—Tiene que haber alguna alternativa, pensaré algo.

—¡No! No harás tal cosa. Obedecerás mis órdenes.

—Pero quizá pueda ayudar…

—¡Silencio! Harás lo que yo ordene. Soy tu padre y señor. Muestra lealtad. —Egil se arrodilló ante su padre y bajó la cabeza—. Eso está mejor. Te ordeno que te mantengas al margen.

Debes permanecer con los guardabosques y esconderte de Uthar. No debe saber que estás aquí. Si te encuentra, te utilizará contra mí y la situación ya es lo bastante complicada. Yo me encargaré de este embrollo, como he hecho siempre. ¿Queda claro?

—Sí, padre...

—En caso de que no consiga regresar con vida, debes esconderte.

—Eso no ocurrirá...

—Calla y escúchame. Todo puede suceder. Uthar busca mi muerte y acabar con la Liga del Oeste para reinar sin oposición en Norghana, y ahora mismo juega con ventaja. Pero la partida no está perdida. Le daré la vuelta. Para ello necesito que Uthar no te encuentre. ¿Está claro?

—Sí, padre. No fallaré.

—Eso espero. Y ahora ve antes de que los tuyos descubran que no estás y sospechen.

Egil hizo ademán de ir a abrazar a su padre, pero este se mantuvo estoico. El muchacho bajó la cabeza, se dio la vuelta y comenzó a abandonar la estancia.

—Cuando suene el cuerno, recuerda quiénes son tus amigos —le dijo el duque como despedida.

Egil volvió la cabeza y entrecerró los ojos. Asintió y se marchó.

Lasgol se apartó de la ventana con un nudo en el estómago.

Capítulo 29

Lasgol se frotaba los brazos con fuerza. El frío era intenso, incluso protegidos por el equipamiento de invierno de guardabosques que vestían. Frente a sus ojos se abría una explanada sin final de tundra nívea con montículos de hielo y roca esparcidos por doquier. Dejó salir la respiración de su boca y observó el vaho que el frío formaba. Se llevó la mano a los ojos para protegerlos de los copos de nieve que caían e intentó vislumbrar algún signo de vida en la distancia.

Nada.

Ni rastro de vida alguna.

Al igual que en la otra docena de expediciones que habían tenido que realizar desde que desembarcaron en el Continente Helado con la gran armada de Uthar, la travesía había sido más corta de lo que Lasgol se había imaginado. El Continente Helado estaba a solo una semana de distancia en navío de asalto. El único peligro que percibieron fueron cascotes de hielo y grandes icebergs que tuvieron que esquivar. La llegada a tierra y el desembarco también acaecieron sin incidentes, más allá de miles de soldados tomando una gran bahía desierta y helada.

En ese momento patrullaban y rastreaban para proteger la

retaguardia del ejército de Uthar, que ya avanzaba hacia el norte para enfrentarse a las huestes de Darthor. Al pensar en su madre, Lasgol sintió miedo por ella. El ejército de Uthar era enorme y estaba muy bien preparado y liderado. Lasgol deseó que su madre tuviera un plan, uno que evitara una masacre.

—¿Hacia dónde os dirigís? —preguntó Ingrid a Luca, capitán de los Lobos.

Luca observó el horizonte helado.

—Sudoeste —respondió señalando con un dedo enguantado de blanco—. Hasta alcanzar el mar.

—Nosotros al sudeste, también hasta alcanzar el mar —lo informó Ingrid.

Axel y Bjorn hablaban animadamente con Egil. Einar repasaba con Gerd el inventario de lo que portaban a la espalda, en el macuto de invierno.

—Esperemos no encontrar problemas —dijo Luca.

—Esperemos.

—¿Sabes adónde se dirigen los otros equipos?

—A los Águilas y los Búhos los han enviado directamente al sur; parece ser que llegan más barcos del rey y quieren asegurar la ruta desde la bahía Blanca al campamento de guerra —le dijo Ingrid.

—Los Jabalíes y los Osos tienen la misión de barrer la retaguardia del campamento. El resto están realizando labores de intendencia en la base.

Ashlin y Nilsa reían un comentario gracioso mientras Daven las observaba con mirada intrigada.

Lasgol se acercó hasta Ingrid y Luca.

—Parece que se avecina tormenta —les comentó, luego con un gesto de la cabeza les señaló unos feos nubarrones que se acercaban sigilosos y cargados de amenaza gélida.

—Sí, tienen mala pinta —convino Luca.

—Será mejor que sigamos nuestros respectivos caminos antes de que nos alcance.

—Recordad lo que nos dijeron: las tormentas aquí son mucho peores que en Norghana —les advirtió Luca.

—Tened cuidado y buena suerte —le deseó Ingrid.

—Vosotros también —contestó Luca, y se abrazaron cogiéndose por los brazos.

—Lasgol —saludó Luca con la cabeza.

—Suerte —dijo Lasgol, que se sentía extraño cuando estaba en presencia del capitán de los Lobos debido a lo sucedido con Astrid.

Tras despedirse los dos equipos se separaron. Ingrid dio orden de marcha y los Panteras avanzaron a buen ritmo, teniendo en cuenta el terreno resbaladizo y gélido que tenían que cruzar. Tomaron algo de ventaja a la tormenta, que pareció quedar rezagada. El frío era intenso, pues las temperaturas eran bastante inferiores a las que soportaban en su tierra natal. Ellos estaban acostumbrados al frío; eran norghanos, pero allí hacía más que frío.

Unas estampas en movimiento en la distancia hicieron que Ingrid diera el alto. De inmediato se echaron al suelo. Lasgol no tuvo tiempo de avisar a Camu, que salió despedido de su morral de invierno y rodó por el suelo cubierto de nieve.

Se hizo visible.

—¡Escóndete! —le susurró Lasgol con aprehensión.

La criatura se recuperó y miró hacia las estampas en movimiento.

—¡Ocúltate, peligro! —lo urgió Lasgol.

En cambio Camu decidió comenzar a botar sobre las cuatro patas, tan tranquilo.

—Creo que no hay peligro —dijo Lasgol al ver que Camu no se asustaba.

—¿Qué son? —preguntó Ingrid.

—Son terrestres, grandes y se acercan en manada —informó Egil observándolos.

—¿Lobos? —preguntó Nilsa mordiéndose un labio.

—Son muy grandes para ser lobos, ¿no? —dijo Gerd.

—¿No puedes usar una de tus habilidades y ver qué son? —preguntó Viggo a Lasgol, aunque al decir *habilidades* lo había cargado de antipatía.

El chico asintió. Ya no le molestaba que sus compañeros recelaran de su don. En especial Viggo. Se concentró. Lo usó e invocó la habilidad Ojo de Halcón. Su visión mejoró al nivel del ave rapaz y pudo distinguir con claridad las criaturas que se acercaban en la distancia. Tenían un pelamen blanco y largo, y eran grandes. Lasgol identificó una cornamenta y se asustó. Era en forma de U. Distinguió dos ojos grandes, una frente tosca con un morro similar al de un... buey...

—Tranquilos. Es algún tipo de buey...

—Oh, entonces debe de ser un buey albino. —Egil sonaba emocionado—. No los hay en nuestro continente.

Se mantuvieron ocultos y dejaron que los animales se acercaran, sin asustarlos, para poder verlos. Era una manada de una veintena de ejemplares. Eran enormes comparados con un buey norghano, casi el doble. El pelamen, lanoso y blanco, era muy pintoresco. Egil disfrutó observándolos.

A Viggo no le gustó nada la cornamenta.

—Una embestida de esas cosas enviaría a un hombre por los aires. Para no levantarse.

—Deben de tener mucha carne, por el tamaño... —dijo Ingrid pensando en la supervivencia.

—Piensa en quién los cazará para alimentarse —dijo Nilsa.

Todos giraron la cabeza hacia ella.

—¿Qué? Seguro que los cazan los salvajes del hielo —manifestó con expresión de no tener la culpa.

—Muy buena observación. Es lo más plausible, dadas las circunstancias —reconoció Egil.

—Entonces, mejor sigamos con la misión —dijo Ingrid, que se puso en pie y dio la señal para seguir.

Continuaron avanzando por aquel paraje inhóspito y gélido. Se toparon con un oso blanco en la distancia, pero el animal no hizo ademán de atacar, con lo que continuaron. Su tamaño les sorprendió; era bastante más grande que un oso norghano. El hallazgo los dejó muy intranquilos. Ingrid detuvo el avance para descansar y aprovecharon para comer carne seca y beber de los pellejos con agua que llevaban.

—Ven aquí, pequeñín —le dijo Lasgol a Camu, que correteaba sobre el hielo lanzando mordiscos a los copos de nieve.

Por supuesto, la criatura no le hizo caso y continuó dando brincos y divirtiéndose con la nieve y el hielo. No parecía que la gélida temperatura le afectara en lo más mínimo.

—Este sitio es una pesadilla —se quejó Viggo—. Y agarra al bicho; me pone nervioso cuando corretea entre mis pies.

—Calla, los salvajes del hielo van a oír tus quejidos —lo regañó Ingrid.

—¿Qué salvajes? Llevamos quince días en este lugar olvidado por los dioses y nadie ha visto un alma. Nadie, ni los guardabosques reales. ¿Dónde están esos salvajes? Para mí que han huido al ver llegar la armada de Uthar.

—Que no los hayamos encontrado no quiere decir que no estén aquí, solo quiere decir que no podemos verlos —le aseguró Ingrid.

—Pues dime dónde, no hay más que tundra, rocas cubiertas de nieve y esos montículos de hielo esparcidos que sobresalen del suelo —indicó abriendo los brazos y girando sobre sí mismo.

—Este paraje es desolador —convino Gerd mirando alrededor—. No hay nada más que hielo.

—A mí lo que más me molesta es esta nieve que no para de caer. —Nilsa se sacudió la capucha.

—Mejor no encontrarnos con sorpresas… —expuso Lasgol.

—Toda esta zona es una gran planicie helada —dijo Egil estudiando el mapa que les habían proporcionado—. Los pináculos de hielo que surgen de la superficie rocosa son de lo más fascinantes.

—Sí, no veas —ironizó Viggo con mueca de disgusto—. Ese mapa no me inspira mucha confianza.

—Es un mapa de guardabosques, debería ser bastante bueno —objetó Nilsa.

—¿Tú crees que los nuestros han recorrido todo este continente y han dibujado mapas precisos? —preguntó Lasgol mirando alrededor con dudas en la mente.

—Imagino que así ha debido ser —dijo Egil—. Pronto tendremos una prueba. Según el mapa, el mar está tras ese glaciar al fondo. —Señaló lo que parecía una montaña rectangular de puro hielo algo más al sudeste.

—¿No pensarás que vamos a subir a eso? —preguntó Viggo con cara de incredulidad.

—Subir, no, rodear.

—¿Y si nos damos la vuelta ya?

—Yo opino como Viggo, volvamos; aquí no hay nada más que hielo, nieve y desolación —dijo Gerd—, además se me están congelando los pies. Estas botas que nos han dado me quedan pequeñas y se me congelan las puntas de los dedos.

—¿Y las órdenes que tenemos? —dijo Nilsa insegura.

—Nada de desobedecer órdenes. Sobre mi cadáver —aseguró Ingrid—. Ya habéis oído a Egil. Rodearemos el glaciar hasta el mar, como nos han ordenado.

—Mejor cumplir las órdenes —apoyó Lasgol—; tampoco parece haber ningún peligro a la vista. —Observó que Camu había encontrado un pequeño lago helado bajo la capa de nieve y patinaba sobre la resbaladiza superficie tan feliz.

—No deberíamos encontrar peligro en esta zona. El frente está hacia el norte y a nosotros nos tienen patrullando el sur —dijo Egil.

—En marcha —les dijo Ingrid—. Poneos los pañuelos sobre el rostro para evitar el viento cortante y avancemos. Yo abriré camino. Lasgol, Camu.

—Yo me encargo —le aseguró Lasgol, y, usando su don, llamó a la criatura, que le hizo saber que estaba contenta y quería jugar. Pero el muchacho le envió un mensaje mental claro y conciso: «Conmigo, ahora».

Camu lo observó un instante y obedeció.

Formaron una línea y avanzaron durante horas. Lasgol intentó calcular durante cuánto tiempo, pero en aquel lugar resultaba muy difícil. El día duraba más durante el verano, mucho más, pero en otoño comenzaba a acortarse de forma rápida. En invierno, por el contrario, las noches parecían eternas y apenas había unas horas de sol. O así se lo habían explicado los guardabosques. Además, el cielo estaba siempre cubierto de nubes inmensas y amenazadoras, cubriendo el sol, que apenas era perceptible.

Alcanzaron el glaciar. Era inmenso. Una estructura descomunal de hielo y nieve. Era muy bello y de color azulado.

—Parece una fortaleza congelada. —Nilsa la observaba con curiosidad.

—A mí me parece una mole de hielo —opinó Viggo.

—Pues ahora que lo dices, Nilsa... —expuso Gerd—, a mí también me parece que tiene cierto aspecto de castillo. Una muralla de hielo sobre otra y una especie de torreón helado. Todo recubierto por nieve congelada.

Viggo negó con la cabeza exasperado.

—Parecéis niños.

Sin embargo, a Lasgol también le dio la misma impresión, como si fuera una enorme fortificación de nieve y hielo. Una solitaria y desolada construcción de la naturaleza.

Continuaron bordeando la colosal estructura y empezaron a divisar el mar, de un azul oscuro profundo, bello pero gélido. Cientos de islotes de hielo lo salpicaban en las proximidades de la orilla. Mar adentro un enorme iceberg parecía querer alcanzar tierra firme.

—¡Guau! ¡Qué bonito! —exclamó Nilsa sobrecogida por la belleza del lugar.

—Ya lo creo, esto no se parece en nada a mi granja —convino Gerd, que miraba con la boca abierta el océano que se abría ante ellos.

—Espectacular —dijo Egil.

Lasgol asintió. El paisaje de hielo y mar era sobrecogedor.

—¿Podemos dejar de mirar el mar y centrarnos? ¡Se me están congelando los huesos con esta brisa marina! —se quejó Viggo.

Ingrid oteó alrededor. No había un alma.

—Mejor descansar un poco antes de regresar —dijo la chica, y señaló la parte posterior del glaciar, que se alzaba sobre la orilla como si el mar fuera su espejo; se reflejaba en él. El reflejo mostraba una cueva encarando el mar.

—Buena idea, nos vendrá bien —dijo Egil.

—Vayamos con cuidado —advirtió Lasgol.

Prepararon los arcos y se dirigieron hacia la entrada de la cueva de hielo. La entrada estaba desierta y se cobijaron de los vientos costeros. Con cuidado se adentraron algo más para asegurarse de que no había nadie. Era como penetrar en un mundo de hielo. Las paredes, el suelo, todo cuanto los rodeaba era hielo. Lasgol descubrió con sorpresa que, pese a ello, no hacía tanto frío como en el exterior.

Dejaron los morrales invernales en el suelo y se sentaron a descansar. Egil comenzó a darles una charla sobre las razones por las cuales aquel refugio natural los protegía de las temperaturas del exterior, aunque pareciera extraño por estar compuesto de hielo.

—Veréis, el hielo ha sido utilizado por las culturas del norte como refugio, como vivienda incluso, porque aísla del frío y del viento, grandes enemigos de la supervivencia...

Lasgol dejó que Camu saliera y jugueteara junto a ellos mientras su amigo terminaba su explicación.

—Pues yo habría jurado que un refugio de hielo lo congelaría a uno vivo —dijo Gerd.

—Pues estarías equivocado —le aseguró Egil.

—Qué se puede esperar de un granjero... —dijo Viggo.

—No te hagas el listo, que tú tampoco lo sabías —lo increpó Nilsa.

—Claro que sí.

—Claro que no —se unió Ingrid.

Egil sonrió divertido y acarició a Camu. La criatura fue luego cerca de Gerd, que, aunque se había acostumbrado bastante a ella, sentía aún cierta desconfianza. La que seguía sin querer saber nada de Camu era Nilsa. Y la criatura lo percibía, así que no solía acercarse a ella ni a Viggo, a menos que quisiera incordiarlos, que a veces ocurría, pues el humor de Camu era tan especial como lo era él.

—¿Cómo les irá a los otros equipos? —se preguntó Lasgol.

—Seguro que bien —lo tranquilizó Ingrid.

—Nos tienen a todos patrullando el sur en todas direcciones, pero es tan solo una medida de precaución. Es necesaria, pero no debería entrañar peligro. El enemigo no está en estas latitudes y, si lo estuvo, se marchó al ver llegar la armada de Uthar —dijo Egil convencido.

—Por eso nos la han asignado a nosotros, a los novatos —dijo Nilsa.

—Los guardabosques y soldados avanzan hacia el norte —informó Ingrid—. Dicen que allí está el enemigo, agrupa fuerzas para enfrentarse a nuestro ejército. Pero este es un continente enorme y no les va a resultar fácil encontrarlos, mucho menos con este clima.

—Más les vale a nuestros líderes tener en cuenta la climatología adversa de este continente o tendremos un serio disgusto —auguró Egil.

—La tendrán —dijo Lasgol, pero no sonó muy convencido. No lo estaba. Bajó la cabeza y repasó su equipamiento.

Mientras descansaban, Gerd quedó con la mirada perdida en el océano que se abría hacia el infinito a través de la entrada de la caverna. Suspiró tan hondo sin darse cuenta de que todos lo miraron.

—¿Estás bien, amigo? —le dijo Viggo extrañado.

—¡Oh! Sí, ha sido solo un pensamiento…

—Uno profundo —señaló Egil.

—Sí…

—Cuéntanos, ¿qué te preocupa? Te ayudaremos —se ofreció Ingrid.

El gigantón hundió los hombros.

—Qué no me preocupa…

—Estate tranquilo, estás entre amigos, lo sabes —lo animó Nilsa.

—Venga lo que venga le haremos frente entre todos, como hasta ahora —le aseguró Viggo, que le dio una palmada en el hombro para animarlo.

Sin embargo, las palabras de Viggo parecieron surtir el efecto contrario. Gerd se alteró y apenas podía contener las lágrimas.

—No me merezco vuestra amistad.

Todos se quedaron helados. Gerd era el más amable y la mejor persona de todos, con diferencia, y todos lo sabían.

—Pero ¿qué dices? Déjame ver ese pellejo de agua, que para mí que te han metido licor fuerte —dijo Viggo.

—No os he contado toda la verdad sobre mí…

—Ninguno de los que estamos aquí lo ha hecho, grandullón —le aseguró Viggo.

—¡Oye! Yo al menos sí —dijo Nilsa.

—¿Seguro, pecosa? ¿Nos has contado todo lo que realmente pasó con la muerte de tu padre? A mí me da que no.

Nilsa fue a protestar. Abrió la boca. La volvió a cerrar y guardó silencio.

—Ya me parecía a mí.

—Déjala estar —amonestó Ingrid.

—Tú tampoco te salvas, rubita. ¿O te recuerdo la historia de tu tía?

—¡Eres odioso!

—Ya, pero tengo razón. Todos tenemos nuestros secretos, nuestro pasado. El rarito del don, ni qué contar, y Egil, el heredero secreto a la Corona de Norghana, casi nada que contar. Y nadie dice ni pío. Así que, Gerd, no te sientas obligado a contar nada, porque aquí todos tenemos secretos.

—¡Tú el que más! —lo acusó Ingrid enfadada.

—No sé si el que más, pero te aseguro que el que peor —respondió Viggo, y su rostro y mirada se volvieron tan sombríos como los de un asesino.

Lasgol sintió un escalofrío. Sabía que Viggo tenía un lado oscuro y que siempre había estado ahí aunque no lo había dejado salir, no delante de ellos. Se preguntó qué ocurriría si saliese a la luz, aunque era mejor no saberlo.

Egil intervino levantando las palmas de las manos en modo apaciguador:

—Viggo tiene mucha razón en lo que dice. Todos tenemos nuestros demonios interiores y nuestros secretos. Algunos han sido revelados, otros permanecen ocultos. Revelarlos o no es cuestión de cada uno. Nadie está obligado. Al menos no después de todo lo que hemos pasado juntos. Esa es, al menos, mi opinión.

Egil observó a sus compañeros, que bajaron la mirada y asintieron. De pronto, Camu comenzó a emitir un agudo chillidito entrecortado.

—Camu, ¿qué ocurre? —dijo Lasgol, que se puso en pie de inmediato y miró hacia la procedencia del sonido.

Camu estaba al final de la entrada de la gruta.

—Dile al bicho que no arme ruido; ahí no hay nada, ya lo hemos inspeccionado antes —le pidió Viggo.

Lasgol observó a la criatura. La forma en que movía la cola y los chilliditos que lanzaba le dieron la impresión de que algo ocurría y fue a ver qué era. Egil e Ingrid lo siguieron de inmediato.

Al llegar, no apreciaron nada extraño. No había nadie, ni rastro en el suelo de persona o animal alguno.

—¿Ves? No hay nada —le dijo Viggo.

Nilsa y Gerd se acercaron también a ver qué ocurría. De pronto, Camu emitió un intenso destello dorado.

—¡Por todos los cielos! —exclamó Viggo.

—¡Ha hecho sucia magia! —protestó Nilsa con los ojos rojos de rabia.

Gerd dio un paso atrás asustado.

Lasgol se quedó inmóvil por la sorpresa.

—Mirad. —Egil señalaba la pared frente a Camu.

Una runa azulada en forma de estrella similar a un copo de nieve había aparecido sobre la pared de hielo.

—¡Eso no estaba antes ahí! —dijo Viggo.

—¡Es magia!

—Tengamos cuidado. —Ingrid se llevó las manos a las armas.

—Fascinante… —dijo Egil, luego se acercó a examinar la runa.

Camu se quedó rígido, con la cola apuntando a la runa, y volvió a destellar.

—¿Qué está pasando? —preguntó Viggo con las dagas en las manos.

—No… lo sé… —balbuceó Lasgol.

La runa destelló en azul tres veces.

La placa de hielo bajo los pies del grupo cedió.

La gruta se los tragó.

Capítulo 30

E L PORRAZO FUE DOLOROSO. CAYERON AL MENOS DOS PISOS AL vacío para golpearse contra una pendiente de hielo y nieve. Rodaron fuera de control rampa abajo. Lasgol intentaba aferrarse a algo para frenar aquel descenso frenético, pero solo conseguía arañar hielo. Giraba sobre su cuerpo a gran velocidad y con cada vuelta recibía un golpe en alguna parte del cuerpo para seguir rodando y volver a golpearse. Vio pasar a Gerd a su lado, que, por su volumen, descendía aún a mayor velocidad, como un tronco talado ladera abajo.

—¡Agarraos a algo! —gritó Ingrid.

Lasgol vio su arco y carcaj salir volando tras una violenta voltereta.

—¡No puedo! —chilló Nilsa.

—¡Ay! —bramó de dolor Egil.

Continuaron descendiendo hasta estrellarse contra un enorme montículo de nieve. Allí se quedaron tumbados, con el cuerpo dolorido, medio empotrados en la pila de nieve.

Durante un largo rato nadie dijo nada, solo se oían jadeos profundos y gruñidos de dolor.

—¿Estáis bien? —preguntó Ingrid mientras intentaba ponerse en pie.

—Define *bien* —le respondió Viggo enterrado en la nieve en una postura horrible.

La cabeza de Gerd apareció de entre la nieve y respiró una enorme bocanada de aire. Estaba sepultado hasta el cuello.

Nilsa se arrastró fuera del montículo y se sacudió la rizada melena pelirroja para deshacerse de la nieve.

—Me duele todo, no puedo ni pensar.

Egil escupió una bocanada de nieve. Un enorme chichón le apareció en la frente.

—Vaya caída…

—Comprobad si tenéis algo roto —les dijo Lasgol mientras se palpaba las extremidades sentado sobre el suelo de hielo y roca.

Camu apareció junto a Lasgol tan tranquilo, con un brillo travieso en los ojos.

—Te lo has pasado bien, ¿verdad?

Camu comenzó a bailar y emitió un chillidito como pidiendo más.

—Eres imposible —le dijo el chico, y puso los ojos en blanco.

Poco a poco fueron recuperándose. Estaban magullados y bastante doloridos, pero por fortuna nadie tenía nada roto. Se incorporaron y buscaron las armas y morrales.

—Hemos perdido los arcos —dijo Ingrid con el cejo fruncido por la contrariedad.

Viggo sacó su hacha corta y su cuchillo de guardabosques.

—Al menos tenemos las armas cortas.

—Yo no —dijo Gerd, que había perdido el hacha.

—Ten, coge la mía; yo me arreglo mejor con los cuchillos de todas formas —le ofreció Viggo. Luego sacó su cuchillo personal de la bota y lo esgrimió.

—¿Los demás?

Nilsa, Lasgol y Egil asintieron, tenían sus armas de mano.

—¿Habéis visto lo enorme que es esta cueva? —preguntó Ingrid con tono de frustración—. Es descomunal.

—No veo salida —dijo Gerd oteando alrededor y luego hacia la cúpula.

Lasgol miró alrededor. Estaban en una cueva de hielo a la que habían caído por una ladera que descendía desde los niveles superiores. Toda la caverna estaba recubierta de hielo azulado; no se veía roca, sino enormes bloques de hielo formando columnas y paredes congeladas. Pero lo más extraño de todo era que en el centro había una gran montaña de nieve fresca, que era contra lo que se habían estrellado, por fortuna.

Egil observó la situación.

—Qué curioso. A esta profundidad en el interior de la caverna no debería haber nieve.

—Entonces alguien la ha traído hasta aquí… —dijo Lasgol preocupado.

—Ciertamente extraño. ¿Con qué fin, me pregunto?

—Podríamos escalar la pendiente y salir de aquí —propuso Ingrid, pero sin mucho convencimiento.

—Ya, seguro —respondió Nilsa con las manos en jarras y cara de no creérselo.

—¡Ha sido culpa del bicho! ¡Voy a destriparlo! —dijo Viggo muy enfadado.

—¡Ha usado sucia magia! —se quejó Nilsa.

Camu vio la enemistad en los ojos de ambos y de un salto se escondió entre la nieve.

—¡No huyas, por tu culpa estamos en este lío!

Lasgol y Egil se interpusieron entre Viggo, Nilsa y la criatura.

—No ha sido culpa suya… —intentó defenderlo Lasgol.

—Pero ¿cómo que no? ¡Él ha activado la runa! —gritó Viggo.

—Detecta magia, no puede evitarlo; es parte de él —lo defendió Egil.

—Si detecta magia y la activa, es una sucia criatura mágica —dijo Nilsa, roja como un tomate de la rabia.

—Camu es bueno, no era su intención... —explicó Lasgol.

—Ya, ya... Como los magos de hielo, tiene un corazón que se derrite —reprochó Viggo.

—Esta vez la ha hecho buena..., pero no es su culpa, creo yo —dijo Gerd con tono de no estar muy contento con lo sucedido, aunque tampoco de querer castigar a la criatura.

Viggo y Nilsa se enzarzaron con Lasgol y Egil, quienes les impedían acercarse al bichillo.

—¡Quietos todos! —ordenó Ingrid—. Esto no nos va a ayudar a salir de aquí.

Pero Viggo y Nilsa, enrabietados, no la escuchaban.

Ingrid resopló:

—¡Camu ha desaparecido, no lo vais a encontrar!

Nilsa y Viggo observaron la montaña de nieve y descubrieron que Camu ya no estaba.

—¡Maldito bicho escurridizo! —se lamentó Viggo.

—¡Cuando te atrapemos verás! —amenazó Nilsa.

Lasgol y Egil esperaron un momento a que los ánimos se calmaran.

—Esto no me gusta nada —dijo Gerd, que miraba las altísimas paredes de hielo de la cueva negando con la cabeza—. ¿Cómo vamos a salir de aquí?

—Primero necesitamos entender dónde estamos —dijo Ingrid.

—Estáis en mis dominios, humano —dijo de súbito una voz tan fría como la cueva de hielo en la que estaban.

Los seis se volvieron.

Sobre un bloque de hielo a su derecha descubrieron una figura. Hacía un instante no había nadie allí. Parecía el dios de la caverna helada, que se había materializado para controlar sus dominios. No era muy alto, no más que ellos, y era extremadamente delgado. Su cuerpo tenía una piel azulada que parecía ser característica de los seres de aquella región helada, pero no por completo; tenía zonas, como el cuello y los brazos, de un blanco cristalino, como si la nieve se hubiera cristalizado sobre la piel. Dolía mirar el brillo que desprendía. Lasgol dedujo que lo más probable era que aquella piel tan pintoresca los protegía de las bajas temperaturas que debían soportar en el Continente Helado. Llevaba una vestimenta confeccionada con piel de algún animal albino. En un principio Lasgol no supo identificar de qué animal procedía, pero al cabo de un momento de observarla se dio cuenta de que era la piel de un gran león de mar.

—Nosotros… —comenzó a decir Ingrid.

—Este es mi hogar, no deberíais haber entrado aquí —la interrumpió el ser.

Lasgol se tensó. Le llamó mucho la atención que el rostro de aquel ser, a pesar de tener una tonalidad azulada, era un rostro muy humano, más que el rostro de los otros salvajes del hielo con los que hasta entonces se había encontrado, cuyos rasgos tenían algo salvaje en ellos, básico…, animal. Los observaba con unos ojos de un azul muy intenso llenos de inteligencia. Bajó la cabeza para observar el suelo y Lasgol vio que llevaba la cabeza afeitada. En ella se apreciaba un tatuaje en blanco, una extraña runa que le cubría gran parte de la cabeza. En la mano derecha portaba un largo cayado construido con huesos de animal, decorado con diferentes runas talladas en el propio hueso y adornado con colgantes de diferentes tipos, los cuales le daban cierto aire de chamán. Al cuello también llevaba varios huesos de animales, que ornaban su vestimenta. Los colgantes y los adornos, al ser de huesos de animales, le conferían un aspecto tribal, y, sobre todo, tétrico.

—Nosotros no queríamos entrar, de verdad —dijo Gerd.

—Y ante mí estáis.

—Preparad las armas —ordenó Ingrid, y desenvainó el hacha corta y el cuchillo.

—Si queréis morir en mi hogar, es vuestra la elección —dijo el ser, y levantó el cayado sobre la cabeza. Entonó una letanía en un lenguaje desconocido.

Lo que presenciaron a continuación los dejó a todos sin habla y con la sangre congelada en las venas. De otra gruta más profunda apareció una bestia como nunca ninguno de ellos había visto. Era tan enorme como sobrecogedora.

—¡Cuidado, un dragón! —gritó Gerd, aterrorizado.

El terror se apoderó de sus almas al ver a la monstruosa bestia acercarse. Llenaba toda la cueva con su enorme cuerpo.

—¡No puede ser un dragón, están extintos! —exclamó Ingrid, más para convencerse a sí misma que para negarlo.

Sí que parecía un dragón, basado en las representaciones mitológicas que habían hecho de ellos en los libros de la biblioteca del campamento. Lasgol se fijó en que, aunque parecía un dragón por la forma del cuerpo y la cabeza, en realidad aquel monstruo no tenía alas. Su enorme cuerpo llenaba toda la caverna y estaba recubierto de escamas cristalinas, como si hubieran sido talladas en hielo. Avanzaba sobre cuatro patas cortas y muy fuertes, también escamadas, que terminaban en unas garras de color blanquecino. Sacudió una larga cola que golpeó una de las paredes haciendo saltar grandes trozos de hielo.

—¡Apartaos de él! ¡Es tan grande que nos aplastará sin apenas darse cuenta! —gritó Lasgol.

La cabeza era la de un reptil gigantesco. Tenía ojos dorados, enormes, reptilianos. Una alta cresta cristalina le nacía sobre el cráneo y le bajaba por cuello y la espalda hasta llegar a la punta de su larga cola.

¡Era una criatura majestuosa e increíble!

—¡No lo ataquéis! —Lasgol temió provocar la ira del monstruo.

De pronto la gran bestia alzó la cabeza, estirando el largo cuello escamado, y mostró su boca con dos ristras de enormes dientes. Muertos de miedo, se echaron hacia atrás, aunque era imposible protegerse de aquel ser bestial.

Ingrid intentó hacerle frente y proteger a sus compañeros. Dio un paso hacia la gran bestia. Todos sabían que era un gesto fútil. El monstruo la miró con curiosidad ladeando la cabeza y acercó el enorme morro hacia ella. Parecía el de un gigantesco lagarto, solo que estaba lleno de afilados y enormes colmillos que la bestia mostraba como amenaza.

—¡Atrás, Ingrid! —avisó Lasgol a la capitana a gritos.

—No podemos hacerle frente, será mejor que no nos mostremos agresivos —le dijo Egil.

Al oírlos hablar, la bestia fue pasando su atención de una persona a otra. Con sus dos enormes ojos dorados los observó a todos por un largo rato.

Lasgol y sus compañeros no podían moverse. El miedo los tenía presos.

Viggo tenía las dagas en la mano, pero no se atrevía a atacar. Nilsa estaba tan nerviosa que parecía que el suelo que pisaba se iba a resquebrajar y se la iba a tragar. Gerd miraba a la bestia con terror en los ojos.

El monstruo bramó. Todos se quedaron helados ante los rugidos gélidos de aquella bestia.

—¡Apartaos de su aliento! —gritó de pronto Egil.

Con el siguiente bramido, la bestia dejó salir una enorme bocanada de aliento tan frío que heló todo cuanto estaba frente a su boca.

Los seis se lanzaron a los lados para evitar que los alcanzara.

—¡Cuidado! ¡Puede congelarnos! —gritó Lasgol.

—¡No corráis! Será peor —Egil observaba a la criatura.

—No creo que podamos hacerle frente con nuestras armas —comentó Lasgol; desde el suelo la piel de la bestia semejaba ser una capa de hielo sólido sobre escamas que no parecían traspasables.

Viggo se puso en pie y agitó sus dagas frente al monstruo.

—Yo no te tengo miedo. ¡Como acerques tu aliento de hielo a mi cara, te vas a enterar!

La bestia se irguió y su cabeza pareció llegar a la cúpula de la caverna. La inclinó mirando hacia Viggo.

El ser sobre la columna de hielo comenzó a reír con carcajadas guturales.

—Había olvidado lo divertidos que sois los de vuestra raza, especialmente los jóvenes como vosotros. ¿En verdad crees que vas a poder derrotar a Misha tú solo con esas ridículas dagas? Ni cosquillas podrías hacerle.

—¡Eso ya lo veremos!

La cabeza de la bestia descendió hacia Viggo a gran velocidad. El cuello era tan largo como la cola. Observó que un tercio de sus dimensiones eran cuello y cabeza, otro tercio su cuerpo y el tercio final la cola.

Al ver las fauces del monstruo abiertas, Viggo se lanzó a un lado justo cuando dejaba escapar su aliento gélido.

—¡Agh! —gritó el chico mientras rodaba por el suelo.

Lasgol vio la pierna derecha de Viggo blanca como la nieve.

Viggo intentó ponerse en pie, pero no pudo. Su pierna era un carámbano de hielo.

—¿Eso es todo lo que puedes hacer, blanquito? —le gritó desafiante desde el suelo.

El resto de sus compañeros se apresuraron a arroparlo en su bravata.

—No lo enfurezcas… —le susurró Gerd a Viggo.

—Algo habrá que hacer o nos va a convertir en estatuas de hielo —dijo sujetándose la pierna congelada.

—Enfrentarnos a esos dos no parece una buena idea. —Nilsa negaba con la cabeza.

—¿Qué opinas, Egil? —preguntó Ingrid con ojos que pedían una buena idea para salir de aquel atolladero.

—Intentemos razonar con el chamán del hielo. Es él quien domina a la bestia.

—Lo intentaré —dijo Lasgol, y dio dos pasos al frente.

La cabeza del monstruo bajó de las alturas y se situó frente a Lasgol. Abrió la boca. Lasgol podía sentir un frío mortal proveniente de la garganta de la bestia.

—Nosotros… —comenzó a decir Lasgol— nos hemos perdido y hemos acabado en esta gruta por accidente.

—Será mejor que no me mientas —dijo el chamán del hielo—. A Misha no le gustan los mentirosos.

Al oír su nombre la bestia ladeó la cabeza y clavó los ojos dorados en Lasgol.

—No te miento, no tenemos intención de causaros ningún daño —se apresuró a añadir Lasgol.

El chamán del hielo rio.

—De verdad que sois divertidos.

Hizo girar el báculo sobre su cabeza y pronunció una frase ininteligible. Se produjo un destello azulado sobre el bastón. El suelo comenzó a temblar. Al temblor siguió el resquebrajamiento de la superficie de hielo y roca. De pronto, robustas estacas de hielo comenzaron a surgir del suelo rodeándolos. Entre temblores se formó una empalizada de hielo que los apresó.

—¡Cuidado, apartaos! —los avisó Ingrid al ver que las estacas de hielo que se alzaban a su alrededor podrían empalarlos.

—¡Sucia magia! —gritó Nilsa, y se echó atrás, pero se vio rodeada de estacas de hielo que surgían alrededor del grupo.

Gerd ayudó a Egil a mantenerse en pie, ya que se iba al suelo.

Quedaron atrapados. Todos menos Lasgol, que estaba algo más adelantado frente a Misha.

—¡No nos hagas daño! ¡No somos una amenaza! —rogó Lasgol con voz de súplica.

El chamán lo miró divertido.

—Por supuesto que no sois una amenaza. Seis guardabosques novicios, menuda amenaza, ¿verdad, Misha?

La gran bestia emitió unos rugidos entrecortados y gélidos que Lasgol interpretó como una risa.

—¿Sabes quiénes somos?

—Lo que sois, a quién servís y lo que habéis venido a hacer. Lo sé muy bien. El mal que traéis a nuestra tierra... Uthar nos trae muerte y destrucción con su enorme ejército sanguinario de hombres pálidos de cabellos y barbas del color del sol, con sus hachas atroces y sus escudos redondos, tras los que esconden ansias de conquista y saqueo. Pero nosotros no los tememos, lucharemos por nuestra tierra. La defenderemos hasta el último de los nuestros, pues sagrada y justa es nuestra causa. Mataremos a todos aquellos que mancillen este suelo helado.

Lasgol se dio cuenta de que no podría engañarlo. De que no saldrían de allí con vida.

—Os mataremos a todos, malditos bárbaros norghanos.

El chamán hizo una seña a la bestia y esta se abalanzó sobre ellos.

Capítulo 31

—¡No! —GRITÓ LASGOL.

La boca de la bestia se abrió ante él. Iba a lanzar su aliento gélido. «Estoy muerto». Desesperado, buscó usar alguna de sus habilidades, pero no se le ocurrió cuál podría ayudarlo en aquella situación. Invocó su don en medio de una desesperación total. Le llegó una sensación de peligro. De gran peligro. No era él quien la generaba, la sentía procedente de alguien…

Y Camu apareció sobre la montaña de nieve.

La bestia fue a exhalar.

Camu destelló una vez con un potente brillo dorado que iluminó la cámara.

La bestia exhaló.

Lasgol cerró los ojos para recibir la muerte helada. El aliento que lo alcanzó no fue el gélido aliento de muerte, sino un aliento normal, fétido y frío, pero no helado. Abrió los ojos. Vio a la bestia mirarlo inclinando la cabeza con grandes ojos reptilianos que no entendían qué sucedía.

Camu estaba sobre la montaña de nieve, rígido, apuntando con la cola hacia el monstruo.

—¿Qué significa esto? —preguntó el chamán confundido y con

gesto contrariado. Fue a conjurar contra Lasgol, pero en medio del conjuro Camu chilló y destelló de nuevo. El conjuro del chamán falló.

El muchacho se apartó de la bestia, que ahora miraba a Camu con ojos extraños.

El chamán se percató de que el culpable de lo que sucedía era la rara criatura.

—Esto sí que es una sorpresa —dijo, y señaló a Camu con su cayado—. ¿Quién eres tú, pequeño?

—Es Camu, está conmigo. No le hagáis daño. Por favor —rogó Lasgol casi de rodillas.

El chamán sonrió sin apartar la mirada de Camu y respondió al muchacho:

—Acabas de decir dos cosas que no tienen ningún sentido. ¿Cómo va a estar esa maravillosa criatura contigo? ¿Y por qué vamos a hacer daño a uno de los nuestros?

Lasgol se quedó de piedra. «¡Camu es uno de ellos! ¡Es del Continente Helado!».

La gran criatura se acercó hasta Camu y, ante la sorpresa de todos, lo lamió con una larga lengua azulada varias veces, como una madre haría con su cría.

Camu salió de su trance y emitió un chilladito de pregunta que la bestia respondió con otro que pareció un profundo suspiro. Camu comenzó a botar en el sitio y le transmitió a Lasgol: «No peligro. Contento».

Nadie salía de su asombro. Viggo gruñó de dolor y Gerd lo ayudó a ponerse en pie.

—Tenemos una oportunidad —les susurró Ingrid—. Atentos.

—No hagamos nada temerario… todavía —murmuró Nilsa.

—Esa bestia, aun sin su magia, nos destrozará a todos —dijo Gerd—. ¡Es descomunal! Su cola nos hará trizas o nos devorará como a ratones.

—Lo sé. Pero me niego a resignarme —insistió la capitana.

—Son criaturas fascinantes —observó Egil viendo a las dos criaturas interactuar.

Camu dio un salto y comenzó a subir por el cuello del bestial ser hasta llegar a su cabeza. Emitió un chillidito de alegría.

—Asombroso… —dijo el chamán, que observaba a las dos criaturas sorprendido.

Lasgol aprovechó el desconcierto del chamán para intentar convencerlo.

—No somos una amenaza. Aunque seamos guardabosques y vengamos con el ejército de Uthar… Sé que es difícil de entender, pero es la verdad…

El chamán se giró hacia el chico.

—Has dicho que la pequeña criatura está contigo. No lo creo. Pruébalo.

Lasgol tragó saliva. Asintió.

—Camu, baja aquí, conmigo.

La criatura miró a Lasgol. En ese momento Misha le dio un lametazo y Camu comenzó a hacer su baile lleno de alegría.

El chico suspiró y volvió a intentarlo.

—Vamos, Camu, ven aquí —le dijo golpeando los muslos.

Sin embargo, Camu estaba encantado de poder jugar con su nuevo y descomunal amigo, así que ignoró las llamadas de Lasgol, cosa que, por otra parte, hacía cada dos por tres. El pequeñín tenía siempre sus propias ideas.

—Parece que me estás mintiendo… Y eso es algo que no puedo tolerar… —dijo el chamán.

—¡De verdad que no! —respondió asustado.

Ingrid se preparó para actuar, aunque en la situación en la que estaban poco podría hacer.

Lasgol cerró los ojos, se concentró y usó su don. No había otra forma de que Camu lo obedeciera. Le envió un mensaje mental claro y urgente: «Ven conmigo ahora mismo». Un destello verde surgió de la cabeza de Lasgol.

Camu paró de jugar entre las patas de Misha. Lo miró.

«Vamos, necesito que me obedezcas, por favor».

El chamán se tensó.

Pasó un instante agónico.

Camu obedeció.

Lasgol soltó un resoplido de alivio al comprobar que su amigo se le subía al hombro.

—Gracias, pequeñín —le susurró.

Camu le lamió el moflete y comenzó a botar sobre su hombro tan alegre.

—Vaya, vaya. Sorprendente. Los de vuestra raza no dejáis de sorprenderme. A veces para bien.

—No miento, está conmigo desde que nació. Somos amigos, compañeros. Nos cuidamos mutuamente.

Camu soltó un chillidito de alegría.

—Ese destello verde… —dijo el chamán con una extraña sonrisa en la boca.

Lasgol tragó saliva.

—Tú eres especial, eres… como yo…

—No exactamente, mi talento, mi pozo, es pequeño. No es comparable al de un mago o un chamán…

—Deduzco que has usado tu don para comunicarte con la pequeña criatura. Es algo remarcable.

—Gracias…

—Un guardabosques con el don, aquí, en mi morada, con una de las criaturas sagradas… Vivir para sorprenderse —dijo el chamán, y comenzó a reír.

Misha elevó la cabeza y soltó un gruñido que se asemejó a una carcajada.

—¿Nos…, nos dejarás vivir?

El chamán recapacitó un momento.

Lasgol miró a sus amigos, prisioneros en el interior del círculo de estacas de hielo. Estaban tensos, alertas. El miedo los estrujaba.

—Os dejaré vivir por ahora…

El muchacho ahogó un resoplido e intentó mantener la calma ante la alegría que sentía.

—¿Cómo te llamas, guardabosques?

—Me llamo Lasgol. Y no soy, no somos —dijo señalando a sus compañeros— guardabosques todavía, somos aspirantes.

El chamán rio.

—Aspirantes en mi morada —continuó riendo. Le costó un rato calmarse.

Lasgol miró a sus amigos. Egil le hizo un gesto animándolo a que siguiera entablando conversación.

El chamán giró su cayado. Un destello azul indicó a Lasgol y a Camu que había utilizado magia. Camu se puso rígido y destelló en alerta. El chamán apareció junto a ellos saliendo de lo que parecía una cortina de nieve.

—Me llamo Asrael —dijo el chamán haciendo una reverencia—. Soy un chamán jefe del hielo. Ella es Misha. Una matriarca de las criaturas del hielo.

Misha bajó la cabeza y la volvió a elevar como si saludara.

Lasgol se tranquilizó algo al ver el gesto de ambos. Les correspondió con otra reverencia. A Camu le costó un poco más; no se fiaba del todo de la magia del chamán.

—¿Podrías liberar a mis compañeros?

—Bajo la promesa de que no intentarán ninguna tontería.

Lasgol asintió:

—Tienes mi palabra. Y la suya —dijo mirándolos, en especial a Ingrid, que asintió.

—Voy a liberarlos —accdedió el chamán mirando a Camu.

Lasgol le mandó un mensaje mental. «Déjalo usar la magia. No la prevengas».

Camu miró a Lasgol con sus grandes ojos redondos e inclinó la cabeza en una duda.

«Estoy seguro. Déjalo».

Camu emitió un chillidito ahogado de resignación.

—Adelante —le dijo Lasgol a Asrael.

El chamán conjuró y las estacas de hielo desaparecieron como habían surgido, enterrándose en el suelo entre temblores.

—Gracias.

—Nada de tonterías o haré que Misha os aplaste como a gusanos.

Lasgol lanzó una mirada de advertencia a Ingrid.

—Nada —le aseguró a Asrael.

—Recuperad lo que podáis de vuestro equipamiento. Volveré en un momento.

Lasgol dejó que Camu jugara con Misha. Los observó admirado. Misha lo trataba como si fuera su pequeño hijo perdido y a Camu le encantaba. Correteaba alrededor de la gran criatura o se subía a su espalda y escalaba hasta llegar a su cabeza.

Recuperaron lo que pudieron. Gerd se quedó ayudando a Viggo, que no podía andar con la pierna congelada. Maldecía su mala suerte. Nilsa y Egil examinaron la pierna e intentaron revivirla con sus conocimientos de Naturaleza y las pócimas y ungüentos que portaban en los cinturones.

—Así no lo conseguiréis —dijo Asrael, que retornaba con un objeto brillante en la mano—. Ahora me ocupo de él —anunció sin siquiera mirar a Viggo, y se acercó hasta Lasgol.

—¿Has visto alguna vez un objeto como este?

Lasgol observó lo que le mostraba. Tenía forma de estrella, era más grande que la palma de la mano de un hombre. Parecía estar hecho de hielo, aunque en su interior brillaba una luz azulada que le hizo pensar que estaba imbuido de poder.

—No. ¿Qué es? Siento su poder, está imbuido de magia, encantado.

Al oír aquello, Egil se acercó a examinarlo.

Asrael le lanzó una mirada hosca.

—Está bien… —aceptó Egil resignándose, a continuación se retiró.

—Es de gran corazón y mayor intelecto —le dijo Lasgol.

—No lo dudo. Sin embargo, esta conversación es entre tú y yo. Y así quiero que permanezca.

El muchacho asintió.

—Esto es una estrella glacial. Solo se conoce la existencia de cinco y se encuentran en el norte de Tremia a buen recaudo. No está encantada. Posee su propia magia, una antiquísima y de gran poder.

Lasgol observaba la estrella y casi podía ver la magia emanando de ella con cada destello que emitía. Parecía tener vida propia.

—Es asombrosa.

—Más que eso. Es tan valiosa e increíble como antiquísima.

—¿Antiquísima?

—¿Cuántas primaveras dirías que he visto yo?

Lasgol estudió al chamán un momento. Su rostro de color azul y sus intensos ojos como el océano en aquella cabeza afeitada con la runa tatuada en blanco lo despistaban por completo. No tenía ni idea de qué edad podría tener.

—¿Cincuenta?

—He visto más de doscientas primaveras.

Todos se volvieron al oírlo.

—Nadie vive doscientos años... —dijo Ingrid.

—El tiempo pasa diferente aquí en el norte para sus hijos de piel azul, sobre todo para algunos de ellos, como es mi caso.

—¿Viven más tiempo los pueblos del Continente Helado? Comparado con nosotros, quiero decir.

—Sí, una cuarta parte más, por lo general. Nuestros cuerpos han evolucionado para soportar el intenso frío invernal en esta región y eso ha provocado que nuestra longevidad se incremente.

—Aun así, tú eres una excepción.

—Lo soy.

—Doscientos años es una eternidad.

Asrael rio.

—No tanto. ¿Cuántas primaveras crees que ha visto Misha?

Lasgol no supo qué decir.

—No conozco nada de un ser tan... impresionante..., no sabría decir...

—Mi querida amiga Misha tiene más de quinientos años.

—¡Ohhhh! Es fantástico —exclamó Egil.

—Y esta estrella tiene más de tres mil años. O eso dicen nuestras creencias.

—Increíble.

—Como ves, el tiempo es relativo. —Asrael sonrió y le dejó coger la estrella.

Lasgol la observó y sintió un cosquilleo en la nuca. Sin duda, tenía magia. Cuanto más la miraba, más le encandilaban los pequeños destellos que emitía.

—Llama a tu pequeño amigo.

Lasgol usó su don. «Camu, ven». La criatura dejó de jugar y corrió al lado de Lasgol.

—Preséntale la estrella glacial.

Lasgol le mostró el objeto a Camu, que lo miró con curiosidad.

De súbito, la estrella comenzó a destellar con fuerza emitiendo luces azuladas.

—Ya no hay duda. Es un ser del hielo como lo es Misha.

—No sabíamos qué era. ¿Puedes darme más información sobre él?

Asrael negó con la cabeza.

—Solo he visto una vez una criatura similar y fue hace mucho tiempo, al norte del continente. Lo tenía Azur, es el chamán del hielo más poderoso. Era su criatura de compañía, como Misha es la mía. Pero Azur y yo tuvimos una discusión... fuerte..., hubo derramamiento de sangre. Hace años que no nos hablamos.

—Quizá podría...

—No te recomiendo que busques allí. Si el frío y las tormentas no te matan, lo hará el pueblo que allí habita. No son tan hospitalarios como lo soy yo. La curiosidad es mi debilidad, por eso os he dejado con vida. Un día me matará, lo sé. Pero yo soy así y es un poco tarde para cambiar. Lo que sí quiero que entendáis y que toméis como una advertencia es que los pueblos del norte os matarán en cuanto os vean.

—Entiendo.

—Una cosa puedo decirte sobre el pequeñín —añadió Asrael—. Las criaturas del hielo son seres con poderes fascinantes y diferentes.

—Ya me he dado cuenta de que el poder de Misha y el de Camu son diferentes.

—Lo son. Pero déjame decirte que el poder de tu amiguito es muy especial, mucho, pues puede detectar y evitar la magia de otros seres con poder. Realmente especial y preciado.

—¿Preciado?

—Imagina lo que podría hacer en caso de caer en manos de alguien con fines malignos.

—Oh…, entiendo.

Asrael se acercó hasta Viggo.

—No te muevas. No dolerá.

Viggo lo miró con desconfianza, pero no dijo nada.

El chamán se arrodilló junto a él. Dejó su cayado a un lado y guardó la estrella glacial en el extraño abrigo de león marino que llevaba. Puso las manos sobre la pierna y cerró los ojos. Conjuró. La pierna comenzó a revertir su estado helado hasta quedar como estaba.

—Prueba a caminar.

Viggo lo hizo con ayuda de Gerd. Caminó cojeando, pero lo consiguió.

—¿Me quedaré cojo?

—Un tiempo. Luego, con mucho esfuerzo, podrás recuperarte.

Viggo suspiró.

—Misha lo siente —dijo Asrael.

—¿De verdad?

Misha se acercó hasta Viggo. Se alzó frente a él, tan grande como una montaña, y soltó un rugido que sonó a disculpa.

El chico levantó la vista hacia los ojos de la gran criatura de hielo e hizo un gesto para quitarle importancia.

—Son cosas que pasan. No es culpa tuya.

Misha bajó la cabeza y lamió a Viggo.

—Está bien. No te preocupes, conseguiré recuperarme.

Lo dijo tan convencido y sin el más mínimo resquemor.

Todos lo miraban estupefactos.

Cojeó un poco más probando la pierna.

—Lo lograré. Gracias.

Ingrid lo miró con ojos llenos de sorpresa y admiración.

Lasgol sintió la necesidad de confesar a Asrael y Misha que ellos no estaban con Uthar, que no eran parte del ejército invasor. Lo intentó de nuevo, esta vez desde el enfoque contrario.

—¿Conoces a Darthor?

Asrael miró a Lasgol, su rostro índigo mostraba sospecha. Su mirada se volvió hosca.

—Mucho cuidado, estás pisando terreno resbaladizo…

—Lo sé. Pero quiero que comprendas que nosotros no somos tus enemigos.

—Cuidado con lo que dices, te juegas la vida…

Misha se situó tras Asrael como una gran y amenazante montaña de hielo viviente.

El chico tragó saliva. Podía callar y ver adónde lo llevaba su suerte o hacer ver al chamán del hielo que estaban de su parte. Lo meditó. Miró a Egil en busca de ayuda y este le hizo una seña de aprobación.

—Yo estoy con Darthor.

—¿Por qué me mientes? Te he dejado vivir, te arriesgas a perder la vida.

—No te miento. ¿Qué ganaría haciéndolo?

—Intentas engañarme.

—Hemos venido con Uthar porque no tenemos más remedio, pero no apoyamos su causa.

—¿Y apoyáis la causa de Darthor? ¿La causa de los pueblos del Continente Helado?

—La apoyamos.

Asrael acercó el rostro al de Lasgol hasta casi tocar nariz contra nariz. Perforó con su mirada celeste los ojos del muchacho buscando discernir si decía la verdad o mentía.

—No te miento.

—Es una verdad muy difícil de creer.

—Pero una verdad.

Asrael sonrió y apartó la cara.

—No puedo leer el alma de un hombre, pero mi instinto me

dice que no mientes. Por muy descabellado que pueda resultar viniendo de ti.

Misha pareció tranquilizarse.

—No somos enemigos; de ser algo somos aliados, pues los dos buscamos derrotar a Uthar.

—En verdad este día está lleno de sorpresas. Un guardabosques en mi morada con un ser del hielo que posee el don y enemigo de Uthar.

—Dicho así...

—Suena a locura.

—He de reconocer que sí...

—Sin embargo, te creo. No por ti, pues los hombres son traicioneros y viles, pero sí por él. —Señaló a Camu—. Él no permanecería al lado de un hombre deshonesto. Su instinto, su alma, lo harían huir.

Lasgol le tendió la mano.

—¿Paz?

Asrael la observó un instante y la estrechó con fuerza.

—Paz.

Capítulo 32

D URANTE TRES DÍAS PERMANECIERON CON ASRAEL Y MISHA en la gran caverna de hielo en el glaciar. Una tormenta azotaba la superficie y salir supondría morir congelados. En semejantes condiciones solo el Pueblo del Hielo podía sobrevivir sobre la superficie del continente.

Camu y Misha disfrutaban jugando el uno con el otro. Asrael ayudó al grupo a recuperar las fuerzas proporcionando cobijo, calor, alimentos y agua. Poco a poco la desconfianza y el temor fueron desapareciendo por ambas partes y dieron paso a una relación cordial.

La mañana del cuarto día Asrael apareció con provisiones.

—La tormenta pasará en breve. —Señaló hacia arriba con un largo y delgado dedo azul.

—¿Cómo lo sabes? —preguntó Egil lleno de curiosidad.

Asrael soltó una pequeña carcajada.

—Todo lo quiere saber el norghano estudioso —le dijo a Misha, que descansaba tan grande como era echada sobre la nieve, que, como habían descubierto la primera noche, no era otra cosa que su lecho.

La criatura dormía sobre una cama de nieve. Y lo que era más curioso, Camu había empezado a dormir con ella acurrucado en su regazo. Por alguna razón, la nieve los relajaba y les regulaba la temperatura corporal. La imagen era tan contrapuesta que los había encandilado a todos.

Misha hizo un gesto afirmativo.

—No puedo evitarlo, todo esto es fascinante —reconoció Egil.

—Para ti todo es fascinante —le dijo Viggo, que se frotaba la pierna para que entrara en calor.

Nilsa sonrió. Gerd le dio un codazo amistoso a Viggo para que no se metiera con Egil.

—¿Seguro que Misha y Camu no están emparentados? —preguntó Lasgol observándolos.

—No más allá de ser los dos criaturas del hielo. En realidad, son dos especies muy diferentes, por lo que he podido apreciar.

—¿Hay muchas criaturas del hielo aquí, en el Continente Helado? —quiso saber Egil.

—Por desgracia, no. Los hubo en la antigüedad, hace tres mil años, pero cada vez hay menos. Algunos se han extinguido por completo. Al principio los Pueblos del Hielo y las criaturas del hielo luchábamos los unos contra los otros, nosotros creyendo que ellos eran criaturas sin mente, bestias salvajes sin intelecto; ellos pensando lo mismo de nosotros. Hubo muchas muertes en ambos bandos. Pero hará mil años, Moltran, el líder de los Pueblos del Hielo, cayó cautivo de Laurasin, abuela de Misha. Es curioso, le ocurrió algo similar a lo que os ha sucedido a vosotros. Moltran y su grupo de caza cayeron por accidente en la guarida de Laurasin. Lucharon y ella los mató a todos. O eso creyó, sin embargo Moltran sobrevivió.

—¿Era tan grande como Misha? —interrumpió Egil lleno de interés.

—Déjale seguir —lo amonestó Viggo.

—Era más grande que Misha y había alcanzado las mil primaveras.

—¿Mil? ¡Fascinante!

—¿Y qué sucedió? —preguntó Lasgol.

—Laurasin descubrió que Moltran vivía. Estaba malherido. Fue a rematarlo...

—¿Y? —Nilsa se mordía las uñas, expectante.

—Se apiadó de él. Lo dejó vivir.

—Qué curioso. Dejó vivir a un enemigo —exclamó Ingrid.

—Lo cual indica que tenía corazón, además de mente —dedujo Lasgol.

—Exacto —admitió Asrael, y dedicó una mirada de cariño a Misha—. Laurasin cuidó de Moltran hasta que se recuperó. Tardó una estación en hacerlo. En ese tiempo surgió una amistad sincera entre ellos. Charlaban e intercambiaban experiencias.

—¿Charlaban? ¿Cómo puede ser? —preguntó Ingrid mirando a Misha.

—Porque Moltran era como Lasgol.

—¡Oh! ¡Qué bueno! —dijo Egil.

—¿Tenía el don? —preguntó Ingrid.

—Sí. Con algo de tiempo y esfuerzo consiguieron comunicarse. Y de esa comunicación nació el entendimiento y de ahí la amistad. Laurasin y Moltran llegaron a un acuerdo y las hostilidades entre las criaturas del hielo y los Pueblos del Hielo terminaron. A partir de ese día hemos vivido en paz y, en algunos casos, como el mío propio y el de Misha, convivimos en paz y armonía.

—¿Y cómo fue esa comunicación? —preguntó Egil.

—Las criaturas del hielo no pueden hablar como nosotros, pero sí pueden proyectar sus pensamientos a alguien con el talento para recibirlos, como lo soy yo, como lo es Lasgol.

—¿Quieres decir que Lasgol podría entenderse con Misha? —preguntó Egil.

—Sí. Eso es. Si yo puedo, él también.

—¿Podrías probarlo? Por favor —le pidió Egil a Lasgol emocionado.

Lasgol miró a Asrael con dudas en los ojos. Este le hizo un gesto invitándolo a probar.

—De acuerdo. Lo intentaré, pero no creo que lo logre. Me costó horrores hacerlo con Camu.

—Inténtalo. Venga —rogó Egil.

Nilsa y Gerd no parecían nada contentos con el experimento.

Lasgol suspiró resignado; lo haría por su amigo. Se concentró e invocó su poder. Buscó la energía interna almacenada en el pequeño lago de aguas calmas en el centro de su pecho. Abrió los ojos y miró a Misha. Usó su habilidad Comunicación Animal. Percibió el aura de la mente de Misha, clara, potente, de un azul claro e intenso. Se centró en alcanzarla.

«Hola». Lasgol envió el mensaje mental. No sabía si Misha lo recibiría. Probablemente no.

La gran criatura giró la cabeza hacia Lasgol. Lo observó con sus enormes ojos amarillos. «Te escucho, humano».

Lasgol recibió el mensaje mental con tanta potencia y le sorprendió tanto que la cabeza le dio un latigazo hacia atrás y estuvo a punto de irse de espaldas.

—¿Estás bien? —preguntó Egil preocupado.

—Sí, sí… Me he comunicado. Su mente es… grande… poderosa.

«Quiero pedirte algo», le dijo Misha.

«Dime. ¿En qué puedo ayudarte?».

«La guerra está a punto de alcanzarnos. Habrá mucha muerte y dolor. No quiero que el pequeño sufra. Quiero que lo protejas».

«Tienes mi palabra. Lo protegeré con mi vida».

«Eso me alegra. No es habitual encontrar humanos de buen corazón».

«Camu es mi amigo, mi compañero. Lo protegeré siempre».

«Gracias. Él está feliz contigo. Te quiere. No le falles».

Lasgol miró a Camu, este dormía junto a Misha ajeno a lo que sucedía.

«Yo también lo quiero mucho, es como mi hermano pequeño; lo protegeré».

«Gracias». Misha bajó la cabeza en signo de respeto.

Lasgol le devolvió el saludo.

Todos los observaban sin saber qué sucedía.

—¿Lo has conseguido? —preguntó Egil.

—Sí. Me ha pedido que cuide de Camu. Le he asegurado que lo haría.

—Por supuesto que lo protegeremos —dijo Egil.

—¿De verdad puedes hablar con Misha? —Ingrid no terminaba de creerlo.

—Sí. Más que hablar es intercambiar pensamientos.

—No me gusta nada —dijo Nilsa, y cruzó los brazos sobre el pecho.

—A mí tampoco —secundó Gerd.

—Veo que tus amigos no aprueban el uso del don, cuán lamentable —observó Asrael molesto.

—No hay que darle mayor importancia —intervino Egil—. Con el tiempo lo entenderán.

—Pues será mejor que se apresuren. Vienen malos tiempos, muy malos, y van a necesitar toda la ayuda posible para sobrevivir.

—¿La guerra? —preguntó Lasgol.

—La guerra. Miles morirán. Muerte y destrucción reinarán sobre el Continente Helado como no se ha conocido en mucho tiempo. Me entristece el alma; la ambición desmedida, la codicia y el horror en los corazones de ciertos seres son abominables.

—Hablas de Uthar.

—Sí. Pero también de algunos de los nuestros. No todo es blanco y negro. En nuestro bando también hay quienes quieren arrasar el ejército de Uthar y luego conquistar Norghana. —Negó con la cabeza y rostro de decepción.

—Hay gente horrible en todas partes —dijo Egil.

—Muy cierto; la codicia, el rencor, las falsas creencias hacen mucho daño.

—No hay reino que esté libre de gente poderosa que se guíe por esos principios equívocos.

Asrael asintió.

—La tormenta ha amainado —dijo el chamán cerrando los ojos.

—Es hora de partir —anunció Lasgol.

—Sí, para todos. Vosotros debéis volver con las fuerzas de Uthar. Yo voy al encuentro de Darthor y los míos.

—¿Puedes darle un mensaje a Darthor de mi parte? —preguntó Lasgol.

Asrael asintió. Sus compañeros lo miraron confundidos.

—Dile que Uthar viene con el Ejército del Trueno, el Ejército de las Nieves y el de la Ventisca. Dile que tiene cerca de treinta mil hombres. Que ha obligado a la Liga del Oeste a unirse a su causa. Dile que tenga cuidado...

—Extraño mensaje viniendo de ti..., pero se lo diré...

—Ya debe de haber llegado todo el ejército. Nosotros fuimos de los últimos en hacer el trayecto —apuntó Egil.

—Si tan grande es su ejército..., no tenemos muchas opciones.

—Pero tenéis a las criaturas del hielo y a los salvajes del hielo y sus bestias... —dijo Lasgol.

—Sí, pero somos pocos, nuestro ejército es muy inferior al de Uthar. Por desgracia, al final del día los números decantan las batallas y las guerras.

—No siempre. La estrategia, el valor, los líderes son factores que se han mostrado críticos y definitivos en las batallas. Lo he estudiado —dijo Egil.

—Esperemos que esta sea una excepción... Las cosas pintan mal para los Pueblos del Hielo, para nosotros... —dijo mirando a Misha con ojos de pesar—. Pero lucharemos. Lucharemos con todas nuestras fuerzas, pues esta es nuestra tierra y la defenderemos hasta el final. Haremos frente a los invasores. Su sangre manchará de rojo nuestro suelo de hielo.

—Esperemos no encontrarnos en el campo de batalla —dijo Ingrid.

—Esperemos. Alejaos del combate si podéis. En la intensidad de la batalla no puedo garantizar que no resultéis heridos o muertos.

Gerd tragó saliva. Nilsa hizo una mueca de horror.

Lasgol se volvió hacia Camu. Usó su don.

«Vamos, Camu, tenemos que irnos».

«Contento. Jugar», le transmitió la criatura.

«Lo sé, pero tenemos que irnos».

«Gozo. Misha».

Lasgol sintió que se le hacía un nudo en la garganta. No quería separar a Camu de Misha, era injusto para el pequeñín. No podía obligarlo. No quería obligarlo. Así que dejó que eligiera. Era lo más justo.

«Yo tengo que irme ahora. Si quieres, puedes quedarte con Misha».

Camu lo miró con sus grandes ojos y torció la cabeza.

«¿Ir?».

«Sí, yo tengo que irme. Pero tú puedes quedarte si quieres».

Camu soltó un chillido lastimero.

«Contigo», le transmitió y corrió hacia Lasgol. De un salto trepó por su cuerpo hasta llegar al hombro y enroscársele en el cuello. Empezó a lamerle el moflete entre chilliditos lastimeros.

«Tranquilo, no quiero abandonarte, solo quería saber si preferías quedarte».

Tres lametazos acabaron con las dudas de Lasgol.

—La pequeña criatura te tiene mucho cariño —observó Asrael con una sonrisa.

—Y yo a él.

Se despidieron. Asrael les dedicó un abrazo a cada uno y Misha un ensordecedor rugido de tristeza por la marcha de Camu. El chamán los condujo hasta la superficie. Cuando salieron lo encontraron todo cubierto de nieve. Los cielos estaban despejados, los copos que caían eran pocos y livianos.

El trayecto de regreso hasta el campamento fue tranquilo, sin incidentes. La temperatura era aceptable después de la tormenta y los paisajes helados los dejaban sin respiración con su belleza gélida. Cada montículo de hielo que encontraban en el camino les hacía sospechar si no habría una cueva bajo la superficie donde se resguardaran los salvajes del hielo. Eran como icebergs gigantes incrustados en la tierra de aquel continente de hielo; solo veían la punta, pero había un mundo bajo ellos. Lasgol tenía la clara sensación de que era así y, por ello, no habían avistado ni un solo habitante de aquella región.

Cuando alcanzaron el campamento de guerra del ejército norghano en un enorme valle entre dos paredes de hielo, protegido del viento helado y con salida al mar, donde habían acampado, se percataron de que el ejército partía. Una alargada hilera de colores rojos y blancos se desplazaba despacio abandonando el refugio del valle.

—Ya marchan —dijo Ingrid.

—Hacia el norte, al frente —informó Egil consultando la posición del sol—. Aprovechan que la tormenta ha pasado.

—Apresurémonos —propuso Nilsa.

Llegaron al campamento con el Ejército de la Ventisca todavía maniobrando para seguir al Ejército del Trueno y al Ejército de las Nieves. Los soldados de guardia en el perímetro del campamento de guerra les dieron el alto tres veces antes de que consiguieran alcanzar al centro de la base.

Se apresuraron hacia las tiendas de los guardabosques. Encontraron la suya y dejaron sus armas y macutos de viaje. Lasgol sacó a Camu del macuto y le acarició la cabeza. «Tengo que irme un momento. No te muevas hasta que vuelva», le transmitió, luego lo colocó en su catre. Le dio algo de verdura y una manzana de un barril de provisiones. Camu saltó feliz y comenzó a jugar con la manzana.

«Es para comer...».

Pero Camu prefería jugar que comer.

—Será mejor que nos presentemos —dijo Ingrid.

—Sí, no veo al resto de los equipos. Deberían estar aquí —observó Nilsa preocupada.

—Quizá los han enviado con el ejército —aventuró Gerd.

Se apresuraron hacia la tienda de los oficiales guardabosques.

—¿Quién se presenta? —preguntó un guardabosques de guardia.

Del interior de las tiendas aparecieron tres guardabosques reales. A Lasgol le sorprendió verlos allí.

—Guardabosques aspirantes volviendo de misión de reconocimiento —contestó con tono solemne Ingrid.

—Llegáis con varios días de retraso —dijo el guardabosques consultando una lista de órdenes.

—Sí, señor. Nos alcanzó la tormenta. Tuvimos que buscar cobijo y esperar a que pasara.

—Debió de ser una experiencia interesante —dijo una voz a sus espaldas.

Se giraron.

Y se quedaron de piedra.

¡Era el rey Uthar!

¡En persona!

Capítulo 33

—¡ATENCIÓN, EL REY! —ANUNCIÓ EL GUARDABOSQUES real.

Lasgol se quedó helado de la impresión. Intentó hablar, pero el miedo que sentía solo le permitió balbucear.

—El... rey...

Sus compañeros ya se habían percatado y estaban en *shock* como él. Egil bajaba la cabeza y miraba al suelo. Si Uthar descubría que estaba allí..., lo utilizaría contra su padre, el duque Olafstone, también contra la Liga del Oeste.

Se arrodillaron y bajaron la cabeza.

—En pie —dijo Uthar.

Estaba todavía más formidable de lo que Lasgol recordaba. Era más grande que la docena de enormes guardias reales que lo acompañaban, de una anchura de hombros de dos hombres y le sacaría casi media cabeza a Gerd. No parecía haber envejecido un día. Aunque rondaba los cuarenta, no los aparentaba en absoluto; emanaba juventud y poder. Llevaba el cabello rubio suelto sobre los hombros. No portaba su corona, sino un casco alado de oro y plata bajo el brazo. Los observó con unos ojos grandes, azules y fríos en un rostro hosco. Vestía una armadura exquisita, pero no de gala;

era una armadura de batalla. De los hombros le caía una capa roja y blanca. Llevaba una magnífica espada a un lado de la cintura y un hacha de guerra al otro. Estaba preparado para la batalla.

Ingrid consiguió dominar el miedo y respondió:

—Majestad, en efecto, fue una experiencia interesante.

—Las tormentas en esta región olvidada por los dioses son un verdadero problema.

—Sobre todo para un ejército en movimiento hacia el frente —apuntó Sven, comandante de la Guardia Real, señalando el ejército que abandonaba el valle.

Lasgol observó a Sven, mano derecha del rey. Seguía sorprendiéndole la apariencia del comandante, pues no era tan grande y fuerte como el rey y los guardias reales, sino delgado y no muy alto. Además, su cabello era oscuro, al igual que sus ojos, rasgos más típicos del sur, de la frontera. Nadie podía vencerlo en combate con espada. Su agilidad y maestría en el uso del acero eran inigualables. Fue él quien salvó al rey del ataque de su padre; eso Lasgol lo recordaba bien.

—Tranquilo, Sven; los generales de los tres ejércitos saben lo que tienen que hacer —le dijo el monarca.

—Estaré más tranquilo cuando nos enfrentemos al enemigo. Si nos alcanza una tormenta en el trayecto, puede ser una catástrofe.

—Pero no nos alcanzará, ¿verdad, Olthar?

El mago del hielo del rey estaba junto a otros dos magos de hielo, algo más retrasado. No había duda de lo que eran por sus vestimentas y el aura de poder arcano que emanaban. Vestían túnicas níveas sin ningún adorno y en las manos llevaban báculos exquisitos, blancos como la nieve, con incrustaciones en plata. Olthar tenía el pelo blanco y largo, y unos ojos grises, helados. Aunque parecía un hombre anciano y frágil, irradiaba poder. Lasgol lo sentía. Era un mago muy poderoso. Lasgol tampoco olvidaba que había sido él quien había matado a su padre, Dakon.

—El clima en este continente es tan impredecible como hostil —explicó Olthar—. Pero, según nuestros estudios, deberíamos disponer de al menos cinco días de calma tras la última tormenta.

Uthar sonrió confiado.

—Es bastante para alcanzar el frente.

—Esperemos… —dijo Sven no tan convencido.

Uthar pasó la vista por los seis compañeros, que estaban tan rígidos como tablas por la tensión del encuentro. Lasgol y Egil bajaban la cabeza con la mirada clavada en el suelo, intentando pasar inadvertidos y que el rey no los reconociera.

No hubo suerte.

—Yo te conozco, joven guardabosques —dijo el rey.

Egil y Lasgol levantaron la mirada lentamente con el corazón en un puño.

Lasgol se encontró con los ojos de Uthar clavados en él.

«¡Maldición, me ha reconocido!».

Tragó saliva.

—¿Os referís a mí, majestad?

—Sí, ¿quién eres? Tu cara me resulta muy conocida.

—Soy Lasgol Eklund, majestad.

El rostro de Uthar se iluminó al reconocer el nombre. Luego se volvió sombrío.

—Lasgol, el hijo de Dakon, claro. —Una sonrisa apareció en su rostro.

El chico estaba tan nervioso que apenas podía mantener las rodillas quietas para que no le temblaran. ¿Sabía Uthar que lo habían descubierto? Si era así, los mandaría decapitar allí mismo. Quizá no lo sabía, pues no habían hecho ni dicho nada para delatarse… al menos que él supiera. Pero Uthar era extremadamente inteligente y tenía espías. Quizá los habían oído. Con cada pensamiento Lasgol se ponía más nervioso.

—¿Te encuentras bien? Tienes mala cara —dijo el rey.

—Yo...

—Es por la misión, majestad, ha sido extenuante —intervino Ingrid en ayuda de Lasgol.

—Nada que un poco de descanso no arregle, joven guardabosques —dijo Uthar.

Lasgol vio el destello en los ojos del rey y no supo si era reconocimiento o que la posibilidad de tenerlo cerca le permitía matarlo con facilidad.

—Es un honor serviros en esta campaña.

Uthar sonrió y de nuevo Lasgol percibió algo maligno en aquella sonrisa. O quizá era su imaginación. «Soy un cabo suelto para él y, ahora, lejos del campamento de los guardabosques, me tiene a su merced y en territorio enemigo, donde cualquier cosa me puede pasar. Esto se pone muy feo».

—¿Han desembarcado ya los invencibles del hielo? —preguntó Uthar a su comandante.

—Lo hacen ahora —contestó Sven señalando los barcos atracados frente a la costa.

Uthar entrecerró los ojos y observó el desembarco.

—Ya los veo. La verdad es que impresionan.

Lasgol los estudió. Eran hombres no muy grandes, pero sí de aspecto ágil y curtido. Expertos espadachines. Iban vestidos completamente de blanco: casco alado, peto y capa, incluso los escudos eran blancos. Luchaban con espada y escudo. Ellos no usaban el hacha por considerarla lenta y torpe.

—Son la mejor infantería de todo Tremia —le aseguró Sven.

—Contra los salvajes del hielo veremos si esa afirmación se mantiene.

—No tengo duda alguna de que los vencerán.

—Eso espero. Esos salvajes son enormes y de una fuerza

descomunal. No son hombres normales como los de los ejércitos rogdanos o noceanos.

—No os preocupéis, majestad; la pericia con el acero siempre saldrá vencedora contra la fuerza bruta. Yo soy prueba viviente de ello. Los invencibles demostrarán por qué tienen ese nombre. No importa cuán grande y fuerte sea el rival, lo harán trizas.

—¡Ja! Así me gusta. En cuanto terminen de desembarcar partiremos —dijo Uthar.

—Sí, mi señor.

—Quiero que sea una campaña rápida y victoriosa. Estos sucios salvajes del hielo aprenderán de una vez a respetar la sangre norghana. No volverán a osar levantarse en armas contra nosotros. Deben aprender quién manda en el norte de Tremia. Y cuando acabemos con ellos y todo el norte sea norghano, enseñaremos al resto del mundo a respetarnos. Por las buenas… o por las malas.

Lasgol supo en aquel instante que sería por las malas.

—Lasgol, acompáñame un momento. Quiero hablar contigo —dijo el rey.

A Lasgol le dio un vuelco el corazón. ¿Por qué quería el rey hablar con él? No podía ser nada bueno. ¿Habría descubierto que Darthor era su madre? ¿Estaba perdido? ¿Ordenaría que lo mataran?

—Camina conmigo.

Lasgol siguió al monarca, que se dirigió hacia el lugar donde los invencibles desembarcaban y formaban filas.

—¿Qué opinas de esta campaña?

Lasgol sintió que la pregunta tenía trampa.

—Yo soy un guardabosques aspirante que sirve a su rey. No entiendo de campañas ni guerras.

Uthar sonrió.

—Buena respuesta. Eres listo. Me recuerdas mucho a tu padre, Dakon.

Al chico se le hizo un nudo en el estómago.

—¿Qué tal te tratan los guardabosques?

—Muy bien, majestad, no podría estar más contento.

—Me alegro de oír eso. Me pregunto si no te gustaría pasar a mi servicio personal con los guardabosques reales; así podrías servir mejor a tu rey.

Lasgol vio la trampa tan clara como si la situaran frente a él, una sombra negra sobre el suelo de hielo y nieve, que, si daba un paso en falso, lo atraparía y sería su final. «Tengo que pensar algo, y rápido, o estaré perdido. Si me quiere a su lado, es que no se fía. Desconfía de mí o sospecha algo. Si me lleva con él, nadie podrá salvarme. Sufriré un "accidente" y nadie pondrá en duda la palabra del rey». Lasgol comenzó a sudar. «Piensa, vamos, tienes que salir de este lío».

—Sería un honor… tan grande… Pero no sería justo para los otros guardabosques reales… Yo ni siquiera he terminado el tercer año de instrucción, no merezco estar entre ellos.

—Soy el rey, es mi prerrogativa.

—Desde luego, majestad. Es solo que…

—Habla libremente.

—Ya he portado un gran estigma todos estos años…

—Por ser el hijo del Traidor…

—En efecto, majestad.

—Pero el nombre de Dakon ha sido restituido y su honor salvado.

—Sí, y por ello no quisiera ahora recibir ningún trato de favor que volviera a crear rumores y habladurías sobre mi persona.

Uthar se detuvo y con él toda la comitiva. Sven y Olthar iban justo detrás de ellos, los guardias reales a los costados y los magos del hielo cerrando el grupo. Miró a Lasgol atravesándolo con sus ojos azules y gélidos, como si buscara escarbar la verdad de su alma.

—Umm… Esto tiene fácil solución. —Se volvió hacia Sven—. Que venga Gatik.

—Ahora mismo, majestad —dijo Sven, y envió a un guardia real a buscarlo.

Lasgol se intranquilizó aún más. Gatik era el guardabosques primero del rey.

Llegaron hasta los invencibles, que al ver al rey lo recibieron con salvas de victoria que resonaron en el valle helado.

Uthar se hinchió por el recibimiento y sonrió de oreja a oreja.

Al ver a los miles de invencibles gritando al aire con sus espadas desenvainadas y alzadas al cielo, Lasgol recordó las palabras de Asrael: «Muerte y destrucción llegan a los Pueblos del Hielo».

El guardabosques primero, Gatik, apareció al cabo de un momento. Lasgol lo reconoció enseguida. Era alto y delgado, pasada la treintena, de andar ágil y equilibrado. Tenía el pelo rubio y la barbita arreglada; su mirada era de determinación y su semblante de pocos amigos. Un hombre decidido, el mejor de entre todos los guardabosques, la envidia de todos ellos.

—Majestad, ¿me habéis hecho llamar?

—Ah, sí. Necesito tu consejo en un tema.

—Me honráis, majestad.

—Como es cosa de guardabosques, lo dejo en tus manos, ya que tú eres el de mayor rango aquí.

Gatik asintió:

—Gondabar, nuestro líder, ha tenido que quedarse en Norghania; su estado de salud no es bueno.

—El viejo Gondabar está pasando una mala racha. Espero que se recupere pronto. Lo necesito a mi lado, es un aliado invaluable —dijo Uthar.

—Todos confiamos en su pronta recuperación.

—El tema que quiero tratar es sobre el joven Lasgol, aquí

presente. —Miró al muchacho—. Quiero hacerlo parte de los guardabosques reales que lideras. ¿Qué opinas?

—Yo no soy quien para juzgar los deseos de su majestad.

Uthar sonrió.

—Cierto. No obstante, quiero que me digas qué opinas. Libremente.

Gatik se puso serio, más de lo habitual. Observó a Lasgol un rato largo, como estudiándolo, decidiendo su valía.

—No está preparado para ser un guardabosques real. Es un aspirante, aún le queda mucho por aprender y mejorar para entrar a vuestro servicio, majestad.

—Eres directo, sin preámbulos. Por eso me agradas, Gatik.

Uthar miró alrededor. Tenía a todo su séquito observando la escena. Recapacitó.

—Está bien. Como no estás preparado y no sería justo para el resto de los guardabosques, olvidemos el tema. Pero quiero que estés cerca cuando las cosas se pongan feas. Lo quiero a mi lado. Sería una verdadera lástima que algo le ocurriera.

Un escalofrío le bajó a Lasgol por la espalda.

—No os preocupéis, majestad, yo me encargo —dijo Gatik.

—Muy bien. Tema zanjado. —Se volvió hacia los invencibles—: ¡Es hora de demostrar a estos salvajes de qué están hechos los norghanos! ¡Listos para marchar!

Un rugido de voces se alzó al cielo:

—¡Gloria a los norghanos!

Los vítores y las bravatas llenaron el valle helado.

—Sígueme —le ordenó Gatik a Lasgol.

—Sí, señor.

Entonces, volvieron hasta las tiendas de los guardabosques. Lasgol iba resoplando de alivio. Se había librado por los pelos, pero tenía la sensación de que no habría una segunda oportunidad.

—No sé a qué se debía todo eso, pero recuerda que eres un guardabosques aspirante, nada más. No estás preparado.

—Lo sé, ha sido idea del rey, yo no…

—Da igual. Los hechos son los que son. Todavía te queda mucho para ser guardabosques, y mucho más para ser guardabosques real. Solo los mejores de entre los nuestros ocupan esa posición y son elegidos tras pasar unas pruebas muy duras que, déjame asegurarte, no estás preparado para afrontar.

—Sí, señor. Yo no…

—Olvidémoslo.

Llegaron a las tiendas. Sus compañeros disimularon la alegría de verlos. Ingrid y Nilsa no perdían detalle de lo que Gatik hacía.

—Todos los guardabosques, a excepción de los guardabosques reales que acompañan al rey, han partido ya —dijo al comprobar que estaban casi solos en la zona de guardabosques—. Yo no puedo llevaros conmigo, tengo que ir con el rey. Maldición, ¿qué hago con vosotros?

Una voz melódica y fina intervino:

—Yo puedo encargarme de ellos.

Gatik se giró.

—Braden.

—Hola, amigo.

Lasgol y Egil intercambiaron una mirada de sorpresa.

—¿Qué haces aquí? Pensaba que todos los guardabosques habían partido ya hacia el frente.

—Sí, han partido todos ya. Yo me he quedado a esperarlos. No podía irme sin saber si regresarían. Dolbarar me pidió que cuidara de ellos.

—Pues, en ese caso, asunto arreglado. Ahora están bajo tu responsabilidad.

—No te preocupes. Yo me encargo.

Gatik asintió.

—Me alegro de verte. ¿Cuánto ha pasado?

—No tanto, tres o cuatro estaciones.

—¿Nos deleitarás con tus odas cuando alcancemos la victoria?

—Tú encárgate de que alcancemos la victoria. Yo me encargo de las odas y las canciones heroicas.

Gatik sonrió.

—Nos vemos en el frente.

—Suerte, amigo.

—Suerte.

Gatik marchó con paso decidido.

Braden los observó un instante.

—Me alegra veros de una pieza. Empezaba a pensar que no regresaríais. Bueno, no hay tiempo para besos y abrazos. Equipaos. Partimos de inmediato al frente. Vuestros compañeros partieron ayer. Debemos alcanzarlos.

Los seis entraron en la tienda. No tardaron mucho en salir listos para el viaje.

—Una última cosa: haréis todo cuanto os diga, sin rechistar. Os jugáis la vida.

Lasgol asintió. El resto del equipo lo imitó.

—En marcha, en silencio y con mucho cuidado. Tranquilos, haced lo que yo indique y saldremos de este continente con vida.

Por desgracia, Lasgol no tenía el mismo convencimiento.

Capítulo 34

E L FRENTE NO ERA COMO HABÍAN IMAGINADO, O AL MENOS EL que ellos podían ver, pues las misiones que les encomendaban los obligaban a estar bien atrás, a la retaguardia. Viggo estaba más que satisfecho con aquella posición y así se lo hacía saber a sus compañeros o a quien preguntara cada vez que tenía la oportunidad. Ya le había costado una pelea con Isgord, que lo había llamado cobarde u otras lindezas, que se había saldado con una trifulca entre los Águilas y los Panteras. Braden había tenido que intervenir y separarlos. Lasgol no podía reprochárselo; a ninguno le apetecía morir en aquel Continente Helado, y, por lo que sabían, eso era precisamente lo que les ocurría a todas las patrullas que se adelantaban hacia el norte, donde se escondía el enemigo entre grandes glaciares infranqueables.

Lasgol observaba la actividad en el campamento de guerra desde el interior de la tienda que les habían asignado. Miraba a través de la rendija abierta de la puerta de lona. Miles de tiendas rojas y blancas llenaban una explanada helada, aunque bien resguardada del viento. Los generales conocían bien su oficio. El enorme ejército norghano siempre acampaba en alguna depresión del terreno al cobijo de formaciones de hielo y roca. El viento y el frío mataban más hombres en aquellas latitudes que los más fieros de los guerreros de Tremia. Por fortuna, el clima estaba aguantando, pero todos esperaban con terror la siguiente tormenta.

El campamento de guerra era gigantesco. Había cerca de treinta mil soldados norghanos en él. Manejar a todos aquellos hombres y que trabajaran a una era algo que a Lasgol le parecía inconcebible, pero la rígida pirámide militar con sus generales, capitanes, sargentos y demás escalas funcionaba a la perfección y todo aquel ejército descomunal se desplegaba y recogía a una en medio de órdenes precisas gritadas a pleno pulmón.

El amanecer llegó con el cuerno de llamada. Los soldados despertaban y se preparaban para emprender las tareas asignadas para el día. Los oficiales de los tres ejércitos gritaban órdenes con rugidos de osos polares. En tan solo unos momentos, miles de personas se pusieron en marcha a lo largo y ancho del descomunal campamento de guerra.

—¿Qué nos tocará esta mañana? —preguntó Nilsa mordiéndose las uñas fuera de la tienda que compartían.

Lasgol observaba la reunión de capitanes alrededor de un barril de carne seca a unos pasos. Ingrid escuchaba con atención las instrucciones de Braden y los otros dos guardabosques veteranos. Astrid y Luca intercambiaban miradas de preocupación. Isgord, por el contrario, se mantenía tan confiado y petulante como siempre. Ahart, de los Osos; Jobas, de los Jabalíes; Gonars, de los Halcones; Sugesen, de los Serpientes, y Azer, de los Zorros, atendían las tareas que tendrían que acometer aquel día.

—Seguro que nos ordenan custodia de provisiones otra vez —dijo Viggo.

—A mí no me importa proteger las provisiones que suben desde los barcos al sur.

—Ya, porque te puedes comer lo que se cae, tragón.

Gerd se sonrojó.

Nilsa soltó una carcajada.

—No seas tan pillo —le dijo Lasgol a Camu, que correteaba por el interior de la tienda.

—No sé por qué no avanzamos ya de golpe hasta los glaciares y acabamos con esto —protestó Viggo.

—Eso es lo que Uthar ha intentado ya en tres ocasiones —explicó Egil— y no lo ha conseguido.

La primera vez el mal tiempo se lo había impedido. Una tormenta imprevista los había alcanzado en pleno avance y habían tenido que retroceder al campamento base a refugiarse. La tormenta había sido tan letal que el rey había perdido dos mil hombres en la retirada, muertos por las temperaturas extremas. Uthar había estado gritando a sus magos del hielo durante dos días por no haberlo previsto, pero el clima en el Continente Helado era tan imprevisible como letal.

Las dos ocasiones siguientes en las que había intentado alcanzar los Glaciares Azules se habían producido dos batallas importantes, además de un sinfín de escaramuzas aisladas, y la moral no era precisamente alta. En las dos batallas los salvajes del hielo y sus bestias habían derrotado a las tropas norghanas. Por lo que contaban los soldados supervivientes, los salvajes eran enormes y unos luchadores brutales. Sus bestias, troles y ogros albinos, atemorizaban al más curtido de los soldados.

—No entiendo por qué tenemos treinta mil soldados; podríamos conquistar medio Tremia —dijo Viggo.

—Buena apreciación, pero incorrecta. Ahora tenemos treinta mil hombres. Cuando se produjeron las batallas solo teníamos un tercio de ellos, el resto estaba de camino.

—Entonces Uthar se ha precipitado; tendría que haber esperado a tener a todos sus hombres —observó Nilsa.

—También incorrecto. —Sonrió Egil—. No ha sido Uthar quien ha propiciado las batallas. Ha sido Darthor. Ha aprovechado que Uthar estaba esperando a sus efectivos para atacar y comenzar a debilitar sus fuerzas.

—Hemos retrocedido dos veces tras las derrotas en esas batallas —apuntó Lasgol.

—Darthor y los Pueblos del Hielo saben lo que se hacen. Serán menos en número, pero tienen buenas estrategias. Ya nos han hecho perder más de tres mil hombres entre muertos y heridos.

—Somos norghanos, no deberíamos retroceder —dijo Ingrid.

—En la guerra hay un tiempo para luchar y otro para retirarse, todo buen estratega lo sabe. Uthar se ha retirado dos veces a esperar al resto de sus fuerzas. Ahora puede luchar con todo su ejército. Darthor ha atacado para debilitarlo en fuerzas y en moral, y lo ha conseguido. Va a ser muy interesante ver qué sucede ahora.

—«Muy interesante», dice. Eres odioso y un encanto al mismo tiempo —lo halagó Nilsa, además le dio un beso en la mejilla.

Egil se encogió de hombros y sonrió agradeciendo la caricia. Ingrid llegó a la tienda.

—¿Qué nos toca hoy? —preguntó Nilsa con un respingo.

—Exploración al sudeste.

—Lo siento, grandullón, hoy te quedas sin suplemento. —Viggo tenía una sonrisa burlona.

—Preparaos, saldremos en breve. Braden lidera la expedición y vamos con los Águilas.

—Qué bien. Mi guardabosques favorito como líder y mi equipo preferido como acompañamiento —soltó Viggo con una mueca de disgusto.

—Qué le vamos a hacer… —se lamentó Nilsa, y comenzó a preparar sus armas.

—Somos los Panteras de las Nieves y nos hacemos grandes con las dificultades —dijo Ingrid.

Todos la miraron extrañados.

—He tenido un momento. Olvidadlo.

—Para nada. Me ha motivado tanto que creo que deberías hacerlo todos los días —le dijo Viggo con una enorme sonrisa.

—Calla, merluzo.

—Sí, mi líder.

Todos sonrieron y terminaron de preparar sus cosas. Lasgol no pudo conseguir que Camu se quedara en la tienda, así que dejó que se metiera en el macuto y partieron.

Uthar había ordenado no volver a atacar en pequeños números. Buscaba un gran enfrentamiento donde sus números superiores fueran la diferencia. Necesitaba forzar la salida de los salvajes de sus escondrijos de hielo.

Partieron a realizar la misión con una plegaria a los dioses para que no les sucediera nada malo. Por fortuna fue otra misión sin incidencias.

Al día siguiente, Lasgol observaba las tiendas de los guardabosques que lo rodeaban. La misión de reconocimiento había ido bien, ni rastro del enemigo y ese día les tocaba descanso. El rey había llamado a todos sus guardabosques a la guerra y había allí acampados cerca de quinientos, aunque la mayoría estaban fuera en misiones de reconocimiento y patrulla. Lo último que el rey y sus generales deseaban era verse sorprendidos mientras acampaban. Lasgol estaba disfrutando de la compañía de otros guardabosques. Y no era el único. Ingrid estaba entusiasmada por poder oír de primera mano todas las vivencias de aquellos aguerridos hombres y mujeres del cuerpo de guardabosques al servicio del rey. Astrid, Isgord, Luca y el resto de los capitanes no perdían oportunidad para sonsacar información a los veteranos.

Braden llegó con otros tres guardabosques.

—¡Atención, guardabosques de tercero y cuarto! —llamó.

Lasgol se puso en pie y salió de la tienda militar. Le agradaba que se refirieran a ellos como guardabosques, aunque en realidad no lo fueran todavía. Egil le había explicado que muy probablemente era para darles ánimos y sensación de pertenencia en momentos difíciles como aquellos. Como casi siempre, Egil estaba en lo cierto y así se lo había confirmado Braden cuando le había preguntado la noche anterior. Braden deleitaba a todos con sus cantos tras la cena alrededor de las fogatas, algo que disfrutaban novatos y veteranos. Le pedían canciones y odas de grandes batallas y actos heroicos de antiguos guardabosques. Él los complacía hasta que llegaba el toque de queda del campamento militar. Sin duda, Braden era de los guardabosques más populares, si no el que más, lo cual había sorprendido y mucho a Lasgol y sus compañeros. Viggo ahora lo odiaba más que nunca por ser tan popular.

—¡A formar! ¡Rápido! —llamó Braden.

Todos salieron de las tiendas y regresaron de donde estuvieran para formar. Clavaron la rodilla y miraron al frente, tal y como formaban los guardabosques. Esa era otra característica que Lasgol había observado: no se compartía en el ejército norghano. Los soldados formaban rectos como tablones, sacando pecho, mostrando lo grandes, fuertes y temerarios que eran, como un concurso de bravucones, solo que podían partir a un hombre en dos de un hachazo si se atrevía siquiera a lanzar una mirada provocadora. La verdad era que había un abismo entre la formación, las costumbres, la forma de interactuar y luchar de soldados y guardabosques. Eran tan diferentes como el día y la noche. Todas aquellas jornadas compartiendo campamento con miles de soldados empezaban a resaltar las diferencias. Los soldados norghanos, sobre todo los veteranos, le recordaban a Ulf. Grandes, fuertes, curtidos, llenos de cicatrices y con una boca tan grande como su fuerza bruta, con la excepción de los invencibles del hielo, que eran mucho más moderados. Los guardabosques, por otro lado, eran mucho más comedidos y reservados. Sin embargo, el brillo letal en los ojos de aquellos hombres le aseguraba que, llegado el peligro, matarían sin un sonido, sin un aviso previo. Y no fallarían.

Por estas razones y, sobre todo, por el recelo que los guardabosques despertaban entre los soldados, se mantenían siempre apartados. Estaban juntos en el campamento de guerra, pero claramente separados. Las misiones de los guardabosques y los soldados eran diferentes por completo y nunca se enviaban grupos mixtos. Por lo visto, soldados y guardabosques no colaboraban nada bien y las disputas y peleas entre ellos eran comunes. Lasgol no se sorprendía de aquel hecho; los soldados odiaban a los guardabosques, a quienes consideraban oscuros y traicioneros como serpientes, y los guardabosques odiaban a los soldados, ya que, según ellos, estos tenían la mente y los modales de los puercos de cochiquera.

—Hoy tengo conmigo a tres guardabosques a los que quiero que conozcáis —anunció Braden.

Lasgol observó a los tres hombres. No eran muy diferentes del resto de los guardabosques; vestían igual, de un blanco invernal y con la capucha y el pañuelo sobre la cabeza y la boca, dejando visibles únicamente los ojos. No eran ojos viejos, sino experimentados.

—Los tres tienen algo especial que mostraros de sus maestrías.

Los tres hombres dejaron ver sus medallones. Dos pertenecían a la maestría de Tiradores, con el grabado del arco, y el tercero a la de Naturaleza, con un medallón de madera con una hoja de roble tallada en el centro.

—Además, los tres son guardabosques especialistas.

La sorpresa los dejó boquiabiertos. Todos los miraban con los ojos abiertos de par en par. Algunos, como Gerd, se quedaron con la boca abierta un buen rato. Lasgol era consciente de que entre todos los guardabosques habría especialistas de las especialidades de élite, sin embargo no había sido capaz de reconocer a ninguno. Los tres hombres dejaron a la vista un segundo medallón, más grande que el de la maestría.

—Mirtensen es tirador del viento —presentó Braden—. Os explicará en qué consiste su especialidad, además os ayudará a prepararos para la batalla.

Enseñaba el medallón que tenía tallada una flecha sobre ondas de viento. Braden seleccionó a varios equipos y marcharon.

—Ese es mi amigo, Osmason. Es tirador infalible y, como el nombre de su especialidad bien especifica, no falla nunca.

Ingrid estiró el cuello para ver el medallón; era una flecha clavada en la mitad de una diana.

—Seré como él —aseguró.

Sus compañeros asintieron. Sabían que era lo que ella tanto deseaba. Braden seleccionó a otro grupo de equipos y marcharon.

—Por último, tenemos a Hinsenson, superviviente de los bosques. No hay nadie mejor como compañía en una misión —aseguró Braden.

—Ya me gustaría a mí —indicó Gerd con expresión de deseo.

Les tocó ir con Hinsenson, que les explicó cuáles eran y cómo preparar las pociones sanadoras y los ungüentos más eficaces contra las infecciones en la batalla. Los ayudarían a estar preparados y les recomendó ciertos venenos para usar en combate. Resultaba muy interesante escuchar las diferencias entre usar las pociones y los venenos en función de si se enfrentaban a una batalla o si estaban en otras situaciones. Más tarde se juntaron con Osmason, quien les explicó las flechas que debían tener preparadas y las cantidades de cada una. Se centró mucho en que prepararan Flechas Elementales, sobre todo ígneas, las más utilizadas en combate. También les explicó las flechas a usar para tiros precisos y tiros de larga distancia. Por último, se juntaron con Mirtensen; este les dio una clase magistral sobre cómo tirar en movimiento y ante la carga de enemigos armados con armas de cuerpo a cuerpo. Todos escucharon sin perder un detalle de lo que los tres especialistas les contaron. Pasaron todo el día siguiente preparando flechas y pociones para la batalla como les habían indicado.

Al atardecer siguiente, Viggo entraba en la pequeña tienda que los Panteras de las Nieves compartían al final de la zona de las tiendas de los guardabosques.

—Tengo información interesante para ti —le dijo a Egil en un susurro misterioso.

Los ojos de Viggo brillaban con aquel brillo letal que a veces mostraban y nunca era por algo bueno.

—¿Qué información?

Viggo se llevó el dedo índice a los labios.

—Es sobre tu familia.

—¿Qué sabes? Yo no he logrado averiguar nada.

—Yo sí. Tienen a tus dos hermanos prisioneros.

—¿Cómo lo sabes?

Viggo se encogió de hombros.

—Tengo mis medios, ya sabes…

—¿Dónde los tienen?

—En la zona sur del campamento de guerra, en las carretas de los prisioneros.

—He de ir a hablar con ellos.

—Esa no es una buena idea —dijo Lasgol, que estaba escuchando—. En esas carretas tienen a los pocos prisioneros que se han capturado. Además, las carretas están construidas como celdas con barrotes; no podrás acceder.

—Mira por dónde, no soy el único que escucha conversaciones ajenas.

—Tengo que ver cómo están y saber qué ocurre.

—Iremos contigo —le aseguró Lasgol.

—¿Iremos? —dijo Viggo con gesto de incredulidad.

—Calla y ayuda —le espetó Lasgol, sin tiempo para Viggo comportándose como Viggo cuando Egil se dirigía de cabeza al peligro.

—Está bien. Pero que conste que he protestado.

A medianoche, el campamento dormía y los tres amigos se deslizaron entre las penumbras de la noche hasta los carros. La vigilancia era cerrada. No sería nada fácil acercarse.

—Forman un perímetro de guardia. —Lasgol estudiaba a los guardias.

—¿Cómo hacemos para cruzarlo? —preguntó Viggo con el entrecejo fruncido.

—La mejor forma de cruzar un círculo no es romperlo —explicó Egil.

—¿Ah, no? Entonces, ¿qué hacemos?

—Vosotros nada, yo pasaré por encima del círculo.

Lasgol lo miró sin comprender. Viggo hizo un gesto con el que daba a entender que Egil estaba loco.

Momentos más tarde, en silencio y a cubierto de la noche, Egil se arrastraba por la parte superior de las carretas prisión rectangulares. Estaban situadas en batería y sin los bueyes que las movían, pues los habían llevado a los corrales con los otros animales de carga. Con mucho cuidado de no hacer ruido ni ser visto, había saltado de un risco helado hasta una carreta e iba pasando de una a otra, sin bajar al suelo, hasta alcanzar aquella en la que se encontraban sus hermanos.

—Es listo el chaval —dijo Viggo.

—Y valiente —añadió Lasgol señalando a los guardias del perímetro y una docena más que hacían patrulla.

—También.

—Coloquémonos por si nos necesita.

Egil, sobre la carreta, se aseguró de que la patrulla pasaba y descolgó medio cuerpo cabeza abajo.

—¡Egil! —exclamó con sorpresa Austin al descubrir el rostro de su hermano menor entre los barrotes.

—¡No puede ser! —dijo Arnold, el segundo de los hermanos.

—Sí, soy yo. Bajad la voz, no sea que nos descubran. ¿Cómo estáis? Dejadme veros —les dijo, emocionado.

Austin, su hermano mayor, estaba igual. Le llevaba seis años y su cuerpo así lo mostraba. Era alto y fuerte como su padre, el duque. Seguía llevando el pelo rubio corto. Sus ojos azules se clavaron en los de Egil. Estaban hundidos por la preocupación.

—Cada día eres más la imagen de padre —le dijo a Austin.

Este le dio un abrazo a través de los barrotes, al que se unió Arnold. Se fijó en él; era un par de años más joven que Austin y había crecido desde la última vez que se habían visto. Miró a Egil con ojos pardos bajo un flequillo castaño.

—Has crecido, pareces otro.

—¡Tú sí que has cambiado, que eres capaz de colarte aquí y hacer estas acrobacias como si nada!

—Entrenamiento de guardabosques. —Sonrió Egil.

—Debes irte; si te descubren, nos tendrán a los tres —le dijo Austin.

—Padre me advirtió de que Uthar os había capturado. No podía creerlo.

—Créelo. Ese cerdo sin entrañas nos mantiene presos para asegurarse de que padre cumple lo que él pide.

—Si padre no aparece con sus hombres para apoyar a Uthar, nos cortarán el cuello —dijo Arnold.

—¡No se atreverá!

Austin suspiró hondo:

—Sí se atreverá. Nos lo ha asegurado él en persona. No había duda en sus ojos, solo codicia. Nos matará sin pensarlo dos veces. Se lo ha ordenado a Sven. Si padre no acude, nos juzgará por traición a toda la familia y nos condenará a muerte. Nos ha enseñado la sentencia real firmada y sellada. Solo tiene que dar la orden. Sven se encargará de ejecutarla.

—¡Es una infamia terrible!

—Sí, pero Uthar es rey y tiene la potestad para hacerlo. Y lo hará. Es vengativo y corrupto —aseguró Austin.

—La Liga del Oeste se lo impedirá.

—La mitad de la Liga está aquí, sirviéndole. Su fuerza está dividida y ya sabes… —dijo Austin—. Tú eres mejor que nosotros en estas cosas con esa cabeza tuya.

—Divide y vencerás…

—Y aunque estuviera unida, la Liga es muy inferior en número a las huestes del este que apoyan al rey —les recordó Austin.

—Dos a uno —respondió Arnold—. Por eso padre nunca ha buscado un enfrentamiento abierto. Las fuerzas del rey y sus aliados doblan a las nuestras.

—Entiendo… Y además ahora estamos divididos…

—Padre no vendrá —dijo Austin.

—Lo hará —les aseguró Egil.

—No, no lo hará. —Arnold negó con la cabeza.

—Uthar es muy inteligente y extremadamente peligroso —opinó Austin—. Ha planeado bien sus movimientos después del revés que sufrió en Norghana contra Darthor.

Egil resopló:

—No se saldrá con la suya.

—Tiene un ejército enorme de soldados del norte. Yo creo que, por desgracia, sí se saldrá con la suya —dijo Arnold.

—Veremos. La partida no está ganada. Hay muchas piezas en juego en el tablero y los movimientos son impredecibles.

—No te mezcles en esto, hermanito —le pidió Austin—. Nuestra suerte está echada, pero no la tuya. Escóndete entre los guardabosques y desaparece de la vista del rey.

—¿Qué quieres decir?

Austin miró a Arnold, que bajó la cabeza.

—Gane o pierda, Uthar no nos dejará con vida. Buscará matar a padre y a nosotros como sus herederos. Nadie más puede oponerse a su reinado. Destruirá la Liga del Oeste. En esta campaña, no solo se decide el futuro de este continente… también el de Norghana.

—Entiendo… Se decide el futuro del norte de Tremia. Uthar reinará sobre Norghana y no quedará nadie que pueda disputarle la Corona, pues estaremos todos muertos. —Egil razonaba las implicaciones.

—Eso es, hermanito. Tú tienes una mente privilegiada, lo entiendes.

—¡No podemos permitirlo! ¡Algo se me ocurrirá!

—Pues piensa rápido, el tiempo se agota. La gran batalla se acerca y, tras ella, toda oposición a Uthar habrá muerto de una forma o de otra.

Egil suspiró con pesadez.

—Lo ha planeado muy bien. Sin embargo, de alguna forma conseguiremos que fracase.

Una lechuza ululó. Era el aviso de Lasgol.

—Debo irme; ese es el aviso de que vuelve la guardia.

—Estamos muy orgullosos de ti, Egil. Padre nunca te trató como merecías, pero quiero que lo sepas —dijo Austin.

—De verdad, de corazón —secundó Arnold.

—No habléis así; esto no es una despedida. Saldremos de esta.

—Vete, Egil, desaparece.

Egil, con lágrimas en los ojos, se alzó hasta el techo de la carreta prisión y se fundió en la noche.

Capítulo 35

L A TORMENTA LLEGÓ AL CAMPAMENTO DE GUERRA A MEDIA mañana sin previo aviso, empujada por vientos helados del norte. El cielo se volvió negro con nubes letales y comenzó a descargar. La temperatura bajó tanto y de forma tan brusca que la lluvia y el viento gélido mataban a quien alcanzaran sin refugio.

—¡Dentro todos! —urgió Braden y señalaba las tiendas que tenían asignadas.

Los Panteras se apresuraron a entrar.

—¡Voy a avisar a los demás! ¡No salgáis de las tiendas por nada del mundo! —Por primera vez, la voz de Braden sonó discordante.

—¡Estoy helado! ¡No puedo ni pensar! —se quejó Viggo al entrar.

—Eso que nos ahorramos. Entra y calla —lo hostigó Ingrid.

Nilsa castañeteaba los dientes sin poder parar. Gerd temblaba como si se hubiera caído en un lago helado. El viento azotaba el campamento con ráfagas violentas, como si los dioses del hielo estuvieran soplando sobre ellos con su gélido aliento como castigo por haber invadido su reino.

—Apresuraos, la temperatura está descendiendo mucho y muy rápido —dijo Lasgol, y entró con el pelo comenzando a congelársele.

Entraron y se taparon con las pieles y mantas que tenían para protegerse del clima adverso. Al principio pareció que sería suficiente, pero según pasaban las horas y la tormenta se volvía más letal, empezaron a congelarse; el frío era insoportable.

—¡Me estoy helando! —dijo Viggo, que se frotaba las manos enguantadas en un intento por que no se le congelaran.

—Taponemos cualquier ranura por la que entre el viento —sugirió Lasgol al notar el aire helado sobre el cuerpo.

Mientras lo hacían, Lasgol se fijó en que Camu estaba tan tranquilo; el frío no parecía afectarle. Se metió en el morral de Lasgol y se puso a dormir, como si nada.

—La temperatura continúa cayendo, está ya casi por debajo de lo que una persona puede soportar —dijo Egil—. Si sigue descendiendo, vamos a morir...

—¡Pues qué bien! —se quejó Viggo.

—Estoy-muerta-de frío... —anunció Nilsa sin poder dejar de tiritar, hecha un ovillo.

—Ven, yo te doy calor —dijo Gerd, y abrió los brazos para darle un abrazo de oso.

Nilsa le sonrió y se unieron en un abrazo para compartir el calor de sus respectivos cuerpos.

Egil los observó un instante y se le iluminaron los ojos.

—Gran idea.

—¿Cuál? —preguntó Ingrid, que estaba sellando la entrada como mejor podía.

—Darnos calor los unos a los otros. Eso podría salvarnos.

Ingrid miró a Viggo y este le devolvió una sonrisa pícara.

—¡Ni pensarlo! —se negó la capitana.

—Vamos, no tenemos tiempo para ser remilgados. Tenemos que compartir el calor que generan nuestros respectivos cuerpos —dijo Egil.

—Estoy de acuerdo con Egil en esto —apoyó Lasgol.

—De hecho…

—¿De hecho qué, Egil? —preguntó Ingrid.

—Las medidas de esta tienda del ejército son para ocho personas. Nosotros somos seis; eso no nos favorece en estas condiciones.

—No te entiendo.

—Quiere decir que cuanta más gente haya en la tienda, mejor —explicó Lasgol.

—Exacto, más gente, mayor número de cuerpos, mayor generación de calor en el mismo espacio.

—¡No te pongas listillo! ¿Qué hacemos?

—Necesitamos más gente. Hay que traer a otro equipo y compartir tienda.

—Otro equipo serían doce personas y aquí solo entran ocho —dijo Nilsa.

—Pero nosotros somos guardabosques y nos han enseñado cómo colocarnos en una tienda pequeña…

—Tiene razón —dijo Lasgol.

—Está bien. Traeré otro equipo —propuso Ingrid.

—¿Vas a salir? ¿Estás loca? —le indicó Viggo.

—Si garantiza nuestra supervivencia, claro que lo haré —respondió ella, y antes de que nadie pudiera añadir nada más ya salía a la tormenta.

Los ráfagas de aire eran terribles, cortaban y las temperaturas eran abismales. La tormenta se hallaba sobre ellos y azotaba con vientos malignos y gélidos todo cuanto encontraba a su paso. Un ser humano no podía aguantar semejante clima adverso más de un suspiro.

—¡No seas loca! —le gritó Viggo, pero era tarde.

Esperaron el regreso de Ingrid llenos de aprehensión. Nilsa y Viggo no dejaban de mirar la entrada esperando que apareciera en cualquier momento. Sin embargo, no regresaba.

—¿No… habrá muerto… congelada? —preguntó Gerd muy preocupado.

De pronto, la entrada de la tienda se abrió y apareció la cara de Ingrid.

—Poneos en posición, traigo a otro equipo —los avisó.

—Fantástico —dijo Egil.

Se colocaron como les habían enseñado y entró Ingrid seguida de Astrid y los Búhos: Leana, Asgar, Borj, Oscar y Kotar.

Viggo le hizo sitio a Ingrid, que se colocó junto a él, y la abrazó.

—Maldición… —protestó la capitana.

—Es un tema de supervivencia, esto me gusta tan poco como a ti —le aseguró Viggo.

—Nada de tonterías o te atizo.

—¿Qué tonterías? Si no me puedo mover y estamos pegados.

—¡Por eso mismo!

—Tranquila, soy un caballero.

—¿Tú? ¡Ya, seguro!

—Un caballero de los bajos fondos.

—Puffff…

—No protestes. ¿Por qué has tardado tanto?

—He corrido la voz al siguiente equipo para que hagan lo mismo.

—Bien hecho. Eres toda una líder.

—No seas zalamero.

—Solo digo lo que mi corazón siente —le dijo Viggo con cara de no haber roto nunca un plato.

—Eres imposible.

—Lo sé. Gracias.

Los Búhos pasaban al interior de la tienda como podían y se iban colocando por parejas.

—Menos mal que no te has traído a los Águilas —le dijo Viggo a Ingrid.

—¿Te crees que soy tonta?

Las risas estallaron en la tienda e hicieron que la situación fuera más llevadera. Egil y Lasgol se abrazaron. A su alrededor se iban colocando los recién llegados. Les llevó un momento, no era tarea sencilla.

—¿Todos bien? —preguntó Ingrid.

—Todos bien —respondió Astrid, que se había colocado junto a Egil y Lasgol, y abrazaba a su compañera Leana.

—Parece increíble que quepamos todos —dijo Gerd.

—Gracias a las enseñanzas de los guardabosques —indicó Nilsa.

Durante un largo rato permanecieron todos quietos y en silencio, comprobando si la idea funcionaba. Poco a poco fueron viendo que así era. Bajo las mantas y las pieles, y cuerpo contra cuerpo, el calor comenzó a ayudarlos a soportar el frío que descendía de unos cielos de muerte y amenazaba sus vidas. Con el calor, empezaron a sentirse algo mejor y surgieron las conversaciones entre las parejas. Los murmullos de seis conversaciones llenaron la tienda.

—Ni un movimiento en falso —advirtió Ingrid a Viggo.

—¿Acaso te preocupa que pueda gustarte?

La cara de Ingrid se puso roja de furia.

—¿Cómo va a gustarme nada que tú hagas si no te aguanto?

—¿Seguro que no me aguantas? Cada vez hay menos furia en tus ojos cuando te enojas conmigo.

—Eso no quiere decir que no te odie. Por si no lo tienes claro: te odio.

—Yo creo que cada vez me odias menos, y ya sabes lo que dicen...

—No, ¿qué?

—Que del odio al amor hay solo un paso.

Los ojos de Ingrid se abrieron como platos.

—¡Te voy a poner un ojo morado!

—Aceptaré el castigo contento, porque me permitirá seguir abrazado a ti y mi alma sonríe cuando estamos cerca. —Viggo imitaba el tono poético de Braden.

—¡No digas tonterías!

—No son tonterías. Estar junto a ti, abrazados; tu nariz respingona junto a la mía; esos ojos azules que penetran hasta el alma; y tu rostro con esa belleza fría del norte hacen que mi corazón se eleve a los cielos —recitó con tono amoroso.

—¿Es que has bebido?

—No. Estoy perfectamente sobrio. Pero como es muy probable que no tenga otra ocasión como esta en años, la aprovecho.

—No te muevas y calla.

—¿Por qué, acaso tienes miedo de que te guste?

Ingrid se quedó con la boca abierta, intentaba pensar una repuesta, pero no se le ocurrió nada, así que se dejó llevar por sus instintos.

—¡Arghhhh! —gritó Viggo cuando el puño de Ingrid lo alcanzó en el ojo.

—Tú me has obligado.

Viggo sonrió:

—En el fondo te gusto, por mucho que quieras disimularlo.

El puño de Ingrid volvió a golpear, esa vez en el otro ojo de Viggo.

—Cuanto más me castigas, más te descubres —le dijo él entre aullidos de dolor.

—Puffffff… —resopló Ingrid, y lo abrazó con fuerza—. Cállate, merluzo. Y ni una tontería más.

Las horas pasaron y la temperatura fue descendiendo; los vientos asesinos soplaban en busca de a quien llevarse al reino de los dioses del hielo. La tienda resistía el embate, pero no sabían cuánto más podría soportar. Si perdían la protección de la tienda, morirían. Cuanto más frío hacía, más se abrazaban y juntaban.

De pronto, Lasgol sintió un movimiento a su espalda. Alguien pasó por encima de Egil.

—¿Te importa ponerte con Leana? —le dijo Astrid a Egil.

—Eh… No…, por supuesto.

Astrid se colocó en la posición de Egil y abrazó a Lasgol.

—Hola, héroe.

El chico estaba sin habla. Se puso rojo como un tomate.

—Abrázame, que me enfrío.

—Sí, claro.

—¿Sorprendido?

—Mucho…

—Quería hablar contigo.

—¿Conmigo? ¿Por qué?

—Sabes por qué.

—No…, no sé…

—Por lo raro que has estado conmigo desde que empezó el año.

—¿Yo? No…

—No lo niegues.

—Bueno…, es que…

—Es por el beso.

—Sí… Bueno… No es asunto mío…

—No, no lo es. Pero es asunto mío y quiero saber si es por eso por lo que no me hablas.

—Yo te hablo…

—Cuando no te queda más remedio. Como ahora, que estás atrapado. El resto del tiempo me esquivas.

—No te esquivo, es que hay muchas cosas que hacer…

—Ya, con cada excusa te estás poniendo más rojo.

Lasgol no sabía si estaba poniéndose rojo o no, pero estaba muy incómodo. No solo por encontrarse abrazado a Astrid, hecho que le generaba todo tipo de sentimientos y nerviosismo, sino por el interrogatorio que estaba sufriendo. Notaba calor, frío, nervios, vergüenza y otros sentimientos muy intensos que no conseguía identificar, pero que le recorrían el estómago y el pecho y le subían a la cabeza.

Lasgol decidió no andarse más por las ramas:

—Luca es un gran chico, has elegido bien.

—¿Quién te ha dicho que yo lo haya elegido?

—Estáis mucho juntos…, os lleváis muy bien…

—Claro, como buenos amigos que somos.

Lasgol vio un resquicio de esperanza en la frase.

—¿Amigos o algo más? —preguntó armándose de valor.

—Solo amigos —le aseguró ella.

El corazón de Lasgol comenzó a latir con fuerza, acelerado.

—¿Y el beso…?

—Luca es valiente y decidido, vio la oportunidad y se arriesgó. Intentó conquistarme. No como otros…

—Pero vio una oportunidad…

—Claro, yo se la di. No hay nadie en el campamento con mejores cualidades que Luca. Es guapo, atlético, sobresale en todas las maestrías, tiene honor y encima es buena persona. Perfecto para mí, perfecto para cualquier chica.

—Ya veo…

—No, tú no ves nada de nada. ¡Porque a ti te llevo dando oportunidades desde el primer día y no me has hecho ni caso!

—¿A mí? ¿Oportunidades?

—¿Ves? Eres más ciego que un topo.

—Yo… Es que…

—¿O es que no te gusto?

—¡No!

—¿No?

—No es eso, claro que me gustas.

—Entonces, ¿hay otra chica?

—¡No! ¡No hay ninguna otra chica!

—Pues no debo de gustarte mucho, porque no has demostrado nada, ni cuando creías que estaba con Luca.

Lasgol estaba tan confundido y sobrepasado por los sentimientos y emociones tan intensos que sentía, que todo cuanto pudo hacer fue balbucear.

—Yo... Lo siento..., me gustas tanto... desde el primer día... muchísimo...

Astrid sonrió:

—Menudo conquistador estás hecho. De verdad que no sé qué veo en ti.

—¿Ves algo en mí?

—Claro, tonto.

Astrid acercó los labios a los de Lasgol. Él sintió la dulce presión sobre la boca, entonces se produjo una explosión de emociones en su alma. Los suaves labios de Astrid casi le hicieron perder el sentido. Un calor y una emoción desbordante le subieron por el pecho y abrazó con fuerza a Astrid mientras se perdía en un beso maravilloso que lo dejó extasiado. Tuvo que contener el volcán que le explotaba en el interior. Su alma sonreía feliz, su corazón estaba a punto de reventar.

—Tonto —repitió Astrid con voz suave.

—Lo soy. Mucho. ¿Me perdonas?

—Tendrás que ganártelo.

—Lo haré. Te lo prometo.

—Te creo. —Sonrió ella.

Los dos se quedaron dormidos, abrazados el uno al otro, y soñaron con amor, felicidad y vivir tiempos mejores juntos.

Poco a poco, todos se durmieron y pasaron la que sería la primera de tres noches de supervivencia bajo un frío que congelaba el alma. El campamento se había levantado estratégicamente, resguardado entre dos de las extrañas y enormes formaciones de hielo y roca que lo protegían del viento asesino con su aliento helado. Pero, aun así, para el cuarto día, cuando por fin amainó la tormenta, el temporal había acabado con la vida de más de dos mil hombres.

Y la tormenta fue la gota que rebosó el vaso de la paciencia de Uthar.

Sonaron los cuernos para formar.

—¡Avanzaremos hasta los Glaciares Azules y los tomaremos! —ordenó Uthar fuera de sí.

Y la gran ofensiva comenzó.

Capítulo 36

E L EJÉRCITO INVASOR DE UTHAR AVANZABA A TRAVÉS DEL GÉLIDO
terreno decidido a conquistar el Continente Helado. Llegaron a setecientos pasos de los Glaciares Azules y el rey dio la orden
de detenerse.

En el centro formaban cinco mil invencibles del hielo con sus
atuendos impolutos, blancos como el paisaje que los rodeaba. Se
decía que podían degollar a un hombre en el tiempo que le llevaba pestañear. Eran letales y todo Tremia lo sabía. Se situaron en
formación y guardaron silencio. El general Hilacson levantó la espada en señal de que estaban listos.

En el flanco derecho, protegiendo a los invencibles, se colocaron los cinco mil soldados del Ejército del Trueno. Auténticos norghanos, hombres grandes y fornidos, rudos, de rubias cabelleras,
barbas doradas y anchos hombros. Vestían armadura de escamas
completa hasta los muslos, escudos redondos de madera reforzados
de acero y portaban hachas de asalto. Un peto rojo con diagonales
blancas sobre el torso los distinguía del resto de los ejércitos. Bajo
cascos alados, ojos claros buscaban un enemigo al que asaltar. «Los
que abren camino y el resto del ejército sigue». Eran conocidos en
todo el norte por su dureza y brutalidad en la batalla. El general

Irmason los encabezaba, junto a él estaba el capitán Rangulself. Alzó la espada y anunció:

—¡Ejército del Trueno listo para cargar!

En el flanco izquierdo, estaban los hombres del Ejército de las Nieves. No menos grandes que sus compañeros, se diferenciaban de estos por el peto blanco que llevaban sobre el pecho. Vestían casco alado y armadura de escamas. Eran conocidos como la mejor infantería pesada del continente y luchaban con espada y escudo. Llevaban un hacha corta a la cintura como segunda arma. Su misión era acabar con el enemigo una vez que el Ejército del Trueno abría camino. El general Sombsen los encabezaba y con él estaba el capitán Olagson. Una vez que estuvieron situados y en formación, alzó la espada y gritó:

—¡Ejército de las Nieves listo para entrar en combate!

Cubriendo la retaguardia se situó el Ejército de la Ventisca. Con armadura ligera, petos con trazas en rojo y blanco horizontales, era el de menor renombre de entre los tres ejércitos allí presentes; sin embargo, resultaba imprescindible para hacer frente a los ejércitos enemigos. Lo componía una fuerza multidisciplinar: caballería ligera, de reconocimiento, arqueros para castigar a la infantería enemiga desde la distancia y lanceros para hacer frente a la caballería de forma que pudieran defender a nuestra infantería. Habían sido los más castigados por las escaramuzas y las dos batallas anteriores. De los cinco mil que habían llegado solo quedaban dos mil hábiles para luchar. El general Gustafsen levantó la espada una vez que estuvieron situados:

—¡Ejército de la Ventisca listo para entrar en combate!

Uthar había llamado a todos los guardabosques a su servicio para la campaña. Quitando los instructores del campamento, Dolbarar y los cuatro guardabosques mayores, unos pocos que habían quedado en Norghania, el resto de los guardabosques se hallaban allí sirviendo a su rey. Gatik los comandaba como guardabosques primero. Uthar le había indicado a este que quería a todos los guardabosques reforzando al ejército mixto para ayudar como arqueros en la batalla, lo que los incluía a ellos. Gatik había intentado disuadir al rey para que no enviar a los guardabosques de tercer y cuarto año que estaban realizando tareas de apoyo a la batalla, pero la respuesta del rey había sido rotunda:

—Si pueden empuñar el arco, los quiero en combate.

Gatik lo había intentado:

—Pero, majestad, son jóvenes, inexpertos, no están preparados para semejante batalla; morirán…

—¿Acaso crees que el enemigo no enviará a sus jóvenes a la batalla? Ya tienes tus órdenes, no me hagas repetirlas. —El tono de amenaza de Uthar había dado por terminada la conversación.

Braden había conducido a los de tercer año con el Ejército de la Ventisca y ahora formaban junto al guardabosques bardo.

—Estad tranquilos y haced cuanto yo os diga. Saldréis de esta con vida. Yo me encargo.

Lasgol lo intentaba, pero ni él ni ninguno de sus compañeros parecían nada tranquilos. Estaban a punto de tomar parte en una batalla brutal y podían morir. Lasgol buscó a Astrid con la mirada. Los Búhos estaban a su derecha y ella le devolvió una mirada de ánimo. Luca y los Lobos estaban a la izquierda y algo más alejados estaban Isgord y los Águilas. El capitán de los Águilas estaba pálido, muy pálido. Nadie había previsto que se encontrarían en semejante situación. Algo más a la izquierda se encontraban los de cuarto año, a los que Dolbarar había enviado una semana antes que a ellos. Lasgol reconoció a Molak, capitán de los Lobos de cuarto, que vigilaba de reojo a Ingrid. Ella le devolvía miradas y alguna sonrisa con disimulo. Viggo se percató y sus ojos destellaron con rabia.

La tensión por el inminente conflicto iba aumentando por momentos y los nervios comenzaban a apoderarse de ellos.

—No os preocupéis, estáis entre los vuestros, ellos os protegerán —les dijo Braden, y les hizo un gesto para que se fijaran en las dos líneas de guardabosques que tenían delante, entre ellos y los componentes del Ejército de la Ventisca.

—Han venido todos… —comentó Gerd.

—Cuando el rey llama los guardabosques acuden, así está escrito en *El sendero del guardabosques* —dijo Braden.

—¿Cuántos hay? —preguntó Nilsa, que intentaba contarlos estirando el cuello.

—Muchos para tratarse de guardabosques —respondió Egil.

—Se han presentado casi todos. En total, somos unos quinientos —dijo Braden.

Lasgol los observaba con interés y admiración. Formaban en silencio, bien adiestrados, atentos, a la espera de órdenes para actuar. Eran apenas visibles envueltos en las capas con capucha de aquel blanco invernal. Llevaban los pañuelos cubriéndoles el rostro. Solo se les veían los ojos. Ojos inteligentes, experimentados, determinados. Portaban arcos compuestos en las manos y carcaj con diferentes tipos de flechas a la espalda. Lasgol sabía que bajo la capa llevaban el hacha corta y el cuchillo de guardabosques. En la cintura portaban el cinturón de guardabosques con infinidad de bolsillos llenos de compuestos, hierbas, venenos, curas y otras utilidades que solo ellos utilizaban. Se miró y comprobó que él también llevaba todo el equipamiento.

Se le hacía extraño ver a todos aquellos guardabosques reunidos y formando frente a él. Nunca había visto a tantos juntos. En el campamento no habría más de una treintena con Dolbarar y los guardabosques mayores. Desde que habían puesto pie en aquel continente, había observado a bastantes de ellos yendo y viniendo desde la zona que tenían asignada en las tiendas, aunque siempre estaban en misiones, día y noche. Era difícil encontrar a más de una docena juntos durante el día. Y, de repente, ahí estaban todos, en formación, como un pequeño ejército dentro de las huestes de Uthar. Sin embargo, Lasgol sabía que tener a los guardabosques así, formando como un ejército, era contra natura. Los guardabosques eran una fuerza móvil que sobresalía en misiones de sigilo y guerrilla. Allí no eran más que un grupo de arqueros. Muy buenos arqueros, eso sí, los mejores del reino.

Uthar dio la orden y envió a los hombres del duque Olafstone, las fuerzas de los nobles de la Liga del Oeste que no formaban parte de su ejército. Los cinco mil hombres vestían como el resto del ejército, pero en sus petos estaba representado el escudo del ducado o condado del oeste al que pertenecían. Se situaron delante de los invencibles del hielo.

—Padre… —gimió Egil en un susurro al ver pasar a su padre liderando las fuerzas.

—¿Luchará con Uthar? —preguntó Lasgol.

—No tiene más remedio o Uthar matará a mis hermanos presos.

—Maldito.

—Shhh —les advirtió Nilsa en un murmullo—. Bajad el tono o nos oirán.

—Envía a mi padre y a los suyos al frente para que caigan los primeros y en mayor número.

—El muy cerdo —dijo Viggo.

—Los coloca delante, desprotegidos —gruñó Ingrid—. Es una cobardía.

—No pierdas la esperanza —le indicó Nilsa a Egil.

—¿Quiénes son esos que están con el rey? —Gerd miraba a su espalda.

Todos se volvieron para observar. El rey Uthar y su séquito se habían situado detrás de ellos, a la retaguardia.

—Un grupito interesante —dijo Viggo.

—Y que lo digas —convino Ingrid.

Egil entrecerró los ojos.

—El rey Uthar, el comandante Sven, el mago del hielo del rey Olthar...

—Y dos magos del hielo más tras ellos —añadió Nilsa nada contenta.

—¿Y quiénes son la otra veintena de hombres? —preguntó Lasgol.

—Son los nobles del este, apoyan a Uthar y han aportado las tropas que conforman los cuatro ejércitos —explicó Egil—. Reconozco a los primos de Uthar, el duque Thoran y su hermano Orten. También veo al conde Volgren, muy poderoso, además de a otros duques y condes. Todos aliados de Uthar y enemigos de mi padre y los nobles del oeste.

—A mí toda esta política me confunde —dijo Nilsa.

—Yo te lo aclaro —se ofreció Viggo—. Los que están con el rey son nobles malos. Los que están con el padre de Egil son menos malos. Pero en realidad todos son malos.

—Vaya forma de simplificarlo —protestó Ingrid.

—Pero no del todo desacertada —observó Egil.

—Pues ya está —sentenció Viggo.

Braden los miró enfadado.

—Ya está bien de murmurllos. Ahora estad atentos a mis órdenes y tened muchísimo cuidado. La cosa se va a poner muy fea, pero yo estaré con vosotros para ayudaros.

—Gracias —le dijo Lasgol.

—Es mi deber de guardabosques.

Braden se giró y fue a animar al resto de los equipos con palabras de arrojo. Intentaba que no se pusieran nerviosos, lo cual, dadas las circunstancias, era casi imposible.

Lasgol se concentró. Llamó a su don y utilizó su habilidad Comunicación Animal. Captó el aura de la mente de Camu. La traviesa criatura estaba sobre su espalda y se comunicó con ella.

«Baja al suelo. Que no te vean y ten mucho cuidado».

«¿Peligro?», le transmitió Camu.

«Sí, pequeño. Mucho peligro. Viene una batalla. Tendré que luchar. No te separes de mí y no te dejes ver».

«Proteger», le transmitió Camu.

«Gracias, amigo; lo necesitaré».

«Amigos».

«Sí, pequeño, amigos siempre».

«Contento».

«Yo también de tenerte como amigo. Ten mucho cuidado».

Dejó escapar un chillidito de asentimiento. Lasgol sonrió. Se sintió mejor al tener a la criatura con él.

—¿Has traído al bicho? —le preguntó Viggo en un susurro con una mueca de sorpresa al reconocer el sonido.

—No quería quedarse en la tienda por nada del mundo, es como si supiera que nos dirigimos a algún peligro.

—Es una criatura fascinante —dijo Egil.

—Asegúrate de que no nos matan por su culpa —le espetó Viggo.

—Tranquilo.

Pero Lasgol no estaba nada tranquilo, como tampoco lo estaba ninguno de sus compañeros. Los nervios y el temor comenzaban a atenazarles el cuerpo.

—Igual no salen a combatir. —Gerd buscaba una salida a su miedo.

—Eso estaría bien —admitió Nilsa.

—No creo; por lo que tengo entendido, los salvajes de los hielos son tan fieros como orgullosos: responderán a la provocación —dijo Ingrid.

—Quizá no —aventuró Gerd.

—No sé yo; todo un ejército de norghanos delante de las puertas de su refugio… Creo que hará que reaccionen —dijo Viggo.

—Saldrán… —admitió Egil.

—¿Cómo lo sabes? —le preguntó Lasgol.

—Es lo más lógico, dadas las presentes circunstancias. Si no salen, Uthar ordenará que entremos nosotros en el Glaciar Azul y eso sería muy malo para ellos.

—¿Por?

—Ahí dentro están refugiados inocentes, mujeres, niños, ancianos. Los defenderán hasta la muerte.

—Esa asunción es correcta —dijo Braden—. No dejarán que pongamos un pie en su refugio y hagamos daño a las familias.

De pronto se oyó un tremendo rugido, como si un dios oso hubiera despertado de su hibernación y hubiera descubierto sus dominios invadidos. Lasgol estiró el cuello. ¿Qué sucedía?

Las fuerzas de los pueblos del Continente Helado comenzaban a formar frente al Glaciar Azul. Todos observaban llenos de inquietud a los miles de salvajes que surgían del glaciar de puntos que no eran siquiera visibles.

En el centro formaron los salvajes del hielo, los más numerosos; eran gigantescos, de más de dos varas de altura, con una musculatura y fuerza escalofriantes. Su piel tersa, de un azul hielo sobrecogedor, los hacía inconfundibles en la distancia. Tenían el cabello y la barba de un rubio azulado, como si estuviera congelado, y los ojos de un gris tan claro y pálido que parecían enteramente blancos, sin iris, generaban terror a quien los mirara. Fuertes, salvajes, rudos, vestían pieles blancas de animales del norte y en las manos llevaban lanzas, arcos, hachas y escudos de enormes dimensiones. Rugían como osos poseídos por la rabia.

A Lasgol le bajó un escalofrío por la espalda.

—¿Cuántos contáis? —preguntó Viggo con voz no muy firme.

—Unos cinco mil —contestó Egil entrecerrando los ojos.

—¡Mirad, salen gigantes! —alertó Nilsa.

Junto a los salvajes del hielo se situaron sus señores, los semigigantes del hielo, encabezados por su señor, Sinjor. Eran sobrecogedores. Medían casi seis varas de altura y su anchura era casi la de tres hombres. Su piel era azul como la de los salvajes, aunque con vetas blancas que les surcaban la piel en diagonal. Comparado con el norghano medio, eran gigantes, seres impresionantes. Vestían pieles de oso blanco. Tenían el cabello y la barba largos, níveos, pero su rasgo más característico y que dejó a todos boquiabiertos era que en lugar de dos ojos solo tenían uno enorme en mitad de una despejada frente azul. El iris era azul como su piel. Iban armados con hachas descomunales y enormes escudos de madera.

—¡Por los dioses helados! —Gerd estaba muerto de miedo.

—¡Gigantes azules de un solo ojo! ¡Esto es una locura! —se sorprendió Viggo.

—¡No tengáis miedo! ¡Estamos juntos! ¡Saldremos de esta! —los animó Ingrid.

Los salvajes del hielo bajaron la cabeza en señal de respeto mientras los semigigantes se situaban entre ellos formando un grupo compacto. Se desplegaron a una señal de los semigigantes en tres largas hileras. Cuando finalizaron, rugieron a los cielos y helaron la sangre de los soldados norghanos.

—Y esos que salen ahora ¿quiénes son? ¡Parecen muñecos de nieve que han cobrado vida! —exclamó Viggo sorprendido.

Lasgol los observó un instante y los reconoció.

—Son los pobladores de la tundra. Ágiles, letales.

—Genial… —protestó Viggo.

Los pobladores de la tundra salieron del Glaciar Azul por el oeste. Eran inconfundibles. Tarsus los lideraba. La piel de aquel pueblo era de un color blanco cristalino. Brillaba reflejando la luz y había que apartar la vista; parecía cubierta de copos de nieve cristalizados. El pelo blanquecino les centelleaba con igual intensidad, como si se hubiera convertido en nieve cristalizada. Tenían los ojos de un gris intenso, similares a los de sus primos, los salvajes del hielo. Eran atléticos y estilizados, no tenían la musculatura de los salvajes, sí su altura. Vestían pieles de foca albina e iban armados con jabalinas y arcos cortos. Parecían luchadores ágiles y letales.

—Esos me dan muy mala espina —dijo Ingrid—, más que los forzudos de azul.

—A mí también —admitió Nilsa.

Tarsus ordenó a su pueblo que se situara tras la última línea de los salvajes. De manera ordenada, una larga línea de seres cristalinos se formó tras los salvajes del hielo.

Y cuando parecía que la situación no podía ser peor, de pronto empeoró.

—No puede ser… —Nilsa sacudía la cabeza, incrédula.

—Bestias… —dijo Gerd pálido como la nieve que pisaban.

—Bestias descomunales —completó Viggo.

—Bestias asesinas —siguió Ingrid.

Por el oeste del glaciar aparecieron cientos de bestias: osos blancos que se ponían a dos patas y rugían amenazantes, panteras de las nieves de felina mirada letal, tigres blancos que hacían saber de su presencia con rugidos que helaban el alma, manadas de lobos blancos que aullaban presagiando la muerte que iba a llegar, jabalíes de mirada inteligente y colmillos letales, enormes renos con cornamentas afiladas, descomunales búfalos blancos tan grandes como imparables, troles y ogros albinos que rugían golpeándose el pecho, además de otras bestias que no habían visto nunca. Avanzaban como una impresionante manada, de forma ordenada, cada especie con los suyos, en grupos. Pero si ya ver aquellas bestias aproximándose era espeluznante, lo que hacía la situación irreal era el tamaño de aquellas criaturas. Eran enormes, mucho mayores que sus familiares norghanos. Los lobos eran del tamaño de un poni; las panteras y los tigres, del tamaño de caballos. Los osos eran como un salvaje del hielo y los troles y los ogros, como un semigigante. Eran aterradoramente enormes.

—¡Por los cielos, han llamado a todos los animales para que luchen con ellos! —dijo Ingrid.

—Todos los animales que pueden matarnos —corrigió Egil.

—Son de un tamaño asombroso —observó Lasgol.

—De un tamaño terrorífico —añadió Viggo—. Si uno de esos te agarra, despídete de este gélido mundo. Te destrozará como si fueras un muñeco de trapo.

Los animales y las bestias se situaron frente a los salvajes formando una primera línea de ataque.

—Pero ¿cómo pueden hacer eso? ¿Cómo pueden dominar a los animales salvajes de esa manera? —preguntó Ingrid confundida.

—Ahí sale la respuesta que buscas —le dijo Egil.

Tras las bestias aparecieron quienes las controlaban. Lasgol reconoció a Azur, el chamán jefe del hielo de los arcanos de los glaciares. Eran enjutos y no muy altos. Su piel era azulada, muy similar a la de los salvajes del hielo, pero con zonas de un blanco cristalino, como la piel de los pobladores de la tundra. Sus ojos azules brillaban con inteligencia en un rostro casi humano. Llevaban la cabeza afeitada con el tatuaje en blanco cristalino que representaba una runa extraña. En lugar de armas, llevaban cayados hechos de huesos de animales. No eran muchos, si acaso un par de centenares, pero inconfundibles.

—Son el pueblo de los glaciares —explicó Lasgol—. Muchos de ellos han nacido con algo del don. Pueden controlar las criaturas salvajes y los más poderosos pueden hacer magia comparable a la de nuestros magos del hielo. Son el pueblo de Asrael.

—¡Lo que nos faltaba! —explotó Viggo.

—Esto va de mal en peor. —Nilsa no podía estarse quieta.

—Tranquilos todos, no os mováis y esperad mis órdenes —les mandó Braden.

—¿Cuántos contáis? —preguntó Viggo de nuevo.

—En total, incluyendo bestias, unos diez mil —calculó Egil.

—No hay por qué preocuparse —les aseguró Braden—, somos tres por cada uno de ellos. Los números están de nuestra parte. Los venceremos.

En ese momento, una comitiva surgió del centro de los glaciares. A la cabeza iba una figura montada en un caballo blanco de tupido pelaje. Vestía completamente de negro. Por el casco que portaba cubriéndole la cabeza, Lasgol lo reconoció.

¡Era Darthor!

¡Era Mayra, su madre!

Lo seguía Muladin, tras él, una escolta de seis guardaespaldas. Avanzaron delante de sus líneas y se colocaron en el centro de cara al enemigo. Muy despacio, avanzaron hasta la mitad de la distancia que separaba las dos huestes.

Se hizo un silencio tenso.

—¡Soy Darthor! —anunció con una voz grave, de ultratumba.

El silencio se volvió sepulcral.

—¡UTHAR, DA LA CARA! —gritó.

Los dos ejércitos esperaron en tensión la reacción de sus líderes. El rey no salió al encuentro de Darthor. Susurró algo a Sven. El comandante se llevó el cuerno de guerra a la boca y dio la señal de ataque. El sonido llegó hasta las huestes del hielo. A aquella primera señal, le siguieron varias más que daban la orden de avanzar a los ejércitos norghanos.

—¡Uthar, eres un cobarde! —dijo Darthor. Hizo una seña a los suyos y volvió con sus huestes.

Lasgol sintió un escalofrío; la batalla estaba a punto de comenzar. ¿Vencerían? No estaba muy seguro, y, por las caras de sus amigos, ellos tampoco. La cosa pintaba mal, muy mal. Serían más, pero el enemigo era sobrecogedor. Y, para Lasgol, el enemigo ni siquiera era el enemigo; su madre los lideraba, y el enemigo real lideraba a los norghanos, a los guardabosques. Estaba en el lado equivocado, sin embargo no podía hacer nada al respecto. La situación era una locura. ¿Sobrevivirían? Resopló. No tenía demasiadas esperanzas.

Capítulo 37

ERA IMPRESIONANTE EL ESTRUENDO DEL PISAR DE BOTAS norghanas sobre la nieve y el hielo en su marcha a paso fijo. Veinticinco mil soldados norghanos avanzaban sobre la blanca explanada en cerrada formación de guerra.

—Seguimos el ritmo marcado —dijo Braden cuando les tocó ponerse en movimiento.

Lasgol no podía creer lo que les estaba ocurriendo. Iban a la batalla con el ejército de Uthar, avanzaban al encuentro de las huestes de los pueblos del Continente Helado. Avanzaban hacia la muerte. Nilsa apenas podía seguir el paso marcado de los nervios que tenía. Gerd parecía un fantasma; ni tan siquiera hablaba. Viggo tenía aquella expresión letal en los ojos; sabía lo que iba a pasar a continuación y se preparaba mentalmente. Ingrid estaba lista, los ojos le brillaban con arrojo. Egil parecía más pequeño y frágil que nunca. Su rostro mostraba la certeza de que no saldría de allí con vida.

Al estruendo de las pisadas se unieron los gritos y las bravatas de guerra de los soldados, en especial de los soldados del Ejército del Trueno, que tapaban el sonido de los cuernos de guerra. La marea rojiblanca marchaba imparable sobre la expectante hueste azul y blanca. El choque era ya inevitable.

A cuatrocientos pasos de distancia la orden de Darthor se oyó tronar sobre sus tropas.

—¡PREPARAD LAS FLECHAS!

Los salvajes del hielo y los pobladores de la tundra armaron sus arcos. Los semigigantes clavaron la rodilla y las bestias se agacharon.

—¡Ahora, tirad! —ordenó Darthor.

Miles de flechas salieron despedidas de entre la hueste azul y blanca. Las flechas recorrieron la distancia con silbidos letales y cayeron sobre las líneas norghanas en pleno avance.

—¡ESCUDOS ARRIBA! —ordenaron los generales a sus hombres casi a la vez.

Los soldados norghanos levantaron los escudos redondos para cubrirse la cabeza y la marea rojiblanca se pobló de millares de ojos de madera y acero.

Las flechas cayeron sobre los soldados. Muchas encontraron madera y acero que las detuvieron, pero otras muchas se colaron entre los escudos y alcanzaron a los soldados. Se oyeron gemidos y gritos ahogados entre los norghanos. Llegaban las primeras muertes. Los soldados muertos caían para no levantarse y el ejército avanzaba pasando sobre ellos. Los heridos continuaban como podían.

—¡ADELANTE, NORGHANOS! ¡La gloria espera! —gritó Sven.

Los ejércitos norghanos avanzaban sin bajar el ritmo ni perder el paso. No había precipitación ni ante la muerte que les llegaba del cielo. Seguían adelante, pisando con fuerza, al mismo ritmo. Lasgol, sus compañeros y los guardabosques avanzaban con ellos como si formaran parte del Ejército de la Ventisca.

—¡Tirad de nuevo! —ordenó Darthor.

Llovió muerte desde los cielos helados. Muerte azulada y brillante enviada por los salvajes del hielo y los pobladores de la tundra. Los soldados norghanos caían y los gritos ahogados de muerte eran ahora más pronunciados. Las flechas llovían sobre las filas secundarias, donde más daño provocaban. Darthor sabía muy bien qué hacía. No atacaba las primeras líneas ni las últimas, donde las bajas serían menores.

—¡POR NORGHANA! —gritaban los generales llevando a sus hombres hacia el enemigo.

A doscientos pasos la lluvia mortal de flechas se intensificó.

—¡Tirad! ¡Tirad con todo! —les ordenó Darthor.

Los silbidos letales y el hueco sonido de las flechas al alcanzar madera o carne llenaron el campo de batalla. Los norghanos estaban sufriendo bajas considerables, pero seguían avanzando; nada los detendría. Lasgol y sus compañeros avanzaban muertos de miedo. Las flechas habían alcanzado a algunos guardabosques delante de ellos y el miedo se había disparado en los corazones.

En ese momento, llegó la orden de tirar a los norghanos.

—¡Ejército de la Ventisca! ¡Tirad! —ordenó el general a sus hombres.

—Esos somos nosotros —les dijo Braden—; armad arcos y tirad. Calculad bien la parábola, no deis a los nuestros. Tirad con calma.

Los arqueros del Ejército de la Ventisca y los guardabosques comenzaron a devolver las flechas enemigas. Ahora eran los salvajes los que recibían la lluvia letal. Levantaron los escudos, pero muchos ni siquiera los portaban y fueron alcanzados. Las puntas de acero de las flechas perforaban las pieles azules y la muerte les llegaba desde las alturas.

—¡Tirad, muerte a los salvajes! —llegó la orden.

El intercambio de flechas debería favorecer a los salvajes; eran más numerosos que los norghanos con arcos, pero el grupo de guardabosques estaba causando estragos, pues eran infalibles a aquella distancia. La cadencia con la que tiraban era tres veces la de los arqueros norghanos, con lo que abatían tres veces más enemigos y más rápido.

Sin embargo, un grupo de guardabosques no tiraba. Y Braden se dio cuenta.

—¿Qué hacéis? Tirad al enemigo —les ordenó a Lasgol y los suyos, pero estos, con los arcos listos, no lo estaban haciendo.

—Esto no está bien… —le dijo Lasgol.

—Ninguna guerra está bien. La muerte nunca está bien. Pero no es momento de filosofar sobre esto. Tenéis una orden que cumplir. Cumplidla u os colgarán —dijo Braden mirando al general Gustafsen con angustia.

Lasgol intercambió una mirada con Egil y los otros. Ingrid tomó la decisión:

—Cumpliremos las órdenes. Somos guardabosques y norghanos. Lucharemos.

—Así me gusta. Compondré una oda a vuestro valor cuando esto acabe y la cantaremos alrededor del fuego de campamento. Ahora luchad —dijo Braden, y se giró para cargar el arco y tirar.

Lasgol tuvo que resignarse. Si no luchaban, acabarían colgados. Los seis levantaron los arcos a una y tiraron, sin apuntar, al centro de las líneas enemigas.

Llegaron a cien pasos del enemigo.

—¡A media carrera! —Los generales norghanos conminaban a avivar el ritmo. Se preparaban para el choque.

—¡Jabalinas! —ordenó Darthor.

Un millar de jabalinas salieron despedidas y cayeron sobre los soldados a la carrera. La potencia era tal que los escudos no los salvaron; los atravesaban y alcanzaban a los norghanos. Muchos cayeron gravemente heridos o muertos atravesados por las lanzas.

—¡A toda carrera! —gritaron los generales.

Los soldados norghanos con hacha o espada en una mano y escudo en la otra se precipitaron a la carrera para arremeter contra las primeras líneas enemigas. A la cabeza de la acometida norghana: el duque Olafstone y sus hombres de la Liga de Oeste. Serían los primeros en caer, tal y como Uthar deseaba. Los cuatro ejércitos norghanos formaban detrás y los seguían algo más retrasados.

—Padre… —dijo Egil al ver lo que sucedía—. Los envían a la muerte.

Lasgol quiso añadir algo que animara a su amigo, pero viendo lo que sucedía no se le ocurrió nada para reconfortarlo.

—¡Bestias, al asalto! —ordenó Darthor.

Entonces, el caos se desató. El ejército de bestias atacó en medio de rugidos escalofriantes que helaban el alma del más osado. Los osos blancos se echaron a la carrera, las panteras de las nieves y los tigres blancos tras ellos. Alcanzaron a los hombres del duque Olafstone y el choque fue devastador. Las bestias saltaron sobre los norghanos. Desgarraban y hacían pedazos a los hombres del oeste. El duque luchaba por su vida contra un enorme oso blanco. Combatían con todo su ser, pero las bestias, de mayor tamaño de las que se encontraban en Norghana, los despedazaban con su fuerza, garras y fauces letales.

—¡Oh, no! —dijo Egil desconsolado.

—¡Es una carnicería! —Nilsa estaba horrorizada.

—¡Tengo que ayudarlo! —decidió Egil, y comenzó a abrirse paso.

Braden lo vio y lo sujetó de los brazos.

—¡Quieto! Si vas allí, morirás.

—¡Es mi padre!

—Me da igual. Ahora eres un guardabosques. A tu sitio. Cogedlo y que no se mueva —ordenó Braden.

—Yo me encargo —se ofreció Gerd, y lo abrazó con fuerza.

—¡Padre…!

El brutal combate duró un momento. Al siguiente, el duque Olafstone dio la orden de retirada. Sus hombres y él huyeron hacia el este a la carrera perseguidos por varias manadas de lobos blancos que les daban caza.

—¡MALDITOS COBARDES! —gritó Uthar al ver al duque y sus hombres correr por su vida.

—Los lobos acabarán con ellos, no podrán dejarlos atrás —le dijo Sven.

—Tienen lo que se merecen —dijo Uthar, entonces una sonrisa maliciosa se le dibujó en el rostro.

El rey y su séquito cerraban las filas del ejército norghano. Lasgol se giró y lo vio con total claridad. No estaba a más de ciento cincuenta pasos de donde se encontraban ellos. Una idea nació en su mente: «Puedo matarlo. Si lo mato, todo terminará ahora, antes de que sea demasiado tarde». La idea fue ganando fuerza. Sí, era la única opción que pondría fin a toda aquella locura. «Está a ciento cincuenta pasos. Puedo hacerlo». Entonces vio a Sven y a Olthar a ambos lados de Uthar cubriéndolo y recordó lo que le había sucedido a su padre, Dakon. «Él pensó que lo lograría y no fue así. Y él era guardabosques primero, el mejor de entre todos los guardabosques. Yo ni siquiera soy guardabosques todavía. No conseguiré triunfar allí donde mi padre fracasó». De manera inconsciente había levantado el arco y miraba a Uthar.

—Pero ¿qué haces, Lasgol? —le preguntó Braden.

—Eh… Yo… Nada.

—Vista al frente, al enemigo. Y atento o tendré que escribir una oda funeraria para ti.

—Sí, por supuesto —reaccionó el chico, y se volvió.

Lo que contempló lo dejó helado. Los osos, tigres y panteras se lanzaban ahora sobre el Ejército del Trueno con una fiereza y brutalidad devastadoras. Hacían pedazos a los soldados norghanos. Los jabalíes y los renos embistieron al Ejército de las Nieves a toda potencia clavando colmillos y astas en los cuerpos que no podían detener la acometida. Los búfalos blancos arremetieron contra los invencibles del hielo como una estampida de caballos salvajes. Se llevaron a las primeras filas de soldados por los aires. Tras ellos cargaron los troles y ogros, con los cuerpos enormes, las fauces y las garras, y la fortaleza descomunal; partían a los hombres en dos.

—¡Rechazad a las bestias, rechazadlas! —gritaban los generales a sus hombres.

El combate era puro caos; las bestias, con su tamaño, fuerza y fiereza, estaban haciendo estragos entre las líneas norghanas.

—¡Aguantad! ¡Matad a las bestias! —gritaba el general Irmason, de los invencibles.

Las bestias salvajes estaban descuartizando a los invencibles. Contra el tamaño enorme y la fuerza de estas no podían hacer nada. Conseguían matarlas con certeras estocadas de las espadas, no obstante para cuando las bestias caían se llevaban media docena de hombres con ellas. Los hombres del Ejército del Trueno, más grandes y fuertes, estaban aguantando mejor con los escudos y las hachas. Los del Ejército de las Nieves se hallaban en apuros, pese a que se defendían de manera frenética.

—¡Ejército de la Ventisca, lanzas! —ordenó el general Gustafsen.

Los soldados de la Ventisca dejaron los arcos y cogieron todos lanzas reforzadas. Lasgol miró a Braden y este negó con la cabeza. Los guardabosques no usaban lanzas. Permanecieron atrás.

—¡Atacad a las bestias! ¡Ahora! —ordenó el general.

Mientras los soldados de los tres ejércitos luchaban contra las bestias con hacha y espada golpeando con toda su alma para no ser descuartizados por garras y colmillos, el Ejército de la Ventisca maniobró para atacarlas por el costado. Las bestias, pilladas por sorpresa, se volvieron para hacer frente a la nueva amenaza y se vieron acorraladas. Desesperadas, atacaron al Ejército de la Ventisca para salir de la encerrona. Las lanzas se clavaban en los cuerpos mientras las garras y las fauces descuartizaban a los hombres de la Ventisca. El combate se transformó en una carnicería. Los ogros y los osos aguantaron a los otros ejércitos mientras el resto de las bestias empujaban para abrirse camino.

—¡CLAVAD ESAS LANZAS! —gritaba el general Gustafsen. Pero sus hombres quedaron destrozados. Los búfalos pasaron sobre ellos a la carrera y los tigres y las panteras terminaron de aniquilarlos. En un abrir y cerrar de ojos, Uthar había perdido a uno de sus ejércitos, aunque las bestias también habían sufrido muchas bajas.

—¡Retirad a las bestias! —Fue la orden de Darthor.

Los troles fueron los últimos en replegarse entre rugidos de rabia. No parecían querer abandonar la batalla. Muchas de las bestias se retiraban heridas, pero, aun así, habían conseguido causar grandes pérdidas entre los ejércitos invasores.

Los tres ejércitos norghanos retrocedieron y reordenaron sus filas. Ante ellos quedaba un mar de sangre, hombres y bestias muertas. Había miles de cuerpos; Lasgol apenas podía mirar.

—Nos situamos detrás de los invencibles del hielo —les dijo Braden.

Los guardabosques obedecieron al momento. Lasgol miró sobre su hombro y vio la comitiva del rey Uthar. Estaban ahora a unos doscientos pasos, observando lo que sucedía sobre el campo de batalla y enviando con mensajeros órdenes a los generales. Lasgol tuvo la sensación de que el rey no se acercaría más.

—¡Marchad ahora por donde habéis venido! ¡Regresad a Norghana y no moriréis hoy aquí! —les advirtió Darthor.

Pero Uthar no tenía ninguna intención de retirarse.

—¡Acabad con ellos! ¡Matad a esos salvajes! —ordenó furioso.

Los generales dieron la orden y los tres ejércitos comenzaron a avanzar formando tres rectángulos compactos con los escudos por delante, las espadas y las hachas listas para matar. Marchaban con precisión militar, cada paso medido, todos a una.

Darthor los observó acercarse.

El desenlace era inevitable.

Envió a sus tropas.

—¡Pueblos del Continente Helado! ¡Defended vuestra tierra del invasor! ¡Cargad! ¡Con todo!

Se oyó un alarido ensordecedor. Los miles de gargantas de los pueblos del Continente Helado gritaron a sus dioses y se lanzaron a la carga como habían hecho las bestias salvajes.

Los primeros en embestir fueron los salvajes del hielo. Rompieron contra los rectángulos militares con la fuerza y la rabia de mil inviernos. Golpeaban con sus grandes hachas y con la potencia descomunal de sus enormes cuerpos la barrera que formaban las primeras líneas de los tres rectángulos. La intensidad y la rabia con la que asaltaron hicieron que los soldados norghanos tuvieran que detener el avance y aguantar la acometida. Se protegían tras los escudos y la férrea disciplina militar. Los gigantescos salvajes de piel azul golpeaban y golpeaban con todo su ser escudos, cuerpos y todo cuanto ante ellos encontraban, y enviaban hombres a la muerte entre gritos atronadores.

Lasgol pensó que los norghanos no soportarían el castigo, pero se equivocó. Los soldados norghanos aguantaron la acometida, escudo con escudo, hombro con hombro, y comenzaron a contratacar. Los salvajes no podían penetrar la formación. Por cada hombre que mataban, lo reponía uno de las líneas interiores y el rectángulo se mantenía. En el interior de cada rectángulo, en el mismo centro, avanzaban el general y su capitán organizando a sus hombres para que no cediera la formación. Si eso ocurría, estarían muertos.

Sin embargo, la formación aguantó.

Los salvajes del hielo golpeaban con furia, pero sus compatriotas, los pobladores de la tundra, no conseguían llegar hasta el enemigo. Los propios salvajes les entorpecían el paso. No había espacio para todos.

—¡NO OS AMONTONÉIS! —les gritaba Darthor.

Pero era imposible no hacerlo. La primera línea de los salvajes no tendría más de dos mil individuos. Otros cinco mil de los suyos los empujaban contra las tres formaciones enemigas, que ya empezaban a avanzar a una bajo la acertada dirección de sus generales.

—¡Rodeadlos! ¡Haced espacio!

Los salvajes se lanzaban una y otra vez en un intento por romper las líneas con sus brutales ataques, pero no lo conseguían. A base de descomunal fuerza bruta hacían mella, pero las líneas aguantaban. Los salvajes no lograban atacar con suficientes números como para romper las formaciones.

—¡Así no lo conseguiremos! —gritó Darthor—. ¡Sinjor, es vuestro turno! ¡Adelante!

Sinjor miró a Darthor y asintió. Avanzó en medio de los salvajes hasta las primeras líneas de los suyos con potentes zancadas. Con él iba un grupo grande de semigigantes. Eran tan bestialmente grandes, fuertes y con aquel único ojo en los rostros azules poseídos por la furia que causaban terror en los corazones de los hombres.

—¡Tres grupos, conmigo! —indicó Sinjor a los suyos.

Los salvajes del hielo les hicieron sitio. Se retrasaron y les crearon pasillo para dejarlos pasar. Lasgol observaba boquiabierto cómo tres grupos de una treintena de semigigantes se abrían paso hasta los ejércitos enemigos. Eran tan altos que los soldados norghanos parecían niños a su lado. Sinjor encabezaba el grupo que asaltaba al Ejército de las Nieves. Otros dos jefes semigigantes comandaban a los otros dos grupos.

Los norghanos detuvieron el avance al ver la amenaza que se les venía encima. Clavaron los pies y se prepararon para aguantar el asalto. Los soldados formaron firmes tras los escudos apoyándose en el hombre de al lado.

Los semigigantes llegaron hasta los soldados norghanos. De pronto gritaron al cielo en una mezcla de rugido y grito desesperado. Acto seguido se abalanzaron contra la primera línea de cada una de las tres formaciones norghanas como si una montaña avanzara contra una muralla de piedra.

Los norghanos intentaron aguantar, aunque les fue imposible. Los soldados salían despedidos por los aires debido a los brutales golpes asestados por los enfurecidos semigigantes. Con cada tajo bestial de sus hachas descuartizaban a varios hombres. Con cada barrido de sus escudos enviaban a varios hombres por los aires, que se estrellaban contra sus compañeros en las líneas posteriores. El terror comenzó a apoderarse de las líneas norghanas.

Sinjor y su grupo abrieron brecha. Golpeaban como gigantes que eran y avanzaban dejando muerte y desesperación con cada paso. Los soldados de las Nieves no podían detenerlos; caían muertos, impotentes ante la fuerza descomunal de aquellos seres. La treintena de semigigantes era un grupo lo bastante pequeño para hacer cuña en las líneas de la formación enemiga. Avanzaban hacia el centro, donde el general Sombsen gritaba órdenes a los suyos desesperado. El capitán Olagson, junto a él, tan grande como un oso, intentaba formar una defensa.

En la formación del Ejército del Trueno la situación no era

mejor. La treintena de semigigantes había conseguido penetrar entre las líneas a base de hachazos descomunales de una fuerza y brutalidad imparables. Soltaban tajos bestiales en todas direcciones, que acompañaban con terribles barridos con los escudos. Los soldados del Trueno saltaban sobre ellos intentando herirlos con las hachas antes de salir despedidos por los aires o terminar desmembrados. Los gritos del combate eran estremecedores. Los semigigantes gritaban y gruñían llenos de furia; los soldados norghanos aullaban de miedo y dolor. Era estremecedor.

Sin embargo, los invencibles del hielo estaban aguantando. En lugar de hacerles frente o intentar soportar sus tajos y barridos, se apartaban de los demoledores e imparables golpes de los semigigantes para a continuación, en el momento en que veían las más mínima oportunidad, rodearlos y acuchillarlos sin piedad con las espadas, uno a uno. Entre una docena de soldados hicieron caer al primer semigigante. Cayó cual un árbol milenario talado por leñadores albinos. Verlo desplomarse muerto hizo que los soldados soltaran vítores al cielo a pleno pulmón. Al ser conscientes de que tenían una oportunidad se lanzaron a acabar con el resto entre alaridos.

Sinjor observó a uno de sus compañeros irse abajo golpeado por una veintena de hachas en manos de soldados desesperados por sobrevivir en el rectángulo del Ejército de las Nieves, y rugió de dolor y rabia. Se volvió hacia el general Sombsen y el capitán Olagson, luego atacó con toda su furia. El general murió despedazado bajo el hacha y el capitán recibió un tremendo golpe en la cara con el escudo que lo dejó sin sentido y sangrando. Sinjor se giró hacia los salvajes del hielo y gritó:

—¡ENTRAD Y ACABAD CON TODOS!

La reacción no se hizo esperar. Los salvajes del hielo entraron a través de la brecha abierta y comenzaron a llevar la muerte a los soldados de las Nieves. El combate se volvió brutal y caótico. El

Ejército de las Nieves luchaba por su vida, sin liderazgo, rota la formación, cada hombre por sí mismo.

—¡A mí, hermanos de la tundra! ¡Acabad con ellos! —gritó el líder de los semigigantes en medio del rectángulo del Ejército del Trueno.

El general Irmason yacía en el suelo, sin cabeza; el capitán Rangulself se replegaba dando órdenes a sus hombres para que no rompieran la formación. Los pobladores de la tundra entraron a por ellos gritando y aullando como lobos hambrientos y llevaron la muerte a los norghanos.

Sin embargo, los invencibles del hielo consiguieron acabar con la treintena de semigigantes y aguantaron. En verdad eran unos luchadores magníficos. Dejando de lado la fuerza bruta, gracias a la habilidad con el acero y a la cabeza fría, habían derribado a todos los formidables enemigos. Los rodeaban y los acuchillaban en las piernas hasta que caían para rematarlos en el suelo. Sufrían enormes bajas, pero los habían matado a todos. El general Hilacson ladraba órdenes a sus hombres para que compactaran la formación. Consiguieron formar y el general les ordenó que maniobraran para socorrer al capitán Rangulself y a los soldados del Ejército del Trueno.

—¡Arqueros! ¡Guardabosques! ¡Tirad contra los semigigantes! —Llegó la orden del comandante Sven.

Los arqueros del Ejército de la Ventisca tiraron al momento.

Egil miró a Lasgol con ojos de duda.

—¿Qué hacemos? —le susurró.

El resto de sus compañeros lo miraban.

—¡Derribadlos! ¡Apuntad al torso! —ordenó Gatik a los guardabosques.

Siguiendo la orden, a una, varios centenares de flechas salieron de los arcos de los guardabosques con una velocidad pasmosa y una puntería certera, e hicieron blanco en los torsos de los enormes seres. Una docena se desplomaron acribillados.

Braden estaba pasando la orden y pronto llegaría hasta ellos. No podían desobedecer una orden directa, los colgarían. Pero Lasgol no podía ayudar a matar a los semigigantes; era superior a él. No podía. Miró a Egil con ojos desesperados en busca de ayuda. Este dirigió la vista al cielo y sonrió.

—Flechas con cabeza hueca. Rápido —les susurró Egil a sus compañeros.

Estos lo entendieron. Sacaron las flechas con cabeza hueca que llevaban listas para rellenar con compuestos explosivos o elementales, solo que estaban vacías. No las habían armado con los compuestos preparados.

Braden llegó a la carrera. Dio la orden de tirar y los Panteras cumplieron, solo que sus flechas, al hacer contacto, no causaban muerte alguna: las cabezas estaban huecas y se romperían al contacto. Por desgracia, el resto de los equipos y los guardabosques usaban armamento real y llevaron la muerte a los semigigantes.

Y cuando Lasgol pensaba que la situación no podía volverse más caótica y horrenda, Uthar movió la siguiente ficha.

—¡Magos del hielo! ¡Arrasadlos!

Capítulo 38

OLTHAR Y TRES MAGOS DEL HIELO AVANZARON LENTAMENTE hasta situarse a la altura de los guardabosques. El combate era encarnizado. Los salvajes del hielo y los pobladores de la tundra estaban consiguiendo derrotar a los ejércitos del Trueno y de las Nieves. Los invencibles del hielo maniobraban en formación cerrada, intentaban llegar a sus compañeros para socorrerlos. Los guardabosques y los arqueros del Ejército de la Ventisca llevaban la muerte a los semigigantes. El estruendo de la batalla era ensordecedor. Los gritos de lucha y muerte se elevaban a los cubiertos cielos del norte.

Lasgol y sus compañeros apenas podían contenerse ante el horror de muerte y destrucción que estaban presenciando. La guerra era una bestia atroz donde solo la muerte y el dolor salían victoriosos. Las almas jóvenes de los seis amigos lo estaban sufriendo con total intensidad.

Entonces, la poderosa magia norghana entró en acción.

Olthar cerró los ojos y se concentró.

Los tres magos del hielo lo hicieron también.

Comenzaron a conjurar.

Lasgol observaba a los magos del hielo con sus vestimentas

níveas y sus varas blancas mientras conjuraban. Se le hizo un nudo en el estómago.

—¿Qué van a hacer? —Gerd estaba señalándolos.

—Por lo que tengo entendido —comenzó a decir Egil—, los magos del hielo norghanos son muy poderosos y se especializan en magia del elemento agua. Pueden crear tormentas invernales, congelar vivos a seres humanos y lanzar conjuros relacionados con la manipulación de ese elemento.

—¿Crearán tormentas gélidas sobre los enemigos? —preguntó Ingrid.

Egil miró al cielo.

—No lo creo. Si fueran otros los enemigos, sería una excelente táctica que utilizar, pero contra los pueblos del Continente Helado, lo dudo. Están acostumbrados a tormentas gélidas y temperaturas que ningún humano podría soportar. Las tormentas y los conjuros de congelación no tendrán mucho efecto en ellos.

—¿Lo sabrán los magos del hielo? —quiso saber Nilsa.

—Oh, lo saben, descuida. Son muy inteligentes y su profesión requiere mucho estudio —le aseguró Egil asintiendo.

—¡Mirad! —dijo Lasgol viendo los conjuros materializarse.

Frente a los cuatro magos del hielo aparecieron un centenar de afiladas estacas de hielo en levitación, apuntando al enemigo, esperando a ser comandadas. A una orden de los magos, los proyectiles gélidos salieron disparados a una velocidad pasmosa contra los salvajes del hielo, que estaban destrozando al Ejército de las Nieves. Las estacas atravesaron los cuerpos de los salvajes a gran velocidad y continuaron su avance causando muerte y heridas a cuantos encontraban en su trayectoria. Entre gritos de sorpresa y rabia los salvajes caían.

—Han encontrado otra forma… —dijo Gerd.

Lasgol observaba la escena horrorizado.

Los magos del hielo norghanos repitieron los conjuros y esa vez dirigieron los misiles de hielo contra el pueblo de la tundra, que tenía al Ejército del Trueno defendiéndose sin poder rechazarlos. Cientos cayeron muertos.

Darthor reaccionó:

—Arcanos de los glaciares, conmigo.

Avanzó unos pasos acercándose a la retaguardia del combate. Se mantuvo fuera del alcance de los guardabosques, quienes seguían tirando contra los salvajes y los pobladores de la tundra causando enorme cantidad de bajas. Muladin lo acompañaba. Azur y los arcanos de los glaciares se situaron delante de ellos.

—Usaremos magia contra magia —les dijo Darthor.

Azur y los arcanos comenzaron a conjurar con los ojos cerrados murmurando frases arcanas. De súbito, una niebla azulada comenzó a formarse sobre el terreno de batalla. Poco a poco fue cubriendo al Ejército de las Nieves y al Ejército del Trueno. Un momento más tarde, ambos ejércitos desaparecían en medio de la niebla, que cada vez era más espesa.

—¿Qué hacen? —preguntó Gerd.

—¡Magia, es magia maldita! —se quejó Nilsa.

—Están conjurando un gran encantamiento entre todos ellos, es fascinante, realmente fascinante. Usan su don, su poder, todos a una para crear un gran conjuro —dijo Egil que observaba la niebla formarse entre los soldados y los salvajes.

—¿Qué pretenderán con esa niebla? —preguntó Lasgol.

—De momento impide a los magos del hielo atacar, no ven —respondió Ingrid señalándolos.

—Y lo mismo a los guardabosques —dijo Viggo, que señaló a los suyos, que observaban la niebla, pero no podían fijar un blanco al que tirar.

La niebla se fue haciendo más densa y se volvió de un color azul hielo intenso, muy intenso.

—Creo que tiene alguna finalidad más…, no es solo para protegerlos de proyectiles y magos —dijo Egil.

De pronto, vieron salir de la niebla a varios soldados. Salían con los brazos caídos, mirando al cielo, con mirar completamente perdido. Parecían idos.

—¡Volved al combate! —les ordenó el comandante Sven.

Pero los soldados no escuchaban nada, estaban como drogados, caminaban sin dirección mirando al cielo. Más y más soldados comenzaron a salir de la niebla en el mismo estado, deambulando como si estuvieran sonámbulos.

—¡Qué hacéis! ¡Regresad!

Los soldados no reaccionaban, caminaban sin dirección. De repente, los salvajes del hielo y los pobladores de la tundra restantes surgieron de la niebla a la carrera y en un abrir y cerrar de ojos dieron muerte a los soldados. Los guardabosques tiraron contra ellos, que se refugiaron en la niebla.

—¡Por los cielos, la niebla solo nos afecta a nosotros! —dijo Ingrid.

—Eso tiene todo el sentido. El conjuro no afecta a los pueblos del Continente Helado —observó Egil.

—Los van a masacrar ahí dentro —lamentó Lasgol.

Los invencibles del hielo se acercaron hasta la niebla. Su general dio el alto:

—¡Que nadie entre!

Los soldados de los otros dos ejércitos norghanos estaban siendo destrozados en el interior de la niebla.

—¡Olthar, usa tu magia! —le ordenó Uthar.

El mago del hielo cerró los ojos y, concentrándose, conjuró durante un largo rato murmurando palabras de poder.

Una tormenta invernal comenzó a formarse sobre el campo de batalla. Los otros magos, al ver lo que Olthar intentaba, lo imitaron. Sobre el campo de batalla se formaron varias tormentas invernales. Rompió el trueno y aparecieron los relámpagos. Las nubes negras descargaron lluvia gélida y la temperatura descendió rápidamente.

—¿En qué ayuda una tormenta invernal? —se preguntó Ingrid.

—Espera y verás —dijo Egil—. Donde hay tormenta... siempre hay...

Vientos. Con la tormenta llegaron vientos gélidos y de gran fuerza. Su función era congelar a quien estuviera debajo, pero en esta situación provocaron que la niebla se dispersara. El viento se la llevaba y la hacía desaparecer. En unos pocos minutos, la niebla había desaparecido por completo y los combatientes habían quedado a la vista.

—¡PROTEGED A LOS NUESTROS! —ordenó Gatik.

Los guardabosques comenzaron a tirar contra las fuerzas enemigas intentando proteger a sus compatriotas, que comenzaban a salir del estado de aturdimiento en el que los había dejado la niebla.

—¡Reagrupaos! —gritaba el capitán Rangulself a sus hombres.

Los soldados del Ejército del Trueno empezaron a replegarse mientras los pobladores de la tundra se les echaban encima para intentar rematarlos.

—¡Formación! ¡Formad o estamos muertos! —gritaba el capitán Olagson a los soldados del Ejército de las Nieves.

Los salvajes del hielo los estaban haciendo trizas.

—¡Invencibles, protegedlos! —Fue la orden de Sven a los invencibles del hielo.

El ejército de élite de los norghanos se posicionó tras las fuerzas enemigas y se preparó para atacarlos por la retaguardia.

Darthor vio el movimiento.

—Muladin —llamó a su fiel hechicero y señaló a los invencibles.

Ambos comenzaron a murmurar un conjuro poderoso, oscuro. Los guardabosques y los arqueros del Ejército de la Ventisca continuaban tirando contra el enemigo. Los magos del hielo volvieron a atacar; enviaban jabalinas de hielo y esferas de hielo cristalizado las cuales, al impactar, estallaban en miles de aristas cortantes. Enviaron las esferas al centro de las huestes de los salvajes del hielo y los pobladores de la tundra causando estragos. No obstante, pese al castigo no se rendían; seguían atacando con más furia si cabía.

Para proteger a Darthor y Muladin, Azur y los arcanos de los glaciares avanzaron y conjuraron sobre los arqueros del Ejército de la Ventisca, que formaban frente a los guardabosques. Una nueva niebla azul comenzó a formarse entre los arqueros. Estos intentaron retrasarse y chocaron con los guardabosques que formaban a su espalda. Intentaron huir de la niebla, pero fueron demasiado lentos. El conjuro ya se había formado. Los arqueros comenzaron a gritar.

—¡Estoy ciego! ¡No veo! ¡Por los dioses, estoy ciego! —gritaban desesperados. Dejaron caer los arcos y se llevaron las manos a la cara. Solo podían ver la más oscura de las negruras.

—¡Es solo una ilusión, no estáis ciegos! —les gritó Olthar.

Los guardabosques intentaron ayudarlos, pero los que eran alcanzados por la niebla sufrían igual suerte.

—¡No entréis en la niebla! —les gritó Gatik—. ¡Tirad contra los arcanos, se han puesto a tiro para conjurar sobre nosotros!

Los guardabosques obedecieron y la muerte descendió sobre los arcanos. En efecto, para conjurar sobre ellos habían adelantado las filas cien pasos y ahora lo pagaban con la vida. Azur ordenó a los suyos retirarse a la carrera. Habían acabado con los arqueros del Ejército de la Ventisca y habían conseguido tiempo para que Darthor culminara su gran conjuro, aunque el precio había sido muy alto.

Darthor y Muladin terminaron de conjurar su largo encantamiento. Bajo los pies de los invencibles del hielo comenzó a aparecer un humo arcano entre violeta y negro. Parecía surgir del propio suelo nevado. Lasgol observaba con la boca abierta. El extraño humo formó un círculo alrededor de los soldados y comenzó a elevarse hacia el cielo. Los invencibles detuvieron el avance, desconcertados. Veían cómo el humo violáceo les subía por el cuerpo hacia el cielo.

—¡Salid de ahí! ¡Es un encantamiento! —gritó Olthar al reconocer la poderosa magia de Darthor.

Demasiado tarde.

Darthor cerró los ojos y pronunció una frase de poder. Abrió los brazos, acto seguido los cerró y juntó las manos.

Muladin lo imitó.

Los ojos de los invencibles se volvieron del negro violeta del encantamiento. Se giraron los unos hacia los otros y comenzaron a luchar entre ellos. A matarse.

—¡¿Qué hacen?! —exclamó Gerd atónito.

—¡Se matan! ¡Parad! —chilló Nilsa.

—No pueden —dijo Egil—. Ahora están dominados por Darthor. Harán lo que él ordene.

—¡No puede ser! ¡No pueden dominar a todo un ejército! —gritaba Ingrid, que no podía creer lo que sus ojos veían—. ¡A los invencibles! ¡Son varios miles de hombres! ¡¿Cómo los va a dominar a todos?!

—Darthor y su hechicero tienen un poder sobrecogedor… —dijo Egil pasmado.

Lasgol observaba la escena sin poder hablar.

—Se matan… los unos a los otros… —balbuceó conmovido.

El espectáculo era espeluznante. Mientras, los otros ejércitos se retiraban e intentaban reagruparse bajo la presión asfixiante de la furia de los salvajes y los pobladores. Solo los guardabosques mantenían al enemigo a raya tirando desde la distancia. Se hallaban fuera del alcance de Darthor y él del de ellos.

—¡Acabad con Darthor! ¡Matadlo! —Llegó la orden de Uthar.

Sven lo miró sin saber qué hacer.

—¡Que avancen los guardabosques y protejan a nuestros magos! ¡Avanzad y matad a Darthor! —ordenó Uthar.

—Gatik, avanzad —le ordenó Sven.

El guardabosques primero suspiró. No pareció gustarle nada aquella maniobra, pero no podía desobedecer una orden del rey.

—¡Guardabosques! ¡Avanzamos!

A Lasgol se le formó un nudo en el estómago tan fuerte que se dobló hacia delante. Lo enviaban a matar a su madre. No le importaba perecer en aquella batalla, pero no quería que su madre muriera. «¿Cómo he llegado a esta situación? —se preguntaba mientras avanzaba hacia los arcanos que protegían a Darthor—. ¡Huye, madre, vete, te matarán! —gritaba su alma—. ¡Llévatela, Muladin, escapad!». Sus compañeros lo miraban con ojos llenos de miedo y dudas. Ahora era morir o matar, y lo sabían.

—¡Olthar, haz que los invencibles dejen de matarse! —ordenó Uthar a su mago del hielo.

Olthar se detuvo y evaluó la situación.

—¿Podrá? —le preguntó Ingrid a Egil.

—No creo… Un mago del hielo tiene magia elemental, del elemento agua. No puede hacer o deshacer magia de ilusión o dominación.

—Pues está conjurando —dijo Gerd al ver al gran mago moviendo su vara y pronunciando frases de poder.

Olthar finalizó el conjuro. Sobre los invencibles se creó una nueva tormenta invernal, pero esta no implicaba vientos fuertes, sino temperaturas gélidas. En un momento comenzó a aparecer escarcha sobre los invencibles. La tormenta se iba tornando cada vez más fuerte y las temperaturas descendían hasta los abismos. Las barbas y melenas de los invencibles comenzaron a congelarse. Sus ataques y movimientos se volvieron más lentos, aletargados. Al fin, se quedaron quietos, congelados, donde estaban, incapaces de mover los miembros, solo capaces de respirar. Olthar ajustó el conjuro para mantener la tormenta en aquel estado, a aquella temperatura, fija sobre los invencibles. Estaban vivos, congelados en el sitio.

—¡Eso sí que no me lo esperaba! —dijo Viggo.

—Un mago muy inteligente —admitió Lasgol.

—Una estrategia sublime —secundó Egil.

Los guardabosques avanzaron a una siguiendo la orden de Gatik como si fueran un ejército.

Muladin se percató.

—Mi señor, cuidado —advirtió a Darthor, que observó a los guardabosques avanzar y supo que una vez que alcanzaran la distancia de tiro estarían muertos.

—Sinjor, lo necesitamos —dijo Darthor. Se concentró y usó su gran pozo de poder para enviar un mensaje mental a Sinjor.

El semigigante, que luchaba liderando a los salvajes del hielo, se volvió. Vio la situación.

—¡Interceptad a los guardabosques! —ordenó a los suyos.

Los salvajes del hielo y los semigigantes supervivientes dejaron de atacar al Ejército de las Nieves y se lanzaron a la carrera a interceptar a los guardabosques.

Lasgol podía verlos acercarse a la carrera a su izquierda y el miedo le subió por el pecho hasta la garganta. Los guardabosques alcanzaron la distancia de tiro. Tenían a Darthor y Muladin a su alcance.

—¡Tirad! ¡Acabad con ellos! —ordenó Gatik.

Lasgol sintió que el pánico se apoderaba de su cuerpo. Levantó el arco, pero las manos le temblaban.

—¡Tirad! —ordenó Gatik.

Las flechas salieron de los arcos de los guardabosques.

Darthor y Muladin estaban conjurando, pero terminarían sus conjuros un instante tarde.

Las flechas les buscaron el pecho. No los alcanzaron.

Los arcanos se situaron delante de ellos y tomaron las flechas que iban dirigidas a su propio cuerpo. Formaron una barrera de defensa de carne y hueso.

Gatik lo vio y maldijo. Darthor y Muladin ya terminaban de conjurar y los salvajes del hielo se precipitaban sobre ellos por su izquierda. Uthar había sacrificado a los guardabosques en un plan demasiado arriesgado.

Sinjor y los suyos golpearon al grupo de guardabosques como un maremoto gélido. Los guardabosques tuvieron que dejar los arcos y empuñar hacha corta y cuchillo para defenderse de los salvajes del hielo, que se les echaban encima como bestias iracundas. El choque fue atroz. Sinjor golpeaba a derecha e izquierda con espada y escudo como un semidiós de la guerra. El semigigante enviaba guardabosques por los aires o los partía en dos de un hachazo. Los salvajes atacaban con la furia de quien defiende su tierra de invasores. Los guardabosques se defendían de los ataques como podían, pero la furia de los salvajes era demoledora.

Lasgol y sus amigos estaban aterrorizados. Braden apareció a la carrera. Reunió a los de tercero y cuarto haciéndoles señas llenas de urgencia.

—¡Seguidme, nos retrasamos! —les dijo—. ¡Por equipos, en formación de retirada!

Se situaron como habían aprendido en el entrenamiento en el campamento, formando una línea de seis con Ingrid a la cabeza y Viggo en la cola. Corrieron a una como un equipo bien entrenado, en retirada.

Los salvajes estaban abriendo brecha hacia ellos.

—¡Apresuraos! —los apremió Braden.

Darthor y Muladin terminaron de conjurar sus largos y poderosos encantamientos. El rostro de Gatik mostraba que sabía que estaban perdidos, era el final para ellos; los conjuros serían su final de una forma u otra.

Se equivocó.

Los conjuros no cayeron sobre los guardabosques, sino sobre los magos del hielo que los seguían.

Dos de los magos del hielo quedaron dominados por Darthor y Muladin.

Olthar gritó:

—¡NO!

Mientras el mago del rey levantaba una esfera protectora, los dos magos dominados atacaron al restante. Este, con ojos llenos de horror, vio que dos rayos de hielo lo atravesaban antes de que pudiera defenderse. Cayó muerto al suelo con una expresión de horror.

—¡Malditos! —chilló Olthar, y atacó a los dos magos dominados.

El combate entre los tres magos del hielo fue tan espectacular como terrible. Intercambiaron proyectiles de hielo, rayos de hielo, esferas de aristas y aliento helado de dragón blanco. Los ataques se estrellaban en las esferas defensivas que los magos habían levantado para defenderse, pero, con cada ataque, se debilitaban. Al fin Olthar, más poderoso, terminó por vencerlos. Uno de ellos murió aplastado por una estalagmita de hielo que Olthar había precipitado sobre él. El otro quedó malherido en el suelo a causa de varios conjuros.

Gatik vio que los salvajes y Sinjor estaban causando muchas bajas a los suyos. Llamó a cuatro tiradores de élite, los mejores especialistas en tiro de entre todos los guardabosques. Lasgol observó que llevaban al cuello los medallones que los identificaban. Eran tiradores infalibles.

—Conmigo, a una, al ojo del semigigante —les dijo.

Los cuatro guardabosques de élite asintieron. Prepararon los arcos con flechas de punta penetradora y apuntaron a Sinjor, que acababa con dos guardabosques en aquel momento. Cinco saetas se clavaron simultáneamente en el ojo del semigigante. La cabeza le dio un latigazo hacia atrás. Se quedó quieto, arqueado hacia atrás, tan grande como era. Levantó el hacha y el escudo. Rugió con la fuerza de un alud y cayó de frente. Muerto.

Lasgol lo vio caer como un enorme árbol milenario. Sintió una pena inmensa por el líder de los salvajes del hielo. Había muerto defendiendo del invasor norghano a los suyos, a su pueblo, su tierra, y lo habían matado los guardabosques, sus compañeros. Lasgol sacudía la cabeza. Aquello era una pesadilla de la que no podía despertar. Era un sinsentido. Los guardabosques estaban matando a seres honorables que luchaban por sobrevivir, por defender a sus familias y su tierra.

—No es culpa tuya, es culpa de Uthar. Solo él es responsable de esto —le dijo Egil, que lo había visto sacudiendo la cabeza.

—Tienes razón… pero, aun así…

Entonces, llegó la orden de Gatik.

—¡Retirada! ¡Desbandaos!

—¡Conmigo! —les dijo Braden, y se los llevó hacia la retaguardia.

Lasgol echó la mirada atrás y vio a su madre conjurando. Todo aquello era una locura.

¡Una locura terrible!

Capítulo 39

L ASGOL CORRÍA JUNTO A SUS COMPAÑEROS. ALGO MÁS A LA derecha vio a Astrid y los Búhos a la carrera; su corazón se animó al ver a la fiera morena que hacía que se sintiera como si tuviera alas y pudiera volar.

—¿Estás bien? —le preguntó a Astrid.

Ella asintió:

—Sí, no te preocupes. ¿Tú?

—Yo también. No te alejes mucho de mi lado.

—No lo haré —le dijo ella, y le hizo un gesto para darle ánimos.

El muchacho asintió en agradecimiento.

Junto a ellos corrían Isgord y los Águilas, Luca y los Lobos, algo más atrasados, y luego el resto de los equipos.

—¡Corred! ¡Retirada! —gritaba Braden asegurándose de que todos los de tercer y cuarto año se ponían a salvo.

Los guardabosques retrocedían en desbandada. Luchaban mientras se retiraban. Formaban pequeños grupos que peleaban y retrocedían en orden abatiendo a los enemigos. Luchaban mejor así que en la formación militar en que habían estado.

Mientras los guardabosques se retiraban, también lo hacían los supervivientes de los ejércitos del Trueno y de las Nieves. Los invencibles comenzaron a descongelarse, libres ya del efecto del conjuro dominador de Darthor.

Al ver a todos los norghanos en retirada, Darthor llamó a sus fuerzas.

—¡A mí, hijos del Continente Helado!

Los salvajes del hielo y los pobladores de la tundra se replegaron junto a su líder y los arcanos de los glaciares supervivientes.

Las dos huestes recompusieron filas. El terreno de batalla entre ambas estaba sembrado de cadáveres, y la nieve y el hielo del terreno manchados de sangre y muerte.

—¡Replegaos y volved a formar! —gritó el comandante Sven.

Los invencibles del hielo se sacudían el frío del cuerpo. Los ejércitos del Trueno y de las Nieves se unieron. Gatik reorganizó a los guardabosques, quienes se situaron junto a los otros dos ejércitos.

Lasgol observaba a Darthor y los suyos.

—Hemos perdido la mitad de nuestras fuerzas. —Ingrid estaba preocupada.

Egil echó una larga ojeada a los ejércitos ahora reorganizados.

—Sí, casi la mitad de las fuerzas.

—Pues a ellos no les ha ido mejor —observó Viggo con un gesto hacia las fuerzas de Darthor.

—Yo creo que han perdido algo parecido —dijo Lasgol con pesar.

—Eso nos da ventaja —apuntó Viggo—. Ellos son muy pocos ahora.

—Todo esto es un error horrible —se lamentó Lasgol—. Los nuestros están matando a los pueblos del hielo, no podemos permitirlo. No es solo por Uthar, es por esta barbaridad que los norghanos están cometiendo.

—Shhh, baja la voz; hablar así es traición y puede que te oigan... —lo avisó Nilsa con un gesto hacia Uthar y su séquito.

—Te entiendo, Lasgol, pero poco podemos hacer nosotros seis —dijo Ingrid.

—Es una locura, un horror terrible. —Siguía el muchacho mirando alrededor.

—Es un horror, sí —reconoció la capitana—, pero un horror del que tenemos que salir con vida. No os descuidéis o terminaremos como todos esos infelices: muertos sobre el hielo.

—Tiene razón —dijo Viggo—, y sabéis que no me gusta darle la razón a la rubia. Es normal sentirnos mal por estos salvajes, pero no podemos dejar que eso termine matándonos. Hay que estar muy alerta.

—Saldremos de aquí —les aseguró Ingrid.

Lasgol miró a Astrid junto a ellos y le sonrió. Ella le devolvió la sonrisa, aunque sus ojos delataban el miedo que sentía, el miedo que todos ellos sentían.

Una voz se alzó potente, enfurecida.

—¡Es hora de acabar con esto de una vez! —clamó Uthar—. ¡Avanzad a una y acabad con ellos! ¡Somos norghanos! ¡Los norghanos ganamos las batallas! ¡Acabad con esos malditos salvajes!

—¡Ya habéis oído! —dijo el comandante Sven—. ¡Adelante, por Norghana!

—¡Al que me traiga la cabeza de Darthor lo bañaré en riquezas! —gritó Uthar.

Los dos ejércitos norghanos y los guardabosques comenzaron a avanzar.

Lasgol estaba tan nervioso que le temblaban las manos; no por miedo a morir, sino por miedo a matar o a que alguno de sus amigos resultara muerto.

Los salvajes del hielo y los pobladores de la tundra formaron frente a Darthor y Muladin, a los que protegían Azur y los arcanos de los glaciares.

Lasgol se dio cuenta de que no eran suficientes para hacerles frente. «¡Huye, madre, huye!», gritaba su alma. Pero Darthor no se movía, como no lo hacía ninguno de los que lo protegían. Iban a luchar hasta el final, hasta la muerte.

Los ejércitos norghanos avanzaron seguros de que la victoria era suya. No podrían contenerlos.

«¡Huye, madre!».

Ella no se movió.

Ningún hijo del hielo se movió. Aguardaban como estatuas el enfrentamiento final.

De pronto se oyó un bramido largo y sostenido al cual siguieron varios más.

Las tropas norghanas se detuvieron. Estaban a cuatrocientos pasos. Dudaron. No sabían qué sucedía.

El suelo comenzó a temblar como si estuviera produciéndose un terremoto.

—¡Atentos! —les dijo Gatik a los guardabosques.

Del nordeste, de un paso en el glaciar, aparecieron una docena de bestias. Descomunales.

—¿Qué son? Parecen…, parecen elefantes albinos gigantes —dijo Gerd con ojos como platos.

—No sé qué son, pero son gigantescos, más grandes que una casa de dos alturas —reconoció Viggo.

—¿Y esos colmillos enormes? —apuntó Nilsa muy nerviosa.

—Sin duda, están emparentados con los elefantes —respondió Egil observando cómo avanzaban hacia la posición de Darthor—. Parecen más arcaicos, una raza antigua. No son albinos, sino que tienen un pelo largo y blanquecino, similar a la lana. Son animales titánicos, fascinantes…

—Hay gente montada sobre las cabezas —observó Ingrid.

—Sí, parecen arcanos de los glaciares —dijo Lasgol sorprendido.

—Entonces los controlan ellos, como controlaban a las bestias que nos han atacado antes —razonó Egil.

De repente, las criaturas se lanzaron a la carrera. Para semejante tamaño corrían con una velocidad tremenda. El suelo retumbaba como si se tratara de una estampida de miles de bestias salvajes. Lasgol sentía temblar todo el cuerpo, al igual que todos los norghanos.

—¡Tirad contra las bestias! —ordenó Sven.

Gatik dio la orden y los guardabosques enviaron cientos de saetas contra la docena de bestias gigantescas. Lasgol temió que aquello causara que los animales murieran, aunque se equivocó. Las flechas se clavaron en los cuerpos, pero no consiguieron penetrar su durísima y tupida piel. Lo único que consiguieron fue enfurecer todavía más a las bestias, que arremetieron con todo contra la infantería norghana.

El choque fue brutal. Las bestias arramblaron con todo lo que tenían delante, enviando soldados por los aires o aplastándolos con sus descomunales patas.

—¡Acabad con ellas! —gritaba Sven.

—¡Cambio de flechas, usad puntas perforadoras! —dijo Gatik—. ¡Tenemos que penetrar la piel!

Los guardabosques a una clavaron la rodilla. Se descolgaron el carcaj y buscaron flechas perforadoras. Se pusieron en pie y volvieron a tirar. Las bestias, en medio de las tropas norghanas, atacaban con basculaciones de sus enormes colmillos, que barrían todo cuanto estaba frente a ellas. Las saetas perforadoras consiguieron penetrar la dura piel e hirieron a las bestias. Rugieron de dolor.

—¡Seguid tirando! —pidió Gatik al ver que tenía algo de efecto.

Los soldados intentaban herir las patas de las bestias con tajos desesperados y eran golpeados por los colmillos o aplastados por las mismas patas que intentaban herir.

—Están destrozando a nuestra infantería —dijo Viggo mientras tiraba con flechas normales.

Darthor vio la oportunidad y envió al resto de sus fuerzas.

—¡Al ataque! ¡Muerte al invasor! ¡Defended vuestro hogar!

Los salvajes del hielo y los pobladores de la tundra cargaron con gritos enfurecidos.

Y el caos se apoderó de la batalla.

—¡Guardabosques, Flechas de Fuego! —ordenó Gatik.

Los guardabosques clavaron la rodilla y prepararon las flechas. Lasgol y Egil intercambiaron una mirada nerviosa mientras lo hacían. Tenían a Braden y a Gatik muy cerca, no podían sino obedecer.

—¡Tirad contra las bestias! —gritó Gatik.

Las Flechas de Fuego salieron de los arcos e impactaron en los cuerpos de las bestias lo que provocó pequeñas llamaradas con cada impacto. Las bestias barritaron y enloquecieron, no de dolor, sino de miedo: el fuego las aterrorizaba. Querían huir de las llamas, sin embargo no podían, las tenían clavadas en el cuerpo. Arramblaron con cuanto estaba delante y salieron huyendo.

—¡Sí! —gritó Gatik al verlas huir.

Sin embargo, los salvajes del hielo y los pobladores de la tundra no huyeron, sino que atacaron con más ímpetu si cabía. Por su parte, la infantería norghana, en especial los invencibles, comenzaron a hacerlos pedazos con su maestría con la espada.

Rodeado de enemigos muertos, Tarsus, líder de los pobladores, mataba a un invencible atravesándolo con su lanza. Pero fue su última pelea. Cuatro invencibles lo rodearon y le dieron muerte. Tarsus cayó maldiciendo a los invasores. Con su muerte la batalla se decantó del lado norghano.

Darthor vio a los suyos perdidos y llamó a retirada.

—¡Volved todos! ¡A mí! —los llamó.

Los salvajes y los pobladores dudaron. Querían seguir luchando, pero Darthor volvió a llamarlos:

—¡A mí! ¡Todos!

Obedecieron. Se replegaron junto a él.

—¡Ya son nuestros! —gritó Uthar eufórico. Había adelantado su posición y estaba junto con su séquito detrás de sus tropas, a corta distancia.

—¡Matadlos! ¡Están acabados! —ordenó.

Lasgol observó a los norghanos, luego a su madre y sus seguidores, y supo que iban a morir. Apenas podía respirar pensando en lo que vendría a continuación. Los masacrarían a todos. Uthar no dejaría a nadie con vida.

Y en el momento en que las tropas norghanas se lanzaban a rematarlos, volvió a sonar un rugido estremecedor, uno diferente a los anteriores, más poderoso, ancestral. Helaba la sangre.

A Lasgol se le erizaron todos los pelos del cuerpo.

El suelo temblaba de nuevo como si un gigante estuviera pisándolo con fuerza.

Del gran Glaciar Azul apareció una bestia descomunal.

—¡ES UN DRAGÓN! —Isgord parecía muerto de miedo.

El resto de los aprendices miraba con los ojos desorbitados.

—¿Qué demonios es eso? —bramó Sven.

Lasgol se fijó en el dragón y lo reconoció. No era tal.

¡Era Misha!

Acompañaba a la milenaria criatura Asrael. Misha avanzaba rugiendo. Era inmensa. Lasgol vio su cuerpo recubierto de escamas cristalinas brillando con cada paso de sus cuatro potentes y cortas patas. Desde la distancia se apreciaba la enorme longitud de su cola y su cuello. No podía ver los ojos dorados, enormes y reptilianos de Misha, pero sí la alta cresta cristalina que nacía sobre el cráneo y le bajaba por el cuello y la espalda hasta llegar a la cola.

—¡Son Misha y Asrael! —dijo Egil—. Se unen a la batalla.

Un nuevo rugido estremecedor anunció la llegada de una segunda criatura tan inmensa y terrorífica como Misha, también de similar tamaño. Su constitución era todavía más fuerte, más compacta. La piel era albina, pero no brillaba. Tenía un cuello corto y una enorme cabeza, diferente a la de Misha; contaba con una cresta cuadrada y sobre el morro le sobresalía un cuerno enorme. Avanzaba sobre cuatro patas robustas y tenía una cola más corta. Parecía un gigantesco rinoceronte milenario.

Egil entrecerró los ojos.

—Si no me equivoco, es la criatura compañera de Azur. Viene a ayudarlo.

Camu transmitió un mensaje a Lasgol. Estaba junto a él, en el suelo, invisible. «Amigos», le dijo.

—Lo sé, pequeñín; sigue escondido.

«Amigos, ayudar».

Las dos criaturas, Asrael y Azur se situaron junto a Darthor y Muladin.

—Me honráis con vuestra presencia. —Darthor realizó una larga reverencia de respeto a las criaturas.

—Es nuestro deber y privilegio proteger nuestra tierra —dijo Asrael.

Asrael y Azur se saludaron con un movimiento de cabeza. No había amistad entre ellos, sí respeto.

—¡Sean lo que sean, matadlos! ¡Matadlos a todos! —gritó Uthar fuera de sí.

La infantería avanzó y con ellos los guardabosques.

Las dos inmensas criaturas salieron a su encuentro.

—¡Flechas de Fuego contra las bestias! —ordenó Gatik.

Los guardabosques las prepararon y tiraron. Las flechas flameantes volaron y se clavaron en el cuerpo de las dos bestias. Misha rugió enfurecida, aunque las flechas no la dañaron; no conseguían traspasar su piel de hielo. El fuego de las saetas tampoco dañó su cuerpo. La otra criatura bramó rabiosa. El fuego no le gustaba.

—Tranquilo, Osgar, compañero. El fuego nos asusta, pero no puede hacernos daño —le dijo Azur con voz calmada.

Lasgol usó su don para observar de cerca a Azur, líder de los arcanos de los glaciares. Le intrigaba; era más joven que Asrael y emanaba poder y fortaleza pese a ser extremadamente delgado. Tenía la característica piel de los arcanos: una piel azulada en su mayoría, con zonas como el cuello y los brazos de un blanco cristalino. Su rostro era humano y sus ojos grises parecían imbuidos de poder. Llevaba la cabeza afeitada con un tatuaje en blanco, la extraña runa que le cubría gran parte de la cabeza. Vestía pieles de foca. Emanaba poder y se le veía hosco. Lasgol sintió un escalofrío.

La infantería continuó avanzando mientras los guardabosques tiraban.

Misha abrió la boca y los recibió con su aliento gélido. Las primeras líneas de soldados frente a ella quedaron congeladas donde estaban.

—¡Por los vientos del norte! —rugió Uthar—. ¡Magia! ¡Son criaturas mágicas! —Se volvió y llamó al mago del hielo—: ¡Olthar, usa tu magia contra esas bestias!

Gatik, al ver que las Flechas de Fuego no surtían efecto, buscó otra alternativa.

—¡Probad otras Flechas Elementales!

Los guardabosques comenzaron a tirar con las diferentes flechas que tenían preparadas, pero nada parecía capaz de perforar la piel de las dos criaturas, hasta que usaron las flechas de aire. Al impactar producían pequeñas explosiones que sonaban como un trueno y a las que seguían descargas eléctricas que recorrían las patas y el lomo de las criaturas produciendo quemaduras.

Las dos criaturas rugieron de dolor y se asustaron, pero Asrael y Azur consiguieron controlarlas. Continuaron atacando.

Los invencibles rodearon a Osgar. La criatura rugió y con la cola soltó un barrido que envió hombres volando. Los invencibles atacaron las patas, soltando estocadas, tajos y cuchilladas con todas sus fuerzas. La dura piel comenzó a resquebrajarse. Los soldados se dieron cuenta y continuaron golpeando. Entonces, sangre viscosa y blanquecina comenzó a caer al suelo. Osgar rugió de dolor y rabia. De pronto, su gran cuerno de más de dos varas de largo comenzó a vibrar. La vibración fue intensificándose. Los soldados lo miraban inquietos, algo sucedía, algo malo. Estaba demasiado alto para que ellos pudieran atacarlo. La vibración se intensificó y de pronto se produjo un estallido partiendo del cuerno. Todo a diez pasos de radio del cuerno quedó completamente congelado. Los soldados que rodeaban a Osgar eran ahora estatuas de hielo.

Misha soltó otra bocanada gélida y heló a otro grupo de soldados que la atacaban. Tenía las patas heridas y los norghanos seguían arremetiendo contra ellas. Se defendía con coletazos que destrozaban a los atacantes.

Gatik se percató.

—¡Guardabosques, flechas de aire! ¡Tirad a las patas! ¡Hay que lisiarlas!

Cientos de flechas siguieron la orden, flechas enviadas por guardabosques expertos. Hicieron blanco y las dos criaturas rugieron de dolor.

Asrael, Azur, Muladin y Darthor se adelantaron para ayudar a las criaturas. Comenzaron a conjurar sobre los soldados conjuros de magia de dominación.

Olthar vio la oportunidad y atacó. Lanzó sobre ellos un conjuro de magia de agua extremadamente poderoso. Utilizó todo el pozo de energía que le quedaba y consumió hasta la última gota del lago de poder del interior de su pecho. Una vez que conjurara, no le quedaría nada dentro, apenas podría caminar sin ayuda. Era un todo o nada, pero la situación era propicia; los hechiceros enemigos estaban distraídos y lo aprovechó. Terminó de conjurar un momento después que ellos.

Una parte de los soldados que atacaban a las dos criaturas quedaron dominados, aturdidos y desorientados.

Frente a Darthor y sus aliados se formó una espiral azulada que empezó a rotar a gran velocidad. Tenía una altura de cinco varas y aspecto amenazador.

—¡Cuidado! ¡Magia de agua! —advirtió Darthor.

Asrael, Azur, Muladin y Darthor levantaron escudos defensivos al ver el conjuro formarse frente a ellos. La espiral desapareció y en su lugar quedó un enorme elemental del hielo. Los ojos de la criatura de hielo se tornaron dorados.

—Acaba con ellos —le ordenó Olthar, luego se retiró, incapaz de mantenerse en pie.

El enorme elemental, de forma humanoide y cuerpo de bloques de hielo, dio dos pasos y golpeó sobre Darthor con su enorme antebrazo de rocoso hielo. La esfera protectora de Darthor aguantó el impacto, aunque quedó dañada. Darthor recibió una sacudida tremenda dentro de su protección.

Muladin se lanzó a atacar al elemental en defensa de su señor. Por desgracia, los conjuros de ilusión y dominación nada podían con un ser que no era humano. El elemental del hielo propinó una tremenda patada a Muladin, que salió despedido, rodando en el interior de su esfera de protección. Quedó tendido para no levantarse.

Asrael y Azur conjuraron sobre la cabeza del elemental. No lo controlarían, pero al menos podrían entorpecer sus acciones. Lograron formar una niebla oscura y espesa alrededor de la cabeza que impedía ver a la criatura. Esta, enfurecida, golpeó el suelo frente a los dos hechiceros a dos manos con tal fuerza que los hizo salir despedidos por los aires.

Varios salvajes del hielo intentaron herir a la criatura, sin embargo solo conseguían hacer saltar fragmentos de escarcha antes de morir aplastados por los golpes ciegos del ser descomunal.

Gatik vio a Darthor luchando con la criatura; se hallaba en serios problemas. Supo que era la oportunidad que buscaban. Llamó a los cazadores de magos. Seis guardabosques de élite entrenados en la especialización de caza y muerte de magos y hechiceros.

—Acabad con Darthor —les dijo.

Los cazadores de magos asintieron, prepararon las flechas y se dispusieron a tirar.

—¡Ya son nuestros! —gritó Uthar eufórico, y levantó la espada de rey de Norghana al cielo.

Lasgol lo vio todo perdido.

«Los van a matar a todos. ¡Madre, huye!».

Y, si la situación era ya desesperada, se volvió imposible.

De la dirección del campamento de guerra a sus espaldas aparecieron más soldados norghanos.

Era el fin.

Capítulo 40

LOS CAZADORES DE MAGOS IBAN A MATAR A SU MADRE. LASGOL tenía que hacer algo. No podía dejar que sucediera.

—Cubridme, rápido —pidió a sus amigos.

Gerd y Nilsa se pusieron delante.

—¿Qué vas a hacer? —le preguntó Ingrid mientras lo rodeaban.

No contestó. Se agachó entre sus amigos y buscó en su cinturón; sabía que llevaba una preparada por si acaso.

—Sea lo que sea, hazlo rápido, Braden viene para aquí.

—Viggo, distráelo —le dijo Ingrid.

—A la orden. —Viggo dio un brinco enorme. Se llevó a Braden por delante.

—Ahora —le indicó Egil.

Lasgol lanzó un contenedor con una mano por encima de sus amigos que trazó una parábola y golpeó el suelo tras los cazadores de magos. Se rompió con un sonido de vidrio roto. Un gas violáceo se expandió en todas direcciones.

—Es Sueño de Invierno —reconoció Egil.

El potente gas aturdidor, una mejora del Sueño de Verano, llegó a los seis cazadores de magos. Por desgracia, demasiado tarde.

Las flechas salieron de los arcos de los guardabosques una tras otra antes de que el gas hiciera efecto en ellos.

Las tres primeras impactaron sobre la esfera defensiva de Darthor simultáneamente, casi en el mismo lugar, dirigidas al corazón. La esfera se quebró en ese punto. La siguiente saeta terminó de romperla. La quinta penetró. Darthor se protegió con el brazo y la saeta se le clavó en el antebrazo. Soltó un gruñido de dolor.

La sexta le atravesaría el corazón.

Muladin apareció frente a Darthor y recibió la flecha del pecho. Se derrumbó.

—¡Muladin! —gritó Darthor, y se agachó a su lado.

Los seis cazadores de magos cayeron aturdidos por el efecto del Sueño de Invierno.

—Muero feliz, mi señor.

—No me dejes, amigo, te necesito.

—Es hora de emprender otra aventura.

—Gracias por todo, amigo.

—Sobrevivid, mi señora —dijo, y murió.

Darthor gritó de rabia e impotencia.

El elemental del hielo, libre al fin de la ceguera, avanzó a rematar a Darthor. Estaba perdido. Levantó el brazo para cubrirse del golpe final que el elemental iba a asestarle.

De pronto, un pequeño ser apareció junto a Darthor.

—¡Camu! —gritó Lasgol, incrédulo.

Camu apuntaba al elemental con la cola. Comenzó a vibrar y emitió un destello dorado.

El elemental no pudo bajar el brazo, algo le sucedía. Intentaba golpear, pero el cuerpo no le respondía. Los ojos dorados comenzaron a apagarse. Se quedó paralizado.

—Es una criatura mágica, el poder de Camu le afecta —razonó Egil.

Los ojos del elemental volvieron a recuperar el dorado. El brazo se elevó para dar el golpe de gracia. Camu volvió a destellar. Los ojos del elemental se apagaron de nuevo.

—¡Grande, Camu! —dijo Lasgol.

La pequeña criatura continuó emitiendo su área de efecto.

De pronto, Misha apareció tras el elemental y lo golpeó con la cola con tal fuerza que lo partió en dos mitades. La parte superior del elemental salió del área de efecto del poder de Camu y los ojos recuperaron el color dorado. Intentó ponerse en pie. No pudo. Le faltaba medio cuerpo. Aun así, trató de avanzar hacia Darthor apoyándose en los brazos de hielo.

Misha golpeó de nuevo con la cola y le arrancó la cabeza, que salió rodando sobre el suelo. Los ojos se apagaron del todo.

Camu emitió un chillidito de alegría.

Misha le respondió con un rugido.

Un sonido les hizo prestar atención. Era un cuerno norghano que sonaba con gran potencia. Las tropas norghanas llegaban a la carrera.

—¡Oh, no! —exclamó Lasgol.

—Llegan los refuerzos —dijo Gerd.

—Sí, son norghanos, sin duda —observó Ingrid.

—Estamos perdidos —lamentó Lasgol.

Egil los observó un instante mientras se acercaban a la carrera.

—Son norghanos… Sí…, pero no son refuerzos…

—¿Qué quieres decir? —le preguntó Ingrid, confundida.

—Esos norghanos…

—¿Qué? —dijo Nilsa incapaz de contenerse.

—No vienen a ayudar a Uthar.

—¿Cómo? —preguntó Lasgol totalmente descolocado.

Ahora ya estaban muy cerca y se los distinguía con mayor claridad.

—«Cuando suene el cuerno, recuerda quiénes son tus amigos» —recitó Egil.

—No te entiendo, amigo —replicó Lasgol.

—Me lo dijo mi padre.

Lasgol se sorprendió.

Egil señaló:

—En la cabeza veo a mi padre y, junto a él, a mis dos hermanos. —El rostro de Egil mostró una enorme sonrisa de felicidad.

—¿Tu padre? No puede ser... Si ha huido perseguido por las bestias —comentó Ingrid.

—Me parece que no ha huido —dijo Viggo—. Era una treta muy bien elaborada.

—Ha retrocedido hasta el campamento con sus hombres y ha rescatado a mis hermanos. Ahora puede luchar con libertad, el chantaje de Uthar ha acabado.

—¿Y luchará contra él? —preguntó Lasgol esperanzado.

—Ahora lo veremos —respondió Viggo.

Uthar y su séquito también se habían percatado de lo que sucedía. Uthar dudaba en ese mismo instante justo de lo mismo. La potente voz del duque Olafstone lo sacó de dudas.

—¡Por el legítimo rey! ¡Por Norghana! ¡Matad a Uthar! —rugió.

Los hombres de la Liga del Oeste se lanzaron contra el séquito del rey.

—¡Proteged al rey! —gritó Sven a sus tropas, pero estaban adelantadas intentando dar muerte a Darthor.

Los norghanos de la Liga del Oeste se enfrentaron a los del este. Los primos del rey, Thoran y Orten, dos brutos enormes, golpeaban a diestra y siniestra rodeados de sus hombres. El conde Volgren buscaba una escapatoria con los suyos. Uthar vio que el duque Olafstone se le echaba encima. Sven se interpuso, pero el conde Erikson lo obligó a apartarse. El duque Svensen, del oeste, se enfrentó a Thoran y Orten.

—¡Te mataré, alimaña! —le dijo Olafstone a Uthar.

—¡En tus sueños! —le espetó Uthar, y atacó al duque como una exhalación.

Las tropas de Uthar, al ver lo que sucedía, abandonaron el ataque y corrieron a ayudar a su rey.

—¡El rey, proteged al rey! —gritaba Sven.

Los guardabosques no podían tirar o alcanzarían al rey y los suyos.

—¡Armas cortas! —ordenó Gatik.

Los guardabosques sacaron el cuchillo largo y el hacha corta, y corrieron a proteger al monarca.

Lasgol y los demás los imitaron y siguieron a sus compañeros veteranos.

—¡Te voy a ensartar como a una rata! —le dijo Uthar a Olafstone.

—¡Hoy morirás, impostor! —le dijo el duque, y con una finta maestra hirió a Uthar en el hombro derecho.

Uthar gritó de dolor. Vio la sangre y se asustó.

—¡Sven! ¡Protégeme!

Este se giró y de un salto se situó frente al duque.

Gatik llegó como una exhalación y se puso en medio, junto a Sven, para proteger al rey.

—Os equivocáis. Él no es el rey. Es un impostor —les dijo el duque, al que se unieron sus dos hijos.

—Es nuestro rey. Tú eres quien quiere usurpar su trono —le dijo Sven.

—La sangre que sangra no es de linaje real. Es un impostor —espetó el duque.

—No dejaremos que lo mates —advirtió Gatik.

El duque negó con la cabeza.

—Algún día lo entenderéis. Espero que ese día no sea demasiado tarde —sentenció y atacó junto a sus hijos.

Sven y Gatik protegieron al rey.

—¡Retirada! ¡Tocad a retirada! —gritó Uthar, que se retrasaba sujetándose el hombro herido ahora, con la protección de los invencibles, que ya habían llegado a su socorro.

Los cuernos tocaron a retirada. Los ejércitos comenzaron a retrasarse.

Según se retiraban, Uthar susurró algo al oído de Gatik.

—Pero, majestad…

—Haz lo que te ordeno. Soy tu rey.

—Majestad… no…

—¡Cumple la orden de tu rey!

Gatik alzó el arco y apuntó.

El duque lo vio apuntar. Pensó que se dirigía a él, pero no; apuntaba a su derecha.

—Padre, qué alegría —dijo una voz a su espalda a la derecha.

El duque reconoció la voz y se dio cuenta.

La flecha salió directa al corazón de Egil, que llegaba junto a su padre y hermanos.

El duque gritó.

—¡Cuidado!

Egil levantó la vista y vio la flecha dirigida a su pecho. Abrió los ojos desorbitados.

El duque dio un paso lateral y cortó la trayectoria de la flecha con el cuerpo.

Se oyó un sonido hueco y un gruñido.

—¡Padre! —gritó Egil.

El duque clavó una rodilla. Se llevó la mano a la flecha. Era una herida mortal. Se derrumbó a un lado.

—¡Padre! —Egil se arrodilló junto a él.

—No dejes… que ese impostor… venza…

—No, padre… No lo haré —le prometió el chico entre sollozos.

—Egil… usa tu mente… Tú eres especial de esa manera… —dijo con sangre en la comisura de los labios.

—Padre…

—He sido duro contigo… Pero era por tu bien… —Tosió sangre—. Quería hacerte fuerte…

—No importa, padre —disculpó Egil entre lágrimas.

—Eres mi hijo… te quiero… nunca lo olvides.

Egil sacudió la cabeza.

—No lo haré nunca.

Sus dos hermanos, al ver lo que sucedía, se dejaron caer junto a su padre.

—Vengadme… muerte al impostor…

—Lo haremos, padre —dijo Austin—, por nuestro honor —siguió con ojos húmedos.

—Lo mataré con mis propias manos —prometió Arnold con ojos llorosos.

—La Corona de Norghana pertenece a nuestra familia… recuperadla…

—Lo haremos —aseguró Austin.

—Jurádmelo.

Los tres hermanos pusieron las manos sobre el pecho ensangrentado de su padre y juraron.

—¡Lo juramos, padre!

El duque exhaló su último aliento de vida.

Su muerte marcó el final de la batalla.

Las fuerzas de Uthar se retiraron. Los guardabosques se retiraron a la carrera y con ellos Lasgol y sus compañeros. Egil los vio partir y corrió a unirse a ellos.

—¿Egil? —llamó Austin confundido.

—Es mejor así. Confía en mí —respondió él, y se unió su equipo.

Las fuerzas de Darthor y las de la Liga del Oeste quedaron sobre el terreno de batalla como vencedoras.

Nadie vitoreó. Las bajas eran tantas y tan importantes que el silencio se apoderó del ambiente.

Los invasores habían sido rechazados, pero el coste había sido altísimo.

Capítulo 41

V ARIAS SEMANAS MÁS TARDE SE REPETÍA UN ENCUENTRO QUE
había acabado mal la primera vez. Los nobles de la Liga del
Oeste y los líderes de los pueblos del Continente Helado se reu-
nían en la cueva sagrada en territorio del norte de Norghana. Frente al níveo monolito sagrado en el centro de la isla del interior de
la caverna, los dos grupos se observaban en silencio. Lasgol y Egil
asistían a la reunión como invitados.

Darthor se situó frente al monolito y se dirigió a los dos
bandos:

—La última vez que nos reunimos aquí no llegamos a un
acuerdo. La alianza que propuse entre la Liga del Oeste norghana
y los pueblos del Continente Helado no salió adelante. No lo hizo
por la desconfianza y el odio que tan arraigados están en las dos
partes. Y por no haber sellado una alianza aquí hemos estado muy
cerca de perecer todos. Muy cerca. Uthar casi acaba con todos nosotros.

Nadie hablaba, la tensión era palpable en el ambiente. Al lado
derecho del monolito estaban los representantes de los pueblos helados. Jurn lideraba ahora a los salvajes del hielo tras la muerte de Sinjor. Por lo que Lasgol había oído de él, era muy inteligente, aunque

no tan gran guerrero como Sinjor. El nuevo líder de los pobladores de la tundra tras la muerte de Tarsus era Sarn, del que se decía que era tan escurridizo que ningún arma podía tocarlo. La pérdida de vidas, algunas de ellas muy relevantes, había sido grande.

A los arcanos de los glaciares los seguía liderando Azur, del que Lasgol no se fiaba por alguna razón. No le gustaba el hosco chamán del hielo. Junto a él estaba Asrael, que le guiñó un ojo. Eso animó al muchacho. Se alegraba de que hubiera sobrevivido a la batalla. Por lo que su madre le había contado, las dos criaturas del hielo, Misha y Osgar, habían sobrevivido a la batalla y se recuperaban de las heridas sufridas. Osgar cojearía el resto de su vida, pues había quedado lisiado. Esto entristeció a Lasgol. Las guerras no traían más que muerte, dolor y destrucción, y las aborrecía.

—Escuchadme bien —dijo Darthor a ambos bandos—. Estamos todos hoy aquí porque nos une un objetivo común: derrotar a Uthar. No tenemos por qué ver las cosas de la misma manera ni tenemos que llevarnos bien. Los norghanos siempre serán norghanos, los pueblos del Continente Helado siempre serán el Pueblo del Hielo. Hay mucha historia manchada de sangre a nuestras espaldas, una historia que no se puede borrar ni debemos olvidar. Pero una cosa sí debemos hacer si queremos tener una oportunidad de vencer a Uthar, y esa es tolerarnos. Si no somos capaces de trabajar juntos, Uthar vencerá.

—Eso no podemos permitirlo —dijo Austin, el hermano mayor de Egil, que tomaba el lugar de su padre, Vikar, el fallecido duque Olafstone.

—No, no podemos porque supondría la muerte para muchos de los aquí presentes.

—La situación es compleja y muy delicada —dijo el duque Erikson—. Norghana está ahora dividida en dos partes, el oeste, bajo nuestro control, y el este, bajo el control de Uthar.

—Esto os conduce a una guerra civil —dijo Darthor.

—No estoy de acuerdo —objetó el duque Svensen—. Podríamos negociar con él. Podríamos dividir el reino.

—Piénsalo. ¿De verdad crees que Uthar va a renunciar a la mitad del reino? ¿Que se lo va a entregar?

—Probablemente no...

—Exacto. No podéis fiaros de él. Es inteligente. Os preparará una trampa. ¿O habéis olvidado lo que acabamos de vivir?

—No lo olvidamos —dijo el duque Svensen.

—Ahora Uthar está muy debilitado. Herido, con el reino dividido y con gran parte de sus ejércitos destruidos. Debemos aprovecharlo. Hay que presionarlo, es nuestra oportunidad.

—¿De qué oportunidad hablas? —preguntó Austin.

—Ahora es el momento de atacar, antes de que se recupere. Hay que forzar una guerra civil.

Los murmullos llenaron la cueva.

—¿Estás seguro? Se ha parapetado en Norghania, la capital, y es una ciudad amurallada casi inexpugnable.

—Si no podéis tomar la capital, entonces presionadlo en los condados donde sea más débil.

—Lo que propones es muy grave. Serán norghanos contra hermanos norghanos... —dijo el duque Erikson.

—Lo sé. Pero negociar con él no llevará a ningún lado —les aseguró Darthor.

—¿Estamos seguros de que podemos vencerlo? —quiso saber Svensen—. Sigue teniendo muchas fuerzas, más que nosotros.

—Tenemos una oportunidad. Debemos aprovecharla. Recordad que él no cejará hasta tener todo el norte bajo su control. No solo Norghana, también el Continente Helado. Busca riquezas para seguir conquistando.

—Las minas de oro y plata... —dijo Austin.

—Eso es. Cuando las controle podrá comprar un ejército de mercenarios y será nuestro fin. El nuestro y el de medio Tremia, pues no se detendrá en el norte. Una vez que lo tenga bajo su dominio, mirará al oeste, al reino de Rogdon, o al sur, a los dominios del Imperio noceano. Aunque los primeros en caer serán los reinos menores de Tremia central: Zangria, Erenal, los Masig…

—¿Tan grande es su ambición? —preguntó Sarn, líder de los pobladores de la tundra.

—Su ambición no tiene límites. El norte es solo el comienzo. Debemos detenerlo ahora antes de que sea demasiado poderoso.

Los nobles comentaron entre ellos en voz baja.

—Por eso debemos dejar de lado nuestras rencillas y aliarnos.

—¿Qué propones? —dijo Austin.

—Lo que ya propuse. Una alianza entre nobles norghanos de la Liga del Oeste y los Pueblos del Hielo para derrotar a Uthar.

—Una alianza irrevocable —dijo Austin.

—Sí. Nada de medias tintas. Todo o nada.

—¿Y si no llegamos a un acuerdo?

—Moriremos todos.

—Yo sigo pensando que ahora podemos negociar con él, llegar a un acuerdo y mantener Norghana dividida en dos reinos independientes —dijo Erikson.

—¿Quieres arriesgarte? ¿Quieres fiarte de la palabra de Uthar? —preguntó Darthor.

—La Corona nos pertenece a nosotros por derecho de sangre. Me pertenece —expuso Austin.

—Entonces, decidid, pero hacedlo bien…

Los nobles volvieron a hablar entre ellos. Por un momento Darthor dejó que debatieran. Debían llegar a una decisión importante.

—¿Qué crees que decidirán? —le susurró Lasgol a Egil al oído.

—Es difícil de pronosticar… Mis hermanos no olvidarán la muerte de mi padre y el juramento que le hicimos. Pero el resto de los duques y condes del oeste son más precavidos. Saben que en una guerra civil habrá mucha muerte y son menos poderosos que Uthar.

—¿Qué opinas tú?

—Lo más prudente sería negociar con Uthar y luego derrocarlo.

—Veamos qué deciden.

—Entended que cuando Uthar venga a por nosotros —dijo Darthor—, vendrá no solo a por los cabezas de las familias que se han revelado, sino a por vuestros vástagos. Comprended que no solo sus padres morirán, sino ellos también. Y os aseguro que Uthar vendrá a por vuestras cabezas tarde o temprano. No olvidará nunca lo ocurrido en la batalla del hielo.

Lasgol asentía mientras escuchaba las palabras de Darthor; recordaba con dolor lo que había sucedido.

—Lo tenemos fresco en la memoria —le aseguró el conde Malason.

Erikson frunció el ceño.

—Lo entendemos, por eso debemos decidir con calma. Afecta a todas nuestras familias.

—Tenéis el ejemplo frente a vosotros. Deberá sobreponerse al terrible dolor por la pérdida de su familia y tendrá que seguir luchando como lo hacen los vástagos de la familia Olafstone —dijo señalando a Austin.

—Podemos pactar con Uthar y luego traicionarlo —dijo el conde Malason.

—Podemos, pero sería una jugada muy arriesgada.

—Nos daría tiempo a reponernos y organizarnos.

—Y a él también.

Hubo un momento de rumores y dudas. Los nobles hablaban entre ellos. Los salvajes guardaban silencio expectantes. En su caso la suerte ya estaba echada, era luchar o morir.

Lasgol se daba cuenta de la importancia de lo que se estaba decidiendo. Si los nobles no se unían allí, Uthar saldría victorioso, de eso no tenía duda. Por los rostros de algunos y cómo discutían, no parecía que la decisión fuese bien encaminada.

Aguardaron.

Y al fin Austin se pronunció.

—Habrá alianza. Si hemos de morir, será en nuestros términos, no en los de Uthar.

—Que así sea. En este lugar sagrado sellaremos una alianza de sangre —dijo Darthor. Se acercó al monolito y, dirigiéndose a los líderes del Continente Helado, les pidió—: Es momento del ritual del juramento.

Azur, el líder de los arcanos de los glaciares, se acercó hasta Darthor. Vestía como un chamán para el ritual. Sacó un enorme cuchillo de aspecto antiquísimo. El filo era de un metal extraño, rojizo.

—Este es el Cuchillo de los Juramentos —pronunció con una voz rasposa y profunda, mostrándolo a todos los presentes—. Hoy ante el monolito sagrado de los dioses del hielo juraremos con honor. Juramos con sangre, un juramento inquebrantable —dijo y miró a Darthor.

—Adelante. Procede con el ritual.

Azur se arrodilló ante el monolito y comenzó a entonar un cántico ominoso mientras mostraba el cuchillo a los dioses y luego al resto de los presentes. Sin levantarse, se hizo un corte en la palma de la mano. Se la mostró a todos y comenzó a entonar otro cántico más lúgubre todavía. Despacio, se puso en pie y situó la mano ensangrentada sobre la superficie nívea del monolito. Al retirarla, la huella quedó marcada en rojo. Dejó de cantar.

Darthor se acercó hasta el brujo. Se quitó el guantelete y le mostró la mano al brujo. El anciano la tomó por la muñeca y le hizo un corte en la palma.

Darthor declaró con tono decidido.

—Juro lealtad a esta causa para destronar a Uthar —proclamó ante todos y posó la mano sobre el monolito dejando su huella de sangre junto a la del brujo.

—Que así se cumpla. Los dioses vigilarán que así sea —dijo el chamán, y saludó a Darthor con la cabeza.

—Austin, duque de Olafstone... —invitó Darthor.

El duque se acercó. Miró un instante al brujo, que esperaba con el cuchillo ritual en la mano. El noble lo meditó un último instante y se decidió.

—Adelante —le dijo a Azur, y le dio la mano.

El brujo la tomó y le hizo un corte en la palma. El duque repitió el juramento con la mano sobre el monolito:

—Juro lealtad a esta causa para destronar a Uthar.

Azur lo saludó y el duque se retiró junto a los suyos.

Uno por uno, nobles norghanos y los jefes de los salvajes del hielo, pobladores de la tundra y arcanos de los glaciares fueron pasando frente al monolito y juraron en aquel insólito ritual.

Al finalizar el chamán habló.

—El juramento hecho ante los dioses del hielo no puede romperse. Aquel que no cumpla su juramento sufrirá una muerte terrible y provocará una maldición de muerte sobre los suyos.

Con aquella advertencia Azur finalizó el ritual en medio de otro cántico funesto.

Y la suerte del norte quedó decidida.

Capítulo 42

Lasgol buscó a Darthor tras la reunión. Se apartaron del resto y entraron en una cueva cercana para poder hablar en privado.

—Siento mucho lo de Muladin… —le dijo a su madre.

—He perdido a mi mejor amigo, a mi colaborador más querido. Nunca podré pagarle todo lo que hizo por mí todos estos años… Dio su vida por mí…

—Era un gran hombre, leal…

—Sí, hasta la muerte. ¿Qué has decidido hacer? —le preguntó Mayra a su hijo.

—Lo he meditado mucho… créeme, madre —le susurró el chico mirando alrededor, asegurándose de que nadie los oía. Aquel debía continuar siendo su secreto por el bien del norte de Tremia y por su propia suerte.

—Dime, querido hijo, compártelo conmigo —le susurró ella, y su voz cambió; era de nuevo la de una mujer, la de Mayra, aunque con el yelmo negro de horror que llevaba costaba hacerse a la idea.

—Regreso al campamento…

—Es una decisión arriesgada…

—Lo sé, madre, pero no puedo dejarlos a su suerte.

—¿Es por él, por tu amigo? —dijo Mayra señalando a Egil, que conversaba con sus dos hermanos mayores.

—Sí, en parte sí. Él va a regresar al campamento. Renegará de los suyos. Jurará lealtad al rey.

—Uthar lo utilizará contra sus hermanos.

—Lo saben —dijo mirando a los tres hermanos—, cuentan con ello. De esa forma verán venir la traición. Tener un informador entre los guardabosques les será de gran ayuda.

—El juego del subterfugio y el espionaje es muy peligroso. Lo que quieren hacer es muy arriesgado, demasiado. Al menor error, Uthar lo hará matar.

—Lo sé, por eso quiero estar cerca.

—Te hará matar a ti también si descubre que estás involucrado. Lasgol asintió pesadamente.

—Lo sé.

Hubo un silencio y Mayra insistió.

—Me recuerdas tanto a tu padre… No quiero perderte como a él.

—No me perderás. Tendré mucho cuidado. Y lo tengo a él —dijo señalando sobre su hombro.

Camu se hizo visible y comenzó a flexionar las patas como le gustaba hacer cuando estaba contento.

Mayra rio.

—Además, debo ayudar a mis otros compañeros. Hay muchos rumores en el campamento, rumores de división y encarcelamientos tras lo sucedido, que Dolbarar no ha aclarado todavía. La ceremonia de graduación se ha retrasado por estas cuestiones. No sabemos quiénes pasarán el año y a quiénes encarcelarán o algo peor… Hay compañeros de los dos bandos, los que son hijos del oeste y los que son hijos del este… No puedo dejar que nada les pase a mis amigos.

—Te recuerdo que tú eres hijo del oeste…

—Lo sé…

—Y que Uthar te vigila de cerca.

—No le he dado motivos para dudar, luché con los guardabosques a su favor.

—Eres valiente y tu amigo Egil también, pero lo que pretendéis hacer, aunque os honra, es demasiado peligroso. No puedo darte mi bendición.

—¿Me impedirás hacerlo?

—No. Te pido que vengas conmigo, con tu madre.

—Y nada me gustaría más en el mundo —dijo el chico y los ojos se le humedecieron.

Tenía el corazón dividido. Quería con toda su alma ir con su madre y recuperar todo el tiempo que habían perdido, pero no podía abandonar a sus compañeros sin saber qué sería de ellos. No podía.

—Si algo les sucediera no me lo perdonaría nunca. No puedo; lo siento, madre. Quiero, pero no puedo.

Mayra asintió.

—Ya eres un hombre, puedes decidir por ti mismo. Respetaré tu decisión y la apoyaré.

—Gracias, madre; significa mucho para mí.

Lasgol quería abrazar a su madre con toda su alma, pero no podía hacerlo allí. Tendrían que despedirse sin un abrazo. Un mal agüero, pero no había otra opción. Nadie debía saber de su parentesco, en especial los líderes del pueblo del Continente Helado; ellos no lo entenderían.

Asrael se acercó a ellos.

—Algún día me explicaréis esta extraña amistad —dijo sonriendo.

—Algún día, amigo chamán —le respondió Mayra cambiando a su voz de Darthor.

—¿Cómo está Misha? —quiso saber Lasgol.

—Está bien, se recupera de las heridas en mi cueva. Le llevará un tiempo recuperarse, sana más lentamente que nosotros; debe de estar relacionado con su larga longevidad, el tiempo no pasa para ella como para nosotros. Son criaturas excepcionales.

—Lo son —dijo Lasgol.

—Cuida bien del pequeñín —le dijo señalando a Camu.

—Lo haré.

—Y cuídate mucho tú también.

—Gracias, espero que volvamos a vernos.

—En mejores circunstancias. —Sonrió Asrael.

Se despidieron y el chamán del hielo marchó.

Egil se acercó y saludó a Darthor con respeto.

—Es hora de volver al campamento...

Lasgol asintió.

—Vamos.

Darthor los vio marchar.

—Tened mucho cuidado. —Fue su despedida.

El ambiente era muy tenso en el campamento. Circulaban todo tipo de rumores y no eran nada prometedores. El reino estaba dividido en dos bandos y lo mismo sucedía en el campamento. Se habían producido varias peleas entre los partidarios del oeste y los del este, si bien todos eran guardabosques y debían servir a Uthar. Ante la duda de lo que podría suceder, algunos de los guardabosques cuyos padres o parientes cercanos eran nobles del oeste habían abandonado el campamento por miedo a represalias. Braden les aseguraba que no ocurriría nada, que Dolbarar no lo permitiría. La mayoría permanecía, aunque la incertidumbre era enorme.

El guardabosques mayor Oden había tenido que emplearse a fondo, al igual que los instructores y hasta los cuatro guardabosques mayores. Las noticias de la derrota de Uthar y la posible guerra civil estaban afectando a todos y mucho. La presencia de guardabosques heridos durante la campaña en el campamento empeoraba más si cabía la situación. La mayoría habían regresado a la capital, Norghania, con el rey, a protegerlo, pero algunos heridos habían sido transportados allí por cercanía.

Dolbarar había suspendido las clases para evitar más altercados hasta que las cosas se calmaran un poco. Lasgol y Egil habían aprovechado el parón para asistir a escondidas a la reunión secreta donde se había forjado la alianza entre la Liga del Oeste y los pueblos del Continente Helado. Ahora que estaban de vuelta, aguardaban como el resto de sus compañeros lo que pudiera suceder.

Y llegó el momento. Un numeroso regimiento procedente de la capital entró en el campamento bajo una copiosa nevada. La voz se corrió de inmediato. Lasgol y Egil salieron a ver quién llegaba y cuando los vieron se les heló la sangre. No era una visita de cortesía. El comandante Sven y el guardabosques primero Gatik encabezaban el regimiento. Aquello no podía ser bueno. Al ver a Gatik, Egil tuvo que hacer un esfuerzo terrible para no ir a por él. Viggo, que lo vigilaba de reojo, lo agarró del brazo con fuerza para disuadirlo.

Al amanecer siguiente, Oden los reunió a todos frente a la Casa de Mando. Lasgol y Egil formaban junto a sus compañeros, muy atentos. Habían hecho llamar a todos, de primer a cuarto curso. Todos formaban en filas en ese orden. Rodeándolos estaban los soldados. Los guardabosques instructores esperaban fuera, al otro lado del puente. Ver a los soldados armados a su alrededor los puso a todos muy nerviosos. La tensión era máxima, todos eran conscientes de que algo importante, y no necesariamente bueno, sucedía.

Dolbarar salió de la Casa de Mando seguido de los cuatro guardabosques mayores. Su semblante era extremadamente serio, más de lo que le habían visto nunca. Tras ellos aparecieron Sven y Gatik. Lasgol tragó saliva.

Dolbarar se adelantó para dirigirse a todos.

—La ceremonia de Aceptación, que habíamos pospuesto debido a lo sucedido, se celebrará ahora.

Todos se miraron sorprendidos y comenzaron los murmullos. Nadie esperaba ya que fuera a producirse.

—Sin embargo, será diferente a la que hemos venido haciendo tradicionalmente. La ceremonia de Aceptación de este año la rubricará el comandante Sven —dijo Dolbarar, y dio paso al comandante.

Sven se situó junto a Dolbarar.

—Por decreto del rey Uthar, todo guardabosques, y en especial los que os estáis formando en este campamento y seréis los guardabosques del mañana —miró a los de cuarto que ya se graduaban—, deben jurar lealtad explícita a Uthar, rey de Norghana, y a su causa, la causa del este.

Los susurros aumentaron hasta hacerse muy notorios.

El comandante continuó con tono militar.

—Por decreto del rey este año no habrá ningún expulsado. El rey necesita a todos sus guardabosques para luchar a su lado. Tampoco habrá represalias sobre aquellos que procedan del oeste. El rey Uthar es un rey magnánimo, juzga a cada hombre por sus acciones y no por su procedencia o familia.

Viggo susurró:

—Claro, después de jurarle lealtad…

—Quien no desee continuar como guardabosques del rey puede abandonar el campamento ahora —dijo señalando el puente a sus espaldas.

—Ni se os ocurra decir nada. Ese ha venido a cortar cabezas —los avisó Viggo—. Lo veo en sus ojos. El que no jure no sale con vida de aquí.

—Dolbarar no lo permitirá... —dijo Ingrid.

—¿Ves a los soldados? —le indicó Viggo—. Dolbarar no puede hacer nada. Son órdenes directas del rey. Tiene que aceptarlas. Él y los guardabosques sirven al rey.

—Me temo que Viggo tiene mucha razón —opinó Gerd.

—Aquellos que quieran servir al rey pueden hacerlo y serán recompensados por ello —continuó Sven—. El rey ofrece moneda de oro a quien luche a su lado, sea soldado o sea guardabosques.

—Ahora intenta comprarnos... —soltó Viggo.

La noticia alivió a muchos que no tenían muy clara su continuidad.

Dolbarar asintió.

—La buena noticia es que este año todos os graduaréis debido a la guerra y a la escasez de hombres útiles para luchar tras la última gran batalla en el Continente Helado.

—Pero primero todos y cada uno de vosotros deberéis jurar lealtad a Uthar. Quien no quiera hacerlo es libre de marchar —aseguró Sven.

Nadie se movió.

Egil no decía nada. Tenía la vista clavada en Gatik. El guardabosques primero tenía mal aspecto.

Dolbarar hizo una seña a Sven.

—Si os parece bien, comandante, empezaremos con los iniciados de primer año.

—Muy bien, adelante.

Dolbarar observó la primera fila donde formaban los guardabosques iniciados. Estaba serio. No sonrió, lo que puso nervioso a los jóvenes.

Sacó el pergamino con la lista de los de primer año. Llamó al primero.

—Armisen, acércate.

El joven se acercó tenso, muy tenso.

—De rodillas —le dijo Sven.

El chico obedeció.

—¿Eres del este o del oeste? —le preguntó Sven sin rodeos con tono de interrogatorio.

Armisen miró a Dolbarar. El líder del campamento le hizo un gesto para que respondiera.

—Oeste, señor comandante.

Hubo un murmullo. El primero en ser llamado y era del oeste. Todos se tensaron.

—Muy bien. Tranquilo. No tienes por qué temer nada —dijo Sven.

Lasgol no lo creyó. Algo en el tono de Sven y en el rostro de Gatik le indicaron lo contrario.

Sven puso la espada sobre el hombro derecho del iniciado.

—¿Juras solemnemente servir a tu rey Uthar, y solo a él, en cuanto disponga con honor y lealtad, como su guardabosques?

Viggo no pudo contenerse y susurró.

—¿No os parece un tanto específico?

—Calla, merluzo, que vas a perder la cabeza —le dijo Ingrid, preocupada mirando a los soldados que los rodeaban.

—Lo juro por mi nombre —dijo Armisen.

—Ya, qué remedio —bisbiseó Viggo.

—Shhh —lo regañó Ingrid.

—El castigo por no cumplir este juramento es la decapitación. ¿Lo entiendes?

—Lo entiendo, señor.

—Muy bien. Tu rey acepta tu juramento de lealtad.

Dolbarar le dio una hoja como prueba de que había pasado el año.

Armisen se retiró y resopló al situarse de nuevo en la línea.

—Siguiente —pidió Sven.

Los de primer curso fueron pasando uno tras otro y todos juraron, fueran del este o del oeste. Estaba bien claro que no jurar significaba morir, así que nadie se atrevió a lo contrario. Pasaron los de segundo año y luego los de tercero. Astrid, Luca, Isgord, Ingrid, Gerd, Nilsa y hasta Viggo eran del este. Pero Lasgol y Egil no.

Le llegó el turno a Egil. Avanzó y se arrodilló despacio, como pensándoselo. No miraba a Sven ni a Dolbarar. Su mirada estaba clavada en Gatik. Una mirada que prometía muerte.

—Yo te conozco —dijo Sven.

A Lasgol se le encogió el estómago hasta el tamaño de una aceituna.

—Oeste, señor comandante —dijo Egil con voz neutra.

—Tú eres hijo de Olafstone.

—Lo soy.

Sven miró a Dolbarar.

—Su caso es especial. Que se lo lleven.

El rostro de Dolbarar se volvió hosco.

—Tampoco habrá represalias sobre aquellos que procedan del oeste. El rey Uthar es un rey magnánimo, juzga a cada hombre por sus acciones y no por su procedencia o familia —le repitió sus propias palabras.

Sven se tensó.

—Es el hijo del Traidor del Hielo.

—Aun así, el rey es magnánimo —insistió Dolbarar.

Sven miró a sus hombres y estos se tensaron y llevaron las manos a las armas.

Dolbarar miró a sus cuatro guardabosques mayores. Estos sujetaron las armas. Los guardabosques en la plaza también se prepararon.

—Cometes un grave error —lo amenazó Sven.

—Cumplo los designios de mi rey, ¿cómo puede ser eso un error?

Sven miró a Gatik. Este le hizo un gesto negativo con la cabeza. Sven tuvo que darse por vencido, pero no del todo.

—Veremos si jura —dijo.

—El aspirante Egil es uno de mis estudiantes más inteligentes, estoy seguro de que jurará —dijo Dolbarar más en un ruego a Egil que en una afirmación.

Sven puso la espada en el hombro de Egil con el filo demasiado cerca del cuello.

—¿Juras solemnemente servir a tu rey Uthar, y solo a él, en cuanto disponga con honor y lealtad, como su guardabosques?

Lasgol cerraba los puños lleno de impotencia. «¡Jura, Egil, jura! ¡Este no es el momento!».

Egil levantó la mirada hacia Sven y con una sonrisa pícara propia de Viggo dijo:

—Lo juro por mi nombre.

Sven se quedó frío.

Todos los ojos se clavaron en él. La tensión era enorme. Los ojos de Dolbarar estaban en la espada de Sven. La movió lentamente para retirarla.

—El castigo por no cumplir este juramento es la decapitación. ¿Lo entiendes? —le dijo Sven, y esa vez sonó a promesa.

—Lo entiendo, señor.

—Muy bien. Tu rey acepta tu juramento de lealtad.

Dolbarar le dio una hoja como prueba de que había pasado el año y le dedicó una extraña mirada, mezcla de estar orgulloso y de que quedarse había sido una locura.

Según Egil volvía, Lasgol supo que su amigo estaba vivo por la intervención de Dolbarar y que el líder del campamento pagaría caro por ello. Sintió mucho cariño y orgullo por él.

Y pronunciaron su nombre. Lasgol avanzó con mil pensamientos dándole vueltas en la cabeza y se arrodilló.

—Tú eres el hijo de Dakon —dijo Sven, que lo reconoció.

—Sí, señor, lo soy.

—Eres del oeste.

—Sí, lo soy.

—Tu caso es diferente. Tu padre demostró su lealtad al rey.

—Sí, lo hizo —mintió Lasgol.

—Uthar me ha encargado que te dé un mensaje.

Lasgol se quedó helado.

—Su oferta sigue en pie.

Lasgol miró a Gatik instintivamente.

Gatik hizo un gesto negativo con la cabeza.

—Agradeced al rey su amabilidad; es un honor para el que no estoy preparado todavía. Me gustaría permanecer y graduarme. Entonces podré aceptar tal honor y servirle en palacio.

Sven torció la cabeza como midiéndolo.

—Muy bien. Jura entonces como todos.

Lasgol lo hizo y, tras coger la hoja de manos de Dolbarar, que le dedicó una leve sonrisa, volvió a la fila con sus compañeros.

La ceremonia continuó hasta que todos los de cuarto pasaron y no quedó nadie sin prestar juramento al rey.

Sven se despidió con unas palabras.

—La guerra continúa. El enemigo no ha sido derrotado todavía. Ahora luchamos contra enemigos externos y contra enemigos internos. Vosotros, como guardabosques del rey, lo defenderéis de ambos. Quien colabore con la Liga del Oeste será decapitado al momento, sin excusas, sin paliativos. Vuestra familia son los guardabosques; vuestra lealtad es al rey. No existe otra familia ni otra lealtad. La Liga del Oeste será derrotada y Uthar, el legítimo rey, gobernará en una Norghana unida bajo su bandera. —Hizo una seña a sus soldados y abandonaron el lugar.

Dolbarar cerró la ceremonia.

—Ha sido un año muy difícil. Hemos perdido muchos compañeros... y amigos... en una guerra que comenzó siendo contra enemigos del Continente Helado y se ha vuelto fratricida. Celebrad hoy que os habéis graduado. Dejemos para mañana las preocupaciones de la guerra.

Capítulo 43

UNA SEMANA DESPUÉS LASGOL OBSERVABA LA COLUMNA DE soldados partir. Sven iba a la cabeza y avanzaban hacia donde él estaba con paso lento, asegurándose de que todos lo vieran. Gatik se había quedado en el campamento para asegurar la lealtad de los guardabosques y el cumplimiento de los mandatos del rey.

—¿Disfrutando del pequeño desfile militar? —dijo una voz femenina que Lasgol reconoció.

—Hola, Val —saludó con una sonrisa.

Ella se puso a su lado a contemplar la marcha. Se echó a un lado su melena rubia, larga y ondulada, y Lasgol vio aquellos enormes ojos azules observándolo en el bello rostro.

—Últimamente me tienes abandonada —se quejó ella.

—¿Yo? ¿Por qué dices eso?

—No tienes tiempo para mí.

—Eres la chica más popular del campamento. Donde vas te sigue una docena de chicos buscando ganarse tus atenciones. Yo creo que más bien es al contrario.

Val rio, una risa dulce, agradable.

—Muy buena respuesta, veo que estás espabilando.

—Más me vale —dijo Lasgol, y se encogió de hombros.

—Me han llegado rumores de que hay otra razón.

—¿Qué rumores?

—Que pasas mucho tiempo en compañía de una morena de tercer año, una capitana nada menos.

—No sé a qué te refieres.

—No te hagas el tonto, lo sabes perfectamente. Os he visto juntos, muy juntos…

El chico se ruborizó.

—Puede que esa morena te tenga seducido, pero esta rubia no es de las que se dan por vencidas con facilidad, ni mucho menos; todavía hay mucho que decir —le soltó con una mueca pícara.

—Yo…

—Vienen tus compañeros. Te dejo. Pero recuerda mis palabras. —Le guiñó el ojo y se marchó con una risita.

Viggo llegó hasta él y se giró para ver marchar a Valeria.

—Cierra la boca, que se te cae la baba.

—¡Que no!

—Ya, ya; esa te va a traer problemas, ya verás.

—¿Problemas quién? —preguntó Gerd.

—Valeria la Encandiladora.

—Es tan guapa… y agradable… —dijo el grandullón.

—¿Ves? —siguió Viggo.

—Ya marchan por fin —dijo Egil observando a Sven y sus hombres pasar.

—Sí, después de amargarnos la ceremonia de Aceptación de este año —dijo Nilsa—. Menudos nervios pasé. Pensé que iba a decapitar a todos los del oeste solo para asegurarse.

—No exageres, no se atrevería —dijo Ingrid.

—¿Tú crees? ¿Después de todo lo que hemos visto y vivido en el Continente Helado?

—Nilsa tiene razón —dijo Gerd—, después de todos los horrores que hemos visto podría muy bien haber pasado.

—Dolbarar no lo habría permitido —indicó Lasgol.

—Pues habría provocado una batalla interesante —soltó Viggo—. Sven, Gatik y sus hombres contra Dolbarar, los guardabosques mayores y los instructores.

—Pan comido para los guardabosques —aseguró Ingrid.

—¿Qué tal las pesadillas, mejor? —le preguntó Viggo a Gerd.

—Bueno… algo mejor…

—Yo todavía me levanto sobresaltada —informó Nilsa.

—Son las secuelas de la guerra. Todos las padeceremos por lo que hemos vivido, de una forma o de otra —dijo Egil con la mirada perdida.

—Miremos el lado positivo: hemos sobrevivido al tercer año y, pese a la guerra y los embrollos en los que nos hemos metido, ¡hemos pasado todos! —dijo Lasgol con optimismo y alegría, intentando levantar el ánimo de sus amigos.

—¡Cierto! Es algo que celebrar —reconoció Gerd con una sonrisa—. Yo todavía no puedo creer que lo hayamos logrado.

—Y todos tenemos nuestras maestrías —agregó Viggo.

—La mía es muy sorprendente —admitió Egil sonriendo levemente. Era la primera vez que sonreía en días.

—La tuya con suspense y final sorpresa —precisó Viggo.

—Pero las tenemos, que es lo importante —manifestó Lasgol—. Ha sido un año muy complicado y, pese a todo, aquí estamos, seguimos juntos.

—La verdad es que es todo un logro —dijo Gerd.

—Un gran logro que no teníamos nada claro al comienzo del año —reconoció Nilsa.

Los soldados ya salían del campamento.

—¿Cómo veis el año que viene? —preguntó Lasgol.

—Va a ser estupendo —se apresuró a decir Viggo—, con la guerra civil, el país dividido en dos, norghanos matando a primos norghanos y nosotros sirviendo al lado equivocado —replicó lleno de sorna.

—Haciendo que servimos al lado equivocado —puntualizó Egil.

—Mejor me lo pones. Y nosotros, como no tenemos suficientes problemas, haciendo de espías y metiéndonos con toda seguridad en más líos.

—Suena muy prometedor —precisó Egil sonriendo ahora de verdad.

—No puedo esperar —dijo Gerd con cara de espanto.

—Será un año espectacular —terció Nilsa—. Y al final nos graduaremos y podremos elegir especialización.

—Eso si nos eligen para una especialidad de élite —resopló Ingrid.

—Nos elegirán, estoy convencida.

—Ya, pelirroja, eso si vivimos para terminar el año —objetó Viggo.

—¿Y ese pesimismo? Hasta ahora lo hemos conseguido —dijo Ingrid.

—Será un año fascinante —aventuró Egil.

—¡Oh, no; fascinante no, por favor! —dijo Viggo golpeándose la frente con la palma de la mano.

Todos rieron.

—Yo necesito un abrazo de oso —pidió Gerd.

—¡Encima sensiblerías!

—Calla y abraza, merluzo —le dijo Ingrid.

Se dieron un abrazo de oso de grupo.

Y rieron una vez más dejando salir toda la tensión acumulada por lo que habían vivido.

Ingrid rompió el abrazo.

—Tengo que irme. Os veo luego en la cabaña.

—¿No irás a ver a tu capitán?

—Molak no es mi capitán, ¿y a ti qué te importa?

—A mí me importa todo, rubita —le dijo Viggo.

—Pues que no te importe. ¡Y no me llames rubita!

—¿Queréis dejar de pelear? Estáis siempre como el perro y el gato —les dijo Nilsa.

—Ha empezado él.

—¿Yo? Para nada.

Nilsa negó con la cabeza. Gerd y Lasgol se le unieron con grandes sonrisas.

—¡Hasta luego! —se despidió Ingrid, y se marchó hecha una furia.

—No sé qué ve en ese Molak… —murmuró Viggo muy disgustado.

—Pues es guapo, alto, capitán, arquero increíble… —dijo Nilsa.

—Ya, ya, menudo muermo —la interrumpió Viggo.

Charlaron un rato más recordando todo lo que habían vivido y aprendido. Al fin, decidieron volver a la cabaña cuando vieron que Astrid se acercaba.

—Una rubia y una morena… —dijo Viggo con tono de sarcasmo según Astrid llegaba y ellos se iban.

—¿A qué rubia se refiere?

—Ah… a ninguna —respondió Lasgol negando con la cabeza.

—Sabes que mientes fatal, ¿verdad?

—¿Yo? Es que…

—No sudes, ya sé a qué rubia se refiere.

—Yo, no…

—Ya sé que tú no —sonrió ella—. Pero para que no tengas dudas entre morenas o rubias…

Astrid lo besó con tal pasión que lo dejó sin respiración, con el corazón latiendo desbocado.

—¿Ha quedado claro?

—Yo... necesito asegurarme... más...

—¡Serás pillo!

El chico le devolvió el beso, un beso dulce y apasionado. Abrazados, los descubrió la luna.

—Quedémonos un poco más —le pidió Astrid.

—Todo el tiempo del mundo —le ofreció Lasgol.

Agradecimientos

TENGO LA GRAN FORTUNA DE TENER MUY BUENOS AMIGOS Y UNA fantástica familia y gracias a ellos este libro es hoy una realidad. La increíble ayuda que me han proporcionado durante este viaje de épicas proporciones no la puedo expresar en palabras.

Quiero agradecer a mi gran amigo Guiller C. todo su apoyo, incansable aliento y consejos inmejorables. Una vez más ahí ha estado cada día. Miles de gracias.

A Mon, estratega magistral y plot twister excepcional. Aparte de ejercer como editor y tener siempre el látigo listo para que los deadlines se cumplan. ¡Un millón de gracias!

A Luis R. por las incontables horas que me ha aguantado, por sus ideas, consejos, paciencia y, sobre todo, apoyo. ¡Eres un fenómeno, muchas gracias!

A Kenneth por esta siempre listo para echar una mano y por apoyarme desde el principio.

A Roser M. por las lecturas, los comentarios, las críticas, lo que me ha enseñado y toda su ayuda en mil y una cosas. Y además por ser un encanto.

A The Bro, que como siempre hace, me ha apoyado y ayudado a su manera.

A mis padres que son lo mejor del mundo y me han apoyado y ayudado de forma increíble en este y en todos mis proyectos.

A Rocío de Isasa y a todo el increíble equipo de HarperCollins Ibérica por su magnífica labor, profesionalidad y apoyo a mi obra.

A Sarima por ser una artistaza con un gusto exquisito y dibujar como los ángeles.

Y finalmente, muchísimas gracias a ti, lector, por leer mis libros. Espero que te haya gustado y lo hayas disfrutado.

Muchas gracias y un fuerte abrazo,

Pedro

¡MUY PRONTO EN TU LIBRERÍA!

Sin lugar a dudas, uno de los mejores escritores de novela épica fantástica

PEDRO URVI

TRAICIÓN EN EL NORTE

EL SENDERO DEL GUARDABOSQUES

HarperCollins

La guerra en el norte no tiene fin y con ella el caos y la muerte

El rey Uthar se ha replegado en Norghania para reagrupar sus fuerzas después de ser derrotado. Lasgol y sus compañeros afrontan el cuarto y último año de instrucción. Si lo superan, se convertirán en Guardabosques. Para ello deberán participar en peligrosas misiones y ayudar al rey contra los enemigos. Pero no todos están decididos a apoyar a Uthar. Si se deciden por el Señor Oscuro del Hielo, cometerán traición y pagarán con su vida.

Por su parte, Darthor y la Liga del Oeste pactan una alianza para derrotar a Uthar y atacar antes de que pueda hacerse fuerte nuevamente. Lasgol y sus amigos se verán involucrados en la ofensiva para tomar la capital y destronar a Uthar.

¿Desenmascararán Lasgol y sus amigos al verdadero traidor?

¿Se convertirán en Guardabosques?

Disfruta de las aventuras llenas de acción, aventura, magia y amor

¡COLECCIÓNALOS!

¡ÚNETE
A LOS
GUARDABOSQUES!

www.ingramcontent.com/pod-product-compliance
Lightning Source LLC
Jackson TN
JSHW022253240425
83228JS00001B/2

* 9 7 8 8 4 1 0 6 4 0 1 5 3 *